文学经典与人生

WENXUE JINGDIAN YU RENSHENG

编　著：石　恪　伍微微

编　委：石　恪　伍微微　胡赤兵　王贤玉
蓝　芳　刘蕊杏　马银成　宋积良
李　平　郄丙亮　汪韬钰

湘潭大学出版社

图书在版编目（CIP）数据

文学经典与人生 / 石恪，伍微微编著. -- 湘潭 :
湘潭大学出版社，2019.1
ISBN 978-7-5687-0288-1

Ⅰ. ①文… Ⅱ. ①石… ②伍… Ⅲ. ①世界文学－文
学欣赏－高等学校－教材 Ⅳ. ① I106

中国版本图书馆 CIP 数据核字（2019）第 012442 号

文学经典与人生

WENXUE JINGDIAN YU RENSHENG

石恪 伍微微 编著

责任编辑：辛露露　丁立松
封面设计：张丽莉
出版发行：湘潭大学出版社
社　　址：湖南省湘潭大学工程训练中心
电　　话：0731-58298960 0731-58298966（传真）
邮　　编：411105
网　　址：http://press.xtu.edu.cn/
印　　刷：长沙印通印刷有限公司
经　　销：湖南省新华书店
开　　本：787 mm×1092 mm 1/16
印　　张：17
字　　数：305 千字
版　　次：2019 年 1 月第 1 版
印　　次：2019 年 1 月第 1 次印刷
书　　号：ISBN 978-7-5687-0288-1
定　　价：48.00 元

序

近些年来，文学类的通识课教材出版很多，大同小异，所以这本《文学经典与人生》放在我的案头时并没有引起我太大的关注。当我认真地阅读了全书，不由得被这本书的独特性而打动。

将文学品格融入文学教育，在具体文学作品的分析中完成对人生问题的阐释，结合文学经典传达人生哲理，篇章构思新颖，在通识教育框架下有效地开展文学教育，本书具有这些独特的意义。

正如编著者所言“文学与人生密切相关。文学作品因为记录了精彩的人生而成了经典；人生因为文学作品的记录而成了永恒。从人生到文学，既是作者对人生的感悟，又是作者对人生的表达；从文学到人生，既是读者的表达，又是读者的感悟。因此，结合具体的文学作品，汲取其中人生成长的营养，就成了大学文学作品讲解的关键。《文学经典与人生》即是以人生问题为主线，通过对文学理论的把握，引导读者分析经典文学作品中蕴含的人生哲理”，在通识教育的框架中注入诗性，开展文学教育，发挥文学作品的审美、育人功能，将文学品格融入各专业学生的教育过程中，以使其养成人文素质和健全人格。

为了达到这个目的，本书选取了一个独特的视角即表达与感悟的视角，把文学与人生之间的相互影响和理性内涵阐释出来，引发读者的思考与共鸣。如第一章学习篇中的第一节学习态度，如果不是从表达与感悟的视角切入，就会流于说教。而本书从文学家对惜时、乐学的表达与感悟切入：晋代诗人陶渊明《杂诗》“盛年不再来/一日难再晨/及时当勉励/岁月不待人”；唐代诗人杜秋娘《金缕衣》“劝君莫惜金缕衣/劝君惜取少年时/有花堪折直须折/莫待无花空折枝”；还有古人的《昨日歌》《今日歌》《明日歌》；颜真卿《劝学》、陆九渊《读书》、刘过《书院》、朱熹《偶成》等，文学家对“惜时”的表达形象生动，人生感悟富于哲理，必定会深深地打动读者，引发其思考与共鸣。这样将文学品格融入文学教育的例子在书中比比皆是，不胜枚举。

从全书的结构上看，章节不是按照体裁来安排，而是非常巧妙地按照人生成长的逻辑性来安排。学习是人生成长的基础，理想则是学习的内在动力，为国家的强大而进行的人生拼搏能使自己的人生更具社会价值，而正确对待爱情、挫折、感恩、修养等人生问题，既是对于别人人生成长经历的借鉴和对各种事理的理性思考，又是自己的处世之道，使自己的人生更具哲理。所以全书按照内在逻辑顺序安排了学习篇、理想篇、爱国篇、拼搏篇、爱情篇、挫折篇、感恩篇、修养篇、处世篇、哲理篇十章。整体框架的安排也是相当独到，而匠心独运的文学品格必将加深学生对文学价值的理解，使文学教育深入人心。

这是一本编著非常用心的作品，是一本大学通识课的好教材，值得推荐。

是为序！

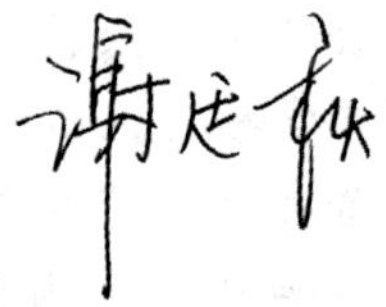

2019年2月28日

（谢廷秋，贵州师范大学文学院教授）

前　言

众所周知，文学与人生密切相关。优秀的文学作品因为记录了精彩的人生而成了经典；人生因为文学作品的记录而成了永恒。从人生到文学，既是作者对人生的感悟，又是作者对人生的表达；从文学到人生，既是读者的表达，又是读者的感悟。因此，结合具体的文学作品，汲取其中人生成长的营养，就成了大学文学作品讲解的关键。《文学经典与人生》即是以人生问题为主线，通过对文学理论的把握，引导读者分析经典文学作品中蕴含的人生哲理。

本书关注的焦点是如何感悟经典文学作品所载的人生故事，如何表达自己对人生的感悟，注重三个方面的研究：如何提升学生的理论素养与文学鉴赏能力；如何理性地解读作者与读者在文学活动中表现出来的“表达与感悟”现象；如何通过文学作品的解读培养学生正确的人生观。其特点主要有三个方面：

一是理论性。本书把“表达与感悟”作为分析问题的基础。没有作者的表达和感悟就没有经典的文学作品；没有读者的感悟与表达，经典的文学作品也就失去了存在的意义。

二是逻辑性。章节安排注重人生成长的逻辑性。学习是人生成长的基础，而理想又是保证有效学习的必要手段。特别是为了国家的强大而进行的人生拼搏才能使自己的人生更具有社会价值，而如何对待爱情、挫折、感恩、修养等问题，既是对于他人人生成长经历的借鉴和对各种事理的理性思考，又是自己的处世之道。

三是辩证性。“表达与感悟”应该辩证地统一于具体的文学活动中。在解读“文学”与“人生”的过程中，既注重作者的表达与感悟，又注重读者的感悟与表达。

本书侧重于以文学的方式，呈现当代人必然遭遇的重大人生和精神问题，并同时表达出对这些问题的各具特色的回答，这是文学作品对于当代中国社会的基本意义之一。由于各种历史和现实因素的综合作用，当代大学生对文学的价值缺乏体会；他们对当代社会和人生的基本范围及其内在问题，缺少理性认识，甚至感到困惑。现代社会，大学教育的重要功能之一是培养人才，人才应是全面发展、德才兼备的人才。所以，本书旨在帮助学生了解人类社会在现代条件下遭遇的深刻困难，并向他们呈现人类历史所积累的、能帮助当代社会克服这些困难的精神资源，从而使他们在精神上“成人”，让他们有能力在复杂的当代社会条件下生活。

本书的写作目的主要有两方面：一是提升读者的文学素养；二是促进读者对人生诸多问题的思考。本书以人生问题为主线，通过对文学理论的把握，引导读者分析经典文学作品中蕴含的人生哲理。希望这本《文学经典与人生》能够成为每一名读者的良师益友，陪伴在你的学习生活与人生成长的过程中。

编　者

2018 年 12 月 20 日

目　录

绪　论

文学是语言文字的艺术，是人类社会独有的文化载体，是对美的体现。文学作品是作家用独特的语言艺术表现其独特的心灵世界的作品，离开了这两个独特性就没有真正的文学作品。一个杰出的文学家就是一个民族心灵世界的英雄，文学代表一个民族的艺术和智慧。

文学是一段历史，承接一片文化，更塑造了一种伟大的人格魅力。

文学是一种涵养，包含万千知识，也酝酿了一杯香醇的珍贵美酒。

文学以优美的姿态走进人们的心田，使人或品味，或沉醉。

文学为你打开一扇神奇的门，豁然开朗，姹紫嫣红，温暖如春。

放歌者，何不独酹江月？孤独者，黯然对影成三。

一世英雄，一方水土，一处美景，都付笑谈中。

哲人独吟：人生无穷，江月相似；

将军长叹：梦回连营，白发丛生。

文学即人学，即美学，即世界的学问。

走进文学，世界尽在你眼中。

我们用诗性的语言诠释了文学的价值。文学的价值是什么？对于文学而言，有的研究者声称“爱情”是文学永恒的主题；有的研究者声称文学是“人学”。不可否认，文学经典对于当代中国社会的基本意义之一，就在于它们以文学的方式，呈现了当代人对必然遭遇的人生重大选择和生活中遭遇到的问题的思考，并同时表达出对这些选择和问题的各具特色的回答。在现代社会，大学教育的最主要功能，应该是帮助学生了解人类社会在现代条件下遭遇的深重困难，并向他们呈现人类历史所积累的、能帮助当代社会克服这些困难的精神资源，从而使他们在精神上“成人”，让他们有能力在复杂的当代社会条件下积极地生活。

本书共十一个部分，绪论主要从“为什么要读文学”入手，结合历来文学研究者阐释的核心——“表达与感悟”展开，在后续十个部分对文学相关问题的具体阐释中，把“表达与感悟”及其相互关系作为探究文学问题的基础。

第一节　文学的意义

文学经典是经过时间长久洗涤过的文学作品，表现了人类的生存和人类社会所面对的某些重大的问题，同时以特别的方式给予这些问题某种深刻理解和回答。当代人读文学经典，在一定程度上可以大大扩展对人生的理解。读文学经典，可以让年轻人直接接触人类文化的精华，培养青年对丰富人生内容进行领悟的能力，丰富他们的精神世界。当青年人在文学经典的海洋中徜徉之后，再进入社会承受现实的压力和诱惑时，就会明白遇到的这些挫折只是人生的一部分。今日之中国，不仅要培养有远大眼光，能够了解世界大势的青年人，而且要培养在全球化世界格局中认识清楚中国位置的青年人。这样的思考别人不会帮你做，只有靠自己努力。而对中西方文学经典的阅读，正是能够教会青年人这样思考问题的能力。

当代大学生阅读文学经典，可以广闻博见，增长人文知识；自作主宰，树立人生志向；进德修业，提升道德修养；游艺正道，培育创造精神；自然合理，转化思维方式；民胞物与，涵养天下情怀。对于当代大学生而言，阅读经典文学作品对于自身素养的提高有着积极的意义。特别是处在青年时期的大学阶段，汲取文学经典中的营养，对今后的工作、学习以及服务社会等方面有着至关重要的作用。

一、为什么要读文学经典

大学生为什么要读文学经典？文学经典的意义和价值是什么？

优秀传统文化是中华文化的精髓，它蕴含着丰富的思想道德资源。中华优秀传统文化是中华民族的精神命脉，经典的文学作品就是中华传统文化的一个重要部分。文学经典思考和表达了人类生存与发展的根本问题，其智慧光芒穿透历史，思想价值跨越时空，历久弥新，蕴含着丰富的哲学思想、人文精神、教化思想、道德理念。

中国科学院院士杨叔子先生曾经说，人文文化是一个民族的“身份证”，没有先进的科学技术，我们会一打就垮；没有人文精神、民族传统，一个国家、一个民族会不打自垮。所以，杨叔子要求他的博士生在论文答辩之前要背诵《老子》和《论语》，而他的博士生们都是学自然科学的。

对于当代大学生而言，定要珍惜韶华时光。大学生要深度阅读中外文学经典，在中华优秀传统文化的深厚土壤和历史积淀的基础上，汲取西方文学经典的艺术精华，成为拥有远大志向、创新精神、涵养天下的人。

刘瑜在《送你一颗子弹》中说："我想大学精神的本质，并不是为了让我们变得深奥，而恰恰是恢复人类的天真。天真的人，才会无穷无尽地追问关于这个世界的道理。大学要造就的，正是这种追问的精神，也就是那些'成熟的人'不屑一顾的'呆子气'。"

米兰·昆德拉在《不可承受的生命之轻》中说："大学越来越多，学生也越来越多。为了获取文凭，他们得找到论文题目。题目是无限的，因为一切都可以论述。档案馆里堆的那一捆捆发黑的论文，比墓地还要惨，即便到了万灵节，也不会有人去看一眼。文化就在大批的制造、言语的泛滥、数量的失控中逐渐消亡。相信我，在你原来的国家的一部禁书，就远远胜过在我们大学里随口乱喷的亿万言。"

辛夷坞在《致我们终将逝去的青春》中说："在大学校园里，要想辨别出新生和老生并不难，那些喜欢好几个男生或女生兴高采烈地结伴而行的是新生，两个手牵手在小道上闲逛的是老生；离上课时间还有五分钟拼了老命地往教室冲的是新生，上课铃响了许久还揉着眼睛慢腾腾地朝着教室蠕动的是老生；眼神热烈而向往，对未来四年充满希冀的是新生，两眼无神，笑容暧昧的是老生……当然，有人更喜欢这样区分，在饭堂吃到一条虫尖叫不已的是新生，看到碗里没虫就感觉到惊讶得不敢下咽的是老生。"

如果说人生是一本书，那么大学生活便是书中最美丽的彩页；如果说人生是一台戏，那么大学生活便是戏中最精彩的一幕；如果说人生是一次从降生到死亡的长途旅行，那么拥有大学生活的同学们，便可以看到最灿烂的风景。通过对经典文学作品的阅读，大学生可以领略当今大学教育以及整个社会所洞察到的一小部分，能给自己或期许，或坚定，或动摇心灵的一点启示，在日渐浮躁的环境中，保持一份平和与淡然，在校园这个纯净的氛围里安静地构想未来、规划人生。只要同学们为之奋斗，为之拼搏，总有一天会满载而归！所以，读大学的目的就是让在生理上已经成熟的大学生，在思想上也学会面对现实与困惑，在解惑中逐渐地成熟。

二、文学的时代价值

人的精神世界，需要通过一些形式来表达，例如音乐、绘画、戏剧就是这样的形式，文学如是，而且是人类精神生活最古老的形式之一。人类至今，生活方式变化非常之大，不少在上古时期非常重要的人类精神生活形式，慢慢地退出了历史舞台，但是文学却一直延续至今。虽然上古的舞蹈、宗教仪式也有保留到现在的，但却是像博物馆里的展品一样远离了当代人的现实生活。而文学不是这样，它一直是最贴近人类生活的一部分。文学这种表达人类精神情感的形式，能够延续到现在，必有它的重要意义和价值。

不同的时代文学对于人类的意义价值不同。例如，孔子说道：“不学《诗》，无以言。”这个“诗”指的是《诗经》，意思是如果一个人不学《诗经》就没法说话。为什么这样说呢？在周代，有文化的上层人物说话都有一个约定俗成的方式，就是大量引用《诗经》里的诗句，如果不懂《诗经》，就没法在这些人物活动的场合说话，别人说话你也不懂。《诗经》是中国最早整理成文并流传下来的一部诗选，而在当时，它却有在上流社会中进行人际交流的意义。在唐代，采用“以诗赋取仕”的制度，当时的读书人必须会作诗，若不会作诗，就当不了官。所以，诗在当时除了一般的文学意义外，对读书人有着非常重要的价值。

近代以后，文学又产生了各种不同的意义。例如，在二十世纪七十年代的捷克斯洛伐克的首都布拉格，文学和摇滚乐一起，成为当时捷克人民反抗专制的最重要的形式。1993 年，捷克斯洛伐克分裂成了捷克和斯洛伐克两个国家，在当时那些被政府压制、不能够公开出版作品的作家当中，出现了两位重要的世界级的作家，一个是米兰·昆德拉，创作了小说《生命不能承受之轻》，另一位是剧作家哈维尔，后来做了捷克的总统。从“不学《诗》，无以言”到布拉格的地下文学，可以知道，在不同的时间和不同的地方，文学的意义是在不断发生变化的。

在原始时代，人最重要的就是体力，胳膊粗壮的就可以生活得好，老弱病残就要被淘汰掉。很多古代部族都有这样的习俗，把老人丢到山里去，让他自己死掉。再后来，到了靠智慧生活的时代，谁的脑子聪明灵活，就有可能在竞争中取胜。今天的人类生活，已进入越来越倚重智力的时代。在全球竞争化的时代，在某种程度上文化决定一切，优秀传统文化的力量是巨大的，甚至可以决定一个人、一个地方乃至一个国家所占的位置，在这样的时代，文学就一定有它的重要意义。

当文学在社会生活里有它的重要性的时候，作为这种重要性的功利表现是会提供一系列的职业。大致来说，文学可以提供三类职业：一类是创作者，如作家、诗人、广告撰写人、歌词作者，他们都是在创造文学，同时也是在靠文学谋生；一类是处理以上文学作品的人，如编辑、记者、批评家等；还有一类是教文学的人，如大学中文系的老师、中小学教语文的老师。文学存在，这些职业就存在，所以，文学可以谋生。

不过，文学对于今天人类生活的意义，远远超过了可以谋生的价值。进一步挖掘文学的意义，还得先认清当今人类过的是一种什么样的生活，人们处于一种什么样的思想状态，然后就可以知道，对于今天的生活而言，文学有什么意义。

三、文学作品的争鸣

作者在对其生活的表达与感悟中完成了对作品的创作，读者在其对作品的感悟与再表达中完成了文学作品的鉴赏。因此，表达与感悟是探讨一切文学问题的缘起。文学是语言艺术，作家创作文学作品，读者鉴赏文学作品，都离不开表达与感悟这两种具体的实践活动。文学家巴金先生曾经在《我和文学》一书中这样概括：我正是因为不善于讲话，有感情表达不出来，才求助于纸笔，用小说的情景发泄自己的爱和恨，从读者变成了作家。巴金老先生的话里有两个内容值得注意：一是表达对文学创作实践有着重要的影响，二是表达在文学创作中表现为一种具体的方式。前者是对这句话的感悟，后者是巴金先生表达的具体内容。

虽然不能仅凭巴金老先生的一句话就证明"表达与感悟"就是文学与人生研究的永恒主题，但是结合中外传统文论中关于文学诸多问题思考中对表达与感悟的分析，却足以证明此论点——文学与人生研究的永恒主题是表达与感悟。

（一）"诗言志"

中国传统文论中，对于文学本质属性的认识是从诗歌开始的。《诗经》是中国最古老的一部诗歌总集。历史上的研究者结合自己对《诗经》的理解，开始了探讨文学属性之旅，并在他们自己对《诗经》及后来诗歌作品的感悟中，形成了对文学属性的独特认识。

"诗言志"是古人对文学研究的伊始。在《尚书·尧典》中可以看到这样的论述："诗言志，歌永言，声依咏，律和声。"在《庄子·天下篇》中又可以看到这样的论述："《诗》以道志，《书》以道事，《礼》以道行，《乐》以道和，《易》以道阴阳，《春秋》以道名分。"在《荀子·儒效》中，还可以看到作者这样的论述："《诗》言是其志也。"

虽然现在有许多的研究者对"诗言志"之说有共同的认知，但是对于"诗言志"中"志"的内涵却有着不同的理解：

首先，"诗言志"之"志"指一种社会责任。这里所谓的"社会责任"在具体诗歌作品中表现为对国家、对社会现实及其发展的一种担忧，换句话说，是一种个人的理想和抱负。对于《诗经》作品所言的这种"志"可以从两个层面进行分析：第一个层面，指对当时统治者进行的讽喻与规劝；第二个层面，指对当时社会黑暗的一种直接批判。例如《民劳》：

民亦劳止，汔可小康。惠此中国，以绥四方。无纵诡随，以谨无良。式遏寇虐，憯不畏明。柔远能迩，以定我王。

民亦劳止，汔可小休。惠此中国，以为民逑。无纵诡随，以谨惛怓。式遏寇虐，无俾民忧。无弃尔劳，以为王休。

民亦劳止，汔可小息。惠此京师，以绥四国。无纵诡随，以谨罔极。式遏寇虐，无俾作慝。敬慎威仪，以近有德。

民亦劳止，汔可小愒。惠此中国，俾民忧泄。无纵诡随，以谨丑厉。式遏寇虐，无俾正败。戎虽小子，而式弘大。

民亦劳止，汔可小安。惠此中国，国无有残。无纵诡随，以谨缱绻。式遏寇虐，无俾正反。王欲玉女，是用大谏。

又如《正月》：

正月繁霜，我心忧伤。民之讹言，亦孔之将。念我独兮，忧心京京。哀我小心，癙忧以痒。

父母生我，胡俾我瘉？不自我先，不自我后。好言自口，莠言自口。忧心愈愈，是以有侮。

忧心惸惸，念我无禄。民之无辜，并其臣仆。哀我人斯，于何从禄？瞻乌爰止，于谁之屋？

瞻彼中林，侯薪侯蒸。民今方殆，视天梦梦。既克有定，靡人弗胜。有皇上帝，伊谁云憎？

谓山盖卑？为冈为陵。民之讹言，宁莫之惩。召彼故老，讯之占梦。具曰予圣，谁知乌之雌雄？

谓天盖高？不敢不局。谓地盖厚？不敢不蹐。维号斯言，有伦有脊。哀今之人，胡为虺蜴？

瞻彼阪田，有菀其特。天之抓我，如不我克。彼求我则，如不我得。执我仇仇，亦不我力。

心之忧矣，如或结之。今兹之正，胡然厉矣？燎之方扬，宁或灭之。赫赫宗周，褒姒灭之。

终其永怀，又窘阴雨。其车既载，乃弃尔辅。载输尔载，将伯助予！

无弃尔辅，员于尔辐。屡顾尔仆，不输尔载。终逾绝险，曾是不意。

鱼在于沼，亦匪克乐。潜虽伏矣，亦孔之炤。忧心惨惨，念国之为虐。

彼有旨酒，又有嘉肴。洽比其邻，昏姻孔云。念我独兮，忧心京京。

佌佌彼有屋，蔌蔌方有谷。民今之无禄，天夭是椓。哿矣富人，哀此惸独。

在这两首诗作中，第一首可以看作是规劝统治阶级的代表之作；第二首诗作可以看作是抒发作者自身愤懑之情，对社会黑暗生活进行直接批判的样板。《民劳》这首诗作，作者主要规劝统治者要听良言、行仁政，在遏制暴政与防止掠夺中达到国富民强的目的。然而，作者为什么要在这样的诗作中表达这样的内容呢？结合《毛诗序》中的论述“召穆公刺厉王也”就可以得出这样的结论：作者对时事的感悟就是其诗作表达的基础。换句话说，《民劳》这首诗歌所言之“志”，即诗歌作者对当时统治者的规劝就来自他对厉王统治现实的一种“感悟”。因为厉王残酷的统治使这首诗歌的作者认识到了“召穆公刺厉王”的必要。

《正月》这首诗可以看作是作者直抒胸臆之作。在这首诗作中，作者既有“民之无辜，并其臣仆。哀我人斯，于何从禄”这样对自己无法实现梦想的担忧，又有“民之无辜，并其臣仆。哀我人斯，于何从禄”重用自己而又不让自己有所作为的一种愤懑。特别是最后的“佌佌彼有屋，蔌蔌方有谷。民今之无禄，天夭是椓。哿矣富人，哀此惸独”更是把自己的无奈与报国而没有机会的愤慨表现得淋漓尽致。这是因为那些阿谀奉承的小人、那些才能低下的庸才不仅身居华丽的府第，而且享受着最高的俸禄，而像自己一样的黎民百姓却只能忍受着天灾的煎熬、生活的贫苦。

虽然《正月》与《民劳》属于不同主题的诗歌作品，但是它在主题中所体现的批判内容却与《民劳》一诗有着同样的来源，都是作者对社会现实生活的一种“感悟”。无论是《民劳》一诗中的“规劝”，还是《正月》一诗中的“批判”，都是“诗言志”中“志”的体现。

其次，“诗言志”中的“志”还表现为一种个人的奋斗理想，或者说“诗言志”中的“志”是诗歌作者个人的一种主观情感的抒发与表现。当然，在具体的诗作中，有的作者对自己的主观情感或者说奋斗理想表现得直白些，有的作者把自己的理想或主观情感表现得隐晦一些。然而无论是直白还是隐晦，都是作者对自己情感的一种具体表白。例如李白的《行路难》：

金樽清酒斗十千，玉盘珍羞直万钱。
停杯投箸不能食，拔剑四顾心茫然。
欲渡黄河冰塞川，将登太行雪满山。
闲来垂钓碧溪上，忽复乘舟梦日边。
行路难！行路难！多歧路，今安在？
长风破浪会有时，直挂云帆济沧海。

李白在这首《行路难》中把自己的理想抱负直白地写在了诗作中：长风破浪会有时，直挂云帆济沧海。作为一名有积极入世态度的文人代表，李白不仅有着杰出的才能，而且对自己的从政理想也毫不隐瞒。面对“赐金放还”的结局，他仍然写出这样令人荡气回肠的诗句。在那“行路难”的不断感叹中，特别是在那“多歧路，今安在”的疑问中，还能想到并大声说出自己的理想——“长风破浪会有时，直挂云帆济沧海”，这不能不令人心生感慨。

当然，并不是所有的作者都能像李白一样，直白地表达自己的理想。还有一种情况就是作者借助词作中的具体物象的寓意，委婉地抒发自己的情感，表达自己的理想。如《咏梅》：

驿外断桥边，寂寞开无主。已是黄昏独自愁，更著风和雨。

无意苦争春，一任群芳妒。零落成泥碾作尘，只有香如故。

陆游在这首词作中借助“梅花”这种物象，把自己要表达的情感，即像梅花一样保持自己洁身自好的品质追求，通过“零落成泥碾作尘，只有香如故”两句表现得形象而又生动。从全词来看，没有一句是直接向读者点明自己追求的表白。通过“梅花”自身的特点，它“寂寞开无主”的处境，它“更著风和雨”的艰难，它“无意苦争春”却“一任群芳妒”的遭遇，它悲惨的结局“零落成泥碾作尘”，把梅花那种“只有香如故”高贵的品质表现得令人同情而又心生敬佩。在此基础上，作者陆游自身的精神境界形象化地呈现在了每一个读者的眼前。

试想一下，如果没有一生孜孜不倦地追求而又报国无门的无奈，陆游怎么会从一株“无主”的梅花物象得到全部词作内容的“感悟”呢？如果陆游不能从生活的现象中得到感悟，他又怎能提炼出如此的情感来表达自己对生活的思考呢？

综上所述，“诗言志”中的“志”就是作者对各种现实生活的具体“感悟”；而“诗言志”中“诗”就是作者对自己的“感悟”进行的一种“表达”。所以说，关于文学属性的思考中，“表达”与“感悟”的内涵及其相互关系是永恒的研究主题。

（二）“文源道”

在中国传统的文学史上“文源道”说有两种不同内容的表述：一种表述认为文学作品应该是“文以明道”，另一种表述却认为文学作品应该是“文以载道”。对于前者而言，唐代的韩愈和柳宗元都曾经有过论述。韩愈认为“修其辞以明道”①，柳宗元则强调“文者以明道”。② 虽然两人都持有相同的观点，都以“文以明道”为共同的文学追求，但是两人对“道”的理解，或者说他们追求的“道”在其具体内涵上还是有所区别的。对于韩愈而言，他追求的是一条“古道”。所谓的“古道”就是指因为社会更替而缺失了的“儒家传统思想”，即“伦理之道”；而柳宗元所说“文者以明

① 韩愈．韩昌黎文集：第2卷［M］．上海：上海古籍出版社，1986.

② 柳宗元．柳河东集：卷34［M］．上海：上海人民出版社，1974.

道”中的“道”则是指“治世之道”，他比较注重“道”的实用性，即根据社会发展的具体实践需要，突出“道”的经世治用的原则。当然，与“经世致用”“伦理之道”并列的还有“自然之道”的说法。这也就是说，在传统文化中“道”的内涵至少有三种含义，即“经世致用之道”“伦理之道”“自然之道”。

“文源道”的另一种观点是“文以载道”。到了宋朝的时候，周敦颐又提出“文以载道”之说。所谓的“文以载道”就是指在任何一部文学作品之中都蕴含着一定的思想内涵。在论述“文以载道”的时候，周敦颐说：“文所以载道也。轮辕饰而人弗庸，徒饰也，况虚车乎。”意思是说：文章是用来传播一定思想观点的。正如车是用来载人的一样，车装饰得再好，如果它不用来载人也就失去了车的作用。当然，这里的“道”是指一种传统的思想。否则，像《红楼梦》这样的经典小说也就不会因其所载之道有悖于传统而被一些文人所歧视了。

在“文以载道”这个学术观点中，还涉及了“文”和“道”的关系。随着后代研究者研究的深入与发展，研究者对“文”与“道”两者之间的关系又有了不同的认识，“宏道说”“明道说”“宗道说”“贯道说”和“载道说”等就是其具体的论述。下面举例来说明“文以载道”的重要性。

《论语·述而》中有一句大家耳熟能详的话：“三人行，必有我师焉；择其善者而从之，其不善者而改之。”这句话意思是说，在现实生活中，每一个普通人都应该主动地发现别人的长处并向他们学习。凡是有一技之长的人，无论其出身贵贱，都可以成为其他人学习的榜样。然而，当时社会上的流俗却对此有百般的攻击，于是柳宗元对这种社会现象，或者说这种社会事实产生了这样的感悟：“因抗颜而为师。世果群怪聚骂，指目牵引，而增与为言辞。愈以是得狂名，居长安，炊不暇熟，又挈挈而东，如是者数矣。”韩愈在《师说》中对自己的思想进行了这样的表达：

古之学者必有师。师者，所以传道受业解惑也。人非生而知之者，孰能无惑？惑而不从师，其为惑也，终不解矣。生乎吾前，其闻道也固先乎吾，吾从而师之；生乎吾后，其闻道也亦先乎吾，吾从而师之。吾师道也，夫庸知其年之先后生于吾乎？是故无贵无贱，无长无少，道之所存，师之所存也。

嗟乎！师道之不传也久矣！欲人之无惑也难矣！古之圣人，其出人也远矣，犹且从师而问焉；今之众人，其下圣人也亦远矣，而耻学于师。是故圣益圣，愚益愚。圣人之所以为圣，愚人之所以为愚，其皆出于此乎？爱其子，择师而教之；于其身也，则耻师焉，惑矣。彼童子之师，授之书而习其句读者，非吾所谓传其道解其惑者也。句读之不知，惑之不解，或师焉，或不焉，小学而大遗，吾未见其明也。巫医乐师百工之人，不耻相师。士大夫之族，曰师曰弟子云者，则群聚而笑之。问之，则曰："彼与彼年相若也，道相似也，位卑则足羞，官盛则近谀。"呜呼！师道之不复可知矣。巫医乐师百工之人，君子不齿，今其智乃反不能及，其可怪也欤！

圣人无常师。孔子师郯子、苌弘、师襄、老聃。郯子之徒，其贤不及孔子。孔子曰："三人行，则必有我师。"是故弟子不必不如师，师不必贤于弟子，闻道有先后，术业有专攻，如是而已。

李氏子蟠，年十七，好古文，六艺经传皆通习之，不拘于时，学于余。余嘉其能行古道，作《师说》以贻之。

在《师说》这篇文章里，"道之所存，师之所存"的中心论点为后来历代读者所称赞。而究其观点产生的来源，则是作者韩愈对当时社会事实的一种深入思考，或者说是一种与众不同的独特"感悟"所致。而探究这篇文章历来受到学者关注的原因，则是因为在这篇短文中所载之"道"对于社会的发展和时代的进步有着重要的作用。换言之，只有"载道"之文才能对社会生活产生广泛的影响。

宋朝的周敦颐是"文以载道"的倡导者。虽然他在论述"文以载道"的时候没有阐释"道"从何来，但是结合其具体的文学作品却可以得知一个这样的事实：所谓的"道"就是其对生活现象背后规律性的感悟。而他那些文学作品就是对他自己感悟的规律性进行的一种"表达"。例如《爱莲说》：

水陆草木之花，可爱者甚蕃。晋陶渊明独爱菊。自李唐来，世人甚爱牡丹。予独爱莲之出淤泥而不染，濯清涟而不妖，中通外直，不蔓不枝，香远益清，亭亭净植，可远观而不可亵玩焉。

予谓菊，花之隐逸者也；牡丹，花之富贵者也；莲，花之君子者也。噫！菊之爱，陶后鲜有闻；莲之爱，同予者何人？牡丹之爱，宜乎众矣。

这篇家喻户晓的《爱莲说》既可以说明周敦颐"文以载道"观的具体内容，也可以证明"感悟与表达"是文学研究永恒的主题。

首先，该文所载之"道"是对"君子"品质的赞美。在中国传统道德观念中，"君子"的品质是其精神内涵的代表。作者在文中以"莲花"喻"君子"，对莲花生活环境"莲之出淤泥而不染，濯清涟而不妖"的描写，对莲花生长状况"中通外直，不蔓不枝"的叙述，以及对莲花品质"香远益清，亭亭净植，可远观而不可亵玩焉"的赞扬，把莲花君子般的品质表现得既形象又生动。同时这篇短文又把传统理想中"君子"及其抽象的道德品质形象化地展现在读者的眼前。

其次，作者对"莲花"具有"君子"般品质的感悟来自他对生活事实的思考。自李唐来，世人甚爱牡丹，而“牡丹”又是“爱慕荣利”“追求富贵”的象征。世人皆爱牡丹，说明世俗追求功名利禄者多，崇尚君子品格者少。换言之，像作者这样与世俗同俗而不合污者少之又少。如果说上面的分析有些过于牵强的话，那么文中问句“莲之爱，同予者何人?”既可以说明文中之“道”来源于作者的“感悟”，又能说明作者所感悟之“道”是作者表达的基础。

第二节 表达与感悟

正如哲学理论阐释的那样，知识有感性与理性之分，正是感性知识与理性知识的螺旋式发展才使文学理论的知识体系不断丰富与完善，对于任何一个文学问题的探讨都应该有感性的说明与理论的探究。所以，在阐释“表达”与“感悟”问题的过程中，从理论层面上，分析“表达”与“感悟”在各种文学理论争鸣中的体现，既要有针对性，又要有实用性，侧重理论分析；从感性层面上，分析具体文学活动中的“表达”与“感悟”，侧重于实践例证。

文学创作实践中的“表达与感悟”可以从以下几个方面进行剖析，即文学构思中的表达与感悟、文学创作方法中的表达与感悟、文学美学追求中的表达与感悟、文学创作动机中的表达与感悟。

一、文学构思中的表达与感悟

创作构思是任何一篇文学作品得以完成的基础。文学构思中的表达与感悟情况是怎么样的呢?

首先，结合“神思说”分析文学构思中的“表达与感悟”。《文心雕龙》是中国古代文论中最为经典的一部著作，在《神思》篇中，刘勰曾经在引用古语的基础上对“神思”进行了这样的论述：“古人云，形在江海之上，心存魏阙之下。神思之谓也。”在这句话里，虽然“形”与“心”处于不同的环境之中，但“形”与“心”相随，“心”与“形”同义。换言之，在文学作品的创作构思中，“心”因悟“形”而存在，“形”因“心”悟而丰满。

正是因为“形”与“心”之间具有了“感悟”与“表达”复杂的关系，才有了王元化把刘勰在此所说的“神思”当作“想象”的观点①，才

① 王元化.《文心雕龙》的若干范畴［J］. 暨南学报（哲学社会科学），1989（1）：4.

有了牟世金认为“神思”就是“创作构思”的观点[①]，才有了林华认为“神思”就是“精神思维活动的总称”的观点，以及林娟认为“神思”就是创作过程中作者所具有的心理活动及其状态，《神思》篇就是对作者创作时所具有的心理活动及其状态的描述和说明。正因为如此，在刘勰心目中，“‘神思’又等于‘文思’。并且这种创作心理活动及其状态并不限于文学（作为一种艺术的文学）创作心理及其状态。《神思》篇讲到文思迟速时不只提到张衡作《二京赋》、左思作《三都赋》等，而且提到桓谭和王充写子书、阮禹写书信、祢衡写奏章等，可见神思之为创作心理活动是较为宽泛的，是遍及多种文体的文章创作的一种东西。”[②]

其次，结合“灵感说”探讨创作构思中的“表达与感悟”的内涵。研究者不仅确认“灵感”的存在，而且还用不同的名词术语来指称这种颇为神秘的创作现象。比如普通词“感兴”，神秘感的词语“天机”或者“妙语”等。而这些研究者对有关“灵感”产生原因的论述却与观点“感悟与表达”有着惊人的相似之处。

陆机在《文赋》中把“灵感”的特殊状态描绘成这样：

若夫应感之会，通塞之纪，来不可遏，去不可止。藏若景灭，行犹响起。方天机之骏利，夫何纷而不理？思风发于胸臆，言泉流于唇齿。纷葳蕤以馺遝，惟豪素之所拟。文徽徽以溢目，音泠泠而盈耳。及其六情底滞，志往神留，兀若枯木，豁若涸流。揽营魂以探赜，顿精爽而自求。理翳翳而愈伏，思轧轧其若抽。是以或竭情而多悔，或率意而寡尤。

详读这段论述可发现这样的问题：首先，陆机承认“灵感”这种现象的存在，并且在此基础上他还通过具体的构思现象来证明“灵感”对文学创作构思的影响。其次，陆机把“灵感”看作是“应感之会”。这也就是说，陆机把“天机之骏利”这种创作构思现象的产生原因表述为“应感之会”。但是在这篇文章里，他本人没有对“灵感”产生的原因进行深入的分析。结合文章的内容仔细思考就会得出这样的结论：“应感之会”中所“应”之对象，无论是自然现象还是社会生活中存在的具体事实，都是引发作者“所感”之物，而作者所作的文章就是对自己的“所感”进行的具体“表达”。《礼记·乐记》中有这样的论述：“凡音之起，由人心生也。人心之动，物使之然也。感于物而动，故形于声。”[③]《淮南子》一书中也有这样的论述：“且人之情，耳目应感动。心志知忧乐。”[④]《文心雕龙·物色》篇

① 牟世金. 刘勰艺术构思论的渊源与发展［J］. 江海学刊，1989（3）：174.

② 林娟.《文心雕龙·神思篇》浅析［J］. 福建论坛（社科教育版），2007（S1）：56.

③ 墨白. 中国古代文论中的“灵感”说［J］. 北方论丛，2000（3）：68.

④ 墨白. 中国古代文论中的“灵感”说［J］. 北方论丛，2000（3）：68.

中也有论述:“岁有其物，物有其容；情以物迁，辞以情发。”① 结合这些论述，能发现用“表达与感悟”的思维来分析创作构思“灵感”的产生更直白易懂。当然，这也并不是说作者针对一事一物的“感悟”就能产生其创作构思中的灵感，但灵感的产生却需要作者对具体的事物以作家独特的思维方式进行不断的“感悟”，正如后人对灵感的解释一样：长期积累，偶然得之。没有长期的积累，没有平时的感悟，一切的灵感都无从谈起，一切的灵感现象都无法解说。

二、文学创作方法中的表达与感悟

从宏观层面讲，创作方法就是指作家在具体的创作实践中处理某种宏观问题所采取的创作原则和具体的策略；从微观层面讲，创作方法就是指作者在进行某个具体形象塑造的过程中所使用的具体的写作方法。如结合具体的某一个作品，针对其中某个具体人物形象而言，常说的方法主要有语言描写、动作描写、外貌描写。

首先，在宏观层面，结合“文外重旨”与“味在酸咸之外”来分析创作方法中的表达与感悟。“文外重旨”的观点来源于《文心雕龙》中的《隐秀》,“味在酸咸之外”来自司空图的《与李生论诗书》一书中有关韵味的观点。对于前者而言，在谈到“文外重旨”的时候，刘勰列举了《行行重行行》一诗作为例证：

行行重行行，与君生别离。相去万余里，各在天一涯。
道路阻且长，会面安可知。胡马依北风，越鸟巢南枝。
相去日已远，衣带日已缓。浮云蔽白日，游子不顾返。
思君令人老，岁月忽已晚。弃捐勿复道，努力加餐饭。

对于这首诗，历来有不同的解读。就诗的语言所呈现的情景看，无疑是一首思夫诗，丈夫或情人外出长久不归，留守在家中的妇人对丈夫无比思念，又无可奈何，只能劝自己，不要过分消极、悲伤，还要“努力加餐饭”。但这只是言内之意，就言外之意来说，还有另一层意思。特别是从“浮云蔽白日，游子不顾返”一句来看，“白日”即是君王，“浮云”是进谗言的小人，那么这首诗写的就是一个臣子因被小人进谗言不能为君王服务而产生的痛苦。这就是言外之意，是“文外重旨”。②

从上例以及对童庆炳先生的这篇文章进行仔细地阅读后就会明白，“文外重旨”中的“旨”就是后来传统文论中所谈及的“言外之意”的“意”,

① 墨白. 中国古代文论中的“灵感”说［J］. 北方论丛，2000（3）：68.

② 童庆炳.《文心雕龙》“文外重旨”说新探［J］. 陕西师范大学学报（哲学社会科学版），2007（2）：5－10.

就是传统文论中“象外之象”的第二个“象”。作者如何才能把“言外之意”的“意”巧妙地隐藏在文本出现的语言之中，如何把“象外之象”的第二个“象”隐藏于自己的第一个“象”之中，这就需要对具体的创作实践有所感悟，对传统的文艺理论有所感悟。只有如此，作者才有可能重视创作中的“言外之意”，才有可能重视这“言外之意”的表现技巧。

司空图的“味在酸咸之外”理论中同样存在这样的问题。一个文本的真实意味应该在作者描写“酸味”与“咸味”以及它们共同作用之下而产生的那种新的味道。这一点正如系统论理论所说的那样，整体大于部分之和。这也就是说一个文本的意味，正如烹饪一样精心调制的佳肴的味道永远都是其所用调料中任何一种调料所不能企及的。例如《望岳》：

岱宗夫如何？齐鲁青未了。造化钟神秀，阴阳割昏晓。

荡胸生层云，决眦入归鸟。会当凌绝顶，一览众山小。

这是杜甫所作三首《望岳》诗中的第一首，也是最令后代读者称颂的一首。这首诗最后两句“会当凌绝顶，一览众山小”让读者读出了无限的风味。首先，在本诗中，作者用它来表现在远望泰山、近望泰山后产生的想法，并把这种急切的心情转化成一种令人羡慕的感受——“会当凌绝顶，一览众山小”。其次，后代的读者结合杜甫写作此诗的背景，又把它理解为作者不怕一切困难，勇于攀登，敢于俯视一切的一种精神。如果作者在写此诗之前，没有登顶峰而看群山的生活感悟，他怎么会在望岳的过程中有如此令人称奇的表达呢？

任何一部文学作品，其作者都在文中努力地酝酿一种“酸咸”之味，而酝酿“酸咸”之味的目的就是使作品的读者在品味之后能够体验到另一种滋味的存在，即作品的言外之意。

其次，结合《范进中举》的文本，分析微观层面上创作方法中的表达与感悟。例如：

范进不看便罢，看了一遍，又念一遍，自己把两手拍了一下，笑了一声道：“噫！好了！我中了！”说着往后一跤跌倒，牙关咬紧不省人事。老太太慌了，慌将几口开水灌了过来。他爬将起来，又拍着手大笑道：“噫！好！我中了！”笑着，不由分说就往门外飞跑，把报录人和邻居都吓了一跳。走出大门不多路，一脚踹在塘里，挣起来，头发都跌散了，两手黄泥，淋淋漓漓一身的水。众人拉他不住，拍着笑着，一直走到集上去了。

这段文字，作者吴敬梓运用多种方法描写因中举过度高兴而发疯的范进。首先，作者运用动作描写，通过“看”“念”“拍”等动词来描绘范进中举时的高兴心情；其次，作者运用一个所有人高兴时都会具备的神态描写，即“笑”来突出范进因为中举而产生的兴奋之情；再次，作者运用语言描写，一句“噫！好！我中了！”把一个因喜事而兴奋到极点的人描绘得栩栩如生。特别是后面疯狂动作的描写，即“踹”“挣”“拍着”“笑着”的描写，要是没有平时对生活的感悟是绝对不可能运用得如此恰到好处的。

综上所述，一个作者如果没有深刻的生活感悟，他就不能在具体的创作实践中把创作方法运用得恰到好处；一个读者如果没有独特的生活感悟，也就不能充分地理解作者运用创作方法的精妙之处。因此，表达与感悟对作者的创作实践，特别是创作方法的运用有着重要的影响。

三、文学美学追求中的表达与感悟

文学作品对读者的影响可以简单地归结为：认识作用、教育作用和美育作用。虽然这些影响在研究中是分别叙述的，但在具体的文学实践之中它们彼此之间是密不可分的。

首先，表达与感悟中的中庸之美。孔子结合《关雎》一诗，论述了他所认为的“文学之美”的具体内涵：乐而不淫，哀而不伤。所谓“乐而不淫”是指一部优秀的文学作品能给读者带来精神上的愉悦，但这种愉悦又不会超过一定的规范；所谓“哀而不伤”是指一部优秀的文学作品，能给读者带来一定的哀愁，但这种哀愁又不会让读者感到悲哀、绝望，并且通过文本中的“哀愁”能让读者体会到生活的情趣。《关雎》原文如下：

关关雎鸠，在河之洲。窈窕淑女，君子好逑。
参差荇菜，左右流之。窈窕淑女，寤寐求之。
求之不得，寤寐思服。悠哉悠哉，辗转反侧。
参差荇菜，左右采之。窈窕淑女，琴瑟友之。
参差荇菜，左右芼之。窈窕淑女，钟鼓乐之。

在这首诗歌作品中，提到了两个人。一个是“君子”，一个是“淑女”。对于前者而言，即《诗经》中的“君子”，虽然他们在社会上属于不同的阶级层次，但这些君子基本上都是属于统治阶级的贵族，没有一个君子是普通的庶民①；所谓的“淑女”也并非“劳动人家的姑娘”，更并非一个“勤劳的女孩子”，而是那个时代的“贵族妇女”。② 所以，这首作品就不是描写劳动人民的诗歌，也不是表现普通男女相爱的一首恋歌了。

结合这首诗的具体内容，可以看出它对社会的影响：

这首诗恰当地再现了“情感”与“社会礼仪”的关系。人非草木，孰

---

① 邓安生，邢丽芳．《关雎》的性质及其教化意义［J］．天津师范大学学报（社会科学版），2013（4）：53－57.

② 邓安生，邢丽芳．《关雎》的性质及其教化意义［J］．天津师范大学学报（社会科学版），2013（4）：53－57.

能无情。因此，所有文学作品都应该直接表现人物形象的七情六欲，真实地再现人物原型的喜怒哀乐。但是在通过人物形象表现情感的时候，一定要注意不能对某一方面的情感过分地强调。就如在这首诗歌中的一样，作者虽然通过“窈窕淑女”的反复咏叹来表现“君子”对“淑女”的渴慕，但是在诗作中，君子对淑女的这种渴慕却受到一定的社会礼仪的约束。也就是说，虽然君子如此地渴慕这位采集“荇菜”的女子，但他的所作所为都没有对社会秩序产生某种程度的影响和相应的破坏。

在这首诗中，男女之间的思念得到真实的再现，面对心仪的对象，男子夜不能寐，辗转反侧，这些行为都是其内心正常情感的具体表现。但是无论是夜不能寐，还是辗转反侧，男子所做的一切，即诗歌所描绘的一切都没有不符合传统礼俗的表现。因而，当后来历代的读者面对此诗的时候，都能有所思，但所思无邪。所以孔子评价这首诗：“乐而不淫，哀而不伤。”

这首诗使每一个读者都明白了古人对待恋爱及其相关问题的态度，即男女之间相互爱慕是正常的情感，它不能因为自己对恋人的渴慕就做出出格的行为。恋爱中的错误行为表现在对传统道德规范的违背上，表现在对生活秩序的破坏上。

在阅读这首诗的时候，特别是当读者对诗中的爱情产生共鸣的时候，热恋中的男女就会约束自己的日常行为。采取正常的途径表达自己心中的爱慕，在正常秩序的约束下接受对方或拒绝对方的爱情，都能为对方所理解，都能为广大的读者所理解和接受。这就是文学作品教育功能在生活中的实现，即这首诗美育作用的实现。无论是这首诗的内容，还是其表现出来的情感，以及男女主人公的行为都给人一种美的享受。换言之，读者在感受诗作之美感的同时，既了解了古人对爱情的基本态度，又从具体的诗作内容中受到了传统生活的教育，从而使读者能够端正自己的爱恋行为。这就是儒家思想体系里的“中庸”之道，即是文学作品实现认识作用、教育作用、美育作用恰到好处的具体体现。

其次，在文学作品的创作中，作者追求一种自然美。自然美在具体的文学作品中有两层意义：一是指某一文学作品的作者把其创作原型所具有的自然美真实地再现在自己的文学作品中；二是指作者在文学作品中描写某种自然现象或某种生活场景时，通过个性化的艺术创作而使文学作品产生的自然美。例如《三峡》：

自三峡七百里中，两岸连山，略无阙处。重岩叠嶂，隐天蔽日。自非亭午夜分，不见曦月。

至于夏水襄陵，沿溯阻绝。或王命急宣，有时朝发白帝，暮到江陵，其间千二百里，虽乘奔御风，不以疾也。

春冬之时，则素湍绿潭，回清倒影。绝巘多生怪柏，悬泉瀑布，飞漱其间，清荣峻茂，良多趣味。

每至晴初霜旦，林寒涧肃，常有高猿长啸，属引凄异，空谷传响，哀转久绝。故渔者歌曰："巴东三峡巫峡长，猿鸣三声泪沾裳。"

这是一篇写景短文，作者郦道元通篇都在真实地再现三峡自然景观之美，特别是在文中的第三段，作者描写春冬之时江水湍急，也没有忘记对自然美景的描绘。这里既有动静的对比，又有色彩的映衬；既有仰视的观察所得，又有俯视所见。但是作者没有一句夸张渲染，全篇都是如录像一样真实地记录。可见这篇文章所体现的自然之美来自作者郦道元所再现的自然景物本身。再如《答谢中书书》：

山川之美，古来共谈。高峰入云，清流见底。两岸石壁，五色交辉。青林翠竹，四时俱备。晓雾将歇，猿鸟乱鸣；夕日欲颓，沉鳞竞跃，实是欲界之仙都，自康乐以来，未复有能与其奇者。

这是一篇描写自然景物之美的短文，全文只有六十八个字，除去前后总写部分，实际用来正面描写自然的只有四十七个字。但就是短短的四十七个字却把自然景物之美表现得使人流连忘返。首先，山水结合，既突出了山之美，又再现了水之趣。正如古人所说"有山无水则无趣，有水无山又乏味"。所以，作者陶弘景把山与水这两种自然景物和谐地再现于自己的文章之中。其次，这篇短文真实地再现了自然景物的色彩美。特别是"两岸石壁，五色交辉。青林翠竹，四时俱备"两句，既写出了两岸岩石的五色斑斓，又再现了两岸青葱的树木、翠绿的竹子。尤其它们之间的相互配合再衬以火红的夕阳更是把自然的美景描绘得让人有如身临其境之感。再次，这篇短文又写出了自然界的变化之美。在文中，作者既写出了早晨晨雾缭绕、如丝如带的景象，又写出了晓雾消散继而猿鸟乱鸣的喧闹之景。特别是后面夕阳西下，更是把这自然之美展现得一览无余。另外，自然之美还来自作者对生活真实的艺术加工。换句话说，文学作品中的自然之美还来自作者的艺术创作。在这样的文学作品中，作者所描绘的自然美虽然超越了真实的自然景物之美，但它却使读者相信了这种自然之美的存在。

文学作品中的"自然之美"，即是使读者在阅读中感受到一种"天然去雕饰，清水出芙蓉"之美。如周敦颐在《爱莲说》中对莲花描写的那样："莲之出淤泥而不染，濯清涟而不妖，中通外直，不蔓不枝，香远益清，亭亭净植。"也正是因为如此，观赏莲花的人才有可能产生这样的感觉：可远观而不可亵玩焉。"可远观而不可亵玩焉"既是在说文中的莲花，也是在谈优秀的文学作品。对于那些与"莲花"一样的文学作品，每一位读者不仅要远远地观赏，而且在观赏之中还要发现文学作品像莲花一样的"出淤泥而不染，濯清涟而不妖”的内容，发现文学作品像“莲花”一样的内在之美，即“中通外直，不蔓不枝，香远益清，亭亭净植”，而这些正是共鸣产生的基础。

最后，文学作品还要追求多义之美。无论是传统文论中所谈到的“味外之味”，还是传统文论中所提到的“象外之景”，都在强调文学作品创作对多义之美的追求。所谓“多义之美”是指在文学作品的创作过程中，由于不同语境的作用而使人对文学作品中的某一句或某几句特定的语言产生了多重的理解。

在中国传统的文论中，所谓的“味外之味”既是一种文本的解读原则，又是一种文学创作应该追寻的美学原则。所谓的“味外之味”的学说是司空图在《与李生论诗书》中提出的。在书中作者司空图这样解释“味外之味”的内涵：

文之难，而诗之难尤难。古今之喻多矣，而愚以为辨于味，而后可以言诗也。江岭之南，凡足资于适口者，若醯，非不酸也，止于酸而已；若鹾，非不咸也，止于咸而已。华之人以充饥而遽辍者，知其咸酸之外，醇美者有所乏耳。彼江岭之人，习之而不辨也，宜哉！诗贯六义，则讽喻、抑扬、停蓄、温雅，皆在其间矣。然直致所得，以格自奇。前辈诸集，亦不专工于此，矧其下者耶！王右丞韦苏州澄澹精致，格在其中，岂妨于道举哉？贾浪仙诚有警句，视其全篇，意思殊馁，大抵附于蹇涩，方可致才，亦为体之不备也，矧其下者哉？噫！近而不浮，远而不尽，然后可以言韵外之致耳。

对于司空图的这段论述，李宛平教授在《司空图的诗歌理论》一文中，这样解读上面的那段论述：“司空图的味外之味是以境为中心来探讨的。他认为，‘近而不浮，远而不尽，然后可以言韵外之致耳’，‘近而不浮’，指的是诗的意境具体呈现在面前，生动不浮泛；‘远而不尽’指诗的意境很深远，能调动学生的想象，使人读来觉得言有尽而意无穷；‘韵外之致’，也就是指令不尽之意而见于言外。境有两种：一种是启发诗人感受的境，一种是作品本身形成的境。前者是后者的根源，后者是前者的结果。在《诗品》中，司空图对每种风格都极力描摹其境，诗人体性的各异，形成他们境界的不同。诗境要既近且远，不深不浮。近则亲切，远则余韵袅绕，才是别有滋味。的确，只有形神兼备，能触发读者想象的诗，才有‘象外之象，景外之景’，也才有‘味外之味’。”①

通过仔细分析可发现，要想理解诗歌的“味外之味”，必须把诗歌的文

① 李宛平．司空图的诗歌理论［J］．南都学坛，2006（6）：68－70.

本语境与作者的阅读语境相结合。在“味外之味”这句话中，前面的“味”存在于诗歌作品的文本语境，后面的“味”存在于读者的阅读语境，而联系这两个语境的关键就是“情感”。

在讨论“味外之味”的同时，司空图又提出了“象外之象，景外之景”。司空图“象外之象，景外之景”中的第一个“象”“景”是可以“置于眉睫之前”“目击可图”的现实景象、图画景象，第二个“象”“景”是处于前者之外的“诗家之景”。所以，“象外之象，景外之景”主要指诗歌意象所独具的超越于现实，也超越于绘画的想象的自由程度。① 在《司空图“象外之象、景外之景”内涵的重新阐释》这篇文章中，作者徐艳对司空图的“象外之象，景外之景”及其相互关系又进行了较为充分的论述：其一，司空图认为“诗家之景”是一种抽象的景象，并非亲眼所见之实物也；其二，司空图认为“诗家之景”之独特在于自由性的想象，文中以“蓝田日暖，良玉生烟”为例，说明了“诗家之景”的特征。

结合上面各位学者对司空图“味外之味”“象外之象，景外之景”的论述与阐释，可以明确这样一个问题：文本的多义解读，其实质是一种文学作品对多义之美的追求。对于文学作品对“多义之美”的追求，不仅存在于作者的创作之中，而且也存在于读者的个性化的文本解读之中。特别在读者个性化的阅读当中，因为每个读者面对同一文本都会有不同的情感体验，每个读者都会有与众不同的阅读基础，因此每个读者心中的“味”、心中的“象”、心中的“景”都会有所不同。所以，同一个文本就具有了无限的意蕴，即所谓的“多义之美”。

如果说上面对多义之美的论述偏重于理论的探索，那么下面结合具体的作品，对“多义之美”进行实践层面的详细分析。如《蝶恋花》：

槛菊愁烟兰泣露，罗幕轻寒，燕子双飞去。明月不谙离恨苦，斜光到晓穿朱户。

昨夜西风凋碧树，独上高楼，望尽天涯路。欲寄彩笺兼尺素，山长水阔知何处。

又如《凤栖梧》：

伫倚危楼风细细，望极春愁，黯黯生天际。草色烟光残照里，无言谁会凭栏意？

拟把疏狂图一醉，对酒当歌，强乐还无味。衣带渐宽终不悔，为伊消得人憔悴。

---

① 徐艳．司空图“象外之象、景外之景”内涵的重新阐释［J］．南开学报（哲学社会科学版），2012（3）：57－64.

再如《青玉案·元夕》：

东风夜放花千树，更吹落，星如雨。宝马雕车香满路。凤箫声动，玉壶光转，一夜鱼龙舞。

蛾儿雪柳黄金缕，笑语盈盈暗香去。众里寻他千百度，蓦然回首，那人却在，灯火阑珊处。

晏殊在《蝶恋花》一词中，对景物的描写抒发了一种深闺的相思之情。特别是其中的“昨夜西风凋碧树，独上高楼，望尽天涯路”，更是把两人之间的相思表现得淋漓尽致。独上高楼是因为相思，望尽天涯路也是因为相思，这两句直接的抒情在前面“昨夜西风凋碧树”的映衬下，更是把两人之间的相思展现得一览无余。

第二首词作虽然也描写相思之情，但是柳永却把这种深深的相思描写成了“衣带渐宽终不悔，为伊消得人憔悴”。为什么衣带渐宽呢？是因为人憔悴。人为什么会憔悴呢？答案是相思。人之所以会遇到衣带渐宽的情况，是因为他们之间深受爱的折磨的结果。

第三首词作中，作者辛弃疾虽然也在描写两人的相思，但这种相思却在现实生活中有了出人意料的结果：因为无意中的一回头，却发现自己心仪的人儿出现在了灯火阑珊处。在这里，之所以能够找到那位心仪的人儿，是因为既有其不断地寻找“众里寻他千百度”的原因所在，又有其偶然邂逅的原因，那是“蓦然回首”所突遇的惊喜。

这三首诗作中的“昨夜西风凋碧树，独上高楼，望尽天涯路”“衣带渐宽终不悔，为伊消得人憔悴”“众里寻他千百度，蓦然回首，那人却在，灯火阑珊处”却被国学大师王国维用来表现学习中的三重境界，并且这种观点被众多的读者接受。他在《人间词话·七则》中写道：“古今之成大事业、大学问者，罔不经过三种之境界：‘昨夜西风凋碧树。独上高楼，望尽天涯路。’此第一境界也。‘衣带渐宽终不悔，为伊消得人憔悴。’此第二境界也。‘众里寻他千百度，蓦然回首，那人却在，灯火阑珊处。’此第三境界也。此等语皆非大词人不能道。然遽以此意解释诸词，恐为晏欧诸公所不许也。”

王国维先生之所以把这三首词作与学习活动联系在一起，是因为他把自己对学习活动的感悟与对诗词的理解联系在了一起。换言之，这也是王国维先生在对词作中的“诗家之景”深入理解的基础上，又衍生出的理解（即学习中的三重境界）。同时，当后代的读者在阅读王国维先生论述这三重境界的文章时，他们又衍生出了这样的认识：学习的第一重境界，即“昨夜西风凋碧树。独上高楼，望尽天涯路”是学习者因为不懂学习之法因而奔波在学习之路上的体会，就如“书山有路勤为径，学海无涯苦作舟”

一样；学习的第二重境界是“衣带渐宽终不悔，为伊消得人憔悴”，细品词句，虽然可发现学习者自愿的成分占据了大部分，但学习者同样要受到折磨，“为伊消得人憔悴”却也是令大多数人感到学习是一件望而生畏的事情；第三重的境界，情况迥然不同了，虽然学习者为了学习也要“众里寻他千百度”，但毕竟可以享受到学习带来的惊喜，因为“蓦然回首，那人却在，灯火阑珊处”。

综上所述，一首词作为什么会由表现深深的“闺中之思”演变成了对学习三重境界的具体表述呢？在文学历史的发展中，读者为什么对这表现学习三重境界的理解又衍生出了个性化的解读呢？答案只有一个：文学作品的创作与具体的文本解读都在追寻一个多义的美学分析。也正是这种对文学作品多义的美学分析，使文本的解读表现出个性化的发展趋势。

四、文学创作动机中的表达与感悟

文学作品的诞生都有其必然的创作动机，没有创作动机就没有文学作品创作活动的发生。在文学作品的创作动机及其相关问题的讨论中，又应该如何认识“表达与感悟”对其的影响呢？

首先，白居易认为“文章合为时而著，歌诗合为事而做”。这是白居易在《与元九书》中提出的观点。在这篇文章中，白居易这样写道：

家贫多故，二十七方从乡赋；既第之后，虽专于科试，亦不废诗。及授校书郎时，已盈三四百首。或出示交友，如足下辈，见皆谓之工，其实未窥作者之域耳。自登朝来，年齿渐长，阅事渐多，每与人言，多询时务；每读书史，多求理道。始知文章合为时而著，歌诗合为事而作。

从这段文字可以知道“文章合为时而著，歌诗合为事而作”这样的感悟，既来自作者白居易的创作实践总结，又来自他对古书的阅读感悟。对于前者而言，他在这段文字中提到了“及授校书郎时，已盈三四百首”，可见白居易得出这样的结论是以自己丰富的创作实践作为支撑的；对于后者而言，白居易之所以得出这样的结论，是因为他对古书的阅读感悟，此时他已“每读书史，多求理道”。

白居易的诸多散文作品均收集在《策林》中。《策林》由七十五篇文章组成，而且大多写于白居易科考之前，是对当时各种社会现象进行思考的结晶。这些内容既是其参加科举考试的准备，也是其结合时政，对时局政治等问题的深入思考。在《策林》一书中，诗人主要探讨了为君之道，分析了先贤举能之方。

在陕西师范大学付兴林的博士论文《白居易散文研究》中，对《策林》一书的思想内容，从为君为圣之道、施政化民之略、求贤选能之方、整肃吏治之法、省刑慎罚之术、治军御兵之要、矜民恤情之核、礼乐文教之功①等八个方面进行了详细的解析。在此仅举此例来说明白居易的“文章合为时而著”的观点。根据付兴林的论文及其论证的内容可以得出这样的结论：白居易不仅提出了这样的观点，而且也在其具体的创作中进行了实践。再如，白居易还提出了“歌诗合为事而作”的观点，虽然对于其提出的“事”应该进行广义的理解，但是生活中的任何一件事情都有可能激发作者的创作欲望，也都有可能成为文学创作中的具体素材。如大家熟知的《卖炭翁》就很好地体现了作者这样的创作动机，原文如下：

卖炭翁，伐薪烧炭南山中。满面尘灰烟火色，两鬓苍苍十指黑。卖炭得钱何所营？身上衣裳口中食。可怜身上衣正单，心忧炭贱愿天寒。夜来城外一尺雪，晓驾炭车辗冰辙。牛困人饥日已高，市南门外泥中歇。翩翩两骑来是谁？黄衣使者白衫儿。手把文书口称敕，回车叱牛牵向北。一车炭，千余斤，宫使驱将惜不得。半匹红绡一丈绫，系向牛头充炭直。

这首叙事诗的语言非常直白，但它所反映出来的事件却非常令人关注。普通人的关注，使文中那位卖炭翁的不幸遭遇得到了大家的同情；达官贵人的关注，使卖炭翁这样的事件能够再次发生的概率降低。所以说，“歌诗合为事而作”与“文章合为时而著”具有同样的创作指导作用。

其次，还有的研究者对创作动机的表达与感悟进行了这样的表述：“为世用者，百篇无害；不为用者，一章无补。”这是东汉的哲学家王充在其《论衡·自纪篇》中的观点。虽然看似这些语句的论断是对文学作品的作用而言，但对这些语句却的的确确可以从创作动机及其相关问题的论述层面进行解析。

一部文学作品，如果要想使其成为“为世用者”，那么在其创作之前作者必须有这样的创作意识。同样，如果一篇文学作品对世无补，那么创作这样的文学作品又有何用呢？所以说，要想使某一篇或某一部文学作品能够为世所用，其创作者必须具有“为世用者，百篇无害；不为用者，一章无补”这样的创作动机。这也就是说，只有作者有这样的创作感悟，他才会创作“为世所用”的作品（即表达）。

对于白居易与王充这样的论述，有的研究者提出了自己的质疑，他们认为这样的创作目的太过于功利化。当然，所谓“功利化”的作品主要表现在文学与政治的关系上处理不当。当文学创作把政治目的作为其唯一的创作目的，文学的发展就会步入畸形发展的轨道。但是，在论述文学作品的具体功能或者说文学作品的具体作用时，众多的研究者都认为文学作品

---

① 付兴林．白居易散文研究［D］．西安：陕西师范大学，2006：95－184.

具有认识的作用、教育的作用、美育的作用。而对文学作品具体作用的分析与文章要“为世所用”、文章要“为时而著”、歌诗要“为事而作”的观点不是具有一致性吗？当然，强调这样的创作动机并不代表对政治的过分关注，但是对于其他研究者的担心也确实是文学创作中应该注意的问题。因此，在文学创作的美学追求中，每一位作家都应该正确地理解白居易提出的“文章合为时而著”与“歌诗合为事而作”的内涵。

五、文学鉴赏中的表达与感悟

任何一部文学作品，只要有读者对其进行阅读，就会产生一定的社会影响。分析文学作品对社会的影响，也就是对文学作品的具体作用进行研究。在以往的研究中，一般的研究者都认为文学作品的具体作用或者说文学作品对社会的影响主要表现在三个方面，即认识作用、教育作用、美育作用。其实文学作品的作用还可以从另外的层面进行分析，即从文学作品对作者创作的影响、对读者个人的影响以及对社会的影响三个角度进行详细的分析。

首先，“尽善尽美”对文学作品的影响。所谓的“尽善尽美”是孔子在对音乐艺术的影响进行分析时提出的一个观点，具体内容见《论语·八佾》一文。其核心思想主要如下：“子谓《韶》尽美也，又尽善矣，谓《武》尽美矣，未尽善也。”作为文学艺术，这句评论同样适用。众所周知，孔子之所以这样评论《韶》和《武》，是因为《韶》是传说上古舜时的乐曲名，舞乐弥漫太和之气，是歌颂舜的乐曲。在古代，帝王治国成功，必作乐舞来歌颂，舜因其品德高尚由尧禅让而登帝位，《韶》乐要表达的思想在大舜的文德，所以孔子称为“尽善”。而孔子对《武》就颇有微词，《武》是传说周武王时的乐曲名，是歌颂周武王的，武王是以武力讨伐商纣而得天下的，以武除暴，《武》乐的内在是武王的“武功”，因而孔子认为“未尽善也”。[①] 从上面的论述可知，孔子从“善”与“美”两个层面对音乐艺术的影响进行了评价。任何一种艺术形式，只要在其具体的艺术作品中具有“善”与“美”的内核，它就一定会被某些读者所发现。只要这些读者发现艺术作品中的“善”与“美”，他们就一定会潜移默化地接受作品对自己的影响。所以说，对“尽善尽美”的理解，不能仅局限于文学作品审美的层面上，还应该结合具体的文学作品分析其中所包含的“善”与“美”对社会的影响。这也就是说，无论某一篇文学作品中的“善”与“美”表现的

---

① 段桥生，米瑞玲．孔子“尽善尽美”与“兴、观、群、怨”的音乐美学思想管窥［J］．歌海，2009（2）：110－111.

程度如何，也无论其“善”与“美”的关系如何，只要是文学作品，它就会通过自己文中所蕴含的“善”和“美”对社会产生一定程度的影响。

其次，“兴、观、群、怨”对文学作品的影响。在《论语·阳货》一文中，对于诗歌的作用有过这样的论述：“诗可以兴，可以观，可以群，可以怨。迩之事父，远之事君。多识于鸟兽草木之名。”对于“兴、观、群、怨”可以进行如下的解说：所谓“兴”，即“兴于诗”（《论语·泰伯》），诗能振奋人的精神与斗志，激发和引导人的审美感，培养想象力与创造力；“观”就是“观风俗之盛衰”（郑玄注）、“观道德之状态”（李泽厚《中国美学史》）、“闻其乐而知其德”（《孟子·公孙丑》）、“乐行而民向方，可以观德矣”（《乐记》），意即音乐具有一定的认识作用；“群”即“群居相切磋”，可以聚集音乐爱好人士，互相切磋技艺、交流思想和经验、协调关系；“怨”即“怨刺上政”（孔安国注），就是讲音乐有表现喜怒哀乐、悲欢离合的功能，有批评和警示社会不良现象的作用。[①] 虽然在此孔子没有详细地区分音乐与文学，但正是这种没有进行详细区分的论述，使“兴、观、群、怨”既成了传统美学的重要思想，又成为分析文学作品的作用时一种必须参考的论断。

有的研究者针对“尽善尽美”的学说，提出了“尽善尽美”与个人修养等同的观点，认为要想使文学作品达到“尽善尽美”，那么作者首先要提高自身的修养。其实，这只是文学作品影响的一个方面，任何一部文学作品都会对作者和读者产生重要的影响。例如，在文学作品的创作过程中，它首先会对作者产生影响。然后在具体的阅读过程中，通过作品中的形象和情节来影响它的读者，特别是那些纪实性的散文更是如此。朱自清的散文《背影》就可作为例证：

我说道：“爸爸，你走吧。”他望车外看了看说：“我买几个橘子去。你就在此地，不要走动。”我看那边月台的栅栏外有几个卖东西的等着顾客。走到那边月台，须穿过铁道，须跳下去又爬上去。父亲是一个胖子，走过去自然要费事些。我本来要去的，他不肯，只好让他去。我看见他戴着黑布小帽，穿着黑布大马褂，深青布棉袍，蹒跚地走到铁道边，慢慢探身下去，尚不大难。可是他穿过铁道，要爬上那边月台，就不容易了。他用两手攀着上面，两脚再向上缩；他肥胖的身子向左微倾，显出努力的样子。这时我看见他的背影，我的泪很快地流下来了。我赶紧拭干了泪。怕他看见，也怕别人看见。我再向外看时，他已抱了朱红的橘子往回走了。过铁道时，他先将橘子散放

① 段桥生，米瑞玲．孔子“尽善尽美”与“兴、观、群、怨”的音乐美学思想管窥［J］．歌海，2009（2）：110－111.

在地上，自己慢慢爬下，再抱起橘子走。到这边时，我赶紧去搀他。他和我走到车上，将橘子一股脑儿放在我的皮大衣上。于是扑扑衣上的泥土，心里很轻松似的。过一会说：“我走了，到那边来信！”我望着他走出去。他走了几步，回过头看见我，说：“进去吧，里边没人。”等他的背影混入来来往往的人里，再找不着了，我便进来坐下，我的眼泪又来了。

这是最为感人的一段描写，这段内容通常被读者概括为“买橘送别”。针对这样一段真实的背影描写，作者朱自清在文章的开始部分写下了这样的语句：“我与父亲不相见已二年余了，我最不能忘记的是他的背影。”这也就是说，创作之初是父亲买橘送别的背影首先感染了作者自己，然后朱自清再进行的《背影》创作。如果不是特别的感触，作者怎么会在与父亲不相见两年后，还能提笔叙述那段难忘的情感呢？特别是《背影》最后的一段更是把作品内容对作者首先产生影响的观点证明得确凿无疑。朱自清在文章的结尾这样写道：“我北来后，他写了一信给我，信中说道，‘我身体平安，惟膀子疼痛厉害，举箸提笔，诸多不便，大约大去之期不远矣。’我读到此处，在晶莹的泪光中，又看见那肥胖的、青布棉袍黑布马褂的背影。唉！我不知何时再能与他相见！”

也有人认为是作者受到父亲写信的影响，才开始了《背影》的写作，但是仔细地想一想，如果不是作者对父亲的背影念念不忘，他怎么可能被一封家信所感动呢？

朱自清的《背影》已在众多读者的心中留下了深刻的印象。对于这篇文章的研究，不仅有具体的教学研究者，而且也有诸多的文学研究者。特别是《背影》选入语文教材的这一事实，更能说明一篇文学作品的影响，不仅可以从作者的方面进行分析，还可以从读者的层面、从社会的层面进行分析。因此，无论是“尽善尽美”的论述，还是可以“兴、观、群、怨”的叙说，都对分析文学作品的社会影响或者说分析文学作品的具体作用提供了参考的基础。

素质拓展：

1. 什么是表达？什么是感悟？

2. 请结合具体的文学作品阐释“表达”与“感悟”在文学创作中的辩证关系。

3. 请以具体作品为例，阐释“表达”与“感悟”对文学鉴赏的影响。

4. 在“文学四要素说”视域下，阐释自己对“表达”与“感悟”的理解。

5. “表达”与“感悟”是文学研究永恒的主题吗？

第一章 学习篇

学习既是获得知识的主要途径，也是探讨任何一个文学问题的客观基础。因此，当一个研究者确定了自己的研究方向后，他所做的第一件事就应该是学习，学习的目的就应该是为了完成自己既定的研究课题，所以本书把对“学习”及其相关问题的探讨放在篇首。

第一节 学习态度

学习有法而法无定法。学习因人而异，因时而异。但无论因人，还是因时，都与学习者的态度密切相关。《论语》在阐述学习方法之前，先用了“不愤不启，不悱不发”短短八个字，论及了学习态度的重要性。这句话虽然简短，但它却蕴含着重要的教育原理，即主动学习的重要性。关于这八个字的内涵，王向东在其《〈论语〉中的学习方法》一文中，曾经这样解释：教学，是从哪里来的？就是从这八个字来的。什么叫作“不愤不启”？什么叫作“不悱不发”？“愤”是什么意思？就是心里想知道，可是却做不到。什么叫作“悱”？意思就是嘴巴里想说，却说不出来。这两个字加起来，就叫作心欲之而不能，口欲言而不得。这就是“愤悱”这两个字的意思。换句话说，你自己主观上产生了想把这个问题搞清楚的愿望，老师就来教你；如果你自己对这个问题不产生兴趣，本身没有追求的欲望，老师讲给你听，你也听不进去，收效也不可能大。硬是往下灌，满堂灌，效果就很差。因此，在未谈及学习方法之前，学习者一定要端正学习态度。

中国古代数量颇多的“劝学诗”都是以劝人学习为主题的诗歌作品，内容或激励学子向学，或阐述学习的真谛等。在“劝学诗”中，“劝学”是这类作品的主题，“诗歌”是这类文学作品的体裁。这一界定是根据诗歌的主题——“劝学”为标准对诗歌作品进行分类而得出的一种结论。本节以“劝学诗”为研究对象，来探讨古人看待学习的态度。

一、惜时

在学习过程中励志与惜时同样重要。所以有人说，努力请从今日始；

也有人说，今日事今日毕。惜时，可以使学习者在有限的时间内，达到事半功倍的效果。因此，每个学习者都应“惜时”。在具体的学习实践活动中，不同的人对“惜时”有不同的理解。“惜时”的含义就是“争分夺秒”，但是如何在学习活动中做到“争分夺秒”许多人却不知道。因此，有必要结合具体的“惜时”类劝学诗作，对这个问题进行深入的分析和说明。

首先，在学习活动中，能够在适当的时间做适当的事情就是一种“惜时”的具体体现。

陶渊明是晋朝一位著名的诗人，他曾经写过一首以“惜时”为主题的诗作：“盛年不再来，一日难再晨。及时当勉励，岁月不待人。”虽然这首诗被冠以《杂诗》，但它的主题却是提醒读书人要发奋努力，时不我待。

与其相似的另一首诗作是唐朝杜秋娘名为《金缕衣》的劝学诗。在这首诗中作者同样也提出了“惜时”的观点。原诗如下：“劝君莫惜金缕衣，劝君惜取少年时。有花堪折直须折，莫待无花空折枝。”

这两首劝学诗都被认为是经典的“惜时”之作，但是对这两首诗中“惜时”的特点却未能进行深入地分析，而且这两首本应该能够警示众人的“惜时”之作却因没有被众人理解而未达到作者劝人学习的目的。下文详细分析这两首诗的具体内容和它在“惜时”方面所体现出来的特点。

在陶渊明的诗中，作者通过“盛年不再来，一日难再晨”强调时间飞逝的同时，引出了自己对如何“惜时”的感悟：及时当勉励，岁月不待人。即每个人在时光飞逝的现实面前，都不应该显得无可奈何，而应该及时勉励。作为一个学习者，如果此时不努力，那他终将陷入“岁月不待人”的现实中而再次感慨“盛年不再来，一日难再晨”。因而，陶渊明的劝学诗中暗含着一种这样的观点：在适当的时候学习恰当的内容。

在唐朝杜秋娘名为《金缕衣》的诗中，“在适当的时候学习恰当的内容”这种惜时的观点得到更为形象而生动的解说。作者首先通过“劝君莫惜金缕衣，劝君惜取少年时”这句引出了“惜时”的观点，然后利用后面的两句话“有花堪折直须折，莫待无花空折枝”来形象而生动地细化自己的观点。“有花堪折直须折，莫待无花空折枝”的内涵是指在学习活动中“能学习什么就学习什么，能学多少就学多少”。杜秋娘劝学的重点就是：在适当的时候学习你最应该学习的内容。当折花时应当及时去折花，不要等到花开过了无花的时候再去折那光秃秃的空树枝。

其次，学习中的“惜时”还是一种“今日事今日毕”的学习策略。正如古人《今日歌》所说：

今日复今日，今日何其少！今日又不为，此事何时了？人生百年几今日，今日不为真可惜！若言姑待明朝至，明朝又有明朝事。为君聊赋今日诗，努力请从今日始。

今日的来临基于“昨天”的基础，因此，学习者只有对待“今日”的态度还是不够的，他需要认真对待自己的“昨天”，不要为“昨天”的碌碌无为而烦恼。对待“昨天”正确的态度就应该如《昨日歌》中所云：

昨日兮昨日，昨日何其好！昨日过去了，今日徒烦恼。世人但知悔昨日，不觉今日又过了。水去汩汩流，花落日日少。万事立业在今日，莫待明朝悔今朝。

时光匆匆如箭，尽管“子在川上曰：‘逝者如斯乎，不舍昼夜。’”到现在已经过去了那么多年了，但是仍然有许多人没有体会到这句话的真正意义。于是，明代的钱福写了一首更为容易理解的《明日歌》来劝诫世人：

明日复明日，明日何其多。我生待明日，万事成蹉跎。世人若被明日累，春去秋来老将至。朝看东流水，暮看日西坠。百年明日能几何？请君听我明日歌。

“昨天”“今天”“明天”是一个时间的小轮回，“过去”“现在”“将来”又是一个时间的大轮回，作为一个学习者，无论你处于哪一个时间的轮回中，都应该做到“今日事今日毕”。

再次，“惜时”在学习上还表现为一种学习的效率。所谓学习的效率，就是指在单位时间内一个学习者能够掌握的知识量。提高学习效率最恰当的途径就是掌握一种最为适合的学习方法。因此，正是在这个意义上，有关学习方法类的劝学诗也可以归入“惜时”类的劝学诗之中进行讨论。学习方法与教学方法一样，可谓是学习有法，法无定法。面对相同的学习内容，不同的学习者有不同的学习方法。虽然如此，作为一种具有相同本质的学习实践，它还是有一定规律可遵循的，所以就有了下面宋朝陆九渊的《读书》劝学诗：

读书切戒在慌忙，涵泳工夫兴味长。
未晓不妨权放过，切身须要急思量。

在这首诗作中出现的“涵泳”是古代一种文学艺术的鉴赏方法，它具体的意思是指在某一篇或某一部文学作品的鉴赏活动中，鉴赏者（学习者）应该沉浸在具体作品的内涵之中，通过自己反复的体味去感悟作品的真正价值。所以，这首诗的核心意义就在于告诉学习者一种这样的学习方法：在对某个文学作品的鉴赏过程中，一定要细心感悟作品的内容，在反复思索中逐渐地领悟其真正的内涵。如果在这个过程中遇到了不明白的问题，该放弃的就先放弃，不要因为它耽误自己宝贵的学习时间。但对于那些与自己密切相关的内容却权当别论。在陆九渊的这首诗作中，他提出了一个与陶渊明相似的读书方法。陶渊明在其《五柳先生传》一文中曾经这样说自己："好读书，不求甚解，每有会意，便欣然忘食。"在这句话中"好读书，不求甚解"与本诗中的"未晓不妨权放过"有着相似之处。

通过掌握学习方法达到"惜时"的目的。这样的劝学诗还有韩愈的《赠别元十八协律六首（其五)》。其内容如下："读书患不多，思义患不明。患足己不学，既学患不行。"在这首诗歌中，所谓"患"即"担忧"也。韩愈在这首劝学诗中通过四"不"，既是在告诫学习者应该有一个良好的学习态度，又是向学习者讲述一种具体的学习方法。在具体的学习活动中，学习者应做到：首先，应该多读书，所谓的"读书患不多"就是担忧学习者没有足够的阅读量。其次，在阅读每一本书的过程中，一定要认真体会作品的内涵，领悟文本的精神实质。"思义患不明"的意思，就是要求每一位学习者对每一个具体的文本都要做到真正的理解。再次，在学习的过程中，担忧学习者没有远大的学习目的，一知半解就停步不前。正如古书中所讲的故事那样，当一个人学会"一"和"二"的写法后，就认为自己学会了一切，于是他辞去了自己的老师。但是当他的父亲要请一个姓"万"的朋友吃饭时，他写了一天也没有写到"万"。因此，作者韩愈写出"患足己不学"的诗句。"既学患不行"可以结合学习活动的具体情况从多个方面来理解：第一，"既学患不行"是说作者担忧学习者学习一段时间后不再继续学习。如果一个学习者通过自己的学习，明白了一些事理，掌握了一定的知识，因此就不再学习了，这同样会阻碍学习者的继续提高，正如五十步笑百步一样。学习与运动会上的竞赛是一样的，终点也是起点。当一个学习者完成了对某一个知识的学习后，他就会面临着下一个知识的学习。第二，"既学患不行"还可以结合哲学中有关"理论"与"实践"的关系来理解。学习是一个广义的概念，它既包括对理论知识的学习，也包括把理论知识升华为能力的实践操作过程。因此，在学习过程中，有人担忧学习者不能把学到的知识及时转化为实践的能力，大家熟知的"纸上谈兵"的故事就可以作为反面例子来使读者进行深思。"纸上谈兵"的赵括不能说其没有学习，但是可以说他没有真正地学习。所谓真正地学习就是指理论与实践相统一的学习过程。理论的学习是为提高自己实践的能力，而提高实践能力的过程，又是验证理论知识正确的关键。因此，按照今天的观点，不妨把"既学患不行"理解为"对于已经掌握的理论知识，还应该担忧学习者不把它付诸自己的实践"。这样的理解并不一定是韩愈先生的原意，但它更切合今天的学习实践。

"惜时"最直接的做法就是珍惜每一分钟。正如颜真卿所作《劝学》说的那样："三更灯火五更鸡，正是男儿读书时。黑发不知勤学早，白首方悔读书迟。"面对学习，如果每个人都能够做到"三更灯火五更鸡"，那么学习者就不会有“白首方悔读书迟”的遗憾。即使非常愚钝的学习者，如果肯这样勤奋地学习，那么也一定会学有所成。这一点就如俗语“笨鸟先飞”所说的一样。

宋朝刘过的诗《书院》也表达了同样的惜时观点：“力学如力耕，勤惰尔自知。但使书种多，会有岁稔时。”这首诗中的“稔”是“庄稼成熟”的意思。在诗歌的前两句中，作者把学习与农民的耕耘进行类比，在学习与耕耘中，努力与否都可以从最后的收获进行判别。一个农民如果努力耕耘了，那么他在秋季里一定会有很多的收获；一个读书人如果努力学习了，那么在他学习之后也一定会有所感悟、有所收获。

革命前辈叶剑英也曾经写过一首这样的劝学诗《攻关》：“攻城不怕坚，攻书莫畏难。科学有险阻，苦战能过关。”在这里，作者首先通过自己的革命经历总结出“攻书”与“攻城”的相同之处，然后通过自己对革命生涯的反思，得出这样的结论：科学有险阻，苦战能过关。虽然他没有在诗作中直接点出“惜时”的概念，但要想“苦战”，不“惜时”怎么行？不在有限的时间内，做出无限的事，怎么又可能称得上“苦战”？又怎么能攻克重重的科学难题？

朱熹写有劝学诗《偶成》：“少年易老学难成，一寸光阴不可轻。未觉池塘春草梦，阶前梧叶已秋声。”在这首诗作中，朱熹既强调了学无止境，又强调了时光飞逝。特别是在这两者的对比中，极大的反差使读者悟出了惜时的重要性。与朱熹一样强调惜时对于学习重要性的著名劝学诗还有唐朝王贞白的题为《白鹿洞诗二首》中的一首，写道：“读书不觉春已深，一寸光阴一寸金。不是道人来指引，周情孔思正追寻。”作者用“周情孔思正追寻”一句形象化地解释了前边“读书不觉春已深”的原因，并且通过它再次形象化地阐释了“一寸光阴一寸金”的含义，即把宝贵的时间用于追寻书中“周情孔思”的精髓。

正可谓“无情岁月增中减，有味诗书苦后甜”，所以对“惜时”应该进行广泛的理解：利用好自己的每一分钟，去学习知识是“惜时”；掌握正确的学习方法，提高学习效率也是“惜时”；在适当的时机完成自己应该完成的事情，更是一种“惜时”。

二、乐学

子曰：“知之者不如好之者，好之者不如乐之者。”正如众人所知道的那样，兴趣是学习最好的老师。一个学习者只有从学习中获得了乐趣，才能对学习产生兴趣，在古代的劝学诗作中，还有一部分作品是通过学习的乐趣来激励读者学习的。

在这类劝学诗中，诗歌的作者通过对读书乐趣的表现，来劝解众人从事学习实践。虽然有一首打油诗这样写道："春天不是读书天，夏日炎炎正好眠，秋有蚊虫冬有雪，收拾书本好过年。"但是大多数的学习者对这样的表述还是持有异议的，读书本身应该是一件能够获得乐趣的事情，在不同的时间读同一本书是如此，在不同的时间读不同书也能够使学习者获得不同的乐趣。

首先，以乐趣劝学是古代劝学诗的一个特点。特别是对于书本知识的感悟可以使学习者获得更多的乐趣。例如下面这首名为《四时读书乐》的劝学诗：

读书之乐乐无穷，春夏秋冬乐其中。
风雨霜雪频相戏，合窗展卷自从容。

在这首劝学诗中，作者翁森把读书的乐趣与自然的乐趣进行了对比，而且在具体的对比中，作者能够客观而辩证地认识自然与读书的乐趣这一点更是难能可贵。读书有读书的乐趣，正如四季景物的更替一样，它也可以让人获得无限的乐趣。尤其是最后一句"合窗展卷自从容"，把自然美景与读书之乐合二为一。面对心旷神怡的自然美景，手捧一卷令人陶醉的书本潜心阅读，这是一件多么美好的事情呀！这样的劝学诗不仅能够激发读者的阅读欲望，而且也符合学习的客观规律，它比那句"书山有路勤为径，学海无涯苦作舟"多了不少令人愉悦的乐趣。面对"书山"能有几个读者不心生厌倦，不心生畏难的情绪？但是面对自然美景，手捧一卷宝书，有几人能不心生羡慕？

读书的乐趣并不都是美景配好书这种形式。它还来自读书人对书籍内容的领悟。例如，朱熹就曾经写过这样一首内容颇为深刻的题为《观书有感》的劝学诗：

半亩方塘一鉴开，天光云影共徘徊。
问渠哪得清如许，为有源头活水来。

在这首诗作中，作者把书本比作是一口方塘，把书籍中所蕴含的具体内容比作是自然美景。特别是诗句的最后一个比喻，更是把读书的乐趣再现得淋漓尽致。"为有源头活水来"中的"源头"具体指什么是一个非常重要的问题。所谓的"源头"是指读者那种锲而不舍的精神，是指读者的阅读感悟，还是指那一本本的经典书籍？或许是兼而有之。

其次，季节不同，读书乐趣也不同。虽然古人没有提出终身学习的观点，但古人却写过这样的对联：无情岁月增中减，有味诗书苦后甜。细思这副对联，它不仅写出了时间对于读书的宝贵，而且也写出了读书的快乐。但对一般的读者而言，他们并不一定能够理解这副对联所蕴含的哲理。有人说一日之计在于晨，一年之计在于春。然而，不论是一日之计的“晨”，还是一年之计的“春”，每一个时刻都适合读书，每一个时刻都有读书的乐趣。正如元朝学者翁森《四时读书乐》所写：

山光拂槛水绕廊，舞雩归咏春风香。
好鸟枝头亦朋友，落花水面皆文章。
蹉跎莫遣韶光老，人生唯有读书好。
读书之乐乐何如？绿满窗前草不除。

春季读书的乐趣在于读者面对“山光拂槛水绕廊”的美景，捧一卷书，咏春风，交朋友，品味诗文中的韵味，真是别有一番滋味在心头啊！但乐归乐，笑归笑，不能忘记“蹉跎莫遣韶光老，人生唯有读书好”这永恒的哲理。

修竹压檐桑四围，小斋幽敞明朱晖。
昼长吟罢蝉鸣树，夜深烬落萤入帏。
北窗高卧羲皇侣，只因素谂读书趣。
读书之乐乐无穷，瑶琴一曲来熏风。

夏季读书的乐趣与春季不同，在绿荫掩映下，听着枝头蝉儿的鸣叫，望着落萤入帏，细思书中的哲理，享受无穷的欢乐。

昨夜前庭叶有声，篱豆花开蟋蟀鸣。
不觉商意满林薄，萧然万籁涵虚清。
近床赖有短檠在，对此读书功更倍。
读书之乐乐陶陶，起弄明月霜天高。

秋有秋的乐趣，不仅前庭叶儿随风哗哗响，而且篱边还有豆花开，蟋蟀鸣。虽然“萧然万籁涵虚清”是秋的本色，但是此时此刻，既是自然收获的时节，也是读书收获的时节，经历了春，经历了夏，那读书的乐趣也会更加浓厚。

木落水尽千崖枯，迥然吾亦见真吾。
坐对韦编灯动壁，高歌夜半雪压庐。
地炉茶鼎烹活火，一清足称读书者。
读书之乐何处寻？数点梅花天地心。

读书的乐趣与其他生活的乐趣不同。《论语·雍也篇》中，子曰：“智者乐水，仁者乐山；智者动，仁者静；智者乐，仁者寿。”前两句“智者乐水，仁者乐山”有人把其理解为：智者之乐，就像流水一样，不仅阅尽人世万物，而且也像水一样淡泊；仁者之乐，则像高山一样，岿然不动，崇高而安宁。这就是说，读书的乐趣与日常生活中的乐趣不同，它是对读书人内心及精神世界的一种陶冶。因而，普通人的情绪会受到一年四季景物变化的影响，而读书人则会有所不同。虽然读书人不可能都成为孔子一样的圣人，但是读书人却都可能从书中获得乐趣，即使在“木落水尽千崖枯”那严寒的冬季，他们也能从“数点梅花天地心”中悟出生活的快乐。

第二节 学习方法

方法是学习取得成功的关键，恰当的学习方法可以使学习者在具体的学习过程中达到事半功倍的效果，而错误的方法不仅会导致事倍功半，有时甚至会使学习者最终一无所获。所以，在论及学习的时候，一定要涉及学习方法的问题。

现代社会节奏加快，竞争激烈，人们越来越认识到学习的重要性，终身学习也成为大家的共识。但凡有志于事业发展、人生拓展的人，必然会面临时间、精力有限的困境，提高学习的效率显得尤为重要。因此，近年来出版业也涌现出了一波“关于如何学习”的热潮，出版了大量关于总结学习方法的书籍，其中也不乏上佳之作。有的作品具有思想的高度凝练性、流畅的语言表达，也颇值得想要学习的人去研读一二。

这一领域最为人熟知的是“一万小时定律”。英裔加拿大作家格拉德威尔在2009年出版的《异类》一书中指出：“人们眼中的天才之所以卓越非凡，并非天资超人一等，而是付出了持续不断的努力。一万小时的锤炼是任何人从平凡变成超凡的必要条件。”要成为某个领域的专家，需要一万小时，按比例计算就是：如果每天工作八个小时，一周工作五天，那么成为一个领域的专家至少需要五年。但是这一理论近年来被众多科学家、作者打破，天赋、训练方法等的差异都会影响一个人是否能成为某一领域的专家。此外被众多研究者、作者所认可的方法，如“刻意练习”也被诸多想要改变学习方法、提升学习效率的人所拥护并实践。

在成甲所著的《好好学习》一书中，提到三种基本的学习方法：学会反思、教学相长、刻意练习。其实这些学习方法并非新创，在中国传统经典中先贤早已提出相似的主张。以《论语》为例，这部语录集的散文著作不仅集中反映了孔子的教育思想，而且还涉及了孔子教育思想所指导下的学习方法的问题。现结合现代学习方法和古人的学习之道进行分析。

一、学会反思

《好好学习》一书提出，反思，是对产生结果的原因进行分析。或者换个说法：反思的实质是对假设进行校正，即从已知的情况去推导产生这一状况的原因何在。反思在学习中至少有三个作用：发现知识误区；促进已有知识产生新知识；检验学习的新知识是否进行了应用。

孔子也提出了大家耳熟能详的一句话——“温故而知新”。在《论语》中，孔子在论及温故与知新的问题时，曾经说“温故而知新，可以为师矣”。这句话对学习的启示有以下几个层面：第一，知识的增长来自对已学习知识的复习。在复习中可以使学习者在获得新知的基础上，达到熟能生巧的能力培养目标。第二，“温故”是“知新”的基础，而由“温故”到“知新”的过程，则是学生推理能力培养的过程。正如孔子在《述而》篇所言：“举一隅不以三隅反，则不复也。”举一反三没有推理的帮助是绝对不可能的事情，但如果在一个新学习的内容上就要求学习者进行如此繁复的推理，也是一件不可能的事情。而恰当的学习方法则是把两句结合起来，既“温故”，又“反三”才是最佳的学习方法。

二、教学相长

俗话说：“没有金刚钻，就不揽瓷器活儿。”自己若是没有一桶水，又如何能倒给别人半桶水呢？处于学习阶段的人，不敢表达自己的看法，更不敢去教授别人。但这些道理其实仅仅是站在被教者的角度而言，如果换作学习者（或者说传授者）的角度，那么教别人的过程恰恰也是最好的学习过程。“教学相辅，教学相长”是教育界的一句常话，却并非虚话。《好好学习》一书认为：教别人的过程表面上是知识输出，但实际上这个过程还有额外的三个价值：第一，因为要教别人，就会督促自己发现知识阻塞，进一步打通已有知识……；第二，教别人的过程，是一个强化记忆和认识的过程……；第三，教别人之后，别人提出疑问、质疑和新想法，会增强我们的认识。总而言之，“教”是“学”的一个再强化过程，并且是非常实用、高效的再强化过程。在《论语》中，也有这样的思想。子曰：“三人行，必有我师焉。”每个人都有值得别人学习的某个长处，或是某一部分知识。三人同行，我们可以向他人学习，自然别人也可以向我们学习。这句经验还有后半句：“择其善者而从之，其不善者而改之。”一般的解释是认为，对于他人，我们学习他值得学习的地方，而不值得学习的地方我们也可以引以为鉴，以他人为镜，观照自己的问题并改善它。若从“教学相长”的角度来看，也可以这样引申思考：当只是闷头学习时，我们往往并不能注意到自己知识的错漏。“教”是一种表达和表现的过程，同时也是一个暴露自身问题的过程。通过“教”，可以发现自己知识结构的强弱，哪些地方掌握得很牢固，便可以继续保持下去；哪些知识结构薄弱，便可以在今后有针对性地加强学习。这样才能更好地提升学习效率。

三、刻意练习

近些年来最为广大学习者所推崇的，便是“刻意练习”。这一理论的基础便是上文提及的“一万小时定律”，但是并非只要量上达到这个数字就能真的成为某个领域的专业人士，而是要在“质”上有所保证。这个“质”就是“刻意练习”。对刻意练习的理解可以分为几个层面：理清自己的知识结构，找出自己的“临界知识”，有针对性地提高；在学习和练习的过程中不断地总结和思考，将零散知识组合成单元知识，再将小块的单元知识组合成整体结构知识，形成本质规律性的认识；练习时抓住问题的本质，大量持续地练习，完成从量变到质变的过程。

首先，理清知识结构。子曰：“知之为知之，不知为不知，是知也。”即了解自己的知识结构是开始有效学习的第一步。现在新兴的网络教学，都倡导先进行一个学习情况测试，了解学习者对于知识的掌握情况，再有针对性地选择和制定课程。传统的学校教育中其实也有诸如摸底测试一类的考察方式，这对于教学双方来说都是必要的。从测试结果我们可以分出掌握知识的三种情况：牢固掌握、基本掌握和未掌握。对于第一种，我们在今后的学习中只需要定期复习即可；第二种基本掌握的，说明在某些情况下还会出现错误或遗漏，需要纳入今后的学习范围，再进一步加强；至于第三种未掌握的，需要在之后的学习中有计划地展开学习。尤其是第二种，也就是我们说的“临界知识”，其实是最容易被学习者所忽略的，但对于提升学习者的知识能力来说可能是最重要的部分。而且这一部分已经学习了却明显较难掌握好的，往往都是核心的知识节点，只要能打通这一节点，知识便能融会贯通。而梳理自己的知识结构，就是学习者第一步要做的事情。

其次，组合知识。孔子认为：“学而不思则罔，思而不学则殆。”意思是只是埋头学习、一味读书，不去主动思考，没有批判和质疑的精神，就会“死读书”，所谓“尽信书不如无书”，即指此意。反之，如果一味空想却不去进行实实在在的学习和钻研，缺乏大量的基础阅读、分析、整理工作，那么所思所想也只是沙上建塔，一无所得。在学习过程中，学与思缺一不可。学习与思考相结合，才能真正获得知识。学习虽然没有可以偷懒的窍门，但是却有技巧和规律。想要真正掌握一门知识，或是打通各类知识相通的关键，就要学会组合知识，不要把已学习的知识看作一个个独立的知识点，死记硬背，而是要对它们进行组合，把关联性强的、相似的知识点进行归类，相反的观点进行对比。

最后，从量变到质变。在对自身知识结构有了清楚的认识并且学会组合知识之后，剩下要做的就是坚持练习，并且是大量练习，让陌生的知识成为自己脑子里的一部分。如同学习弹琴，学到专精时，所有一开始陌生的手部动作，都会成为身体自然的条件反射，与自身融合为整体。学习任何知识也是一样，从别处获取的知识，在刻意练习后也会被消化理解，打上自己意识的烙印，成为自己的东西。《论语》中提道："譬如为山，未成一篑，止，吾止也；譬如平地，虽覆一篑，进，吾往也。"如果用堆土成山来形容学习这件事，只差最后一筐土就放弃了，那么山便不成山；就算还只是一片平地，只要撒下第一筐土，并且能坚持下去，最终就会达到目标。因此，学习是需要长期坚持的。子曰："苗而不秀者有矣夫；秀而不实者有矣夫！"庄稼出了苗却不扬花的情况是有的，开了花却不结果的情况也是有的。即便有天赋，如果不能坚持学习，也并不会有好的成就；即便取得了暂时的成就，如果不能继续前进，也不会有自我的持续进步。学习的过程本身是一个从量变到质变的过程，一味埋头苦学是不科学的，但是绝对的捷径也是不存在的。在掌握科学方法的基础上，通过持续地、大量地练习和思考，才会有知识上质的突破。在清楚自身知识结构的基础上，针对薄弱点以及最有可能提高和改善的部分，进行大量有针对性的学习和练习，这便是刻意练习的本质。

要选择一种适合自己的学习方法，虽然说殊途同归，但对那条"捷径"的追寻却是成功的关键。所以在具体的学习实践中，每一位学习者都应该结合具体的学习内容，根据自己的学习能力寻找一种最适合的方法，从而提高自己的学习效率。总之，面对自己学习上的困难，每一个人都应该"敏而好学，不耻下问"，学习有法，法无定法。正如建构主义提倡的那样，学习方法体系的形成也是在不断地学习实践中建构的一个过程。

第三节　学习与成长

毋庸置疑，学习对于每一个人的成长都是非常重要的。每一个人从呱呱坠地开始就在不断学习，学习吞咽、学习抓握、学习坐、学习爬、学习如何通过情绪的表达来满足自我的需求，唯有学习才能保障自己的生存。从进化论的角度看亦是如此。人类的进化、文明的演变，同样是不断学习的过程和结果。学习采集果实、学习狩猎、学习使用火、学习判断天气变化、学习如何磨制石器，任何学习成果都可能推动文明的巨大进步。学习与成长密不可分。当然，随着时代的变化，需要重新学习、持续学习的事物也会不断更替。学习不应该是一个目标，而应该成为伴随自己成长的一种习惯。学习的真正价值不在于去往一个目的地，而在于让此刻走在路上的每一个学习者，有稳当而矫健的步伐，有欣赏沿途美景的眼光，有自学自乐的精神。

一、认知能力

在现代社会以前，无论中西方，教育和学习大部分都是贵族或社会上层阶级的专有权利，只要学习了基础知识，在社会上就有了知识优势。然而现代社会教育的普及，使得基本知识的学习和储备已经不再是一个问题。绝大部分人从幼儿园到大学，都能接受到一套完整的、大致相同的知识体系。与此同时，现代社会的多变性和复杂性，又对人们的知识水平提出了更高更新的要求，也就是要改变我们对知识的陈旧看法。知识不再单单是书本上展现的、供人记忆的文字，也不仅仅是学习后能够操作的某种技能，知识应该是一种个体的认知能力，获取知识的速度和深度决定了认识水平的发展维度。所谓认知能力，是指个体通过学习之后，能够理性地选择、自主地判断与勇于思辨的能力，这才是学习对于个体成长的最大帮助。

培根有一篇著名的散文——《论读书》（*Of Studies*），谈论了关于读书，也即学习的重要价值，其中提出了几个观点。首先是读书能给人带来的好处：乐趣、文雅和能力。

读书能给人乐趣、文雅和能力。人们独居或退隐的时候，最能体会到读书的乐趣；谈话的时候，最能表现出读书的文雅；判断和处理事务的时候，最能发挥由读书而获得的能力。那些有实际经验而没有学识的人，也许能够一一实行或判断某些事物的细枝末节，但对于事业的一般指导、筹划与处理，还是真正有学问的人才能胜任。

读书或者说学习本身就能让人感受到乐趣，现代人需要学习的一个重要能力就是独处。在这个信息时代，我们习惯了热闹喧嚣的生活，尤其在城市生活中，外出有商场、影院、饭馆，在家有电视、手机、游戏等，我们无时无刻不在被动地接受着大量庞杂的声光影像，这使得大脑几乎没有片刻宁静，耳旁也充斥着各种声音，一旦安静下来反而不知如何自处。而读书是一个人的活动，沉浸在作者建构的世界中，未出门而行万里，未见人而看尽人生，其中的丰富与趣味，若非亲自一探不能了然。读书的积累既然能让人丰富知识，增长见闻，那么多读书、多学习之人的言谈也必定与常人不同，而由学习所获得的抽象思维和抓住核心问题的能力更是珍贵。这种能力在于超越了知识本身，结合了人在学习中获得的观察能力，让人学会思考。

技巧的人轻视学问，浅薄的人惊服学问，聪明的人却能利用学问。因为学问本身并不曾把它的用途教给人，至于如何去应用它，那是在学问之外、超越学问之上、由观察而获得的一种聪明呢！读书不是为着要辩驳，也不是要盲目信从，更不是去寻找谈话的资料，而是要去权衡和思考。

同时，学习不仅仅是阅读小说这样易于理解的作品，还要学习更多其他门类的知识，也要结合合理的训练，如辩论、写作等，才能真正地接纳知识，融为一体。

读书使人渊博，论辩使人机敏，写作使人精细。如果一个人很少写作，他就需要有很强的记忆力；如果他很少辩论，就需要有机智；如果他很少读书，就需要很狡猾，对于自己不懂的事情，假装知道。历史使人聪明，诗歌使人富于想象，数学使人精确，自然哲学使人深刻，伦理学使人庄重，逻辑学和修辞学使人善辩。

林语堂在《论读书》一文中也提出了“读书胆识论”，要能识别书籍乃至事物的好坏优劣，必先有胆，要有勇气拥有自己的意见。对书籍的鉴赏与选择、对观点的评判和淘拣，均要有自己的看法，即便一时与人不合，也要能说出一两个理由来。

读书须有胆识，有眼光，有毅力。胆识二字拆不开，要有识，必敢有自己意见，即使一时与前人不同亦不妨。前人能说得我服，是前人是，前人不能服我，是前人非。人心之不同如其面，要脚踏实地，不可舍己耘人。诗或好李，或好杜，文或好苏，或好韩，各人要凭良知，读其所好，然后所谓好，说得好的道理出来。或竟苏韩皆不好，亦不必惭愧，亦须说出不好的理由来。或某名人文集，众人所称而你独恶之，则或系汝自己学力见识未到，或果然汝是而人非。学力未到，等过几年再读；若学力已到而汝是人非，则将来必发现与汝同情之人。刘知几少时读前后汉书，怪前书不应有《古今人表》，后书宜为更始立纪，当时闻者责以童子轻议前哲，乃“赧然自失，无辞以对”，后来偏偏发现张衡、范晔等，持见与之相同，此乃刘知几之读书胆识。因其读书皆得之襟腑，非人云亦云，所以能著成《史通》一书。如此读书，处处有我的真知灼见，得一分见解，是一分学问，除一种俗见，算一分进步，才不会落入圈套，满口滥调，一知半解，似是而非。

两位作家所讲的，就是人通过学习，要培养自己的综合认知能力。学海无涯，个体的小舟游弋其中往往容易迷失，陷入人云亦云的泥潭。要在浩瀚的知识海洋中撷取对自我成长真正有营养的部分，是一种需要培养的能力，对正在学习的内容要勇于质疑和反思。正所谓“襟腑独见”，不随波逐流，有自我观点的人才能了解到学习的乐趣。

二、审美意识

可以说，两次工业革命以来，整体上是科技文明占了上风，我们被围绕在一个工业化、机械化的社会中。我们追求效率、追求便捷。我们有了高楼大厦，却失去了绿水青山；我们有了电视手机，却忘了感受阳光雨露；我们追求快速的生活方式，却不知道停下来思考生活……英国作家劳伦斯就在他的作品中反映了工业社会与传统自然文明的对立。他的家乡原本是风光秀丽的农村，却因开采煤矿成了烟尘弥漫的工业新兴之地。他的家人成了现代社会的煤矿工人，被超负荷的劳动和微薄的薪资压榨了所有的时间和精力，如同《卡夫卡》中所表现的人在工业社会中的“异化”。劳伦斯痛感自然的被破坏和工业文明对人性的压抑，于是创作出《查泰莱夫人的情人》，以爱情故事为线索，表现了自然与社会、人性与反人性的矛盾。

在这样的时代背景下，就连学习这件事，也变成了追求知识的累积和实用。比如，这些年来文史专业一直受到冷遇，家长和学生认为，学习文学、哲学这些有什么用呢？大家能够想象，学了财务，可以去做会计；学了生物，可以研究基因；学了计算机，可以编程……相比之下，文史专业除了在教师行业有所发展之外，似乎真没什么用了。但是大家忽略了，这些学科真正的作用是在于培养一个人的审美意识，有了审美，就有了良好的判断和抉择的标准和能力，这是一个人综合素质最基础的土壤。无论在哪个行业，失去了对美的敏感和鉴赏，造出的建筑物只会是钢筋水泥的混合，制造出的产品只会是金属的工具，设计出的文案只会是文字的堆砌。审美意识是人类文明自诞生以来不可或缺的组成部分，正因为有了发现美、识别美、保存美的眼光和行为，人类的精神才得以滋养。为什么乔布斯能取得巨大的商业成功？因为苹果产品不光是技术的成果，也是乔布斯的禅意思想和极简主义审美结合的产物。为什么安藤忠雄的建筑能被视作艺术品？因为其中也蕴含着设计师深刻的美学思想和审美追求。

所以我们在学习时，无论是学习什么样的学科，哪个类别的知识，都不能忘了以美为出发点，要通过学习来培养自己的审美意识。日本文学有传统审美精神，在现代与传统的交融和对立中，找到了一条和平共处的道路。《源氏物语》在日本与《红楼梦》在中国有着并驾齐驱的地位，这部创作于一千年前的长篇小说，是对日本平安时代古典风貌的绘卷式、全景式的展现，因对“物哀美”的极致表现，揭示了日本人民深层的审美思想。然而主人公光源氏青年时与众多女子相恋的主要线索，加上语言隔阂、文化差异等原因，使很多读者、学生在阅读或是学习这部作品时，往往耽于情节的荒诞和结构的松散，体味不到作品的精髓。事实上，对审美意识的深入理解，是把握这部作品的关键钥匙。主人公与一众女子的爱怨情仇，女子的优雅与哀怨，男子的深情与善变，人与人之间交往的缘分深浅，人生起伏的世态无常，这些所有因素都会带来一个共同的感受：物之哀。哀，并不仅仅是哀伤，更准确地说是感叹。因外在的事与物而触动心弦，引发主体的情绪变化，有嗟叹、有悲伤、有感动、有沉吟。无论是花谢花开、月落盈亏，还是相聚欢宴、生离死别，人活在当下，感动于此刻，是最本真的状态。这一审美意识才是作者紫式部创作这部作品的真正意义，也是其能流传至今、打动读者的法宝。这种对美的审识和鉴赏，不会因时代而褪色，如果在学习时不能理解这一点，秉持着实用主义的观点去解读这部作品的话，就失去了学习的意义。

同时，美的形式是多种多样的。同样以日本文学为例，有细腻华美的古典式审美，也有以恶为美、以丑为美的表现。谷崎润一郎的作品《刺青》，描述了刺青师清吉在一个美女脊背上刺下了巨大的蜘蛛文身，以此女子获得了美的力量，男子皆为之倾倒。在一般的观念中，女性完美的肌肤被丑陋的图案破坏，女子从纯洁的少女变身成为能够魅惑男性的“妖女”，这是丑与恶的表现。另一部作品《春琴抄》中，女主角春琴身为盲女，容貌美丽却性格孤僻，她善于琴艺，最终因拒绝纨绔子弟的追求，被人用热水毁容。一直陪伴在侧的弟子兼仆人佐助因极度尊崇春琴的美，为了照顾春琴的自尊心，维持她的美丽，竟用针刺瞎了自己的双眼。春琴的美以实体之美的毁灭和佐助的自我摧毁为代价，成了永恒。小说中对针刺双眼这一行为的描写也采用了第三者的表述，显得冷静客观，却令人心生寒意。

他试着用针插入左眼的眼珠，但是要刺中眼珠，好像很不容易。而眼白部分较硬，针刺不进。眼珠毕竟软些，他轻轻刺了两三下，才咯吱一声响，刺进了两分光景，眼珠旋即一片白浊，他觉得失去了视力，既没有出血、发烧，也没有感到什么痛苦。这是因为水晶体组织遭到破坏，便成了外伤性的白内障。佐助又以同样的办法刺中了右眼珠，顿时双眼都瞎了。

三岛由纪夫的《金阁寺》也表现了相似的主题。这部作品以真实的“火烧金阁寺”事件为底本，描写寺僧沟口天生口吃，自幼倾倒于金阁寺之美，同时他也意识到金阁寺这一完美的存在和残缺的自己之间有着天壤之别。在战争中，沟口与金阁寺之间因面临空袭等不可抗力的威胁，似乎产生了某种精神上的联系。战后金阁寺恢复了往日的繁荣，而平凡的沟口感到了巨大的落差，最终沟口放火焚烧了金阁寺，毁掉了数百年的历史文物。金阁寺位于日本京都，是紧邻镜湖池畔的三层楼阁状建筑，形制精美华丽，寺内核心建筑“舍利殿”的外墙以金箔全铺装饰，因此得名。三岛创作这部作品的意图，不在于对寺僧的行为进行批判，而是在形而上的层面上探讨了美的存在形式。金阁寺的美丽和人心的丑恶形成了强烈的对比，同时，过分美丽的东西会让人产生占有欲，内心被影响和束缚，让人痴迷、偏执。而美丽被毁灭后，以另一种形式获得了永生。美，不是一个狭义的概念。

在文学的世界里，展现了各种美的形式，也启发读者对美进行思考。学习审美，让自己开阔眼界，开阔心胸，形成多元的审美观。

三、自学自乐

现在去到书店或者打开在线销售书籍的网页，最先映入读者眼帘的大都是各类教材教辅、考证考级辅导、一百天快速学会XX技能等，从中小学到职业发展，学生要考试升学，职员要不停进修，仿佛学习的气氛非常浓厚了。不否认等级考试制度的必要性，但学习仅仅就是指这些吗？答案显然是否定的。学习应该有一种“自娱自乐”的精神，应该是通过学习，构筑一个精神上的、自我的小天地，进可开拓天地，退可驻守一方。通过学习完成自我满足，不再依托外界的得失来评判自我。这种精神天地对于个体的成长来说非常重要。时代不停变迁，人的境遇也有上下浮沉，唯有坚毅的心志、丰富的内心能够让人屹立于天地之间。

首先，学习应该是自我陶冶。劝学诗就通过劝学再现了学习生活的乐趣。学习应该是一件非常快乐的事。即使偶尔遇到了学习上的困难，最终在克服困难的时候，也会使学习者享受到“山重水复疑无路，柳暗花明又一村”的快乐。虽然过去的那副劝学联把学习描述成“书山有路勤为径，学海无涯苦作舟”如此地骇人，但是只要学习，学习者就会在“学海”的遨游中获得弄潮的快感，就会在攀登书山的疲劳中享受到“会当凌绝顶，一览众山小”的欣慰。即使一千个读者心中有一千个林黛玉，那这一千个林黛玉也会给这一千个读者带来不同的审美体验。读书的快乐正如朱熹说的“半亩方塘一鉴开，天光云影共徘徊。问渠哪得清如许，为有源头活水来”一样，“天光云影共徘徊”是学习的一种快乐，体验到“为有源头活水来”也是一种学习的快乐。

其次，学习应该是自我完善。学习本身不具备功利性，学习是自我的完善，而外在的成就仅仅是随着自我的完善顺其自然发生的结果。歌德的《威廉·迈斯特的学习时代》一书，塑造了在德国文学史上与浮士德并驾齐驱的人物——威廉·迈斯特。故事以十八世纪中叶的德国为背景，出生于商人家庭的青年威廉·迈斯特，性格善良、正直，他厌恶市民阶层的庸俗和利欲熏心，希望能够通过投身于戏剧艺术行业来提高和完善自身。在这个过程中，威廉筹建了流浪剧团，四处漂泊，接触种种世态，经历过爱情和事业的失败，但也结识了由年轻开明贵族组成的团体——塔社，他们都心怀理想，渴望改良社会，威廉通过不断地学习，成了追求人性完善和崇高社会理想的探求者。

在歌德看来，学习的范围不局限于书本知识，整个社会天地都是学习的对象。年轻人只有去经历社会的大浪淘沙，才会有真正的成长。整部作品以“学习时代”命名，说明人的成长是一个渐进的过程，需要时间。在这样一个“学习”的过程中，威廉的自我得以完善，从一开始的空有理想却无实干的懵懂状态，在现实的碰撞中逐渐成熟；面对父母与子女的冲突、商业与艺术的矛盾等问题，他经历着从对抗到和谐的心理过程；在经历事业理想的迷茫、爱情的挫败时，他能够勇于进取。最重要的表现是，威廉认清了，在当时的社会中想要以戏剧改变社会的梦想是不切实际的，他勇敢地放弃了自己的戏剧之梦，加入塔社。作品中的塔社是一个社会秘密团体，由开明宗教人士、贵族等组成，他们立志于革新社会，扶弱济贫，名字来源于他们每次都在塔楼中集会。威廉在塔社中接受广义上的教育，改变了对社会和人生的想法，最后得到了一份“结业证书”，完成了自己的学习时代。这部小说也是欧洲第一部成长小说，奠定了这一小说类型的基础，并成为评价一部作品是否能定义为成长小说的标准。成长小说以主人公的学习、成长、变化的过程为对象，描绘主人公由天真幼稚逐渐成熟的心智过程，表现个体在时间和空间的转换中人格完善、思想蜕变的过程。一个人成长的过程，其实也是不断学习的过程，无论是在学校学习，还是进入社会学习更广泛意义上的知识，最终都是为了将自己塑造成为更好的人。一个拥有完善自我的人，无论身处何种环境，都能不骄不躁，不为外界摇动，坚守内心的理想。这种完善也并不是指完美，自我完善的过程本身就是渐进的，并没有一个最终的标准，完美的人格或者人生也并不存在。因此，不断学习，不断追求进步，才是学习的作用之一。

学习是终身持续的修行，“路漫漫其修远兮，吾将上下而求索。”真正的学习者，懂得先摆正态度，再运用科学的学习方法，通过学习来实现个体的成长。态度是学习的基础，方法是学习的路径，成长是学习的目标，三者缺一不可。

素质拓展：

1. 从古人的“劝学诗”中，你能总结出与学习相关的哪些重要的态度或方法？

2. 当今时代，人们在普遍感到“时间不够用”的状态下如何提高学习效率？

3. 请举例说明你在学习某项知识或是技能的时候有过的“刻意练习”的经历和体会。

4. 请结合文学作品，分析学习与个体成长之间的关系。

5. 阅读本章后，你认为学习的本质是什么？

第二章 理想篇

王家新在《长江文艺》上发表了一首题为《在山的那边》的诗。诗中写道："在山的那边，是海吗？/是的！人们啊，请相信——/在不停地翻过无数座山后/在一次次地战胜失望之后/你终会攀上这样一座山顶/而在这座山的那边，就是海呀/是一个全新的世界/在一瞬间照亮你的眼睛……"在这里，山那边的"海"就是我们的理想，而为这个理想拼搏的过程，就是一种个性化的实践，一种通过个性化的实践来实现自身价值的实践。

第一节 心中的灯塔

理想就是山那边的"海"，就是逐梦人头顶上的那轮"月亮"，就是盖茨比心中的那束"绿光"，就是平凡世界里的不平凡。现实是残酷的，命运是不可抗的，理想的羽翼常常会遭遇现实的狂风暴雨，有些人折断羽翼再也无法起飞，而有的人总会长出新的柔嫩羽毛，重新学习飞行。在理想与现实的鏖战中，坚定理想的人，最终将以永不放弃的姿态获得胜利。

一、理想就是头顶上的月亮

英国作家毛姆的代表作《月亮与六便士》中有一句经典之语："满地都是六便士，他却抬头看见了月亮。"思特里克兰德原本是一个碌碌无为的中产阶级男性，其内心潜藏着的艺术灵感在单调重复的日常生活中生根发芽，如同种子破土而出的力量，推动着他以义无反顾的热情，舍弃了平凡却安稳的生活，走上在旁人看来脱离常规、未来渺茫的艺术道路。他放弃了工作、家庭（尽管受人诟病），穷困潦倒，甚至远走至太平洋的小岛上，最终在这里爆发出了最高的艺术成就，实现了自己的理想。"六便士"是英国当时的流通货币，在小说中象征着物质与现实，而头顶上的一轮明月，月光皎洁，在黑暗中洒下最为温柔的光线，为黑暗中的行人照亮了道路，"月亮"就象征着理想。

这本小说也给所有读者提出了一个重大的命题——你会选择地下的六便士，还是天上的月亮？毛姆或许并无意于探讨物质与理想孰轻孰重，吃饱穿暖乃是人生存的本能需求，但是正如孔子称赞颜回所说："一箪食，一瓢饮，在陋巷，人不堪其忧，回也不改其乐，贤哉回也！"在基本的物质需求得以保障的基础之上，你是否还能想起高悬于顶的那轮明月？

毛姆于 1874 年出生在法国巴黎，其父母是英国驻法使馆的工作人员，毛姆不到十岁时父母双亡，他被带回英国的伯父家抚养。年少时的毛姆，身材矮小，严重口吃，又得融入一个并不熟悉的环境，周遭的人总是耻笑嘲弄他。与人性之恶的早期遭遇，造成了毛姆内向孤僻的性格，但是也塑造了他敏锐的洞察力。他创作《月亮与六便士》的时代，是欧洲社会思想变化最为动荡的时期。随着工业革命对生产力的变革，社会关系与资本分配发生巨变，国家、民族间纷争不断，毁灭了欧洲传统价值观念的第一次世界大战刚刚结束。在看似沉稳不变的社会结构中，英国这个老牌帝国的传统文明的核心遭到挑战。一方面是战后经济恢复对物质发展的巨大需求，另一方面是传统道德和宗教所形成的社会阶层桎梏了人们对人性自由的追求。毛姆做过医生，感受过底层人民的疾苦，一战期间做过情报收集工作，还多次出访到南太平洋、远东等地。丰富的人生经历为他的创作打下了扎实的基础。因此他笔下的人物内心丰富，《月亮与六便士》开篇波澜不惊，思特里克兰德是英国社会中一个平平无奇的证券经纪人，表面上看家庭美满，有温柔的妻子、稳定的经济收入和社交生活，但这并不是主人公梦想的生活。之后，情节直转急下，一夜之间他成了抛妻弃家、去国离乡之人。先是流浪至艺术之都巴黎，生活潦倒，画技平庸，过去所做的选择看似一场闹剧，而未来也是一片黑暗。理想往往显得不合时宜，毛姆想要表现的是一个人的精神追求。在主流的生活中，一个人如何发现和坚守自己的理想，对集体意识和从众心理提出挑战，在面对无数质疑时能够清晰地听从自己内心的声音，走完一条荆棘满布的道路并不是最困难的，难的是迈向这条遍布荆棘的小径的第一步。然而无论思特里克兰德如何颠沛流离，他都认为自己现在的生活远比当初饱食终日却无所事事的生活要有意义得多。

迷惘之中思特里克兰德到了南太平洋上一个小岛上，这里风景如画，土著人生活简单却充满生命热情，他在岛上娶妻生子，原始的风光与生活为他的艺术创作注入了巨大的能量，在麻风病缠身的弥留之际，他用尽生命的力量终于完成了一幅旷世杰作。

毛姆没有给出一个大团圆的结局，而是在思特里克兰德实现理想后让他被病痛折磨至死，甚至连他的那幅旷世杰作也并没有几个人看到。因为理想有时候并不需要现实的认可，理想的自我完成或许是人生短短几十年最重要的体验。古希腊神话中，普罗米修斯决意为人类盗取天火时，肯定清楚地知道后果，但他心中对人类的怜悯已经升华为一份崇高的理想。

理解了这一点，回头再来看：月亮和六便士都在眼前，是仅为物欲的生活疲于奔命？还是为仰望心中那轮明月而有所放弃？这个问题同样摆在读者的面前。孔子云：“吾日三省吾身。”也许我们应该时刻省察自己：初心何在？理想永远都是高悬于顶的明月，或许月光浅淡，但永远能在我们陷入黑暗时照亮前行的路。

二、理想就是信号灯塔发出的“绿光”

同样的理想主义者还有菲茨杰拉德笔下“了不起”的盖茨比，小说《了不起的盖茨比》是值得探讨的。一个出身贫寒的美国西部的穷小子，想要跻身上流社会，赢得心爱女子的芳心，却最终倒在了脆弱爱情与残酷阶级差距的脚下，这样的主人翁伟大何在？

事实上，盖茨比的梦想或许就是今天芸芸众生最常见的梦想。如果没有理想，或许他就在贫瘠的故乡面朝黄土背朝天地劳作，娶一个吃苦耐劳的妻子，生几个孩子，安稳度过一生，不能体会到精神生活的丰富以及世界的广阔。盖茨比有一个“美国梦”：他想要改变出身，改变命运，获得更好的生活，与心爱的女子共度一生，哪怕付出的代价是欺骗、谎言，甚至是违反法律。他成功了，一度成为上层社会中一颗新星，大家口中“神秘的富豪”，尽管他依旧背负着自卑、不安和被揭穿一切后的巨大风险。

这部作品的创作有着特殊的年代背景。二十世纪二十年代的美国，经济蒸蒸日上，一战并未波及美国本土，甚至让美国发了战争财，在1929年的经济危机爆发前，美国进入了前所未有的经济发展黄金时期。制造业的繁荣、股票市场的兴盛，让许多人一夜暴富，财富成为评价个人身份的重要标准。与此同时，精神空虚也蔓延在社会之中，经济的繁荣创造了充分的物质条件，享乐主义盛行。而战争给人们带来的感受也不尽相同，有人亲历战争对人性的拷问；有人安于生活，一心只想上个好大学，找份好工作，过上好日子。政治斗争、种族歧视、阶级分化并没有因为经济发达而得到解决，反而表现得更加激烈。因此美国的二十世纪二十年代之所以被称为“喧嚣时代”，是因为种种思想的融汇与对立，个人在时代的洪流中作出了不同的抉择。“美国梦”作为红极一时的理想同义词，在这个时代被反复提及，并被赋予了新的时代内涵。

当谈及“美国梦”时，有一个一以贯之的核心，即以个人奋斗改变命运。从移民第一次踏上北美大陆到美国建国时期，面对这片广袤大陆，清教徒的新移民们梦寐以求一个新的家园，而这并不是天然得到的，同样需要一代代人脚踏实地的开拓、耕耘、建设，再到摆脱英国的统治，建国者们希望建立一个再没有统治者、国王，只有人民以及民选政府代为行使权力的全新国家，正如《独立宣言》所陈述的：

我们认为这些真理是不言而喻的：人人生而平等，造物者赋予他们若干不可剥夺的权利，其中包括生命权、自由权和追求幸福的权利。

到了作者菲茨杰拉德和笔下人物盖茨比的时代——二十世纪二十年代的美国，这一“美国梦”又有了不同。《了不起的盖茨比》是带有自传性质的作品，同样出身普通人家的菲茨杰拉德，凭借优异的成绩，大学就读于当时有名的贵族学校——普林斯顿大学。在这里他感受到与同龄人之间巨大的差异，一方面他对上流社会的生活方式表示嘲讽，另一方面内心深处却又渴望着能够融入他们。大学期间他经历了初恋，却因为对方是富商的女儿而被棒打鸳鸯，女孩的父亲嘲笑他说就凭你这么个穷小子也妄想娶自己的女儿。菲茨杰拉德深受打击，更是激发了他想要出人头地的欲望。1918年，在一次偶然的聚会上，他见到了自己命中注定的女神——泽尔达。泽尔达是名副其实的大小姐，祖父是参议员，父亲是州最高法院著名的大法官，她生得美貌动人，懂法语，会跳芭蕾，是舞会上男生们都竞相追求的女孩。菲茨杰拉德对光彩耀人的泽尔达一见钟情，而彼时身着军装的翩翩少年也吸引了泽尔达的目光。但是两人的恋情毕竟越不过现实的门槛，为此菲茨杰拉德去往纽约专心写作，两人约定好等菲茨杰拉德成名后便结婚。1920 年出版的《人间天堂》为他博得大名，两人也顺理成章结婚，此时名声大噪、经济条件迅速改善的菲茨杰拉德夫妇顺着时代的风潮，在纽约和欧洲过上了纸醉金迷、夜夜笙歌的浮华生活。然而这种生活很快难以为继，一方面，经济入不敷出，菲茨杰拉德不得不创作一些能赚快钱的剧本来维持奢侈的生活；另一方面，泽尔达厌倦了作家夫人的身份，想要重拾芭蕾舞事业，可惜重重困难诱发了她的精神疾病，两人的感情也出现了危机，泽尔达似乎与其他男性交往甚密，也使得菲茨杰拉德异常痛苦，陷入了酗酒的恶习中。1940 年 12 月 21 日，44 岁的菲茨杰拉德死于心脏病，去世前家财皆已散尽，在遗嘱中他要求举办“最便宜的葬礼”，而七年后，泽尔达也葬身于精神病院的意外火灾中。一对才子佳人最终亲手毁掉了自己的人生。

菲茨杰拉德在《了不起的盖茨比》中所描绘的盖茨比的人生，可以用清代孔尚任的《桃花扇》中的一句来评价：“眼看他起高楼，眼看他宴宾客，眼看他楼塌了。”历来的文学评论都认为这部作品表现了“美国梦的破碎”，自然是无误的。但是仅仅用这样一个具有地域局限性、时代阶段性的名词来概括这部作品，未免有些狭窄。自诞生之日起，《了不起的盖茨比》就被反复阅读，无论是在经典文学的高阁上还是在市场经济的浪潮中，都从未被冷落，这其中必然有其超越时代的、地域的普世性价值存在的原因。

菲茨杰拉德笔下的盖茨比，不仅仅是一个时代或者某种理念的失败者，他的人生或许并没有取得现实意义上的、盖棺定论式的成功，但倘若我们把他看作一个理想主义者，把他的人生之路看作一场逐梦之旅，就会发现这个人物身上闪耀着梦想的光芒。作者不仅仅在批判那个时代，也在自己的作品中保存了一个小小的希望。

盖茨比出身美国西部的贫苦农家，但他一直心怀梦想，想要改变自己的命运。小说里面描写道盖茨比年少时常常阅读的一本书，其空白处记录着他当时每一天的时间安排：早上6点起床，学习各种知识、运动锻炼直至晚上9点；还写着他的个人决心："不再吸烟或嚼烟""每周读有益的书或杂志一份""每周储蓄五元（涂去）三元"等。这样的日程和目标亲切得仿佛我们身边的每一个人都曾写过。这些小小的目标组成了一个少年想要改变命运这一远大理想的每一块基石。

后来盖茨比成为一个下级军官时，他在舞会上认识了富家小姐黛西，两人一见倾心。然而当盖茨比参战归来，黛西已经嫁给了举止粗鲁却极为富有的纨绔子弟汤姆·布坎农。心碎的盖茨比为了重新夺回黛西的芳心，立志奋发，终于奋斗成为一位大富豪，小说开篇部分就是对他的豪宅、宴会、财富的极尽想象的描写。

每逢周末，他的劳斯莱斯轿车就成了公共汽车，从早晨九点到深更半夜往来城里接送客人，同时他的旅行车也像一只轻捷的黄硬壳虫那样去火车站接所有的班车。每星期一，八个仆人，包括一个临时园丁，整整苦干一天，用许多拖把、板刷、榔头、修枝剪来收拾前一晚的残局。

每星期五，五箱橙子和柠檬从纽约一家水果行送到。每星期一，这些橙子和柠檬变成一座半拉半拉的果皮堆成的小金字塔从他的后门运出去。他厨房里有一架榨果汁机，半小时之内可以榨两百只橙子，只要男管家用大拇指把一个按钮按两百次就行了。

至少每两周一次，大批包办筵席的人从城里下来，带来好几百英尺帆布帐篷和无数的彩色电灯，足以把盖茨比巨大的花园布置得像一棵圣诞树。自助餐桌上各色冷盘琳琅满目，一只只五香火腿周围摆满了五花八门的色拉、烤得金黄的乳猪和火鸡。大厅里面，设起了一个装着一根真的铜杆的酒吧，备有各种杜松子酒和烈性酒，还有各种早已罕见的甘露酒，大多数女客年纪太轻，根本分不清哪个是哪个。

而主人公盖茨比作为神秘富豪出场时，他的形象也是惹人遐想的。

他心领神会地一笑——还不止心领神会。这极为罕见的笑容，其中含有永久的善意的表情，你这一辈子也不过能遇见两三次。他面对着——或者似乎面对着——整个永恒的世界一刹那，然后就凝注在你身上，对你表现出不可抗拒的偏爱。他了解你恰恰到你希望被了解的程度，相信你如同你乐于相信你自己那样，并且教你放心他对你的印象正是你最得意时希望给予别人的印象。

小说里并没有直接表现盖茨比的发家史，但是通过人物对话和情节推进可以得知，他的迅速致富显然是参与了很多非法的活动，做了许多违背道德之事。但是作者为盖茨比的形象撑开了一把保护伞，他所有行动的出发点只有一个，便是他对黛西的爱。而这份爱更可以还原为盖茨比的一个梦。作为上层社会出身的黛西，她的美丽、富有、优雅，对盖茨比而言都象征着他自幼渴望进入的那个世界，在盖茨比看来，赢得黛西的心，不仅仅是赢得一份爱情，更是赢得来自上层社会的一份认可。纯洁的爱情和闪耀的梦想，就是作者为主人公撑起的保护伞，使得这个形象脱离了道德审判，盖茨比不是菲茨杰拉德要批判的对象，盖茨比的人生也不是菲茨杰拉德用来警醒人类的道具，作者在他身上倾注了自己的热情和理想。读者能比较清楚地感知到，有的作者是通过想象来创作故事，而有的作者是通过燃烧自己来创作故事，菲茨杰拉德无疑属于后者。《人间天堂》《夜色温柔》和《了不起的盖茨比》都是在讲述同样模式的故事，也是菲茨杰拉德自己的人生，底层社会的年轻人受到上层社会的吸引，在爱情、财富、理想的纠缠中度过了属于自己的一段“梦之旅”。这个梦，你可以认为它是腐朽的、残破的，可它更应该是“大梦了无痕”之梦，应该是历尽人间悲欢后“落了片白茫茫大地真干净”之梦。不应简单地用功过成败给盖茨比这样的人物定性，每个人物都身处不同的时代，每个时代都有各自不同的社会大背景，人在社会浪潮中浮浮沉沉，难免受到影响，难免会有随波逐流、迷失自我之时，然而，正如小说开篇第一句话：

我年纪还轻，阅历不深的时候，我父亲教导过我一句话，我至今还念念不忘。

“每逢你想要批评任何人的时候，”他对我说，“你就记住，这个世界上所有的人，并不是个个都有过你拥有的那些优越条件。”

菲茨杰拉德显然知道读者会从不同角度，甚至更多地从否定的角度看待他心爱的人物，所以他直截了当地表明了自己的出发点。盖茨比身上最值得读者了解的，不是他在面对整个沉重的社会制度和时代背景时所呈现的稚嫩、虚妄和不择手段，而是一个人能够为理想付出多少努力，以及一个人在背负理想时所具备的专注、执着和坚忍不拔的品质。这是跨越时代、国家、文化背景的优良品质，正因为如此，这部作品才拥有了流传的价值，才会被一代代的读者所喜爱。

故事的结尾令人伤感，黛西撞死了人，盖茨比打算替她去顶罪，而汤姆挑唆死者丈夫（死者同时也曾是汤姆的情妇），使他失去理智枪杀了盖茨比。盖茨比的葬礼只有小说的叙述者“我”尼克和盖茨比的父亲来操办，而往日盖茨比宴会上的那些宾客们早已树倒猢狲散，尽显世态炎凉。然而，菲茨杰拉德并没有将气氛停留在这里，小说最后一段话以尼克的角度，留下了一段经典的文本：

当我坐在那里缅怀那个古老的、未知的世界时，我也想到了盖茨比第一次认出了黛西的码头尽头的那盏绿灯时所感到的惊奇。他经历了漫长的道路才来到这片蓝色的草坪上，他的梦一定就像是近在眼前，他几乎不可能抓不住的。他不知道那个梦已经丢在他背后了，丢在这个城市那边那一片无垠的混沌之中不知什么地方了，那里合众国的黑黝黝的田野在夜色中向前伸展。盖茨比相信绿光，相信久违的希望，希望正在离我们远去，但这不重要，明天我们将奔跑得更快，将我们的双臂伸得更远，终有一日，我们继续奋力航行，逆水行舟，被不断地推回，直至回到往昔岁月。

叙述者尼克是另一个盖茨比，是未曾丢失纯真、没有被物欲横流的世界卷入旋涡的盖茨比。他在经历了与盖茨比的这一段交往后，认清了自我，辞掉了人人追求而自己并不喜欢的纽约证券交易所的工作，找回了自己当作家的梦。而盖茨比的故事在小说文本的叙述中就是由尼克记载下来的。“绿光”是黛西家房前的一个信号灯塔发出的光芒，在无数个夜晚，河湾对岸的盖茨比就这样痴痴望着这绿光，仿佛能够看见他心爱的女孩，“绿光”也象征着盖茨比的爱情和梦想。盖茨比始终相信希望的存在，并为之不断努力前行。或许在现实的人生中，盖茨比如同逆水行舟的小船，最终倾覆在社会洪流中，但这已经不重要了，盖茨比、菲茨杰拉德，以及那个时代无数的平凡人，他们用自己的奋进和人生拼凑出了往昔岁月的荣光。

三、理想就是平凡中的“不平凡”

如果说思特里克兰德、盖茨比的梦想都太过文艺，显得高大而不可即的话，中国当代作家路遥的《平凡的世界》则描写了另一种理想的形式。这部作品自面世以来就成为经典文学作品中难得的畅销书，不断被推荐为大学生的必读书目，经电视剧改编翻拍后更是家喻户晓。这部作品的力量在于塑造了一系列小人物的精神力量。

作品中的主人公是两兄弟，哥哥孙少安是个地道的陕北农民，在贫瘠的生活夹缝中却活出了乐天知命、奋斗向上的乐观性格。他没有文化，更不会讲大道理，面对生活的重压，带领着家人、村人奋斗，一次次失败，又一次次重新站起来，在一穷二白的“烂包”生活中，敢于带头实行承包责任制，开办砖窑；砖窑被毁后，他负债累累却大胆地再次办起了砖厂，最终实现了自己的理想——带领全村富起来。

弟弟孙少平的形象更丰富而多层次地展现了理想在个体身上的变化。接受过高中教育的他，在书籍的世界里产生了对辽阔世界的向往，不甘心面朝黄土背朝天的生活，立志改变命运，然而命运对他似乎是残酷的。他出身贫寒，读书时只能吃着最便宜的黑馒头，毕业后无处可去只能返乡，再次出走到城市却发现自己只不过是一个身无分文的揽工仔。少年时期的少平是理想化的、奋进的，而在城市的繁华和大学生身份的爱恋对象田晓霞面前，他也是自卑和封闭的。然而，在社会最底层挣扎的少平并没有失去金子般的心，煤矿中日复一日的高强度劳动锻炼了他的意志，命运的诡谲加深了他对生活的思考。最后，失去深爱的恋人、为了救护徒弟而毁容受伤的少平，选择回到煤矿，领悟到了生活的真谛：

我没有考虑那么多。我面对的只是我的现实。无论你怎样想入非非，但你每天得要钻入地下去挖煤。这就是我的现实。一个人的命运不是自己想改变就能改变了的。至于所谓理想，我认为这不是职业好坏的代名词。一个人精神是否充实，或者说活得有无意义，主要取决于他对劳动的态度。

唯有当下脚踏实地的努力，才是人生意义可能产生的基础，才是理想实现的起步。少安和少平两人其实并没有什么伟大的梦想，正如小说题目所展示的一样，他们只是“平凡世界中的平凡人”，可读者为什么会被他们所打动呢？为什么会从他们的故事中得到启迪呢？是因为他们在平凡的生活中展现了理想的导向作用，个体的理想或许是平凡的，但平凡的理想也会有不平凡的力量。思特里克兰德因为有了理想而创作出了惊世画作，少安因为理想而奋斗出了全村人的富裕日子，少平因为有了理想而行走远方、体验人生。正如小说中所说：

生活包含着更广阔的意义，而不在于我们实际得到了什么；关键是我们的心灵是否充实。

生活不能等待别人来安排，要自己去争取和奋斗；而不论其结果是喜是悲，但可以慰藉的是，你总不枉在这世界上活了一场。有了这样的认识，你就会珍重生活，而不会玩世不恭；同时，也会给人自身注入一种强大的内在力量。

路遥在作品后记里写道：

所有人的生命历程在人类历史的长河中都是一个小小的段落，因此，每一代人都有自己的命中注定的遗憾。遗憾，深深的遗憾。唯一能自慰的是，我们曾真诚而充满激情地在这个世界上生活过，竭尽全力地劳动过，并不计代价地将自己的血汗献给了不死的人类之树。

在我们的世界发生激烈演变的大潮中。人类社会将以全然不同于以往的面貌进入另一世纪。我们生而逢时，不仅可以目睹一幕紧接一幕的大剧，也将不可避免地要在其间扮演某种属于自己的角色。现实生活中的任何人都不可能逃避自己历史性的责任。无疑，在未来的年月里，生活和艺术都会向作家提出更为繁难而严厉的要求。如果沉醉满足于自己以往的历史就无异于生命大限的终临，人生旅程时刻处于“零公里”处。那么，要旨仍然应该是首先战胜自己，并将精神提升到不断发展着的生活所要求的那种高度，才有可能使自己重新走出洼地，亦步亦趋跟着生活进入新的境界。不管实际结果如何，这个起码的觉悟应当具备。结论一目了然：只能永远把艰辛的劳动看作是生命的必要；即使没有收获的指望，也心平气静地继续耕种。

理想并不意味着一定是远离世事。在文学表达的世界中，选择一个艺术家的经历，远胜于选择一个平凡人的一生，更能激荡起读者心中的涟漪。熟练掌握文学技巧的毛姆必定是了然于心的。而盖茨比奢华之际又悲哀的人生，也更容易吸引读者的目光。但他理想的建立和实现途径是有其根源和基础的。思特里克兰德有着很好的绘画天赋，也对漂泊的生活能够甘之如饴，所以即便贫病交加也没有改变他的初心；盖茨比奋斗的出发点是因为他贫苦的出身和爱情的刺激。当然更普遍的情况是，读者未必能像思特里克兰德一样有艺术上的崇高追求，也不会经历盖茨比的人生，我们渴望冬日里与家人围炉叙话，我们渴望亲手栽下花卉蔬果，我们渴望与爱人共度一生。我们在不同的阶段有不同的渴望，也许是渴望一份满分的成绩单，也许是渴望一份安稳的工作，也许是渴望闲暇时与好友的相聚，充满了种种烟火气息的生活，当然也可以是我们心中的理想。正如毛姆在作品中所说：“做自己最想做的事，生活在自己喜爱的环境里，淡泊宁静、与世无争，这难道是糟蹋自己吗？这一切都取决于一个人如何看待生活的意义，取决于他认为对社会应尽什么义务，对自己有什么要求。”

对比起思特里克兰德和盖茨比心中的梦想，路遥笔下孙家两兄弟的梦想显得很朴实。他们并没有什么奇特的经历，也没有创造出什么惊世的成果，他们仿佛就生活在我们身边，有的人勤劳致富，有的人脚踏实地，有的人历经生活的磨难却总能保持着乐观的心态。

第二节 文人之志向

“志”，意为心愿所往。本心不能自欺，心中有何所愿，便应该摒弃阻碍和干扰，一心往之。在现实生活中，无论哪个时代，这都是一件高难度的事情，保持淡泊名利的状态是非常不容易的。当人们在现代社会的快节奏中感叹理想失落的时候，却没有意识到中国古代文人是一个被我们忽视了的群体。人们或许在课本上、网络上对他们的诗文有一言半句的知晓，但是却不知道他们大都善于在个体的圆满与兼济天下之间作出平衡，他们的生活方式和身心状态都值得我们学习。

中国古代文人的理想一分为二却又辩证统一，儒家文化是中国文化的核心，然而道家和释家的影响也不可小觑。学子寒窗苦读十数载，大多将“修身齐家治国平天下”视为人生的完整理想进程，积极入世；在遭遇波折时，又以淡泊处之为荣。正如范仲淹在《岳阳楼记》里所写：

不以物喜，不以己悲。居庙堂之高则忧其民，处江湖之远则忧其君。是进亦忧，退亦忧。然则何时而乐耶？其必曰“先天下之忧而忧，后天下之乐而乐”乎。

文中写岳阳楼周边的怡人风景，洞庭湖浩浩荡荡，气象万千，若值春和日丽之时使人感受到宠辱皆忘之境，大自然的壮阔使得作者感到人生豁达，认识到真正的“仁人”应不以自身一时一地的处境作为个人的行动准则。这彰显出中国文化中崇高的一面，也是千百年岁月变迁中中国文化始终屹立不倒的重要因素。有那样一些人始终以自己开阔的心胸、前瞻的眼光、积极的行动推动着历史的进步和文化的传承。

一、淡泊名利

大名鼎鼎的北宋文人苏轼算得上是中国儒家文人的典范。他曾身居高位，也曾被贬为小官，身处党争涡流中也曾险遭杀身之祸，政治上几起几落虽未能如愿站在官僚制度的顶端为国效力，但在所到之处均能做到既来之则安之，为民谋利。“乌台诗案”后谪居湖北黄州（今湖北黄冈），写出了流传千古的《赤壁赋》《念奴娇·赤壁怀古》；任龙图阁学士知杭州时，修建了纵贯西湖的苏堤；六十二岁高龄被发配至荒凉之地海南岛儋州（今海南儋州市）时，也没有颓废度日，而是将此处视为自己的故乡，“我本儋耳氏，寄生西蜀州”，在这文化的不毛之地办学堂、介学风，吸引了众多学子不远千里而来。更为重要的是，仕途中的苏轼或许不得志，却在文学艺术上留下了万世传颂的经典诗词和书法作品，从中得以一窥他的文人理想。

在《江城子·密州出猎》里我们看到了他的豪情万丈：

老夫聊发少年狂，左牵黄，右擎苍。锦帽貂裘，千骑卷平冈。为报倾城随太守，亲射虎，看孙郎。

酒酣胸胆尚开张，鬓微霜，又何妨！持节云中，何日遣冯唐？会挽雕弓如满月，西北望，射天狼。

时年三十八岁的苏轼已步入中年，在官场历练多年，属于保守派的他与宰相王安石的变法新派政见不同，不融于时局，自请离京后出任密州知州。苏轼颇为满意自己此作中有别于当时偎红倚翠、浅斟低唱之风盛行的北宋词风，以罕见的“出猎”主题入词，抒兴国安邦之志，为词的创作开创了崭新的道路，成为其豪放词代表作之一。“以诗入词”是苏轼文学的特色，正是在他的笔下，使原属“艳科”的词获得了更广阔的主题和更自由的表现形式，大大提升了词的文学地位。

苏轼的《定风波》里则展现了其豁达的心态，该词的原文如下：

三月七日，沙湖道中遇雨。雨具先去，同行皆狼狈，余独不觉，已而遂晴，故作此。

莫听穿林打叶声，何妨吟啸且徐行。竹杖芒鞋轻胜马，谁怕？一蓑烟雨任平生。

料峭春风吹酒醒，微冷，山头斜照却相迎。回首向来萧瑟处，归去，也无风雨也无晴。

这首词作于公元1082年春，词人与朋友春日出游，风雨忽至，朋友深感狼狈，词人却毫不在乎，泰然处之，吟咏自若，缓步而行。三年前，苏轼因“乌台诗案”被贬为黄州团练副使。因自己的一篇文章引起轩然大波，命悬一线，大难不死后被贬谪他乡，前程黯淡无光，但苏轼却能在作品中表现出如此潇洒自若的心态。

若能“会挽雕弓如满月”，满腔热血报效国家，自然是文人苦学的终极目标；倘若不能，也要有“一蓑烟雨任平生”的坦然。理想并不是外在的目标，更多时候是一种内部的自我评价体系。人如何选择自己的生活、如何建立自己的生活，并不完全依赖于外部环境的优劣，苏轼的“此心安处是吾乡”正是最佳的解答。

二、功成身退

出世与入世的矛盾，理想与现实的冲突，是困扰中国古代文人的重要主题。李白在他的《宣州谢朓楼饯别校书叔云》中颇为明显地表明了这两种生活方式。整首诗歌的前三分之二都显示出蓬勃而昂扬的斗志：

长风万里送秋雁，对此可以酣高楼。
蓬莱文章建安骨，中间小谢又清发。
俱怀逸兴壮思飞，欲上青天揽明月。

诗句表明了一位盛唐诗人的自负和理想，可是到这最后四句却仿佛急转直下，换了一个活法：

抽刀断水水更流，举杯消愁愁更愁。
人生在世不称意，明朝散发弄扁舟。

自负的李白没有得到伯乐的赏识。唐明皇对他的青睐也仅限于对一位天才诗人洋溢才华的赏识，以及一位大国之君应有的气度。李白并不懂得官场之道，仕途上无所作为，甚至不懂得基本的人情世故，纵然是“斗酒诗百篇”，却依然在政治上犯了错误，引致牢狱之祸。当然，这并不妨碍他在诗歌创作中表现出对于理想的孜孜不倦的追求。李白虽生长于远离中原文化之地，却始终没有脱离儒家文化中学而优则仕的思想，只是与后世不同，走科举之路对于恃才傲物的李白来说过于普通，在李白的时代，文人通过诗文名声在外，因此得到君主的赏识和邀请，才是自己应走的道路。所以他的《行路难》（其一）写道：

金樽清酒斗十千，玉盘珍羞直万钱。
停杯投箸不能食，拔剑四顾心茫然。
欲渡黄河冰塞川，将登太行雪满山。
闲来垂钓碧溪上，忽复乘舟梦日边。
行路难！行路难！多歧路，今安在？
长风破浪会有时，直挂云帆济沧海。

“闲来垂钓碧溪上，忽复乘舟梦日边”这两句化用了姜太公和伊尹的历史典故。姜太公吕尚曾在渭水的磻溪上钓鱼，得遇周文王，助周灭商；伊尹曾梦见自己乘船从日月旁边经过，后被商汤聘请，助商灭夏。这正是诗人的理想。只不过事不遂人愿，倒不如“人生得意须尽欢”。

当然，人生种种遭遇不但没有磨损李白的才华和理想，时隔千年再来阅读李白的诗歌，亦是豪情胜于悲叹、乐观大于悲观。且看他人生的最后一首诗《临路歌》（又作《临终歌》）：

大鹏飞兮振八裔，中天摧兮力不济。
馀风激兮万世，游扶桑兮挂左袂。
后人得之传此，仲尼亡兮谁为出涕！

李白将自己比喻为年迈体衰的大鹏鸟，虽无法像当年一样尽情翱翔，但振翅而起时仍会有狂风激荡。鲁哀公十四年（公元前481年），鲁国猎获了被认为是祥瑞之物的麒麟，然而孔子认为麒麟出非其时却被捕获，因此哀叹流泪。李白将自己比作了生不逢时的“麒麟”，唯一堪为知音的孔仲尼也早已不在人世，因此这个世间怕是无人能够理解自己的珍贵了，这是何等不坠之青云志。

纵观李白的理想之路：青年时期游历四方时，李白是“五陵年少金市东，银鞍白马度春风。落花踏尽游何处，笑入胡姬酒肆中”的风流少年；初入长安追求功名无果时，李白在《行路难》中自我勉励；离开长安后在宣州与李云同游谢朓楼时，表现出对于出世与入世的矛盾心情；最后在壮志未酬中告别人世时仍保持着赤子之心。李白一生算不上凄苦，比起无数在世时寂寂无闻、穷困潦倒的文人来说，他家境殷实，无须为生计担忧，年轻时既广博诗名，哪怕遭到同僚排挤、牢狱之灾，对桀骜的李白而言，终究只是“仰天大笑出门去”罢了。令人感叹的是，李白始终活得像一个少年。他的自信、自负、大胆、积极、乐观，并不曾随岁月和境遇而变化。

三、退隐山林

诗人陶渊明在面对选择时，则显得果断得多，其《归园田居》（其一）是历代文人用来表现出世理想的重要作品。

少无适俗韵，性本爱丘山。
误落尘网中，一去三十年。
羁鸟恋旧林，池鱼思故渊。
开荒南野际，守拙归园田。
方宅十余亩，草屋八九间。
榆柳荫后檐，桃李罗堂前。
暧暧远人村，依依墟里烟。
狗吠深巷中，鸡鸣桑树颠。
户庭无尘杂，虚室有余闲。
久在樊笼里，复得返自然。

将自己投身仕途的经历比喻为“误落尘网”，大概只有不屑取悦上司、敢于挂靴而去的陶渊明能说出来。诗的开篇点明了作者对于官场俗世的厌倦，紧接其后的是跃然于纸上的、归返自然生活的轻松和宁静。其实生活于东晋末年的陶渊明在世时寂寂无闻，生活清贫，在《归园田居》（其三）里作者这样描述自己的生活：

种豆南山下，草盛豆苗稀。
晨兴理荒秽，带月荷锄归。
道狭草木长，夕露沾我衣。
衣沾不足惜，但使愿无违。

“草盛豆苗稀”的生活大概是清苦的，食不果腹怕也是常有的事。贫瘠的生活、辛苦的劳作所换来的理想是“但使愿无违”，就像周敦颐最爱的莲花一般，“出淤泥而不染，濯清涟而不妖”。

在今人看来，苏轼、李白和陶渊明的人生境遇体现了古代文人不同的人生理想和各自的人生选择，他们的理想和雄心并没有被淹没，而是以更佳的方式实现，成就了一代文豪，这归功于他们不曾违背本心，亦不曾放弃自我。

第三节 知行需合一

理想的形式有千万种，实现理想的道路自然也有千万条，倘若非要指出一条明路的话，我们可以集“立德”“立功”“立言”为一身的王阳明为例来作一次探讨。

一、王阳明的理想之途

王守仁（1472 年 10 月——1529 年 1 月），字伯安，别号阳明。浙江绍兴府余姚县（今属宁波余姚）人，因曾筑室于会稽山阳明洞，自号阳明子，学者称之为阳明先生，亦称王阳明。明代著名的思想家、文学家、哲学家和军事家，心学之集大成者。其创立的阳明心学是明代影响最大的哲学思想，传至日本、朝鲜半岛以及东南亚，弟子极众，世称姚江学派。

我们很难只用一个词来给王阳明贴上标签。他是个文人，却能上阵带兵、杀伐决断；他是个将领，却长于诗文、思想深刻；他性格乖离，曾抛下新婚妻子入观求道；他又豁达乐观，活跃于宦官专权、战事频仍的明朝正德年间，无论遭遇何种境地，总能化忧为喜，化沉郁为力量。在烟瘴之地的龙场，王阳明体验到了人生第一次的悟道；在各种势力暗地较量的平叛的路上，他也能“先天下之忧而忧”，以自己手中不多的权利和一颗为天下的责任心，勇敢地接下别人不敢接、不会接的烫手山芋。不得不说王阳明真乃神奇之人。

王阳明出身官宦世家，自幼聪慧，以读书出仕为己任，但与其他学子不同的是，他更想成为一位圣贤之人。青年时期曾沉迷于道家，也曾追随朱熹“格物致知”的思想，二十八岁出仕后，因得罪当权宦官刘瑾，被贬至贵州龙场。当时的贵州可谓化外之地，然而正是在这里，王阳明悟到了自己人生中最重要的道理：圣人之道，吾性自足，向之求理于事物者误也。

这句话提出的背景是王阳明对于程朱理学的批判，其自年少起遍学儒、释、道的学问，却始终不能解决自己内心的困惑。外在的知识已成为对于人的本性的束缚，知识成为僵化之物，并不能够真正起到启发人的作用。“吾性”是人的本性、本能，“心”是人感知自然与事物的中介，这些因素虽然非理性却最为直接。人应该体察自己的内心，从本性出发，不违心、不违情，保留自我内心的判断和辨别能力。一个人如果内心端正，不偏不倚，对万物的评判和所采取的行动也会是正确的。且不论及之后王阳明心学产生的巨大影响，仅看当时这一思想的形成，也可以在程朱理学一统天下的时代里被视为异端邪说。此时的王阳明，并不是什么大人物，既不是朝堂上手握权柄的高官达人，也不是桃李遍天下的圣贤之师，仅仅是戴罪而来边陲之地的小小驿丞，却敢于在认清内心之时果断并勇敢地放弃自己曾经为之努力的理想（理学），这需要极大的勇气。作为曾经的程朱理学信徒，王阳明也曾刻苦钻研，据传他为了体会“格物致知”的真谛，竟在院子里对着竹子七天七夜，苦苦思索如何从对事物的客观认识转而到内心的体悟，结果却是一无所获。这当然是年轻的王阳明对于“格物”二字的浅白理解。应该说年轻的王阳明并没有走对道路，他当时所怀抱的理想并不符合自己的本性。

人们往往也会遇到和王阳明类似的困境，人生道路千千万，究竟该走哪一条？对于古人来说，社会的阶级固化、性别差异等决定了一个人的选择不会太多。普遍来看，学子苦读经典，只求有朝一日登堂拜相；女子多求嫁得如意郎君，相夫教子。然而到了现代社会，民主自由成为普遍共识，商品经济发达，地球村时代的到来，社会的复杂程度远超古代，这也带来了种种不同的人生价值取向。但是面对众多的选择，人们反而觉得自己失去了方向，感到迷惘。究其根本，我们总是容易受到外在因素的影响。如果说人生而有天赋，那总有一件事是你可以去做好，也愿意为之奉献终身的。但环顾四周，我们往往看到，青年人对大众的价值判断趋之若鹜。学习，必然是有用的理工和财务，却忘了自己沉浸于文学艺术时的安宁与幸福；就业，笃定是有编制的公务员和事业单位，却忘了自己闯荡四方的豪情；工作，往往是日复一日地疲于应对，却忘了曾几何时的意气风发……倘若背离了本心，这些只是目标，而不是理想。理想应该具有巨大的动力，可以触发我们自己内心的愿望，驱动我们去前进，不论前方是坦途抑或是泥沼。而这种动力来自它是符合我们内心的渴望，符合一个人的本性。高晓松在《晓松奇谈》节目中曾说过这样一段话：

其实每个人的道路都只是一根独木桥，你看大地辽阔，大地辽阔是一亿个人的独木桥拼起来的。大地辽阔不是为你准备的，当然也不是为我准备的。但是怎么发现这根独木桥是个问题。当然首先这么想，你就会少掉很多烦恼。反正就一根独木桥，走呗，反正其他的也不属于我。当你把所有不想要的东西都排除掉以后，那个你想要的东西也可能会浮现，因为他可能会埋在什么地方。

属于自己的道路，或者说自己心向往之的理想其实并不多。但是如何发现自己的本心是一件不容易的事，这需要建立在清晰的自我认知、充分的实践、独立的价值判断和排他的勇气之上。而这些对于年轻人而言恰恰是最为欠缺、还需不断积累的。即便聪慧如王阳明，也并非一早就明白自己的天命所在。龙场悟道前的王阳明，也颇似无头苍蝇一般四处寻觅、碰撞，年少时他崇拜过侠客之风，修习过道家之法，拜倒在理学门下，历经种种，正德五年（公元1510年）离开贵州龙场时，时年三十八岁的王阳明终于找到了实现理想——“做圣贤”的道路，即他的心学思想。看起来理想来得有些晚了，但重要的是，王阳明一直在努力认清自我、完善自我，他在不断地摸索中找到了属于自己的那一根独木桥。很多大学生、年轻人在谈及梦想时，往往都会说“不知道自己要干什么”“不知道自己喜欢什么”，于是随着主流走下去。这也并非有错，然而在随流而动的过程中，不要忘记留心寻找自己的梦想，也不要忘记积累自己的实力，梦想和机会总是降临在有准备的人的身上。

倘若王阳明的人生仅止于此，恐怕也不值得被誉为“成就冠绝有明一代”。刘瑾下台后，王阳明重新回到了中原地带，平定江西土匪之祸、平定宁王朱宸濠叛乱、平定广西叛乱，这些都是于国于民之大事。很多时候，光辉会掩盖掉一个人原本的模样，然而似乎在王阳明的身上无论有多少功绩，他也总是独立和飘逸。在晚年赴广西平乱前，他留下了心学理论中最为著名的四句话：

无善无恶心之体，有善有恶意之动。知善知恶是良知，为善去恶是格物。

良知是心之本体，这本是无善无恶的状态，也就是没有私心物欲之心，而人的意念会使人的思想和行动产生善恶之别，也就有了符合天理和不符合天理的区别。修习学问的人要学习的，就是要为善去恶，即以良知为标准，按照自己的良知去行动，这也就是格物的真谛。

二、求知：实现理想的风帆

王阳明提倡“致良知”。在《传习录》中他以“心镜”作比喻：

心犹镜也。圣人心如明镜，常人心如昏镜。近世格物之说，如以镜照物，照上用功，不知镜尚昏在，何能照？先生之格物，如磨镜而使之明，磨上用功，明了后亦未尝废照。

不是这个世界昏暗难辨，而是去关照这个世界的人自身的内心如果是一面蒙上尘埃的镜子，自然无法对这个世界作出正确的认识和判断。要认识和改变世界，首先要认识和改变自己的心，将这面心镜擦拭干净，才能认清世界。因此，求知并非仅仅是求得书本知识，而是能够融会贯通，锤炼思想，净化内心，知识的作用最终是使人自身得以完善和提升。

足够的知识是实现理想的基础。这种知识不是指僵化在书本里的条条框框，而是个体通过学习能够掌握世界的规律，能够将文字总结内化为自己分析事物、理解事物的能力。原始时代，人类的祖先就有这种本能。当他们看到一场森林大火或是雷劈起火后的树木时，通过触摸，认识到这个新事物很烫，会伤害到自己，同时或许也发现烧过的动物吃起来更加美味，于是慢慢地他们便能将这二者联系起来，知道可以用火烧制食物，进一步学习如何保存火种，人类的进化由此获得了一个巨大的进步，这便是知识。现代社会，当牛顿被苹果砸中脑袋，当瓦特看到被蒸汽顶起来的水壶盖子等时刻，并非仅仅因为他们是天才、拥有过人的智商才能发现事物的本质，更重要的是他们有知识，善于思考，善于发现问题，这才有了推动人类世界进步的可能。

知识的作用往往被人们误解和小觑。很多人理解的知识，都是在学校里课本上看到的东西，背一背、考一考，不用就忘记了。但是大家却忽略了真正的知识应该是自己人生的一个背景图。就像小孩子玩的拼图一样，每一块单独拿出来看，似乎都没什么意思，不成系统，当你把它放在正确的位置，和其他拼图融为一体时，就能够显现出一个整体的意义。就好像学习一个单词，并不能帮助我们流利对话；学习一个数学公式，也并不能在生活中运用多少，但是在知识的潜移默化中形成的思维模式却能让我们受益匪浅。800~1000个单词的积累能让我们完成英语的日常对话，而外语思维的养成不仅能帮助我们流利对话，更能让我们拓展对不同文化的理解力；良好的数学抽象思维能力也能帮助我们扩展想象力。

尤其是文史哲专业的同学，常常遭遇到一个困扰，例如，文学学来干什么？有什么用？从实用主义的角度来看，计算机系的同学可以修电脑，财务管理系的同学可以做账，建筑系的同学可以修房子，可中文系的同学即便认认真真地看了无数的文学书籍，能用来做什么呢？其实，如果你对此产生了疑惑，是因为没有认识到文学恰好是生活最直接的镜像。如果能够深入地、真正地理解文学，那么你就会理解人生、理解人性。人是社会性的动物，人在集体中生存，如果能够洞察人性、理解人的思想行为，那就是最实用的价值。古希腊悲剧里面那些人与神、人与自然的对抗激发了人类的自信心；浪漫主义文学里那些永恒的爱情和诗歌给我们留下了美的享受；现实主义文学中对人类社会光明与黑暗的对比写照，让我们辩证地理解世界；现代主义文学的哲理和反叛，让我们反思人类社会的功过。一切文学都来源于生活而又高于生活，文学作品里汇集了人类数千年文明中的故事，而这些故事归根结底是关于人的。文学即人生，人的一生不过短短数十载，而理解人生却未必人人都能做到。个体的一生是有固定长度的，可是其宽度却又能够无限延展。阅读则是扩展人生宽度的一个必要且重要的途径。文学的价值不在于成为一个具体而实用的工具，而在于它能够内化成为个体的一部分，让我们完善自我、成就自我。文学如此，历史、哲学、艺术等这些看上去“无用”的学科也是如此，有“无用之大用”。科学与文艺，是人类文明的两大推动器，科学促使技术进步，改善人类的物质生活条件；文艺滋养人心，满足人类的精神生活需求。

面对知识，我们还应有足够的好奇心。王阳明“格竹子”的故事，看似荒诞不经，事实上正是因为他对于知识有着百分百的好奇心，一旦想要掌握一个新的知识，便要穷其根本，全身心投入其中。法国作家法朗士曾经说过：“好奇心造就科学家和诗人。”马尔克斯的《百年孤独》里面，塑造了一个充满旺盛好奇心的人物，这个百年家族中的第一代男人——霍·阿·布恩蒂亚。霍·阿·布恩蒂亚和妻子乌苏娜定居在马贡多小镇，成为这个小镇的创始人。“这块天地还是新开辟的，许多东西都叫不出名字，不得不用手指指点点。”马尔克斯语言的魅力，仅这一句话就让这片封闭的小天地充满了魅力，因为什么都是全新的，所以都要靠自己去探索。霍·阿·布恩蒂亚热爱发明、热爱科学（准确地说是科学所展现出的各种奇迹，彼时尚没有科学这一说法），是个极富创造性的人。外来的吉卜赛人因为游历四方，所以每次都从外部世界带来很多稀奇古怪的新鲜玩意。有一次，霍·阿·布恩蒂亚看到了磁铁，发现它对金属的吸力，便幻想着利用这一特性来开采金子。

在好几个月里，霍·阿·布恩蒂亚都顽强地努力履行自己的诺言。他带着两块磁铁，大声地不断念着梅尔加德斯教他的咒语，勘察了周围整个地区的一寸寸土地，甚至河床。

他看到放大镜可以聚焦太阳光，便试图研制出一种威力无比的武器：

他以科学家的忘我精神，甚至冒着生命危险，一头扎进了作战试验。他想证明用放大镜对付敌军的效力，就把阳光的焦点射到自己身上，因此受到灼伤，伤处溃烂，很久都没痊愈。这种危险的发明把他的妻子吓坏了，但他不顾妻子的反对，有一次甚至准备点燃自己的房子。

从吉卜赛人那里得到了用于航海的观像仪和六分仪，他全身心地投入观察、研究星象，认识到“地球是圆的，像橙子”。

他另做了一个观像仪，并且把村里的一些男人召到自己的小房间里，根据在场的人谁也不明白的理论，向他们证明说，如果一直往东航行，就能回到出发的地点。

他不满于马贡多封闭落后的生活，决心开辟出一条道路，把马贡多与外界的伟大发明连接起来。他带一帮人披荆斩棘，一路前行，经过两个多星期，却到了无法跨越的大海边，终于失望地结束了这次失败的开拓之旅。

在我们阅读这部小说时，看到他这些荒唐的举动，往往觉得霍·阿·布恩蒂亚是一个被作者讽刺的疯子，但这并非马尔克斯的本意。虽然霍·

阿·布恩蒂亚的行为都失败了，也并没有给自己和旁人带来半点福利，但这并不妨碍他发现真理。时代需要这样的人，知识才能不断地推陈出新。这样的人可能往往因为超越了时代，而没有得到公正的对待，就像宣告了日心说的哥白尼被教会当作魔鬼处以火刑，但是这并不妨碍追求知识、追求真理这种精神的延续，时代也因此进步。我们求知也应该如此，这种好奇心不仅仅是为了前途名誉，也不是为了物质财富，而是一种自发的精神追求。霍·阿·布恩蒂亚多次用家里仅有的财产去换取吉卜赛人手中的“知识”，他对此有一种纯真的热爱甚至可以说是狂热。在马尔克斯笔下，霍·阿·布恩蒂亚在小说中的结局是被绑在树上多年，最后疯癫死去，表现了马贡多小镇（象征着整个拉丁美洲）落后的封闭状况，以致无法容纳下一个时代的先驱者。但换个角度来考察霍·阿·布恩蒂亚，也可以看到他的这种纯粹，也就是王阳明所说的“良知”，因循本心行事，不受外物所驱扰。

三、行动：实现理想的脚印

在“致良知”这一概念的基础上，王阳明进一步提出了影响后世甚深的四个字——“知行合一”。“知是行之始，行是知之成”，“即知即行，不行仍是未知”。“知”是“行”的基础，有丰厚的、无偏私的良知做准备，才可能有正确的行动。关于“知”，前文已进行了充分的论述，而行动往往比掌握知识更难。《传习录》里用学走路来解释：

如人走路一般，走得一段，方认得一段；走到歧路处，有疑便问，问了又走，方渐能到得欲到之处。

陆游亦有诗《冬夜读书示子聿》云：

古人学问无遗力，少壮工夫老始成。
纸上得来终觉浅，绝知此事要躬行。

要想真正理解和掌握书上学来的知识，就必须躬行实践，在实践中体验、思考并最终内化为自我认知的一部分。“读万卷书，行万里路”这句耳熟能详的话并非空谈。在我们实现理想的道路上也是如此。理想的实现，还需要一个重要的方面——行动。也就是将知识运用到具体的生活中，用知识来指导生活。一个人空有梦想，却无实力，是不可能实现理想的。以大学生的就业为例，每个同学都希望自己毕业时能找到一份不错的工作，薪水丰厚，上司赏识，能充分实现自我价值。可是大学四年如果只是虚度光阴，上课不认真听讲，下课不自我约束，读书太少，思考太少，每日以刷微博、逛朋友圈、看剧为乐，知识积累薄弱，缺乏专业资格认定，这样的状态下理想只能是空中楼阁。我们都听过很多伟人努力学习的故事：马克思在写《资本论》时，将大英图书馆的地板都磨出了一道沟；福楼拜居住在法国塞纳河畔时，经常通宵达旦地写作，以至于渔夫都将他家的灯光视作返航的灯塔；达·芬奇学画时，曾反复临摹不同角度的鸡蛋……这些天才级的伟大人物，都需要以不懈的努力才能有所成就，更何况普通人呢？若设立了目标，思虑了全盘计划，却迟迟不肯行动，左顾右盼，思前想后，也无法实现理想。重要的是踏出第一步，行动了或许只有很小的概率能成功，而不行动却百分之百不会成功。正如王阳明所说“走一段认一段”。前文提及的海明威也是如此，他对创作极富自律性，每天早上六点半起床，一直写到晚上十二点半，哪怕写不出一个字也得写，每天像上课、上班一样逼着自己写，海明威用硬纸板做了一张表格挂在墙上，上面写着他每天写出的字数。海明威非常乐于修改自己的稿子，在采访中他曾经表示，每天开始写作的第一项工作，是把前一天已经写好的部分拿出来重新修改一次，最夸张的一次是在《永别了，武器》这部小说的结尾部分，仅仅一页的篇幅，他总共修改了三十九次才算满意。当然，这是作家的个人风格，然而从海明威的创作故事里我们至少可以得到两点启发：第一，要想实现理想，必须对自我有要求，不断积累，不断提高自己的水平；第二，要行动起来，就像作家一样，每天的点滴积累胜过三天打鱼两天晒网。

学术和心灵上的积累并不足够，实践才是检验真理的唯一标准。王阳明为后世所敬仰，更重要的是他摆脱了一般文人思而不行、学而不做的陈腐气息，他在现实的困境中游刃有余，官场历练，沙场浴血，无论身处何种环境，王阳明均能秉持本心，不改初志。如果按照阳明心学的定义，是因为他能以自己的良知为行动准则；换一个角度看，也是因为他找到了自己愿意为之奋斗的理想，自此可以心意坚定，实现自己的价值。王阳明是一个思想家，同时也是一个实践家，这是他取得伟大成就的原因。年轻人若想取得成就，就要在现实的大浪中去搏击，让挫折来磨炼自己，在实践中不断总结经验，这才是最快的成长的办法。

美国作家杰克·伦敦的小说《野性的呼唤》以动物的故事为隐喻，象征人类世界。作品以拟人和象征的手法描写了一只叫作“布克”的狗如何经历艰险，在残酷现实中生存下来，最终找寻到自我的故事。

布克的父亲是一条体格魁梧的圣伯纳狗，母亲是苏格兰牧羊犬。它受母亲的影响，只有一百四十磅的体重，但它又受父亲的影响，仪表堂堂。它这种优良血统和矫健的体格以及庄园里普遍的尊重而产生的威严，使它具有了贵族的气质。不但如此，它还是一条有理想、有抱负的狗。它希望有一天能继承父亲的事业，随侍在法官左右，成为法官形影不离的伙伴。从嗷嗷待哺到逐渐成长的四年来，它在法官家过的是悠闲、富足的贵族生活。

布克出身高贵，生活环境优越，它一直认为自己平顺安逸的生活会持续下去。直到阿拉斯加淘金热兴起，需要大量的身强力壮的雪橇犬，布克被人偷走卖到了寒冷的北方，过着被鞭打、干苦活、被欺负的日子。

远离阳光明媚的南方，来到只有冰和雪组成的北极，布克冷得直打战，它不由得紧缩着身子。它不再是昂首挺胸，统治一切的君王，在法官家里富裕悠闲的生活，已经完全离它而去了。这里是荒蛮世界，既没有和平，也没有歇息，更没有一刻是安全的。时时刻刻，人和狗的生命都处在危险的环境之中，随时随地都必须保持最高警戒。

恶劣的生存环境锻炼了巴克，之前的它善良、勇敢、忠诚，但仅仅作为一只看家犬甚至说宠物犬，他的能力并没有什么实际作用。巴克卓越的适应力和天生的领导能力都在严苛的现实中得以凸显。当巴克第一次看到狗群里的斗争时，他没有鲁莽地冲出去，而是默默地观察。当主人要给他套上像马具一样的拉雪橇装备时，他没有反抗，“它默默忍受，并且拼命地学习，希望很快就能够跟上其他的狗”。他在历练中不断成长，最终通过战胜狗王而成了雪橇犬中的领导者。

这一群雪橇犬被不断转卖，干着繁重的活，在饥饿和严寒中一个个倒下，但他们的主人只知道不断挥舞皮鞭。这时候桑顿出现解救了巴克，成为它的新主人，让巴克过上了到北国以来最悠闲自在的一段生活。但是巴克的天性已然被北国的环境所唤醒，森林里的狼群似乎总在呼唤着他，让他去过自由的生活。巴克能够以一敌十拉动沉重的雪橇，他打败过黑熊，历经四天成功捕杀了一头体型巨大的麋鹿，“它不再是主人温顺忠诚的狗，而是一条荒原上狡猾凶残的狼”。当挚爱的桑顿被印第安人烧死后，巴克迅速为他报了仇，咬死了那些印第安人。对世间再无留恋的巴克，听从自己内心野性的呼唤，成了狼群的一员和人们传说中的“狗魔”。

这部小说延续着杰克·伦敦的作品主题：生命总是在不断挣扎求存的过程中获得意义与力量。以犬喻人，安逸的生活往往消磨着人的能力与意志，唯有奋斗才能锤炼出人的更多可能性。

理想的重要性不言而喻，没有理想的人生，只是一片干涸的戈壁。理想能够让我们有目标、有希望，让我们即使身陷黑暗时也能找寻到方向，不管理想实现与否，朝着理想奔跑的过程足以让人的一生创造出意义。与此同时，理想的实现是一个起于心念、终于行动的过程，需要长期的积累、艰苦的践行以及不断修正的勇气。唯有知行合一，不忘初心，坚持前行，才能在理想光芒的照耀下，实现自我价值与人生价值的统一。借用日本诗人金子美玲的《向着明亮那方》鼓舞前行的人们：

向着明亮那方
向着明亮那方
哪怕一片叶子
也要向着日光洒下的方向
灌木丛中的小草啊

向着明亮那方
向着明亮那方
哪怕烧焦了翅膀
也要飞向灯光闪烁的方向
夜里的飞虫啊

向着明亮那方
向着明亮那方
哪怕只是分寸的宽敞
也要向着阳光照射的方向
住在都会的孩子们啊

素质拓展：

1. 阅读本章后，请试着总结什么是理想？理想有怎样的作用？

2. 谈谈如何看待和处理理想与现实的关系？

3. 请结合一位你所熟悉的古代文人，谈谈什么是中国传统中的“文人之志”。

4. 如何做到“知行合一”？

5. 你认为在实现理想的过程中，最重要的品质是什么？

第三章 爱国篇

爱国在不同人的身上会有不同的体现，有人企盼报国的机会，有人拥有报国的壮志，有人征战沙场，有人为国事忧心，有人希望通过委婉的劝谏实现国富民强的理想，有人在学习和奉献中倾注自己满腔的爱国热忱。无论是企盼还是征战，无论是忧心还是劝谏，无论是学习还是奉献，都是报国之志的具体体现。

第一节 壮志征战

国家兴亡，匹夫有责。在爱国之心的作用下，观众才会对张明敏的《我的中国心》产生审美上的共鸣。然而，虽然每个人都有一颗爱国的心，但是在各自爱国的路上却有着不同的表现。有的人企盼能够拥有一次报效祖国的机会，有的人通过对自己报国雄心壮志的表述赢得了世人对他的尊重，还有的人征战沙场向世人展示了自己的杀敌勇气与爱国情怀。

一、报效国家的企盼

虽然胸怀报国之心，但是在现实生活中，却并非每个人都能够拥有“苟利国家生死以，岂因祸福避趋之”的条件；虽然都希望能为国抛头颅、洒热血，但并非每个人都能够拥有“捐躯赴国难，视死忽如归”的机会。所以，任何一个爱国的人，在内心深处都企盼着能够拥有一次报国的机会，以便他们在自己的人生中把对祖国的爱充分地展现给世人。

南宋的陆游是一位伟大的爱国诗人，虽然他终生未能实现报国理想，但在其诗作中，后世的读者却能体会到他对报国机会的深切企盼。

陆游出生于两宋之交，成长在偏安的南宋，这一时期，战争不断，江山支离破碎，百姓苦难深重。陆游少年时即深受家庭爱国思想的熏陶，民族矛盾、国家不幸、家庭流离，给他幼小的心灵带来了不可磨灭的印记。陆游一生宦海沉浮，年轻时因触犯奸相秦桧被罢黜，淳熙六年（公元 1179 年）和绍熙元年（公元 1190 年）两次被罢官返回故乡山阴（今浙江绍兴），但他始终坚持以身报国的理想，坐卧所思仍是沙场征战、洗雪国耻，即使到了生命的最后时刻，诗人的爱国热情依然没有一丝衰竭，念念不忘的仍是国家的统一。

陆游一生笔耕不辍，诗词文俱有很高成就，其诗语言平易晓畅、章法整饬谨严，兼具李白的雄奇奔放与杜甫的沉郁悲凉，尤以饱含爱国热情对后世影响深远。陆游诗作存世九千三百余首，他的诗篇中贯穿着强烈的爱国主义精神，其爱国诗词内容博大，思想精深，感情真挚，多层次、多角度、深入全面地表现了作者的爱国主义情怀，特别是其诗作中企盼报国机会的拳拳之情，读来尤为动人。

淳熙六年（公元 1179 年）秋，陆游因给事中赵汝愚借机弹劾而愤然辞官，回到故乡山阴，一住就是七年。淳熙十三年（公元 1186 年）春写下堪称其爱国主义诗歌代表作的七言律诗《书愤》。

早岁那知世事艰，中原北望气如山。
楼船夜雪瓜洲渡，铁马秋风大散关。
塞上长城空自许，镜中衰鬓已先斑。
出师一表真名世，千载谁堪伯仲间。

全诗紧扣住一“愤”字，可分为两部分。前面叙述早年决心收复失地的壮志雄心，后面感叹时不再来，壮志难酬。“早岁那知世事艰，中原北望气如山”，当英雄无用武之地时，他只能回到铁马金戈的记忆里去，回望他当年亲临抗金战争的第一线，北望中原、收复失地的壮心豪气，有如山涌，何等气魄！那时诗人何曾想过杀敌报国之路竟会如此艰难。三四句回忆宋兵在东南和西北抗击金兵进犯时诗人亲临大散关前线战斗的场景。五六句诗人笔锋陡转，“塞上长城空自许，镜中衰鬓已先斑”，岁月飞逝，壮志未酬却双鬓先斑。一个“空”字透露出了诗人壮志未酬的深深苦闷——大志落空，奋斗落空，一切落空，而揽镜自照，却是衰鬓先斑，皓首皤皤。两相比照，满是悲怆。“出师一表真名世，千载谁堪伯仲间！”诸葛坚持北伐，虽“出师一表真名世”，但终归名满天宇，千载而下，无人可与之相提并论。诗人用典意在贬斥那朝野上下主降的碌碌小人，表明自己恢复中原之志亦将“名世”。诗人在现实里找不到安慰，便只好将渴求慰藉的灵魂放到未来，这自然是无奈之举，而诗人一腔郁愤也就只好倾泻于这无奈了。诗人愤而为诗，诗中字字是愤，句句是愤，诗尽而愤无尽。

绍熙元年（公元 1190 年），陆游进言皇帝广开言路、慎独多思，被弹劾，朝廷最终以“嘲咏风月”为名将其削职罢官。陆游悲愤不已，离开京师，罢归山阴故里。平静的村居生活并不能使老人的心平静下来，在山阴乡间仍惦念着中原百姓，向往着收复中原大好河山，在此期间写下了大量企盼报国机会的爱国诗作，《秋夜将晓出篱门迎凉有感》就是其中颇具代表性的诗作。

三万里河东入海，五千仞岳上摩天。
遗民泪尽胡尘里，南望王师又一年。

这首诗作写于宋光宗绍熙三年（公元1192年）的秋天，前两句诗人通过自己的想象，极力渲染祖国山河的壮丽，特别是对黄河一泻万里的描绘，对直上云霄华山景色的夸张，都使世人对祖国如此多娇的江山产生无限向往。然而下面两句诗却使作者与读者的情感突然发生逆转，一句“遗民泪尽胡尘里”，把所有读者的心陡然间引入到了沦陷区。北宋的大片河山都被金兵占领了，生活在沦陷区里的百姓们，面对国土的沦陷都流下了哀伤的眼泪。这些大宋遗民对祖国统一有深切企盼，他们时时在流泪，刻刻在伤心，由于沦陷时间长久，他们的泪都已流尽，然而统一祖国的“王师”却还没有到来。诗作表面上是写沦陷区百姓对“王师”的企盼，实际上是在写作者那颗报国的赤心。他多么希望自己能够有机会率兵去为祖国的统一而奉献自己的一切啊！然而，这在当时却是不可能的事情。

绍熙三年（公元1192年）十一月诗人作《十一月四日风雨大作》两首。第一首诗写大雨及诗人所感，第二首诗表明渴望投身抗战、为国雪耻的壮志至老不衰。作此诗时诗人已近古稀之年，尽管年老体衰，闲居山阴老家，却仍然盼望着为国尽力。原诗全文如下：

僵卧孤村不自哀，尚思为国戍轮台。
夜阑卧听风吹雨，铁马冰河入梦来。

第一、二句写自己虽然年老体衰，闲居僻野，但仍不自悲自伤，一统中原的爱国心总是热的。“僵卧孤村”是现实生活中诗人的形象，与当年金戈铁马驰骋疆场的形象相比，今不胜昔，对于一般人来说，难免唏嘘感叹，人生苦短。可陆游却把自己的身家性命置之度外，满心想的都是国家的安危。一个“尚”字，饱含着一门心思、一辈子的壮志——抗金、收复失地。第一句的“僵卧孤村”与第二句的“为国戍轮台”正好形成对照，也在读者心中勾勒出了一位久经沙场的抗金老将领的高大形象。第三句讲明了特定的时间和特定的环境，既指实又指虚。指实是相对作者写诗的那段时间的天气状况而言；指虚是说这种特定的时间和环境象征着南宋王朝的处境和命运，如同风雨飘摇的海上孤舟，随时都有覆灭的危险。第四句转入对梦境的描写，“铁马”说明在梦中诗人已着上了戎装，“冰河”说明已抵达抗金的最前线。正是因为当晚风雨交加，才有这样的梦境出现，正是因为日有所思，才夜有所梦。这样将现实与梦境巧妙地结合起来，将平生的夙愿通过诗歌呈现出来，收到了多方面的艺术效果。诗人因关心国事而形成戎马征战的梦幻，以梦的形式再现了“戍轮台”的志向，“入梦来”反映了政治现实的可悲：诗人有心报国却遭排斥而无法杀敌，一腔御敌之情只能付诸梦境。但是诗人一点也“不自哀”，报国杀敌之心却更趋强烈，日有所思，夜有所梦，“铁马冰河”的梦境，使诗人强烈的爱国主义的思想感情得到了更充分的展现。

《诉衷情》也是陆游这一时期的作品，词中描写了作者一生中最值得怀念的一段岁月，通过今昔对比，反映了一位爱国志士的坎坷经历和不幸遭遇，表达了作者壮志未酬、报国无门的悲愤不平之情。上片开头追忆作者昔日戎马疆场的意气风发，接写当年宏愿只能在梦中实现的失望；下片抒写敌人尚未消灭而英雄却已迟暮的感叹。全词格调苍凉悲壮，语言明白晓畅，用典自然，不着痕迹，不加雕饰，如叹如诉，有较强的艺术感染力。原文如下：

当年万里觅封侯，匹马戍梁州。关河梦断何处？尘暗旧貂裘。

胡未灭，鬓先秋，泪空流。此生谁料，心在天山，身老沧州！

开头两句再现了当年陆游奔赴抗敌前线对抗金兵的勃勃英姿，“觅封侯”用班超投笔从戎、立功异域“以取封侯”的典故，写自己报效祖国，收复旧河山的壮志，一个“觅”字显出词人当年的自许、自负、自信的雄心和坚定执着的追求精神。“万里”与“匹马”形成空间形象上的强烈对比。“关河梦断何处，尘暗旧貂裘”，在南郑前线仅半年，陆游就被调离，从此关塞河防，只能时时在梦中达成愿望，而梦醒不知身何处，只有旧时貂裘戎装，而且已是尘封色暗。一个“暗”字将岁月的流逝，人事的消磨，化作灰尘堆积之暗淡画面，心情饱含惆怅。“胡未灭，鬓先秋，泪空流”三句步步紧逼，说尽平生不得志。放眼西北，神州陆沉，残虏未扫；回首人生，流年暗度，两鬓已苍；沉思往事，雄心虽在，壮志难酬。“此生谁料，心在天山，身老沧州。”总结了诗人的一生：心神驰于疆场，身却僵卧孤村，词人犹如一心要搏击长空的苍鹰，却被折断羽翼，落到地上，在痛苦中呻吟。

一方面是诗人渴望万里从戎、以身报国的执着，另一方面却是壮志难酬、无路请缨的悲愤。这两者相互激扬：愈是悲愤，对理想愈是执着；对理想愈是执着，悲愤也愈是强烈。在这种现实面前，在这颗爱国赤心的驱使下，临终时他写下《示儿》来表明自己希望报效祖国的企盼，其原文如下：

死去元知万事空，但悲不见九州同。

王师北定中原日，家祭无忘告乃翁。

这是陆游的绝笔诗作。陆游在自己弥留之际，写下了这首令世人无不感慨、无不为其爱国情怀赞叹的诗作。诗作的第一句，作者把“死亡”这件众多世人都充满恐惧的事情写得异常地洒脱，一句“死去元知万事空”颇有修炼之人的情怀。然而，第二句却笔锋一转，引出自己的担忧“但悲不见九州同”，这种担忧不是对自己死亡的恐惧与对亲人的担忧，而是对祖国统一的企盼。虽然此时自己年迈体弱，不能上战场，不能领兵抗金，但是作者却企盼着能够听到王师北定中原的消息。即使这个消息不能在自己的有生之年听到，但在那个“万事皆空”的时候，一定也要让自己的亲人在家祭的时候转告自己。

陆游的一生是爱国的一生，虽然终其一生仅有八个月的时间得以亲临抗金前线，但对报国机会的企盼却贯穿了其人生的每一时期，从未消减。

二、爱国的凌云壮志

爱国是一种情感，它体现了一个人的人生观。一旦这种崇高的情感在人生观中发挥了它应有的作用，即一旦人用自己的言行把自己的爱国情感展现给了世人，那么这个人就是一个高尚的人，一个了不起的人。

文天祥虽然是一位败军之将，但他却用自己的言行践行着自己的人生观，践行着自己的爱国理想。因此，他成了世人心目中的英雄和爱国的典范，而能够证明其具有为国捐躯壮志的就是《过零丁洋》。

辛苦遭逢起一经，干戈寥落四周星。
山河破碎风飘絮，身世浮沉雨打萍。
惶恐滩头说惶恐，零丁洋里叹零丁。
人生自古谁无死？留取丹心照汗青。

公元 1278 年，文天祥在广东海丰北五坡岭兵败被俘，押到船上，次年过零丁洋时作此诗誓死明志。一二句诗人回顾平生，举出入仕和兵败一首一尾两件事以概其余。中间四句紧承“干戈寥落”，明确表达了作者对当前局势的认识：国家处于风雨飘摇中，亡国的悲剧已不可避免，个人命运就更难以说起。但面对这种巨变，诗人想到的却不是个人的出路和前途，而是深深地遗憾两年前自己未能在军事上取得胜利，从而扭转局面，同时也为自己的孤立无援感到格外痛心。从字里行间我们不难感受到作者国破家亡的剧痛与自责、自叹相交织的苍凉心绪。末尾两句则是身陷敌手的诗人对自身命运的一种毫不犹豫的选择。这使得前面的感慨、遗恨平添了一种悲壮激昂的力量和底气，表现出独特的崇高美。这既是诗人人格魅力的体现，也表现了中华民族的独特的精神美，其感人之处远远超出了语言文字的范围。在这首诗作中，那一句耳熟能详的“人生自古谁无死，留取丹心照汗青”激励和感召了古往今来无数志士仁人为正义事业英勇献身，鼓舞了众多的爱国青年为了祖国的强大而努力拼搏。

同样身陷囹圄，光绪二十四年（公元1898年）戊戌变法失败后，谭嗣同被捕入狱，被杀害之前他写下了《狱中题壁》一诗，表达了对避祸出逃的变法领袖的褒扬、祝福和对阻挠变法的顽固势力的憎恶、蔑视，抒发了诗人愿为自己的理想而献身的豪情壮志。

望门投止思张俭，忍死须臾待杜根。

我自横刀向天笑，去留肝胆两昆仑。

“望门投止思张俭”表达了对仓促出逃的康有为等人的记挂、牵念，借典述怀，希望他们也会像张俭一样得到拥护变法的人们的接纳和保护。“忍死须臾待杜根”是用东汉诤臣义士的故事，微言大义。通过运用张俭的典故，以邓太后影射慈禧，事件如出一辙，既有对镇压变法志士残暴行径的痛斥，也有对变法者东山再起的深情希冀，戊戌维新运动虽然眼下遭到重创，但作为锐意除旧布新的志士仁人，应该志存高远，忍死求生，等待时机，以期再展宏图。“我自横刀向天笑”是承接上两句而来：如果若康、梁诸君能安然脱险，枕戈待旦，那么我谭某区区一命岂足惜哉，自当从容地面对带血的屠刀，冲天大笑。对于死，诗人谭嗣同早有准备，当政变发生时，同志们曾再三苦劝他避居日本使馆，他断然拒绝，正是由于他抱定了必死的决心，所以才能处变不惊，视死如归。“去留肝胆两昆仑”是以个人的牺牲来成全心目中的神圣事业，以自己的挺身赴难来酬报光绪皇帝的知遇之恩。同时，他也期望自己的一腔热血能够惊觉苟且偷安的芸芸众生，激发起变法图强的革命狂澜。在他看来，这伟大的身后事业，就全靠出逃海外的康有为、梁启超的推动和领导。基于这种认知，他对分任去留两职的同仁同志，给予了崇高的肯定性评价：去者留者，路途虽殊，目标相同，价值等高，正像昆仑山的两座奇峰一样，比肩并秀，各领千秋风骚。

爱国的豪情壮志不是男子汉的专利，女子也同样有这样的情怀。南宋“千古第一才女”李清照的词作一向以婉约清丽见长，但身处乱世的她在感叹自己身世飘零之余，也会有为国家建功立业的壮志，这种豪情壮志在其《夏日绝句》中就有最清楚的表达。

生当作人杰，死亦为鬼雄。

至今思项羽，不肯过江东。

这首诗起词高亢，鲜明地提出了人生的价值取向：人活着就要作人中的豪杰，为国家建功立业；死也要为国捐躯，成为鬼中的英雄。“生当作人杰，死亦为鬼雄”是一种所向无惧的人生姿态。那种凛然风骨，浩然正气，充斥天地之间，直令鬼神陡然变色。这两句诗读之使人振奋，后世之仁人志士常常引用，借以表达自己为国家为人民舍生忘死的豪情壮志。“至今思项羽，不肯过江东”，追思项羽的精神和气节，痛恨宋朝当权者苟且偷安的时政。都说退一步海阔天空，仅一河之遥，却是生死之界；仅一念之间，却是存亡之抉。项羽，为了无愧于英雄名节，无愧七尺男儿之身与江东父老所托，以死相报。“不肯”，不是“不能”或“不想”，也不是“不愿”或“不去”，一个“不肯”将“可杀不可辱”的英雄豪气漫染纸面，力透纸背。这首绝句，语言朴素，含义深刻，辛辣地讽刺和抨击了北宋王朝所奉行的逃跑主义政策，表现了诗人的爱国主义气节。

爱国的壮志并非都如此壮烈，范仲淹的散文《岳阳楼记》就是一篇平和深情的散文：

庆历四年春，滕子京谪守巴陵郡。越明年，政通人和，百废具兴，乃重修岳阳楼，增其旧制，刻唐贤今人诗赋于其上。属予作文以记之。

予观夫巴陵胜状，在洞庭一湖。衔远山，吞长江，浩浩汤汤，横无际涯；朝晖夕阴，气象万千。此则岳阳楼之大观也，前人之述备矣。然则北通巫峡，南极潇湘，迁客骚人，多会于此，览物之情，得无异乎？

若夫霪雨霏霏，连月不开，阴风怒号，浊浪排空；日星隐曜，山岳潜形；商旅不行，樯倾楫摧；薄暮冥冥，虎啸猿啼。登斯楼也，则有去国怀乡，忧谗畏讥，满目萧然，感极而悲者矣。

至若春和景明，波澜不惊，上下天光，一碧万顷；沙鸥翔集，锦鳞游泳；岸芷汀兰，郁郁青青。而或长烟一空，皓月千里，浮光跃金，静影沉璧，渔歌互答，此乐何极！登斯楼也，则有心旷神怡，宠辱偕忘，把酒临风，其喜洋洋者矣。

嗟夫！予尝求古仁人之心，或异二者之为，何哉？不以物喜，不以己悲。居庙堂之高则忧其民；处江湖之远则忧其君。是进亦忧，退亦忧。然则何时而乐耶？其必曰“先天下之忧而忧，后天下之乐而乐”乎？噫！微斯人，吾谁与归？

时六年九月十五日。

这篇文章是作者用来规劝滕子京的一篇文章。据说滕子京谪守巴陵郡时，后人记载其言行：“放臣逐客，一旦弃置远外，其忧悲憔悴之叹，发于诗什，特为酸楚，极有不能自遣者。滕子京谪守巴陵，修岳阳楼，或赞其落成，答以：‘落甚成，只待凭栏大坳数场！’闵己伤志，固君子所不免，亦岂至是哉！”滕子京因迁谪而郁郁不平，行为多有狂放之气。所反映出的消沉、悲切的人生态度素为宋人所不喜，因此范仲淹作文有规劝开导之意。① 作为一个被贬谪之臣，滕子京此时此刻的心态是能够理解的。虽然他心中郁郁不乐，但他还是在贬谪之地积极地履行着自己的职责，修缮古迹。

---

① 叶宽．论《岳阳楼记》的经典化过程［J］．社会科学论坛，2010（14）：42.

文中开头那一句“越明年，政通人和，百废具兴”客观的叙述，不仅是作者对老朋友才干的赞扬，而且也是对朋友爱岗敬业态度的证明。然而，这篇文章最令后世作者称颂的却是最后那段议论：嗟夫！予尝求古仁人之心，或异二者之为，何哉？不以物喜，不以己悲。居庙堂之高则忧其民；处江湖之远则忧其君。是进亦忧，退亦忧。然则何时而乐耶？其必曰“先天下之忧而忧，后天下之乐而乐”乎？噫！微斯人，吾谁与归？

在这里，既有对朋友的劝勉，又有对自己爱国壮志的表达，特别是那一句“先天下之忧而忧，后天下之乐而乐”的爱国情怀，古今又有几人能与之相比？在谈及《岳阳楼记》的创作目的时，范仲淹曾经有过这样的表述：“滕子京负大才，为众所嫉。自庆帅谪巴陵，愤郁颇见辞色，文正与之同年友善，爱其才，恐后贻祸；然滕豪迈自负，罕受人言，正患无隙以规之。子京忽以书抵文正，求《岳阳楼记》，故《记》中云：‘不以物喜，不以己悲，先天下之忧而忧，后天下之乐而乐。’其意盖有在矣。”① 试想一下，不必说在战火纷飞的年代里，就是在这样的和平年代里，如果一个人能够在“不以物喜，不以己悲”的前提下，做到“先天下之忧而忧，后天下之乐而乐”，还有谁敢与之比较自己的爱国情怀呢？也正是在这个意义上，后来有许多的研究者对范仲淹的这种爱国壮志给予了高度的评价。如《古文小品咀华》云：“不屑屑记述，而独发高议，忧君爱国，宰相之文。”清人蔡世远《古文雅正》云：“前半设局造句，犹是文人手笔。末段直达胸臆，非文正公不足以当之……尧、舜君民之念，无日不存于中心，事如白日青天，公诚绝伦超群也。”《古文观止》云：“岳阳楼大观，已被前人写尽，先生更不赘述，止将登楼者览物之情写出。悲、喜二意，只是翻出后文忧乐一段正论。以圣贤忧国忧民心地，发而为文章，非先生其孰能之。”② 虽然在此没有穷尽后代对范仲淹爱国壮志的赞扬之词，但从列举的评述中，可以看出世人对爱国壮志的理解和赞颂。

三、为国而征战沙场

爱国就是热爱自己的国家，集中表现为一种民族自尊心和民族自信心，是为保卫祖国和争取祖国的独立富强而献身的奋斗精神，爱国之情最直接的体现就是在沙场上奋勇杀敌。在中国历史上，从来都不缺少沙场厮杀的爱国者，在中国文学史中，也从来都不缺少投笔从戎的爱国文人，这在大量的文学作品中可以得到最深切的感受。

---

① 张邦基，范公偁，张知甫．墨庄漫录·过庭录·可书［M］．北京：中华书局，2002：324.

② 叶宽．论《岳阳楼记》的经典化过程［J］．社会科学论坛，2010（14）：43－44.

最早表现沙场征战的爱国情怀的诗歌可以算是《诗经》中的《秦风·无衣》。

岂曰无衣？与子同袍。王于兴师，修我戈矛。与子同仇！
岂曰无衣？与子同泽。王于兴师，修我矛戟。与子偕作！
岂曰无衣？与子同裳。王于兴师，修我甲兵。与子偕行！

这首诗激昂慷慨，充满了同仇敌忾的英雄主义气概，表现了秦国军民团结互助、共御外侮的高昂士气和乐观精神，其矫健而爽朗的风格正是秦人爱国主义精神的反映。诵读此诗，不禁为诗中火一般燃烧的激情所感染，那种慷慨激昂之情令人心驰神往。之所以有这样的艺术效果，是因为：首先，每章开头都采用了问答式的句法。一句“岂曰无衣”，似自责，似反问，洋溢着不可遏止的愤怒与愤慨，仿佛在人们复仇的心灵上点上一把火，于是无数战士同声响应“与子同袍！”“与子同泽！”“与子同裳！”其次，语言富有强烈的动作性。“修我戈矛！”“修我矛戟！”“修我甲兵！”使人想象到战士们在磨刀擦枪、舞戈挥戟的热烈场面。这样的诗句，可以歌，可以舞，堪称激动人心的活剧。诗共三章，采用了重叠复沓的形式，每一章句数、字数相等，但结构的相同并不意味简单、机械地重复，而是不断地递进，有所发展。首章结句“与子同仇”，是情绪方面的，说的是他们有共同的敌人；第二章结句“与子偕作”，“作”是“起”的意思，这才是行动的开始；第三章结句“与子偕行”，表明诗中的战士们将奔赴前线共同杀敌。这种重叠复沓的形式固然受到乐曲的限制，但与舞蹈的节奏起落与回环往复也是紧密结合的，而构成诗中主旋律的则是一股战斗的激情，激情的起伏跌宕自然形成乐曲的节奏与舞蹈动作，正如《礼记·乐记》中所言：“长言之不足，故嗟叹之；嗟叹之不足，故不知手之舞之足之蹈之也。”

描写战争场面的诗歌到了唐代有了巨大的发展，在唐代的对外战争中，许多文人参与进去，对边塞和军旅生活有亲身体验，从戎而不弃笔，写诗描绘奇异苍凉的边塞风光，反映戍边的艰辛，表达戍边将士的思乡之情，赞颂将士们的勇武精神和保家卫国的高尚情操，于是有了边塞诗派。边塞诗创作人数之多，诗作数量之大，为前代所未见，读这些边塞诗能使我们直观地感受到爱国的情怀。著名诗人岑参的《走马川行奉送封大夫出师西征》、王翰的《凉州词》和王昌龄的《从军行》就是其中的典型代表，《走马川行奉送封大夫出师西征》云：

君不见走马川行雪海边，平沙莽莽黄入天。
轮台九月风夜吼，一川碎石大如斗，随风满地石乱走。
匈奴草黄马正肥，金山西见烟尘飞，汉家大将西出师。
将军金甲夜不脱，半夜军行戈相拨，风头如刀面如割。

马毛带雪汗气蒸，五花连钱旋作冰，幕中草檄砚水凝。

虏骑闻之应胆慑，料知短兵不敢接，车师西门伫献捷。

首先围绕“风”字落笔，描写出征的自然环境。这次出征将经过走马川、雪海边，穿进戈壁沙漠。“平沙莽莽黄入天”，这是典型的西域风沙景色，狂风怒卷，黄沙飞扬，遮天蔽日，迷迷蒙蒙，一派混沌的景象。开头三句无一“风”字，但捕捉住了风“色”，把风的猛烈写得历历在目。

“轮台九月风夜吼，一川碎石大如斗，随风满地石乱走。”对风由暗写转入明写，行军由白日而入黑夜，风“色”是看不见了，便转到写风声。狂风像发疯的野兽，在怒吼，在咆哮，“吼”字形象地显示了风猛风大。接着又通过写石头来写风，斗大的石头，居然被风吹得满地滚动，再著一“乱”字，就更表现出风的狂暴。“平沙莽莽”句写天，“石乱走”句写地，三言两语就把环境的险恶生动地勾勒出来了。

下面写匈奴利用草黄马肥的时机发动了进攻，“金山西见烟尘飞”中“烟尘飞”三字，形容报警的烽烟同匈奴铁骑卷起的尘土一起飞扬，既表现了匈奴军旅的气势，也说明了唐军早有戒备。接着诗由造境转而写人，诗歌的主人公——顶风冒寒前进着的唐军将士出现了。诗人很善于抓住典型的环境和细节描写唐军将士勇武无敌的飒爽英姿。“将军金甲夜不脱”表现出环境是夜间，以夜不脱甲，写将军重任在肩，以身作则。“半夜军行戈相拨”可以想见夜晚一片漆黑、大军衔枚疾走、军容整肃严明的情景。写边地的严寒，不写千丈之坚冰，而是通过几个细节描写来表现的，“风头如刀面如割”，呼应前面对风的描写，同时也是大漠行军最真切的感受。

“马毛带雪汗气蒸，五花连钱旋作冰。”战马在寒风中奔驰，那蒸腾的汗水，立刻在马毛上凝结成冰。诗人抓住了马身上那凝而又化、化而又凝的汗水进行细致的刻画，以少胜多，充分渲染了天气的严寒、环境的艰苦和临战的紧张气氛。“幕中草檄砚水凝”，军幕中起草檄文时，发现连砚水也冻结了。诗人巧妙地抓住了这个细节，笔墨酣畅地表现出将士们斗风傲雪的战斗豪情，这样的军队必然无人能敌。这就引出了最后三句，料想敌军闻风丧胆，预祝凯旋，行文就像水到渠成一样自然。全篇奇句豪气，风发泉涌，由于诗人有边疆生活的亲身体验，因而此诗能“奇而入理”“奇而实确”，真实动人。又如《凉州词》：

葡萄美酒夜光杯，欲饮琵琶马上催。

醉卧沙场君莫笑，古来征战几人回。

王翰的《凉州词》是一首曾打动无数热血男儿的千古绝唱。诗人以饱蘸激情的笔触，用铿锵激越的音调，奇丽耀眼的词语，定下这开篇的第一句，“葡萄美酒夜光杯”，犹如突然间拉开帷幕，在人们的眼前展现出五光十色、酒香四溢的盛大筵席。这景象使人惊喜，使人兴奋，为全诗的抒情创造了气氛，定下了基调。第二句开头的“欲饮”二字，渲染出这美酒佳肴盛宴的诱人魅力，表现出将士们那种豪爽开朗的性格。正在大家“欲饮”未得之时，乐队奏起了琵琶，酒宴开始了，那急促欢快的旋律，像是在催促将士们举杯痛饮，使已经热烈的气氛顿时沸腾起来。“琵琶马上催”，是着意渲染一种欢快宴饮的场面。第三、四句极写征人互相斟酌劝饮，尽情尽致，乐而忘忧，豪放旷达。这两句意思是回过头去看看那欢宴的场面：耳听着阵阵欢快、激越的琵琶声，将士们真是兴致飞扬，你斟我酌，一阵痛饮之后，便醉意微微了。也许有人想放杯了吧，这时座中便有人高叫：“怕什么，醉就醉吧！就是醉卧沙场，也请诸位莫笑。”“古来征战几人回”，早将生死置之度外了。“醉卧沙场”，表现出来的不仅是豪放、开朗、兴奋的感情，而且还有在沙场上视死如归的爱国之情。再如《从军行七首·其四》：

青海长云暗雪山，孤城遥望玉门关。
黄沙百战穿金甲，不破楼兰终不还。

《从军行七首》是唐代诗人王昌龄的组诗作品。盛唐时期，国力强盛，君主锐意进取、卫边拓土，人们渴望在这个时代崭露头角、有所作为，武将把一腔热血洒向沙场建功立业，诗人则为伟大的时代精神所感染，用他们沉雄悲壮的豪情，谱写了一曲曲雄浑磅礴、瑰丽壮美的诗篇。《从军行七首·其四》就是其中最具代表性的作品，歌颂了战士们为保卫祖国矢志不渝的崇高精神。

“青海长云暗雪山，孤城遥望玉门关”两句的意思是说：从边塞孤城上远远望去，从青海湖经祁连山到玉门关这一道边境防线，上空密布阴云，烽烟滚滚，银光皑皑的雪山顿显暗淡无光。这里既描绘出了边塞防线的景色，也渲染了战争将至的紧张气氛，饱含着苍凉悲壮的情调。“黄沙百战穿金甲，不破楼兰终不还”两句由情景交融的环境描写转为直接抒情，对戍边将士的战斗生活与胸怀襟抱作了集中的概括和抒写。在荒凉的沙漠里，战斗繁多，将士身经百战，连身上的铁盔铁甲都磨破了，但是只要边患还没有肃清，就决不解甲还乡。“黄沙”二字既是实景，渲染出了边塞战场的典型环境，又道出了边庭的荒凉萧瑟；“百战”二字，形象地说明了将士戍边的时间的漫长、边塞战斗的频繁；“穿金甲”三字，渲染了战斗的艰苦、激烈，也说明将士为保家卫国曾付出了多么惨重的代价，乃至牺牲。但是金甲易损，生命可抛，戍边壮士报国的意志却不会减。“不破楼兰终不还”，就是他们内心激情的直接表白，这掷地有声、铿锵有力的七个字，成功地塑造了一批不畏艰苦、不怕牺牲、心灵壮美的英雄群像，使人倍感诗境阔大，感情悲壮。

位列南宋中兴四将之首的岳飞是抗金名将，他创作的《满江红·怒发冲冠》一词充分表现了抗击金兵、收复故土、统一祖国的美好愿望，具有非常强烈的爱国情怀。

怒发冲冠，凭阑处、潇潇雨歇。抬望眼，仰天长啸，壮怀激烈。三十功名尘与土，八千里路云和月。莫等闲，白了少年头，空悲切。

靖康耻，犹未雪；臣子恨，何时灭？驾长车，踏破贺兰山缺。壮志饥餐胡虏肉，笑谈渴饮匈奴血。待从头，收拾旧山河，朝天阙。

开篇词人凭栏观雨，纵目乾坤，俯仰六合，不禁热血满怀，沸腾激昂，按不住心头之恨而怒发冲冠。“仰天长啸”抒英雄壮志，显示出精忠报国的急切心情。“三十功名尘与土，八千里路云和月”十四个字如抚胸自理半生壮志，九曲刚肠。功名是其所期，岂与尘土同埋；驰驱何足言苦，堪随云月共赏。“莫等闲，白了少年头，空悲切。”急切期望早日为国家收复山河，不能等到白了头，连悲伤都来不及。

下片“靖康耻，犹未雪；臣子恨，何时灭?”把全诗的中心突出来，为什么急切地期望，壮志满怀，就因为靖康之耻让臣子抱恨无穷，此恨何时得解?“驾长车，踏破贺兰山缺。壮志饥餐胡虏肉，笑谈渴饮匈奴血。”以夸张的手法表达了对凶残敌人的愤恨之情，同时表现了英勇的信心和无畏的乐观精神。“待从头，收拾旧山河，朝天阙。”满腔忠愤，丹心碧血，既强调了对胜利的信心，又表明了对朝廷的一片忠诚。

爱国是一种深厚的感情，一种对自己的国土和民族所怀有的深切的依恋之情。从对爱国机会的企盼、对爱国壮志的抒发到驰骋沙场奋勇杀敌，这种情感在历史的长河中，经过千百年的凝聚，无数次地激发，最终被整个民族的社会心理所认同，它是一种道德力量，对国家、民族的生存和发展具有不可估量的作用。

第二节　忧思劝谏

历史长河中的中国文人大都怀有满腔的爱国热忱，有时他们直抒胸臆，袒露自己爱国的拳拳之心；有时将满怀心绪内化于心为国之大事忧心忡忡；有时他们可以为民请命，大声疾呼；有时却只能通过委婉的方式含蓄地反映民情，表达民意。不管表现为何种方式，都饱含中国文人最真挚的爱国情怀。

一、忧思中的爱国

屈原是中国文学史上第一位伟大的爱国诗人，他出身贵族，有丰厚的文化教养，也有高远的政治理想和为之奋斗的献身精神。他遭谗被疏，两次被流放，但他始终以祖国的兴亡、人民的疾苦为念，希望楚王幡然悔悟，奋发图强，做个中兴之主。他明知忠贞耿直会招致祸患，但却始终“忍而不能舍也”；他明知自己面临着许许多多的危险，在“楚材晋用”的时代完全可以去别国寻求出路，但却始终不肯离开楚国半步，最终在楚国都城郢被秦攻陷后自沉汨罗江而死，可见其对祖国的无限忠诚和“与日月争光”的人格与意志。在《离骚》中就体现了诗人“虽九死其犹未悔”忠贞不渝的爱国情感和追求崇高理想的精神。屈原爱祖国爱人民、坚持真理、宁死不屈的精神及其人格，千百年来感召和哺育着无数中华儿女。《离骚》节选如下：

帝高阳之苗裔兮，朕皇考曰伯庸。摄提贞于孟陬兮，惟庚寅吾以降。皇览揆余初度兮，肇锡余以嘉名。名余曰正则兮，字余曰灵均。纷吾既有此内美兮，又重之以修能。扈江离与辟芷兮，纫秋兰以为佩。汩余若将不及兮，恐年岁之不吾与。朝搴阰之木兰兮，夕揽洲之宿莽。日月忽其不淹兮，春与秋其代序。惟草木之零落兮，恐美人之迟暮。不抚壮而弃秽兮，何不改乎此度？乘骐骥以驰骋兮，来吾道夫先路！

昔三后之纯粹兮，固众芳之所在。杂申椒与菌桂兮，岂惟纫夫蕙茝！彼尧、舜之耿介兮，既遵道而得路。何桀纣之猖披兮，夫惟捷径以窘步。惟夫党人之偷乐兮，路幽昧以险隘。岂余身之惮殃兮，恐皇舆之败绩。忽奔走以先后兮，及前王之踵武。荃不察余之中情兮，反信谗而齌怒。余固知謇謇之为患兮，忍而不能舍也。指九天以为正兮，夫惟灵修之故也。曰黄昏以为期兮，羌中道而改路。初既与余成言兮，后悔遁而有他。余既不难夫离别兮，伤灵修之数化。

诗人通过自叙的笔法，提出了积极入世的人生观。首先追溯世系，表明自己是楚国宗室之臣。详纪生年和名、字的由来，强调禀赋的纯美。这和爱国主义思想结合起来，就成为屈原生命中进步的动力，奠定了他坚强不屈的战斗性格的基础。接着叙述他对待生活的态度，由于热爱生活，所以感到时间的易逝和生命的短暂，因而孜孜不倦地培养品德，锻炼才能，来充实自己的生活。而这一切都是为了一个远大的理想，明确的目标，即在楚国政治改革中，贡献出自己的一份力量。

第二段承接上文，阐明自己的政治观点和立场，以及事君不合的经过。首先述三后以戒今王，接着陈尧舜以示典范。在古代社会里，凡是具有政治抱负的士大夫，他们的理想都必然寄托在最高统治者的身上，因而屈原就必须争取楚怀王的合作，就必须取得他的信任。可是楚怀王的态度是不坚定的。这一矛盾的存在，就展开了屈原和“偷乐”的“党人”之间的剧烈斗争；同时，楚怀王听信谗言，也就决定了屈原政治上的客观遭遇。

《离骚》是屈原以自己的理想、遭遇、痛苦、热情以至整个生命所熔铸而成的宏伟诗篇，其中闪耀着鲜明的个性光辉，是屈原全部创作的重点，也是其爱国精神最集中的体现。

二、劝谏中的爱国

屈原因不得志只能将自己的爱国之情融入诗歌，表达了对国家前途命运的深深担忧，与他不同的是，有些爱国者能接近政治权力的中心，故而可以将自己的这种担忧与思虑直接呈现给拥有最高权力的统治者，这就是在劝谏中体现的爱国。最典型的劝谏者莫过于唐朝的一代名相魏征了，他以敢于“犯颜直谏”而著称，据《贞观政要》记载统计，魏征向李世民面陈谏议有五十次，呈送给李世民的奏疏十一件，一生的谏诤多达“数十余万言”。其次数之多，言辞之激切，态度之坚定，都是其他大臣所难以相比的。《谏太宗十思疏》是魏徵于贞观十一年（公元637年）写给唐太宗的奏章，意在劝谏太宗居安思危，戒奢以俭，积其德义。

臣闻：求木之长者，必固其根本；欲流之远者，必浚其泉源；思国之安者，必积其德义。源不深而望流之远，根不固而求木之长，德不厚而思国之安，臣虽下愚，知其不可，而况于明哲乎？人君当神器之重，居域中之大，将崇极天之峻，永保无疆之休。不念居安思危，戒奢以俭，德不处其厚，情不胜其欲，斯亦伐根以求木茂，塞源而欲流长也。

凡百元首，承天景命，莫不殷忧而道著，功成而德衰，有善始者实繁，能克终者盖寡。岂其取之易守之难乎？昔取之而有余，今守之而不足，何也？夫在殷忧必竭诚以待下，既得志则纵情以傲物；竭诚则吴、越为一体，傲物则骨肉为行路。虽董之以严刑，震之以威怒，终苟免而不怀仁，貌恭而不心服。怨不在大，可畏惟人；载舟覆舟，所宜深慎。奔车朽索，其可忽乎？

君人者，诚能见可欲，则思知足以自戒；将有作，则思知止以安人；念高危，则思谦冲而自牧；惧满溢，则思江海下百川；乐盘游，则思三驱以为度；忧懈怠，则思慎始而敬终；虑壅蔽，则思虚心以纳下；惧谗邪，则思正身以黜恶；恩所加，则思无因喜以谬赏；罚所及，则思无以怒而滥刑。总此十思，宏兹九德，简能而任之，择善而从之，则智者尽其谋，勇者竭其力，仁者播其惠，信者效其忠；文武争驰，君臣无事，可以尽豫游之乐，可以养松乔之寿，鸣琴垂拱，不言而化。何必劳神苦思，代下司职，役聪明之耳目，亏无为之大道哉？

文章全篇以“思国之安者，必积其德义”为中心展开论述。先从正反两方面进行论述，提出为君必须“居安思危，戒奢以俭”的结论。然后提醒太宗，守成之君易失人心。因此在“殷忧”时易“竭诚以待下”；而在“得志”时则会“纵情以傲物”，便有“覆舟”之危。由此提出“积德义”必须“十思”，着重规劝太宗对于物质享受要适度，在自身修养上要“谦冲”，在用人上要“虚心纳下”，在行施法制上要不计个人恩怨。结尾归结出治国方法的关键在于知人善任和选拔人才，达到“垂拱而治”的理想境界。作者的这些主张，为唐太宗所采纳，有助于成就唐王朝的“贞观之治”。全篇以“思”字作为贯穿行文线索，魏征的这份爱国之思可谓深沉，他对后来唐朝“贞观之治”局面的形成功不可没。

并不是所有的爱国忠臣都能遇到李世民这样的明君，在劝谏过程中，有些人却因其劝说方式的不妥，不仅没有能够引起统治者对社会现实问题的重视，反而因统治者对自己劝谏方式的不满而使自己身受其害。如何既能达到劝谏的目的，又能引起统治者对自己反映问题的重视呢？《战国策·齐策》中的《邹忌讽齐王纳谏》一文能给出诸多的启示，其原文如下：

邹忌修八尺有余，而形貌昳丽。朝服衣冠，窥镜，谓其妻曰：“我孰与城北徐公美？”其妻曰：“君美甚，徐公何能及君也？”城北徐公，齐国之美丽者也。忌不自信，而复问其妾曰：“吾孰与徐公美？”妾曰：“徐公何能及君也？”旦日，客从外来，与坐谈，问之客曰：“吾与徐公孰美？”客曰：“徐公不若君之美也。”明日徐公来，孰视之，自以为不如；窥镜而自视，又弗如远甚。暮寝而思之，曰：“吾妻之美我者，私我也；妾之美我者，畏我也；客之美我者，欲有求于我也。”

于是入朝见威王，曰：“臣诚知不如徐公美。臣之妻私臣，臣之妾畏臣，臣之客欲有求于臣，皆以美于徐公。今齐地方千里，百二十城，宫妇左右莫不私王，朝廷之臣莫不畏王，四境之内莫不有求于王：由此观之，王之蔽甚矣。”

王曰：“善。”乃下令：“群臣吏民，能面刺寡人之过者，受上赏；上书谏寡人者，受中赏；能谤讥于市朝，闻寡人之耳者，受下赏。”令初下，群臣进谏，门庭若市；数月之后，时时而间进；期年之后，虽欲言，无可进者。

燕、赵、韩、魏闻之，皆朝于齐。此所谓战胜于朝廷。

这篇文章虽然简短，但它却为劝谏提供了可以参考的对策。这篇文章既写出邹忌劝谏齐王的方式——讽谏，又写出了邹忌劝谏的结果——齐王纳谏。在文中，邹忌为了劝谏齐王，制定了一个非常令人叹服的策略：讽。在这个策略的指导下，他首先以家事引出要劝谏的话题。一句“我孰与城北徐公美”看似简单的问句，却把齐王拉入了侃家常的行列。然后通过

“吾妻之美我者，私我也；妾之美我者，畏我也；客之美我者，欲有求于我也”这样的总结引出了自己的劝谏。特别是他把家事与国事作对比，更能使齐王接受他的观点。“今齐地方千里，百二十城，宫妇左右莫不私王，朝廷之臣莫不畏王，四境之内莫不有求于王。”这既是事实，又是其提出“王之蔽甚矣”的基础。正是在这样的劝谏策略的指导下，最后齐国达到“不战而屈人之兵”的目的，即“燕、赵、韩、魏闻之，皆朝于齐。此所谓战胜于朝廷”。

齐国的强大有两个主要原因：一个是齐王的虚心纳谏，另一个是有邹忌这样的善于劝谏的大臣。那么，邹忌的劝谏对于今天的人际交往有什么样的启示呢？首先，对别人进行劝谏的时候，一定要注意自己的劝谏策略，否则就会出现忠言逆耳的情形。虽然说忠言逆耳利于行，但有几个人能够对别人的劝谏认真进行分析呢？所以说，既然是为了别人好，就应该在劝谏之前考虑自己的劝谏策略，使别人能够接受自己的意见。其次，在劝谏的过程中，一定要注意自己的言辞，要根据劝谏对象考虑自己的言辞。对于齐王这样身居高位而又极其聪明的人，越是委婉越是容易接受；对于那些天生愚钝而又傲慢的下属，不妨直言奉劝。最后，劝谏不是和别人去生气，所以在劝谏的过程中，最好还是应该动之以情，晓之以理。俗话说，人非草木，孰能无情？当他知道劝谏人的确是为了自己好的时候，哪怕是再愚钝的人也会在忠言相劝下，采取补救的措施。

三、讽喻中的爱国

并非所有的爱国者都能接近权力的中心，很多的文人墨客看到社会现实问题后只能充分利用自己的才能创作大量的诗作，以“讽喻”的方式进行委婉的劝谏。讽喻是劝谏的一种方式，也是古代诗歌的一种表现方法。面对不合理的生活现实，诗人通过委婉的劝谏方式，希望统治者从中明白自己的过失，从而达到富国强民的目的。

（一）民生：执政之基

对民生问题的关注是白居易讽喻组诗《秦中吟》的特点。在《荀子·哀公篇》中详细地记录了孔子与鲁哀公的一段对话，鲁哀公向孔子提出了这样的问题：“寡人生于深宫之中，长于妇人之手，寡人未尝知哀也，未尝知忧也，未尝知劳也，未尝知惧也，未尝知危也。”孔子把鲁哀公这一经典之问誉为“圣君”之问，并针对最后鲁哀公的问题，即“未尝知惧也，未尝知危也”，用了一个非常形象的比喻，把民生问题融入其中进行了这样的回答：“君者，舟也；庶人者，水也。水则载舟，水则覆舟。”后来，这句话又出现在大唐著名的劝谏官员魏征的文章《谏太宗十思疏》中，其表述的内容演化为："怨不在大，可畏惟人。载舟覆舟，所宜深慎。"在此，无论古代的荀子，还是朝廷上的大官，他们都意识到了民生问题对国家安定的影响。正可谓"千里之堤，以蝼蚁之穴漏；百尺之室，以突隙之烟焚"。民生问题无小事，事事都关系到国家的安危。因此，民生问题就成了历代文官表现自己爱国情怀的媒介。

作为一个文官，既不能在两国交战的战场上率兵杀敌，又不能在和平的年代里去边塞戍守，但对祖国的热爱却可以通过对君主的劝谏得到表现。白居易就是一位这样的官员，他通过自己的讽喻诗向君主坦言民生问题的重要性。于是，在《秦中吟》这组讽喻诗中就有了题为《议婚》《歌舞》《买花》这样的诗作。《议婚》全文如下：

天下无正声，悦耳即为娱。人间无正色，悦目即为姝。
颜色非相远，贫富则有殊。贫为时所弃，富为时所趋。
红楼富家女，金缕绣罗襦。见人不敛手，娇痴二八初。
母兄未开口，已嫁不须臾。绿窗贫家女，寂寞二十余。
荆钗不直钱，衣上无真珠。几回人欲聘，临日又踟蹰。
主人会良媒，置酒满玉壶。四座且勿饮，听我歌两途。
富家女易嫁，嫁早轻其夫。贫家女难嫁，嫁晚孝于姑。
闻君欲娶妇，娶妇意何如？

这是一首描写时人婚姻观的诗歌作品。在这首诗中，作者对重财轻人的婚姻观和攀高结贵的婚姻观进行了深刻揭露，如诗文通过"红楼富家女，金缕绣罗襦。见人不敛手，娇痴二八初。母兄未开口，已嫁不须臾"与"绿窗贫家女，寂寞二十余。荆钗不直钱，衣上无真珠。几回人欲聘，临日又踟蹰"的对比，把时人嫌贫爱富的婚姻观呈报给了统治者，希望像婚姻这样与普通人息息相关的民生问题能够得到妥善解决。因为这样的婚姻观长此以往就会引发更大的问题，即"天下无正声，悦耳即为娱。人间无正色，悦目即为姝"。所以，作为一个圣明的统治者应该关注像婚姻一样的民生问题，使社会风气向正常的方向转变。又如《歌舞》：

秦中岁云暮，大雪满皇州。雪中退朝者，朱紫尽公侯。
贵有风云兴，富无饥寒忧。所营唯第宅，所务在追游。
朱轮车马客，红烛歌舞楼。欢酣促密坐，醉暖脱重裘。
秋官为主人，廷尉居上头。日中为一乐，夜半不能休。
岂知阌乡狱，中有冻死囚！

在这首讽喻诗中，作者通过官吏与贫民生活的对比，表达与杜甫"朱门酒肉臭，路有冻死骨"的相似情感，即希望统治者对民生给予关注，对官吏腐化、堕落的生活加以管束。正如诗作中所说的那样，在当时国都，那些达官贵人们下朝之后的夜生活丰富多彩，而作为其统治下的平民百姓，则过着难以维持的、贫困而无着落的凄惨生活。“岂知阌乡狱，中有冻死囚”一句，既有作者的无奈，又有作者的愤慨，尤其是与无奈、愤慨相混杂在一起的讽喻更使其爱国的情怀得到了淋漓尽致的展现。

白居易讽喻诗对民生问题的关注，不仅表现在对普通民众生活疾苦的真实描述上，以及对普通民众风俗恶化的关注中，而且还表现在对沉重赋税的揭露上。如《买花》一诗在对比中把时人所受沉重赋税的影响形象而逼真地再现给了当时的统治者，使自己对祖国的热爱得到了具体的体现。尤其是结尾的一句感叹“一丛深色花，十户中人赋”，更能引起众人的深思。

帝城春欲暮，喧喧车马度。共道牡丹时，相随买花去。
贵贱无常价，酬直看花数：灼灼百朵红，戋戋五束素。
上张幄幕庇，旁织笆篱护。水洒复泥封，移来色如故。
家家习为俗，人人迷不悟。有一田舍翁，偶来买花处。
低头独长叹，此叹无人喻。一丛深色花，十户中人赋！

在白居易的讽喻诗作中，还有一首论及友情的诗作，其题为《伤友》。在这首诗作中，诗人对古今交友之风的变化表达了自己的担忧。在古代有“同门曰朋，同志曰友”的说法。从字源上讲，“友”是一个会意字。甲骨文字形，像顺着一个方向的两只手，表示以手相助。因此，所谓“朋友”，指能够像自己的双手一样，可以在危难关头进行相互帮助的人。然而，随着时代的变化，随着环境的影响，越来越多的人趋炎附势，越来越多的人阳奉阴违。尤其是文中“昔年洛阳社，贫贱相提携。今日长安道，对面隔云泥”的事实，更把世风日下的现实形象地展现给了当朝的统治者。希望在大家的努力下，能够实现世风的好转。《伤友》原文如下：

陋巷孤寒士，出门苦恓恓。虽云志气高，岂免颜色低。
平生同门友，通籍在金闺。曩者胶漆契，迩来云雨睽。
正逢下朝归，轩骑五门西。是时天久阴，三日雨凄凄。
蹇驴避路立，肥马当风嘶。回头忘相识，占道上沙堤。
昔年洛阳社，贫贱相提携。今日长安道，对面隔云泥。
近日多如此，非君独惨凄。死生不变者，唯闻任与黎。

（二）反腐：治国安邦之策

反腐是一项最重要的治国安邦之策。在白居易的《秦中吟》中有一首题为《重赋》的诗作，通过对普通百姓赋税过重原因的分析，向当时的唐朝统治者指出了反腐的重要性，其诗作原文如下：

厚地植桑麻，所要济生民。生民理布帛，所求活一身。
身外充征赋，上以奉君亲。国家定两税，本意在忧人。
厥初防其淫，明敕内外臣。税外加一物，皆以枉法论。
奈何岁月久，贪吏得因循。浚我以求宠，敛索无冬春。
织绢未成匹，缫丝未盈斤。里胥迫我纳，不许暂逡巡。
岁暮天地闭，阴风生破村。夜深烟火尽，霰雪白纷纷。
幼者形不蔽，老者体无温。悲端与寒气，并入鼻中辛。
昨日输残税，因窥官库门。缯帛如山积，丝絮似云屯。
号为羡余物，随月献至尊。夺我身上暖，买尔眼前恩。
进入琼林库，岁久化为尘！

在这首诗作中，作者首先叙述百姓对于正常赋税的理解，特别是“上以奉君亲”的叙说，更把百姓对国家赋税的理解讲得明明白白。然而，虽然国家以“税外加一物，皆以枉法论”这样严格的制度来保证普通的百姓免受重赋的压迫，但是总有一些腐败的官员为达到“浚我以求宠”的目的，不停地向百姓敛索，以至于普通百姓达到了“幼者形不蔽，老者体无温”的悲惨境地，而官库里却是“缯帛如山积，丝絮似云屯”的景象。尤其是后面那些官员“号为羡余物，随月献至尊。夺我身上暖，买尔眼前恩。进入琼林库，岁久化为尘”的做法，更是使人气愤。这种腐败的行为，这种浪费的结果，着实让人心寒，让统治者惊心。

（三）戒奢：清廉之政

一个国家的兴旺发达，不仅与普通民众的报国情怀密切相关，而且还与官吏的清正廉洁息息相关。白居易在讽喻诗作中，对官吏的奢侈之风进行了无情的揭露，希望引起唐朝统治者的重视，达到戒除奢侈之风的目的，实现官民一心，保家卫国的理想。在其组诗《秦中吟》中就有一首以《伤宅》为题的诗作表现了这样的内容。其诗作原文如下：

谁家起甲第，朱门大道边。丰屋中栉比，高墙外回环。
累累六七堂，栋宇相连延。一堂费百万，郁郁起青烟。
洞房温且清，寒暑不能干。高堂虚且迥，坐卧见南山。
绕廊紫藤架，夹砌红药栏。攀枝摘樱桃，带花移牡丹。
主人此中坐，十载为大官。厨有臭败肉，库有贯朽钱。
谁能将我语，问尔骨肉间。岂无穷贱者，忍不救饥寒？
如何奉一身，直欲保千年？不见马家宅，今作奉诚园。

在这首诗中，作者以“谁家起甲第，朱门大道边？”这一问句引起读者对即将叙述内容的关注，然后详细地描绘了官吏奢侈生活的主要表现。不必说官吏住房的建筑数目、气势的“累累六七堂，栋宇相连延”，也不必说后面对其建筑物造价的夸张——“一堂费百万，郁郁起青烟”，更不必说对其建筑物环境的奢侈装饰——“绕廊紫藤架，夹砌红药栏。攀枝摘樱桃，带花移牡丹”，单后面两句“主人此中坐，十载为大官”就足以让读者知道当时的奢侈之风在官场之上是多么的风行。特别是“厨有臭败肉，库有贯朽钱”的描写，更把一个奢侈、腐化的官吏再现给了读者。“岂无穷贱者，忍不救饥寒？如何奉一身，直欲保千年？”一连两个问句更是引起了世人无限的思考。

再如，《轻肥》一诗也表现了同样的思想。在这首诗作中，作者对官吏奢侈的饮食之风作了细致的描绘：

意气骄满路，鞍马光照尘。借问何为者，人称是内臣。
朱绂皆大夫，紫绶或将军。夸赴军中宴，走马去如云。
樽罍溢九酝，水陆罗八珍。果擘洞庭橘，脍切天池鳞。
食饱心自若，酒酣气益振。是岁江南旱，衢州人食人！

（四）让贤：爱国的明智之举

虽然古代没有退休之说，但白居易看到当时官场的不合理之处，其中有一点就是国家的官员队伍不能及时更新，治国策略得不到充分使用。白居易为了讽刺“贪恋特权”不肯让贤于后来者的官员，创作了一首讽喻诗作《不致仕》，其原文如下：

七十而致仕，礼法有明文。何乃贪荣者，斯言如不闻？
可怜八九十，齿坠双眸昏。朝露贪名利，夕阳忧子孙。
挂冠顾翠緌，悬车惜朱轮。金章腰不胜，伛偻入君门。
谁不爱富贵？谁不恋君恩？年高须告老，名遂合退身。
少时共嗤诮，晚岁多因循。贤哉汉二疏，彼独是何人？
寂寞东门路，无人继去尘。

在这首诗作中，一位年迈体弱的官员在高官的位置上不是担忧国家大事，而是“贪名利，忧子孙”，这既是当时社会现实的写照，又是诗人对国家前途的思考。诗作中“齿坠双眸昏”和“朝露贪名利，夕阳忧子孙”自私自利的官员如何能为百姓请命，为国家尽力？正如作者说的“谁不爱富贵？谁不恋君恩？”但是作为一届官员，“年高须告老，名遂合退身”是其必然的选择。

白居易的这一思想与传统的儒家思想是有相似之处的。在《礼记·礼运》中，有一段关于“大同社会”的构想，其原文如下：

大道之行也，天下为公。选贤与能，讲信修睦。故人不独亲其亲，不独子其子，使老有所终，壮有所用，幼有所长，矜、寡、孤、独、废疾者皆有所养，男有分，女有归。货恶其弃于地也，不必藏于己；力恶其不出于身也，不必为己。是故谋闭而不兴，盗窃乱贼而不作，故外户而不闭。是谓大同。

在这段叙述中，不仅用“故人不独亲其亲，不独子其子，使老有所终，壮有所用，幼有所长，矜、寡、孤、独、废疾者皆有所养，男有分，女有归。货恶其弃于地也，不必藏于己；力恶其不出于身也，不必为己。是故谋闭而不兴，盗窃乱贼而不作，故外户而不闭”这样的句子对大同社会的美好生活进行了详细的描绘，而且还对大同社会的特征进行简明扼要的概括：“大道之行也，天下为公。选贤与能，讲信修睦。”在这里“与”是一个通假字，“与”通“举”，是推荐的意思，即把有才能的人推荐出来做官，为黎民百姓做事。白居易通过自己对官场的了解，通过“让贤”一事，把自己对国家官吏队伍的思考结果传递给了当时的统治者。

不管是忧思、劝谏还是讽喻，都是中国文人爱国的表现方式，他们由此创作出了许多不朽的文学作品，激发了一代又一代中华儿女的爱国热情，对当时乃至后世的文化、思想、政治都产生了巨大的影响。

第三节　平凡奉献

在天下兴亡匹夫有责观念的影响下，大多数人的心中都有爱国的情感。但“爱国”不能只停留在精神的层面，而应把其付诸自己的行动之中。在战火纷飞的年代需要爱国的将士奋勇杀敌，保家卫国；在和平的建设环境里，需要爱国人士建设家园，奉献青春。而所有的这一切，都建立在努力学习文化知识，树立正确的人生观和牢固的爱国观的基础之上。所以，身处和平年代，在校园中努力学习知识，在工作岗位上为祖国建设添砖加瓦，在平凡的生活中无私奉献就是我们每一个人爱国的具体而微的表现。

一、热爱祖国的情感

最能通过学习生活表现爱国情怀的小说是法国作家阿尔丰斯·都德的小说《最后一课》。这篇以普法战争为题材的小说，通过韩麦尔先生和小弗朗士、郝叟老头等人共同上完最后一节法语课的故事，把学习这一爱国行为表现得淋漓尽致。一个人的爱国思想可以体现在日常生活的方方面面。作为一名学生，可以通过努力学习来表现自己的爱国情怀；作为一名教师，可以通过自己对学生的谆谆教诲来体现自己的爱国情怀。下面结合小说原文，对其中人物形象通过自己言行表现出来的爱国思想进行逐一的分析和解读。

那天早晨上学，我去得很晚，心里很怕韩麦尔先生骂我，况且他说过要问分词。可是我连一个字也说不上来。我想就别上学了，到野外去玩玩吧。

天气那么暖和，那么晴朗！

画眉在树林边婉转地唱歌；锯木厂后边草地上，普鲁士兵正在操练。这些景象，比分词用法有趣多了；可是我还能管住自己，急忙向学校跑去。

我走过镇公所的时候，看见许多人站在布告牌前边。最近两年来，我们的一切坏消息都是从那里传出来的：败仗啦，征发啦，司令部的各种命令啦——我也不停步，只在心里思量："又出了什么事啦？"

铁匠华希特带着他的徒弟也挤在那里看布告，他看见我在广场上跑过，就向我喊："用不着那么快呀，孩子，你反正是来得及赶到学校的！"

我想他在拿我开玩笑，就上气不接下气地赶到韩麦尔先生的小院子里。

平常日子，学校开始上课的时候，总有一阵喧闹，就是在街上也能听到。开课桌啦，关课桌啦，大家怕吵捂着耳朵大声背书啦……还有老师拿着大铁戒尺在桌子上紧敲着，"静一点，静一点……"

我本来打算趁那一阵喧闹偷偷地溜到我的座位上去；可是那一天，一切偏安安静静的，跟星期日的早晨一样。我从开着的窗子望进去，看见同学们都在自己的座位上了；韩麦尔先生呢，踱来踱去，胳膊底下夹着那怕人的铁戒尺。我只好推开门，当着大家的面走过静悄悄的教室。你们可以想象，我那时脸多么红，心多么慌！

可是一点儿也没有什么。韩麦尔先生见了我，很温和地说："快坐好，小弗郎士，就要开始上课，不等你了。"

我一纵身跨过板凳就坐下。我的心稍微平静了一点儿，我才注意到，而且整个教室有一种不平常的严肃的气氛。最使我吃惊的是，后边几排一向空着的板凳上坐着好些镇上的人，他们也跟我们一样肃静。其中有郝叟老头儿，戴着他那顶三角帽，有从前的镇长，从前的邮递员，还有些别的人，个个看来都很忧愁。郝叟还带着一本书边破了的初级读本，他把书翻开，摊在膝头上，书上横放着他那副大眼镜。

我看见这些情形，正在诧异，韩麦尔先生已经坐上椅子，像刚才对我说话那样，又柔和又严肃地对我们说："我的孩子们，这是我最后一次给你们上课了。柏林已经来了命令，阿尔萨斯和洛林的学校只许教德语了。新老师明天就到。今天是你们最后一堂法语课，我希望你们多多用心学习。"

我听了这几句话，心里万分难过。啊，那些坏家伙，他们贴在镇公所布告牌上的，原来就是这么一回事！

我的最后一堂法语课！

我几乎还不会作文呢！我再也不能学法语了！难道这样就算了吗？我从前没好好学习，旷了课去找鸟窝，到萨尔河上去溜冰……想起这些，我多么懊悔！我这些课本，语法啦，历史啦，刚才我还觉得那么讨厌，带着又那么重，现在都好像是我的老朋友，舍不得跟它们分手了。还有韩麦尔先生也一样。他就要离开了，我再也不能看见他了！想起这些，我忘了他给我的惩罚，忘了我挨的戒尺。

可怜的人！

他穿上那套漂亮的礼服，原来是为了纪念这最后一课！现在我明白了，镇上那些老年人为什么来坐在教室里。这好像告诉我，他们也懊悔当初没常到学校里来。他们像是用这种方式来感谢老师四十年来忠诚的服务，来表示对就要失去的国土的敬意。

我正想着这些的时候，忽然听见老师叫我的名字。轮到我背书了。天啊，如果我能把那条出名难学的分词用法语从头到尾说出来，声音响亮，口齿清楚，又没有一点儿错误，那么任何代价我都愿意拿出来的。可是开头几个字我就弄糊涂了，我只好站在那里摇摇晃晃，心里挺难受，连头也不敢抬起来。我听见韩麦尔先生对我说：

“我也不责备你，小弗郎士，你自己一定够难受的了，这就是了。大家天天都这么想：‘算了吧，时间有的是，明天再学也不迟。’现在看看的结果吧。唉，总要把学习拖到明天，这正是阿尔萨斯人最大的不幸。现在那些家伙就有理由对我们说了：‘怎么？你们还自己说是法国人呢，你们连自己的语言都不会说，不会写！……’不过，可怜的小弗郎士，也并不是你一个人的过错，大家都有许多地方应该责备自己呢。”

“你们的爹妈对你们的学习不够关心。他们为了多赚一点钱，宁可叫你们丢下书本到地里，到纱厂里去干活儿。我呢，我难道没有应该责备自己的地方吗？我不是常常让你们丢下功课替我浇花吗？我去钓鱼的时候，不是干脆就放你们一天假吗？……”

接着，韩麦尔先生从这一件事谈到那一件事，谈到法国语言上来了。他说，法国语言是世界上最美的语言，最明白，最精确；又说，必须把它记在心里，永远别忘了它，亡了国当了奴隶的人民，只要牢牢记住他们的语言，就好像拿着一把打开监狱大门的钥匙。说到这里，他就翻开书讲语法。真奇怪，今天听讲，我全都懂。他讲得似乎挺容易，挺容易。我觉得我从来没有这样细心听讲过，他也从来没有这样耐心讲解过。这可怜的人好像恨不得把自己知道的东西在他离开之前全教给我们，一下子塞进我们的脑子里去。

语法课完了，又上习字课。那一天，韩麦尔先生发给新的字帖，帖上都是美丽的圆体字："法兰西""阿尔萨斯""法兰西""阿尔萨斯"。这些字帖挂在课桌的铁杆上，就好像许多面小国旗在教室里飘扬。个个人那么专心，教室里那么安静！只听见钢笔在纸上沙沙地响。有时候一些金甲虫飞进来，但是谁都不注意，连最小的孩子也不分心，他们正在专心画"杠子"，好像那也算是法国字。屋顶上鸽子咕咕咕咕地低声叫着，我心里想："他们该不会强迫这些鸽子也用德国话唱歌吧！"

我每次抬起头来，总看见韩麦尔先生坐在椅子里，一动也不动，瞪着眼看周围的东西，好像要把这教室里的东西都装在眼睛里带走似的。只要想想：四十年来，他一直在这里，窗外是他的小院子，面前是他的读者；用了多年的课桌和椅子，擦光了，磨损了；院子里的胡桃树长高了；他亲手栽的紫藤，如今也绕着窗口一直爬到屋顶了。

可怜的人啊，现在要他跟这一切分手，叫他怎么不伤心呢？何况又听见他的妹妹在楼上走来走去收拾行李！——他们明天就要永远离开这个地方了。

可是他有足够的勇气把今天的功课坚持到底。习字课完了，他又教了一堂历史。接着又教初级班拼他们的 ba，be，bi，bo，bu。在教室后排座位上，郝叟老头儿已经戴上眼镜，两手捧着他那本初级读本，跟他们一起拼这些字母。他感情激动，连声音都发抖了。听到他古怪的声音，又想笑，又难过。啊！这最后一课，我真永远忘不了！

忽然教堂的钟敲了十二下。祈祷的钟声也响了。窗外又传来普鲁士士兵的号声——他们已经收操了。韩麦尔先生站起来，脸色惨白，我觉得他从来没有这么高大。

"我的朋友们啊，"他说，"我——我——"

但是他哽住了，他说不下去了。

他转身朝着黑板，拿起一支粉笔，使出全身的力量，写了两个大字：

"法兰西万岁！"

然后他呆在那儿，头靠着墙壁，话也不说，只向我们做了一个手势："放学了，——你们走吧。"

（一）韩麦尔先生：一个悔恨中的爱国者

如果要用一句话来概括韩麦尔先生，那么这句话就是：韩麦尔先生是一个悔恨中的爱国者。

首先，韩麦尔是一个充满悔恨的人。之所以这样概括韩麦尔先生，是因为他在最后一节法语课意识到了平时自己对工作的玩忽职守，没有尽到一个教师的义务把法国的语言及语言背后的文化知识传承给自己的学生。因此，在最后一课上，他向再也不能上法语课的学生检讨自己的平日里的渎职行为："我呢，我难道没有应该责备自己的地方吗？我不是常常让你们丢下功课替我浇花吗？我去钓鱼的时候，不是干脆就放你们一天假吗？"这两句连续的反问，既是韩麦尔先生的自责，也是他对自己渎职行为的一种悔恨。让学生浇花耽误学生宝贵的学习时间，给学生放假又浪费了学生求学的机会。然而，此时一个老师的忏悔，不仅是因为他从此失去了自己的工作，而且还因为从此他爱国的机会因为国土的沦陷而被无情地剥夺了。因为在他心里法国语言是世界上最美的语言，最明白，最精确；必须把它记在心里，永远别忘了它，亡了国当了奴隶的人民，只要牢牢记住他们的语言，就好像拿着一把打开监狱大门的钥匙。但是他从此再也不能为法国人民讲解法国语言的任何一个问题了，因为新来的老师明天就会到。

其次，韩麦尔先生还是一位爱国者。因为他爱国，所以他才会对自己的渎职行为产生悔恨。也正因为悔恨，他才能在自己最后一节法语课上有如下的表现：

第一，为了表达爱国情怀，他要永远地记住这最后一节法语课。于是在这节课上，他有如此的穿着：他穿上那套漂亮的礼服，原来是为了纪念这最后一课！

第二，当下课的铃声响起时，因为再也不能向自己的学生讲授法语了，于是，韩麦尔先生又有这样的神态令人难忘：韩麦尔先生站起来，脸色惨白，我觉得他从来没有这么高大。

在韩麦尔先生的教学反思里，有两点值得今天的读者给予特别的关注。一方面，作为一个普通国民，一定要把自己的国语学习好。无论是什么人的过错，无论是什么样的原因，如果连自己国家的语言都不会说，都不会用，那是其人生最大的悲哀。另一方面，每个人都应该为其他人的学习创造一个良好的学习环境。无论是教师，还是父母，都不要为了一己私利、一时私利而去剥夺学生和孩子的学习时间。

韩麦尔先生是一位悔恨中的爱国者。他对平时自己渎职的悔恨表现了他的爱国情怀，而他的爱国情怀又加深了他对自己平时渎职的悔恨。

（二）小弗郎士：一个在学习中悟出爱国的孩子

小弗郎士是一个调皮的小学生，他在最后一课的学习过程中，终于悟出一个这样的道理：努力学习就是爱国的表现。

首先，在小说的伊始，为了表现小弗郎士的调皮行为，铁匠华西特曾经对上学经常迟到的小弗郎士说："用不着那么快呀，孩子，你反正是来得及赶到学校的！"

其次，随着故事的发展，小弗郎士终于在最后一课上明白了学习的重要性："天啊，如果我能把那条出名难学的分词用法语从头到尾说出来，声音响亮，口齿清楚，又没有一点儿错误，那么任何代价我都愿意拿出来的。可是开头几个字我就弄糊涂了，我只好站在那里摇摇晃晃，心里挺难受，连头也不敢抬起来。"这是小弗郎士在从老师韩麦尔先生那身礼服上得知这是最后一节法语课时的第一个反应。作为一个逃课的学生，作为一个一向不爱学习的读者，在此时为能够回答老师的提问情愿付出一切代价，这不能不说是一件令人震撼的事情，而究其变化的原因，那恐怕只有用爱国来解释小弗郎士的行为了。

再次，因为爱国，这最后的一堂法语课成了小弗郎士永恒的记忆。在小说中，作者还描绘了这最后一节法语课上那位特殊的学生——郝叟。对于这位特殊学生在最后一课上的表现，小说借助小弗郎士的感受对其进行了这样的描述：

在教室后排座位上，郝叟老头儿已经戴上眼镜，两手捧着他那本初级读本，跟他们一起拼这些字母。他感情激动，连声音都发抖了。听到他古怪的声音，又想笑，又难过。啊！这最后一课，我真永远忘不了！

如果不是在这个特殊的时刻，一位老眼昏花而戴眼镜的老头和一群小学生坐在一起学习这事本身就足以令人诧异了，何况他捧着还是一本初级读本，再加上他那古怪的发音，尽管在此不去探讨他的声音如此古怪是因为年龄，还是因为根本就不会读，但所有的"古怪之事"却没有使小弗郎士笑出声来，因为小弗郎士对此感到难过。难过的原因是法国人从此失去了学习法语的机会；难过的原因是在此时，就连郝叟这样的老人都重新回到课堂上学习法语，而自己却没有学好法语。否则，小弗郎士也就不会因背不出书而连头也不敢抬起来。

但是此时，在这最后一堂法语课上，小弗郎士却没有因此悲观，因为当时听着屋顶上咕咕叫着的鸽子，小弗郎士曾经这样想："他们该不会强迫这些鸽子也用德国话唱歌吧！"一个连鸽子都强迫不了的侵略者，怎么有可能使所有的法国人都忘记自己的国语呢？更何况此时还有韩麦尔先生这样的人，告诫包括小弗郎士在内每一个法国人"亡了国当了奴隶的人民，只要牢牢记住他们的语言，就好像拿着一把打开监狱大门的钥匙"的爱国道理呢？

（三）郝叟：一位令所有读者都尊敬的爱国者

在小说《最后一课》中，郝叟老头是一位着墨不多而又非常重要的小人物。在普通的读者眼里，郝叟老头也许是小说中一位可有可无的、次要的艺术形象，其实不然。在这篇经典的小说作品中，郝叟既是一位特殊的读者，又是一位令人尊敬的爱国者。在小说中，只有两处提到了郝叟老头，这两处分别是：

郝雯老头戴着他那顶三角帽……还带着一本书边破了的初级课木，他把书翻开，摊在膝头上，书上横放着他那副大眼镜。

在教室后排座位上，郝雯老头已经戴上眼镜，两手捧着他那本初级读本，跟他们一起拼这些字母。他感情激动，连声音都发抖了。

前者是郝叟老头在为上这最后一节的法语课做准备；后者是在教学拼读时，郝叟老头儿努力学习场景的真实写照。然而，正是因为郝叟老头的出现，才使小说的主人公小弗郎士与韩麦尔先生的爱国思想得到了更加真实的体现。对此，于龙在《走进郝雯老头和华西特——〈最后一课〉中不可忽视的两个人物》一文中进行这样的分析：

当小弗朗士看到郝叟老头等镇上一大帮的人都来听课，感到很是惊讶，听到郝叟老头古怪的读书声时甚至感到“可笑”。但是，当小弗朗士听到郝叟老头“发抖”的读书声时，他终于明白了这堂课的意义非同寻常，这“发抖的声音”使小弗朗士感到万分的难过，也使小弗朗士与郝叟老头在爱国主义情感上产生了共鸣。……但是郝叟老头毕竟还是觉醒了，郝叟老头的觉醒意在告诉人们要避免发生这样的悲剧，这当然是其历史和现实意义的折射！①

上面这段节选的论述，结合小说的文本内容，从历史和现实两个层面上对郝叟这位艺术形象的作用进行了具体的阐释。一方面，作为一个特殊的群体，郝叟的意义在于强调学习与爱国的关系。作为一个老人，作为一个几乎没有任何学习基础的老人，能够在最后一课的关键时刻，放下自己手中的事情来到课堂参加对他几乎没有任何意义的学习，其意义在于向其他法国人提示这样的事情：学习也是爱国的行动。在这里，郝叟的行为就是对韩麦尔先生那句“亡了国当了奴隶的人民，只要牢牢记住他们的语言，就好像拿着一把打开监狱大门的钥匙”充满哲理内涵句子的形象性解释。另一方面，作为一个爱国者，郝叟的出现在于向世人揭示这样的问题：爱国主义教育应该贯穿于任何一个学科的课堂教学中。每一个人都应该意识到爱国主义教育的重要性，否则就会有韩麦尔先生那样的遗憾出现；就还会有小弗郎士这样的学生因为平时没有努力学习，而在特殊的时刻对自己

① 于龙．走进郝叟老头和华西特——《最后一课》中不可忽视的两个人物［J］．教育艺术，2013（3）：21.

学业的荒废而深感后悔。

二、建设祖国的信念

无论是战争年代，还是和平建设时期，都有爱国主义思想的体现。在经济建设过程中最具爱国思想的人物是苏联作家尼古拉·奥斯特洛夫斯基所著作品《钢铁是怎样炼成的》中的主人公保尔。保尔的原名是保尔·柯察金，小说通过对保尔成长过程的描写，告诉读者一个这样的事实：一个人只有把自己的一生与祖国的建设联系在一起，与人民的利益联系在一起，才有可能成为一个钢铁般的战士。保尔反思自己的成长经历，在总结自己成长历程的时候，讲出了这样一段令无数读者感动的话：

人最宝贵的东西是生命，生命属于人只有一次。人的一生应该是这样度过的：当他回首往事的时候，他不会因为虚度年华而悔恨，也不会因为碌碌无为而羞耻。这样，在临死的时候，他就能够说："我的整个生命和全部精力，都已经献给世界上最壮丽的事业——为人类的解放而斗争。"

这段话既是保尔的名言，也是爱国主义者的行动指南。在中国有许多像保尔一样的爱国者，他们也留下了许多爱国的名言。例如伟大的无产战士雷锋就曾在自己的日记里这样写道：

人的生命是有限的，可是，为人民服务是无限的，我要把有限的生命，投入到无限的"为人民服务"之中去。

一个人的作用，对于革命事业来说，就如一架机器上的一颗螺丝钉。机器由于有许许多多的螺丝钉的连接和固定，才成了一个坚实的整体，才能够运转自如，发挥它巨大的工作能量。螺丝钉虽小，其作用是不可估计的。我愿永远做一个螺丝钉。螺丝钉要经常保养和清洗，才不会生锈。人的思想也是这样，要经常检查，才不会出毛病。我要不断地加强学习，提高自己的思想觉悟，坚决听党和毛主席的话，经常开展批评与自我批评，随时清除思想上的毛病，在伟大的革命事业中做一个永不生锈的螺丝钉。

在平凡的岗位却做出了不平凡的事，这正是雷锋的伟大之处。无论是坚持从一点一滴做起，到最后把有限的生命投入到了无限的为人民服务中去，还是在平凡的岗位与大家一起，为了祖国的建设甘心做一颗永不生锈的螺丝钉，都体现出雷锋的爱国之情。

三、无私奉献的精神

奉献，是不求回报的爱和全身心的付出，对个人而言，就是要在爱的感召下，把本职工作当成一项事业来热爱和完成，从点点滴滴中寻找乐趣，努力做好每一件事、善待每一个人，这也是爱国的一种表现。"奉"，即

“捧”，意思是“给、献给”；“献”，原意为“献祭”，指“把实物或意见等恭敬庄严地送给集体或尊敬的人”。两个字和起来，“奉献”，就是“恭敬的交付，呈献”。作为泱泱大国中平凡而普通的一分子，爱国就是要奉献我们的青春、我们的汗水、我们的热情，甚至是生命。

2017 年春，根据周梅森的长篇小说《人民的名义》改编的同名电视连续剧火遍大江南北，当人们高度关注小说超大力度的反腐主题时，我们不妨将目光投向小说中给人留下了极其深刻印象的老干部陈岩石，他的身上集中体现了奉献青春、奉献热情直至奉献生命的爱国之情。

陈岩石在《人民的名义》中戏份并不重，只能算是一个配角，但他无疑是电视剧中给观众印象最深刻的人物之一。在讲到老人当年入党的故事时小说中这样写道：

老人入党，是因为队伍打岩台，不是共产党员就没资格背炸药包参加尖刀班。背炸药包是共产党员才有的特权。老人为了抢到背炸药包的特权，就在队伍开到岩台郊外时火线入了党。那时老人还是少年，实际年龄只有十五岁，因为要入党，就虚报了两岁。

攻坚战打响了，班长沙振江带着我和二顺子等十六名尖刀班战士每人背负着四十多斤重的炸药包，鱼贯跃出战壕。城墙上，暗堡里，日军机枪疯狂扫射。冲在最前面的是沙振江，小红旗在硝烟中时隐时现。沙振江身后是我，再往后是二顺子……

在距城南门六十多米的一棵老槐树下，沙振江身中六弹，壮烈牺牲！我把沙振江的炸药包背上，继续前进。一排机枪子弹打过来，我中弹倒下了。就在我挣扎着向前爬时，二顺子站了起来，跌跌撞撞前进了几米，连人带炸药一起滚到城门洞里，拉动了导火线。城门被炸开了。总攻的冲锋号响了起来……

二顺子牺牲时十六岁，只有一天的党龄啊。在我党历史上还有没有这种一天党龄的党员？我不知道。不过我想，在战争年代，像二顺子这种情况绝不会只是一个。这些党员用他们的行动，以自己的流血牺牲，实践了入党誓言啊！

背炸药包是党员的特权，当年虚报年龄争抢这个特权时，我甚至都没想到能活到今天！同志们，我这一生都为抢到这个特权而骄傲啊！①

老人在特殊的战争年代加入中国共产党，而他入党的目的竟是去扛炸药包奉献自己年轻的生命，虽然他在战斗中幸存下来，但在他的一生中，从未忘记过自己的理想和信念，辛苦工作一辈子，“退休后一直为真理而斗

---

① 周梅森．人民的名义［M］．北京：北京十月文艺出版社，2017：68－70.

争，四处帮人告状递状子。他住的那家养老院，快成了‘省第二人民检察院’了。”① 可以说，从他十五岁把炸药包扛在肩上开始，就没打算再放下来，为国家为人民奉献自己的全部力量和生命，已成为他一生的追求。

在“九一六”事件中，陈岩石再次扛起了炸药包。在大风厂燃起了熊熊大火，面临着油库随时会爆炸而工人们却与假警察对峙着不肯撤离的危急关头，公安局局长喊破了嗓子镇不住场面，市委书记亲临现场稳不住场面，陈老挺身而出举着喇叭向工人们喊话，苦苦相劝，终于把“黑压压的人群赶鸭子一般挤压回了后厂区”，事情就此向好的方向转化。当公安厅厅长祁同伟鼓动李达康趁机强拆大风厂时，他发出了“今夜你们真要拆，就从我身上踏过去，让推土机把我这把老骨头碾碎了”的誓言，于是在深秋寒气逼人的强拆现场出现了这样一幅场景：面对一排推土机，陈岩石独自坐在一张破沙发上。他的身后，是黑压压的男女工人。晨风吹乱了老人稀疏的白发，脸上坚毅的线条使老人看上去像一尊雕塑。市委书记李达康也不禁发出这样的感慨：

当年老人背炸药包，“九一六”之夜老人也是背炸药包啊！幸亏老人挺身而出，让他有所顾忌，他才没坚持强拆，没让事态进一步恶化。都说老人开着个“第二人民检察院”，是个老愤青，可老愤青有原则，有底线啊！老同志政治上强，天然具有底层意识和群众意识呢。②

在揭发大贪官赵立春的过程中，陈岩石依然是那个扛起炸药包的人，而且一扛就是十二年，直到生命的最后。小说中这样写道：

从某种意义上说，老人也是倒在反腐阵地上的。中央巡视组来了，老人一次次去谈话。谈啊谈啊，热血在为真理而斗争的征途上冲破了那颗饱受磨难的衰老心脏，让他颓然倒下了——直到前几天，侯亮平才从钟小艾口中得知，对大老虎赵立春，陈岩石以各种形式执着举报了十二年。在这场关系党和国家生死存亡的斗争中，老人家以耄耋高龄，义无反顾地背起了炸药包……③

陈岩石就是这样一个一生都在扛着炸药包前行的人，他将自己的安危和生命置之度外，一心考虑的是人民的利益。老人活着没贪一分不义之财，还把自己唯一的一套房卖了，把几百万房款捐给了慈善基金；去世后将自己的遗体捐献了出去，没通知任何人，没麻烦任何人，没占人世间的一寸土地。“苟利国家生死以，岂因祸福避趋之。”这样的奉献是不图己利的无私奉献，是最彻底的奉献，这样的奉献就是对爱国最真挚最深沉的诠释，

① 周梅森．人民的名义［M］．北京：北京十月文艺出版社，2017：32.

② 周梅森．人民的名义［M］．北京：北京十月文艺出版社，2017：69.

③ 周梅森．人民的名义［M］．北京：北京十月文艺出版社，2017：383.

从这个意义上说，陈岩石就是最彻底的爱国者。

无论企盼、壮志或征战，还是忧思、劝谏或讽喻，又或是学习、建设或奉献，都是把爱国之情溶化在自己的血液中，根植于自己的心中。爱国主义是中华民族的光荣传统和崇高美德，是中华民族继往开来的精神支柱。正是因为有了千百年来深深融入民族意识之中的爱国主义优良传统，在历史发展的过程中，中华民族才表现出了强大的生命力，中华文明才一脉相承成为人类文明史上的一道奇观。

素质拓展：

1. 请列举三位你最敬仰的爱国英雄并说明自己的理由。
2. 请结合你最喜欢的爱国文学作品，分析文中主人公的爱国行为。
3. 请结合自己的实际，谈一谈如何在日常生活中实现自己的爱国情怀。
4. 请分析当代爱国题材小说创作的现状并提出提升自身爱国境界的策略或途径。
5. 请结合《最后一课》的小说文本，详细分析文中各个人物形象的爱国言行。

第四章　拼搏篇

每一个人都在拼搏，而拼搏的目的却有着诸多不同。有的人像《老人与海》的主人公圣地亚哥一样，面对生活中的各种挫折、各种困难纵使身心疲惫，为了求得生存而一步一个脚印，最终获得成功，成为拼搏路上的硬汉；有的人为了得到更好的生活，为了获取别人对自己的尊重，就像《红与黑》的主人公于连一样，虽然出身低微，却凭借自己的努力从社会的最底层走到了社会的最高层，然后又重重地跌了下来；还有的人是为了实现自己心中的理想，像《人生》的主人公高加林一样，利用各种机会去实现自己的事业理想，尽管他为了自己的事业抛弃了自己的真爱，但他的拼搏却没有脱离农村—城市—农村的轮回。

第一节　为理想拼搏

现实主义作家路遥精心创作了《惊心动魄的一幕》《人生》《平凡的世界》《在困难的日子里》等诸多小说作品。在这些小说作品中，路遥为读者塑造了一批生活的强者。在关于路遥作品的研究文献中，有研究者把他们称为奋斗者，他们都通过自己的言行和顽强的斗志成为现代读者学习的榜样。

一、为理想而拼搏的“高加林家族”

在一系列的小说作品中，路遥塑造了一批生活强者形象，这群生活的强者又以路遥小说《人生》中的主人公高加林为核心，所以世人又以“高加林家族”统称这一系列的人物形象。这些生活的强者，或者说人生的奋斗者包括马建强、高加林、孙少安、孙少平等。结合路遥系列小说中“高加林家族”创作的群像，结合这些群像的生活经历分析其每一个成员的个性化特征，不仅可以了解路遥的创作特色，掌握这些现实主义小说的精髓，而且还可以从“高加林家族”成员的奋斗过程中汲取人生奋斗的力量。虽然小说中“高加林家族”的成员都出身低微，但在面对生活的变迁和人生的挫折与坎坷时，却都为了实现自己的理想而努力奋斗。虽然有些人的结局是悲剧性的，但他们在激情荡漾的青春时期努力拼搏的奋斗实践值得读者永远思考和学习。

在“高加林家族”诞生、发展、壮大的过程中，马建强这个人物形象代表的是“高加林家族”成长的少年时期；高加林处于家族壮大、发展时期；继而是孙少平、孙少安兄弟为代表的成熟时期。纵观“高加林家族”的发展历史，小说《人生》中的主人公高加林处于整个人物形象体系中的关键环节，或者说高加林这个人物形象在“高加林家族”群像中处于关键的位置，即其上承马健强，下启孙氏二兄弟。因此，分析路遥小说中的奋斗者形象，或者感悟这一系列强者的精神内涵，当以小说主人公高加林这个人物形象为主。所以，应该对其所表现出来的“强者”精神进行认真的分析和探索。

二、“强者”高加林的拼搏

之所以把《人生》中的高加林称之为“强者”，是因为高加林的奋斗经历诠释着传统意义上“强者”的内涵。所谓强者是指面对生活中的困难和人生的坎坷时能够奋发有为的人，在其具体的奋斗过程中，表现出了与众不同的抗争精神。也许他们最终的结局并不是每一个人期望的那样都能取得圆满的成功，但他们为了成功而奋斗的精神却足以感动每一个处于生活困境中的人。

高加林是一个事业上的强者。他的创业历程经历了农村、城市、农村的变迁。虽然从其奋斗经历上看，这似乎是一个奋斗过程的轮回，是具有悲剧性质的轮回，但作为起点和终点的“农村”在其奋斗的过程中却具有不同的内涵。

首先，高加林是一个寓意里的强者。无论在作者路遥的心中，还是在读者的心中，“高加林”三个字作为一篇小说中人物形象的命名，它本身就充满了“强者”的寓意。在这篇小说诞生的年代，世界上发生了一件大事，即苏联的宇航员尤里·阿列克谢耶维·加加林成功地进入太空，成了苏联人民心中的英雄。虽然小说《人生》的内容是中国改革初期的事情，但作者把小说的主人公命名为“高加林”就很容易使读者想到苏联的这位英雄。尤里·阿列克谢耶维·加加林步入太空是人类探索太空的开始，而高加林的出现却是中国人或者更确切地说是中国最底层的农民改革的开始。因此，从“探索”的层面上讲，无论是苏联这位伟大的宇航员尤里·阿列克谢耶维·加加林，还是中国的这位普通农民高加林，他们的探索行为足以使其具有“英雄”的内涵。

其次，高加林是一个拼搏中的强者。高加林的拼搏经历了三个阶段：

在第一个阶段里，他是以民办教师的身份进行拼搏的。高加林出身于农民，虽然他对农民没有歧视的意思，但他却不想以“农民”的身份生活一辈子，于是他当上了民办教师。在三年的教师岗位上，他努力地拼搏着。这种拼搏既表现在他的理想上，又表现在他的实际行动中。对于前者而言，他的拼搏理想是通过自己努力，在民师转正的考试中取得成功，从而改变自己的命运；对于后者而言，他在自己的行动中也表现出了自己的努力，对此，在小说的第一章里，作者下面的叙述可以作为他在行动上拼搏的例证：“亏得这三年教书，他既不要参加繁重的体力劳动，又有时间继续学习，对他喜爱的文科深入钻研。他最近在地区报上已经发表过两三篇诗歌和散文，全是这段时间苦钻苦熬的结果。”从这一段简洁的叙述之中，足以看出高加林的努力。他只是一个高中毕业生，竟然能够在短短的三年时间里发表自己的作品，这对于公办老师而言也绝不是一件容易的事情。拼搏不仅需要努力，而且需要知识的储备。高加林作为一个农民的强者代表，有着不同于其他人的知识储备：

他首先看《人民日报》的国际版。他很关心国际问题，曾梦想过进国际关系学院读书。在高中时，他曾钉过一个很大的笔记本，里面虚张声势地写上“中东问题”“欧洲共同体国家相互政治经济关系研究”“东盟五国和印支三国未来关系的演变”“中美苏三角关系中美国的因素”等胡思乱想的“研究”题目。现在他想起来已经有点可笑，但当时的“气派”却把同学们吓了一跳！其实他也并没能“研究”什么，只不过剪贴了一点报刊资料而已。

他先把各种报纸翻着浏览了一遍，然后找了一篇长一点的文章“过瘾”。他身子蜷曲在长椅子里，看起了韩念龙在联合国召开的柬埔寨国际会议上的发言。

知识储备可以从两个层面去理解：一种知识是拼搏者在拼搏实践中需要的专业知识；另一种知识是时事知识，它关系到拼搏者需要如何利用自己的专业知识进行拼搏，关系到拼搏者通过什么样的途径进行拼搏。因此，高加林更加关注时事知识的储备。作为一个农民，他不仅能够从《人民日报》这样的国家媒体了解党的政策，而且他还关注国际形势的发展变化。例如，文中提到的“中东问题”“中美苏三角关系中的美国因素”这样的重大问题。高加林不是偶尔地关心一下时事，而是对时事有着长期的关注，无论是国内还是国外的重大时事都是他关注的焦点。因为如果不是一贯如此，他也不可能上“瘾”，他不可能会去找一篇长一点的文章来“过瘾”。对于时事的关心使高加林与普通的农民有了质的区别，也正是这样的区别才使他能够进行后来的创业。

在第二个阶段里，他是以一个通讯员的身份进行拼搏的。作为民办教师被辞退后，他又以一个新的身份出现在众人面前，那就是更能使其施展自己才能的“通讯员”。长期的知识积累使他在这个新的岗位上游刃有余，爱岗敬业的态度使其令人敬佩。下面这段选文是作者对他作为一个通讯员在报道灾情时的描写：

高加林是县上第一个到达南马河公社的干部。县委副书记率领的救灾队伍比他迟到了整整五个钟头——已经临近天明了。

加林到南马河时，公社干部谁也不认识他。他自己给他们介绍说，他是县上新任通讯干事，赶来采访报道救灾情况的。大家一看这个二十刚出头的青年人浑身糊成个泥疙瘩，脚上还流着血，立刻深受感动，赶忙给他做饭吃。公社干部们也是刚从灾情最重的一个大队回来，吃完饭，准备又起身到另一些大队去。他们一个个也都是浑身透湿，脸被泥糊得只露两只眼睛。公社书记刘玉海浑身负了七处伤，都用纱布缠着，简直就像刚从打仗的火线上下来一般。

在这段描写之中，为报道真实的灾区情况，他不顾自己的安危进行采访。他不仅比领导们早到了五个钟头，而且从他赶赴灾区途中所受的伤情就足以使读者了解到南马河灾区的严重灾情。特别是“大家一看这个二十刚出头的青年人浑身糊成个泥疙瘩，脚上还流着血，立刻深受感动，赶忙给他做饭吃”这样的情况更令人为高加林献身于通讯事业的精神所感动。在灾区，高加林不仅给领导们汇报情况，而且还深入灾区。作为一个通讯员，高加林的这种敬业精神足以令人感动。在小说中，作者对高加林进行了这样的描述：

高加林没有睡。他在煤油灯下又连续写了三篇短通讯和一篇综合报道。他写完后，出来站在公社门前，舒展了一下胳膊腿。

这时候，县上的有线广播开始播音。首先是本县节目，广播上传来报道，黄业萍圆润洪亮的普通话：“……同志们，现在请听加林采写的报道：《只要有人在，大灾也不怕》……”

正是高加林这样的敬业精神，正是他亲身参加救灾的经历，使他的报道取得了圆满的成功。在灾区生活了五天后，他才返回县城。所以说，高加林参与救灾的经历与其报道的成功体现了他作为一名通讯员的职业素养，也体现了他的拼搏精神。

最后，高加林是一个农民中的强者。高加林的奋斗开始于农村，高加林的奋斗也终止于农村。在民办老师的职位被人顶替之后，高加林在农村生活中开始了自己的奋争：

他抬起乱蓬蓬的头，牙咬着嘴唇，显出一副对自己残酷的表情。

德顺老汉点起一锅旱烟，坐在他旁边，一只手在他落满黄尘的头上摸了一把，无可奈何地摇摇白雪一样的脑袋，说："明天你不要挖地畔了，跟我学耕地。你看你的手，再不敢握镢把了，等手好了再……"

加林坚决地摇摇头："不，我要让镢把把我的烂手再拧好！"他说完就站起来，向地畔走去，向两只烂手唾了两下，掂起镢头又没命地挖起来。阳光火爆爆地晒着他通红的光脊背，汗水很快把他的裤腰湿透了。

这是作者对高加林在农村劳动的叙述。在这里，因为高加林没有挖地畔的经验，所以他的手被磨破了。德顺老汉心痛地要求高加林先学耕地，以免使他手上的伤势进一步发展，但是倔强的高加林却坚决地摇头，他说："不，我要让镢把把我的烂手再拧好！"而且，他还"向两只烂手唾了两下，掂起镢头又没命地挖起来"。

当高加林的通讯员身份被人告发后，他又回到了农村，开始了新的生活。在这块生他养他的土地上，虽然作者没有描写高加林是如何重新奋斗的，但高加林却理解了德顺爷爷的话，而德顺爷爷的生活哲理为他的再次奋斗指明了方向，也为高加林再次成为生活的强者打下了基础：

德顺爷爷用缀补丁的袖口揩了一下脸上的汗水，说："听说你今天上午要回来，我就专门在这里等你，想给你说几句话。你的心可千万不能倒了！你也再不要看不起咱这山乡圪了。"他用枯瘦的手指头把四周围的大地山川指了一圈，说："就是这山，这水，这土地，一代一代养活了我们。没有这土地，世界上就什么也不会有！是的，不会有！只要咱们爱劳动，一切都还会好起来的。再说，而今党的政策也对头了，现在生活一天天往好变。咱农村往后的前程大着哩，屈不了你的才！娃娃，你不要灰心！一个男子汉，不怕跌跤，就怕跌倒了不往起爬，那就变成个死狗了……"

这是一个老农民对一个小农民的教诲。虽然德顺爷爷说不出"天生我材必有用"这样的经典语言，但是对于"天生我材必有用"的高加林而言，德顺爷爷的话更能使高加林反思以前自己的拼搏之路。一句"一个男子汉，不怕跌跤，就怕跌倒了不往起爬，那就变成个死狗了……"说得既形象又生动，它所蕴含的哲理丝毫不比"在哪跌倒在哪爬起来"逊色。而且在"而今党的政策也对头了，现在生活一天天往好变。咱农村往后的前程大着哩，屈不了你的才！"这样的环境下，高加林也一定会重新燃起自己的拼搏欲望，读者也有理由相信高加林一定会在另一条拼搏之路上成为一个新的强者。

三、高加林的人生悲剧

在小说《人生》中，虽然小说的故事内容仅仅涉及高加林人生中的短暂一幕，但在这短暂的人生旅途中，作者却描述了高加林诸多的人生悲剧。作为一个悲剧的主人公，高加林是一个失败者，但正是这一次又一次的失败使高加林成了生活中的强者。如果以世俗的标准来分析，高加林不是一个强者，因为小说里他所做的每一件事都以失败告终，因此他不应该是一个强者，但是作为失败者，高加林不仅屡败屡战，而且还在屡败屡战中做出了令人瞩目的成绩，甚至还对自己的失败有所感悟。在《人生》这篇小说中，作者叙述了高加林的多重悲剧。

第一重悲剧是事业上的悲剧。高加林的事业悲剧也具有多重的特点，即民办教师生涯的悲剧和通讯员生涯的悲剧，而这两重悲剧的起因是那次高考的失败。高考之所以被称为独木桥，就是因为它可以改变一个人的后半生。对于高加林这样的人而言，高考是唯一能够改变其命运的机会。因为他的父亲是一个农民，他生活在一个封闭、闭塞的小山村里，就连大队书记也会担心高加林这样的高考落榜生会给他弄出解决不了的问题。所以，用今天的话来说，高加林的高考失败即是他输在起跑线上的表现，因为他不能像今天的读者那样能够从父母那里获得帮助。与此同时，高加林的高考失败又是其后续一切悲剧产生的根源。对于高加林事业上的悲剧，在王昭、傅宗洪的《矛盾心态下的双重人格解读——浅析路遥〈人生〉中高加林性格的悲剧内涵》这篇文章中曾经有过这样的论述：

当他在农村做民办教师时，刻苦学习、努力工作，希望有一天能通过考试转为正式的国家教师，不料被大队党支部书记儿子无理顶替了。民办教师虽不是他理想的工作，但毕竟是其追求理想工作的阶梯，而理想阶梯被无理地撤掉了，他内心的悲愤和无奈难以言表。之后，他凭借叔父的权势进城，新的希望在他心中重新点燃，他的才华和勤奋给县委报道工作带来了生机和起色。特别是在南马河抢险中，他那敢于战胜困难的勇气，为事业奋不顾身的精神更显示了一代新人的英雄本色。他本以为这次完全可以凭借自己的出色表现，实现自己的理想，得到自己想要的生活。然而，大权在握的张克男母亲因为嫉恨高加林抢走自己儿子的女朋友，向纪检委告发他走后门进城一事，于是，高加林以正当理由被遣送回农村。[①]

在这段归纳与总结中，作者王昭、傅宗洪在叙述高加林事业悲剧的同时，也着力叙述着他的拼搏：在民办教师的岗位上，他做出了自己的成绩；在通讯员的岗位上，他也取得了与众不同的业绩，然而他在这两个职位上的努力却都以失败告终。

---

① 王昭，傅宗洪．矛盾心态下的双重人格解读——浅析路遥《人生》中高加林性格的悲剧内涵［J］．重庆科技学院学报（社会科学版），2010（21）：127－129.

第二重悲剧是爱情上的悲剧。在高加林的爱情生活中，他先后经历了两次爱情上的失败。对于其爱情失败经过可以这样进行具体分析：首先，高加林因为教师岗位被人顶替而使自己的事业陷入了低谷。此时高加林不能够迅速地解决自己的事业问题，因此，他无可奈何地接受了巧珍给予自己的爱。虽然他在此时不情愿地接受了巧珍那份真诚的爱，但在他的脑子里却还是“一旦与一个农村姑娘结合，就有可能会影响到自己的事业发展”这样的观念。由于此时他处于人生的第一个事业低谷期，所以他才接受了巧珍。而正是这样的想法，为他们的爱情悲剧埋下了伏笔。所以，当高加林进入城市，重新获得了为事业拼搏的机会时，他不得不面对事业与爱情的选择，于是巧珍被他视为事业的累赘而惨遭抛弃。在高加林看来，他之所以抛弃巧珍是因为他面对爱情与事业时作出了“理性”的选择。但正是这“理性”的选择使其在后来饱尝悲剧的酸楚。在小说的结尾处，当高加林从县委大院再一次回到农村的时候，在途经与巧珍分手的地方，他的内心备受爱情悲剧的煎熬。对此小说中有这样的描写：

当高加林再迈步向村子走去的时候，感到身上像吹过了一阵风似的松动了一些。他抬头望着满川厚实的庄稼，望着浓绿笼罩的村庄，对这单纯而又丰富的故乡田地，心中涌起了一种深厚的情感，就像他离开它已经很长时间了，现在才回来……当他从公路上转下来，走到大马河湾的分路口上时，腿猛一下子软得再也走不动了。他很快又想起，他和巧珍第一次相遇从县城回来时，就是在这个地方分手的——现在他们却永远地分手了。他也想起，当他离开村子去县城参加工作时，巧珍也正是在这个地方送他的。现在他回来了，她是再不会来接他了……他坐在一块石头上，身上像火烧着一般烫热。他用两只手蒙住眼睛，头无力地垂在胸前。他真不知道往后的日子怎么过呀？他嘴里喃喃地说：“亲爱的人！我要是不失去你就好了……”泪水立刻像涌泉一般地从指缝里淌出来了……

正是这样的煎熬，使高加林又对自己与巧珍的爱情悲剧进行了深刻的反思：

他手抚着桥栏杆，想起第一次卖馍返回的时候，巧珍就是站在这里等他的；想起在这同一个地方，他不久前又曾狠心地和她断绝了关系……眼下他又在这里了，可是他现在还有什么呢？他幻想的工作和未来在大城市生活的梦想破灭了，黄亚萍又退回到了他生活的远景上；亲爱的刘巧珍被他冷酷地抛弃，现在已和别人结了婚。他真想一纵身从这桥上跳下去！这一切怨谁呢？想来想去，他现在谁也不怨了，反而恨起了自己：他的悲剧是他自己造成的！他为了虚荣而抛弃了生活的原则，落了今天这个下场！他渐渐明白，如果他就这样下去，他躲过了生活的这一次惩罚，也躲不过去下一次惩罚——那时候，他也许就被彻底毁灭了……

在这一段叙述中，高加林虽然悟到了自己与巧珍的爱情悲剧是由于为了虚荣而抛弃了生活原则所致，但是他却没有想到自己与亚萍的爱情悲剧产生的原因。当初他之所以选择亚萍是因为亚萍能够帮助他在事业上取得发展，而他真正倾心的却是巧珍。从爱情的层面分析，高加林选择亚萍是一个错误，而错误的选择必然会导致最终的爱情悲剧。于是，在张克男母亲的告发下，亚萍远走他乡，高加林又回到了原来奋斗的起点——农村。然而这段爱情悲剧却显示出高加林的“拼搏”精神，他之所以能够与亚萍走到一起，是因为亚萍能够帮助高加林完成自己的事业理想。因此，他背叛了与巧珍的爱情而和亚萍走到了一起，可是他们的爱情却最终成了高加林人生中最大的悲剧，他不仅因为张克男母亲的告发失去了那个能够充分施展自己才能的通讯员岗位，而且也使自己永远地失去了亚萍。

在小说《人生》中，虽然高加林是一个悲剧，但他在悲剧产生过程中表现的拼搏精神却是值得思考的，高加林的悲剧使人深刻懂得：

当个人需要与社会条件发生冲突时，当现实条件不足以实现个体正常合理的人生需要时，个体要坚定自己的信念，永葆自己的崇高理想和高尚人格，以更加纯洁的感情与热情追求自我，不要以恶抗恶；当个体某一方面的需要与另一方面的需要发生冲突时，个体应保持坚韧的意志力，用崇高的理想来引导自己，以善良的愿望压抑本能欲望，以一颗宁静的心去追求成功，看待挫折，避免急功近利。①

拼搏是指豁出性命，进行激烈的搏斗；亦指尽最大的力量，倾尽自己所有而不顾一切地努力，去实现自己的目标。“人生能有几回搏”，拼搏应是新时代每一个年轻人应具有的精神。面对迎面而来的每一个困难，我们要迎难而上，不断拼搏，以坚韧的毅力来维持，以坚定的信心来导航，竭尽全力地努力，酣畅淋漓地付出，人生的目标终将实现。

第二节　为生存拼搏

小说作为一种文体，它所反映的事实与人生密切相关。人物形象、故事情节、环境描写被称为小说的三要素。在这种文体中，无论故事情节是如何展开的，也无论环境描写是怎样的，它们都必须以具体的人物为中心。而小说中的人物形象又是作者对现实生活中人物的观察和艺术加工，从小

---

① 王昭，傅宗洪．矛盾心态下的双重人格解读——浅析路遥《人生》中高加林性格的悲剧内涵［J］．重庆科技学院学报（社会科学版），2010（21）：129.

说的人物形象中可以获得人生的感悟。

一、"硬汉"圣地亚哥

《老人与海》是海明威在古巴创作的一篇以再现"硬汉"形象为主的小说。这部小说凭借其主人公圣地亚哥在与一条巨大的马林鱼搏斗中的杰出表现，以及其在与这条大马林鱼搏斗过程中表现出来的"硬汉精神"而赢得各国读者的喜爱。当然，读者的喜爱也为作者海明威带来了众多的荣誉：1953年，《老人与海》这部小说获得了美国的普利策奖；1954年，其又凭借深邃的主题、意蕴丰富的文学语言而获得了诺贝尔文学奖。

小说《老人与海》的主人公圣地亚哥是"硬汉"形象的代表。下面根据小说的内容，详细阐释对这位硬汉形象的理解：

（一）什么是"硬汉"

所谓的"硬汉"在现实生活中具备两个层面的特点：从生活层面上分析，硬汉应该具有其他人不能比拟的言行；从精神层面上分析，硬汉应该在克服困难、战胜挫折的过程中表现出与众不同的精神品质。具体地说，所谓的硬汉就是指像小说的主人公圣地亚哥一样的人，这些人在为自己的理想而奋斗的过程中，面对所遇到的各种困难、各种挫折，在主观上表现出一系列的抗争言行，并表现出一种强烈的抗争意志。海明威小说中主人公圣地亚哥被称作硬汉，主要有三种形象：一是主人公设定了某种目标，但是由于厄运并未能实现，用世人世俗的眼光去看他们就是所谓的失败者；二是为预定的目标付出了激情与努力，并且永不停止，所以他们又是真正的强者；三是即便是再大的厄运与艰难都无法让其丧失斗志，反而激起他们更强烈的伟大精神与人性尊严。他们虽然没有达到目的，但是不气馁的精神始终屹立不倒，这就是硬汉们的人格尊严。对于奋斗者而言，结果并不是一切，最关键的是在面对生存时人所展现出来的精神境界与面对失败的时候所拥有的尊严。这也就是说，硬汉与一个人的外表无关，任何一个男人都可能成为别人心目中的硬汉，前提是要做到以上所论述的各个要点。

（二）硬汉的形成过程

硬汉不是天生的，而是源自后天的努力。虽然任何一个人都可以成为令人佩服的硬汉，但现实的生活却未必能够给予每一个人成为硬汉的机会。换言之，不可能每一个人都能够像圣地亚哥一样遇上这些"倒霉"的事情，并因此成功地抓住这些机遇而成为一位硬汉。

第一，生活的悲剧使圣地亚哥具备了成为硬汉的现实基础。为了使大家对海明威笔下圣地亚哥所面临的生活窘境有一个具体的了解，从这篇小说中节选两句话：

一连八十四天了，老人连一条鱼也没抓到……

老人真的已经很老了，他的后颈上刻着一道道深深的皱纹，显得消瘦憔悴。他的腮帮上长着褐色的肉瘤，那是太阳在热带海面上的反光晒成的。他的双手上有很深的旧伤疤，那是长年用绳子拉大鱼留下的岁月的印记。

这两句话虽然非常简短，但它却是小说主人公圣地亚哥生活悲剧的起因。从这两句话的描述来看，圣地亚哥是一位非常能干的渔夫，否则他也就不会具有这样的外貌了。尤其是那颗褐色的肉瘤，如果不是久经风吹日晒是不可能长成的。这就足以证明圣地亚哥长年生活在海上，否则，一颗肉瘤也就不会被海水反射的阳光晒成褐色了。后面那一句对他双手上伤疤的描写更是如此，他的手上为什么会留下如此惹人注目的伤疤？是因为他曾经捕获过体积很大的鱼。为了证实圣地亚哥的捕鱼能力，作者还特别选用了一个特殊的词汇：长年。这里的“长年”有两层含义：圣地亚哥曾经从事捕鱼，圣地亚哥过去一直都在捕获大鱼。然而，随着年龄的增长，他现在却陷入了生活的窘境：一连八十四天了，老人连一条鱼也没抓到。

对于一个老渔夫而言，一天打不到鱼，情有可原；两天打不到鱼，也能够被人理解，但是一连八十四天打不到鱼就有些令人不可思议了。同样，对于一个老渔夫而言，打不到大鱼，可能是运气不好，但是连小鱼都捕不着，就令人不能理解了。然而，圣地亚哥却遇上了这样的事情，也正是这样的“倒霉”之事，这样的生活悲剧造就了他成为硬汉的可能。因为，这样的生活悲剧成了他再次出海捕鱼的主要原因。

面对这样的生活悲剧，圣地亚哥却说出一句这样经典的话：

可是谁说得准呢？说不定今天就转运，每一天都是一个新的日子……他的希望和信心从没有消失过，现在又像微风初起时那样的明朗、清新了。

虽然一连八十多天没有捕到鱼，连一条小鱼也没有捕到，但是圣地亚哥仍然如此地乐观，否则那一句“可是谁说得准呢？说不定今天就转运，每一天都是一个新的日子”这样的话也就不会从他的嘴里说出来了；他也就不会一连八十几天去做着同样的工作：千篇一律地去捕鱼。

第二，海上的拼搏悲剧是使圣地亚哥由一个普通人向硬汉形象转变的过程。在那茫茫的大海上发生了很多悲剧。

首先，圣地亚哥与大海形成了悲剧性的对比。一边是一个年迈的老渔夫，另一边是茫茫无边的大海。这种人与自然的对比，既暗示着即将发生的悲剧，又突显着正在发生的现实悲剧。因为作为一个与自然抗争的形象，圣地亚哥显得太过于单薄了。然而他却真的驾着他那艘破船出海了。为此小说中对他的船帆这样进行描写：那是一张怎样的帆啊，千疮百孔，用面粉袋补了又补，真像一面标志着失败的旗帜。

试想一下，连船帆都如此地破旧不堪，那艘船还能好到哪儿去？更不必细说那驾船的老渔夫了。

其次，一艘破船，一个老渔夫却捕到了一条大鱼，这又是一个悲剧。按照日常生活的逻辑来分析，一个出海捕鱼的人，如果捕获了一条大鱼，这本身是一件好事。然而，对于圣地亚哥来说却不同，他是一位老人，他驾的船是一艘破船，所以这条大鱼被捕获时起，就注定了圣地亚哥最终结局一定是悲剧。因为凭借圣地亚哥一个人的力量，他不可能成功地制服这条大鱼；凭借那艘破船，他又不可能把这条鱼成功地弄回到岸边。这也就是说，这条重约1400磅的大鱼，与圣地亚哥的体能形成了悲剧性的对比，即在喜剧性的捕获中暗藏着悲剧性的结局。

再次，两条鱼的悲剧。第一条鱼在捕获之初，使圣地亚哥的此次出海显现出喜剧的色彩。但随着故事的展开，事情的结局又出现了戏剧性的变化，圣地亚哥又遇到了另外一条鱼的挑战。这条鱼不仅使圣地亚哥捕获的大鱼最后只剩下骨架，也使圣地亚哥精疲力竭。对此，在小说的第六节中，有一段这样的描述：

他在钓上这鱼以前，把草帽拉下，紧扣在脑瓜上，这时勒得他的脑门好痛。他还觉得口渴，就双膝跪下，小心不让扯动钓索，尽量朝船头爬去，伸手去取水瓶。他打开瓶盖，喝了一点儿，然后靠在船头上休息。他坐在从桅座上拔下的绕着帆的桅杆上，竭力不去想什么，只顾熬下去。

从这段描写中，读者完全可以看出老渔夫的不容易。特别是选文的最后一句中那个“熬”字，更能使读者对圣地亚哥心生敬意。因为在这里一个“熬”字，既写出了圣地亚哥对这条所钓之鱼的无奈，又写出了圣地亚哥在与这条鱼相持中的坚强。可以这样说，正是这种“熬”的精神才使其在与鱼的搏斗中，把自己硬汉的形象展现得淋漓尽致。

另一条鲨鱼的出现，使圣地亚哥的硬汉形象更加令人钦佩。在小说中，作者海明威对圣地亚哥与鲨鱼之间的拼搏，有过这样的描述：

但是，在眼下的黑暗里，看不见天际的反光，也看不见灯火，只有风和那稳定地拉曳着的帆，他感到说不定自己已经死了。他合上双手，摸摸掌心。这双手没有死，他只消把它们开合一下，就能感到生之痛楚。他把背脊靠在船艄上，才知道自己没有死。这是他的肩膀告诉他的。

在这段节选中，有一个情节非常值得读者注意，那就是为了证实自己还活在人世，主人公圣地亚哥通过合上双手，摸摸掌心和用靠在船艄上的办法来证明自己还活着。这是为什么呢？因为无论是摸摸掌心，还是靠在船艄上，都一定会使圣地亚哥的身体经历痛苦的折磨——他的手掌和肩膀都在与鲨鱼的搏斗中受伤了。这种刺激伤口的痛苦可以使其意识到自己生命的存在，而意识到生命的存在又可以使其与鲨鱼继续搏斗。

It is silly not to hope，he thought.（译：人不抱希望是很傻的。）这句简短的话，蕴含着丰富的生活哲理。试想一下，如果不是在这样的信念的支撑下，圣地亚哥怎么会一连八十几天乐观地驾着那条破船去捕鱼？如果不是在这样的信念的支撑下，圣地亚哥在海上又怎么会与另外一条雄性的大马林鱼进行搏斗？如果不是在这样的信念的支撑下，那位年迈体弱的圣地亚哥又怎么会在大海上只身一人与那凶猛的鲨鱼进行殊死搏斗？如果不是在这样的信念的支撑下，他又怎么可能凭借那条只剩骨架的鱼体而赢得世人的尊重？所以说，硬汉是一般民众无法企及的人，而在日常的生活中他又是一个普通得不能再普通的人。更确切地说，所谓的硬汉就是一个普通的人在非同寻常的条件下做了一件了不起的事情的人。

（三）自信：硬汉精神的实质

在海明威的《老人与海》中，圣地亚哥言行的表象背后是一种自信心的体现。这一点，可以结合一件非常小的事情来分析。当那个孩子问及圣地亚哥还能否对付一条大鱼的时候，他们之间有过这样一段对话值得回味："不过你还有力气对付一条大鱼吗？""我想还有。再说还有不少窍门可以用呢……"

这是一个年迈体弱的老人和一个普通的小孩之间的对话。但它却体现出圣地亚哥这位老渔夫的自信。特别是当别人对自己的能力提出质疑的时候，老人非常自信地说出四个字——我想还有。这四个字虽然简短，但它从圣地亚哥的口中说出来，却使读者能够体会到老人的自信，体会到老人自信的缘由。尤其是后半句"再说还有不少窍门可以用呢"，更使文中的小孩和小说的读者对圣地亚哥的捕鱼能力确信无疑。特别是在这句话的后面，圣地亚哥还说出一句"我知道你不是因为怀疑我不行才离开的"这样的话，更使老人的自信心得到了充分表现。

又如在海上与鱼搏斗的过程中，圣地亚哥还有一句经典的语言，最能体现他的硬汉精神。那就是：But a man is not made for defeat. A man can be destroyed but not defeated.（译：人不是为失败而生的。一个人可以被毁灭，但不能被打败。）

无论你的出身如何，也无论你的体质如何，只要你有这样的信念并付诸具体的行动，那还有什么过不去的坎呢？圣地亚哥这个老渔夫凭借它成了各国读者心目中的硬汉。海明威在《老人与海》这篇短篇小说中，写了很多具有生活哲理意蕴的语言，例如：

Now is no time to think of what you do not have. Think of what you can do with what there is. （译：现在不是去想缺少什么的时候。该想一想凭现有的东西你能做什么。）

这是一句看似很普通的话，然而它却是对圣地亚哥硬汉精神的总结。当一个人在生活中陷入困境的时候，不是一味地摇头叹息，不是不知所措，而是思考自己此时能够作出怎样的抗争，而且这种抗争又是基于自己现实处境的一种抗争，这不能不说是硬汉精神形象的总结和理性概括。在小说中，当圣地亚哥年迈体弱时仍然坚持依靠自己的破船和那双伤痕累累的双手去生活，就是对这句话内涵的诠释；在小说中，当圣地亚哥在远海克服种种困难把那条捕获的大鱼艰难地往回运送时，他的言行也正是对这句话内涵的再次阐释。

在小说的文本中，圣地亚哥的自信心表现在各个方面，同时，这也说明人在大灾大难面前的自信，来自他平时自信心的积累。所以，每一个人都应该在面对困难和挫折时保持一颗强大的自信心。

二、巴克的拼搏

圣地亚哥的拼搏给人以无限的启示，而杰克·伦敦的小说《野性的呼唤》中那只备受争议的大狗巴克的形象也与圣地亚哥一样能够令人产生无限的遐想。在杰克·伦敦的小说《野性的呼唤》中，其主人公大狗巴克是爱的拼搏者。对于这部小说的故事梗概，李星亮在其文章《杰克·伦敦的人生哲学——〈野性的呼唤〉主题分析》中这样概括：

故事开头引用诗得到启发。该诗可以解读为：每一个人，无论教化程度多深，内心深处都潜伏着野性的张力。这种张力在一定时期就会爆发出来，使这些教化的人类表现出原始的兽性。按照这种返祖的观点，“野性的呼唤”就是“原始兽性”的呼唤。小说中主要讲述的却是一只家犬——巴克从阳光明媚的圣塔克劳尔山谷（Santa Clara Valley）被贩卖到冰天雪地的克朗代克的悲惨遭遇，作者凭着自己在北方的亲身经历，生动地塑造了一只有着高贵出身而且适应力极强的“尼采式”的“超级狗”。[①]

关于这部小说的性质，李星亮又曾这样论述：读完小说之后，我们就会发现这部作品不是一部简单的返祖主义的作品。“野性的呼唤”可以解读为“自然的召唤”，召唤人们摆脱文明的枷锁找回真实的自我。故事中巴克

---

① 李星亮．杰克·伦敦的人生哲学——《野性的呼唤》主题分析［J］．安阳师范学院学报，2004（6）：90.

所遭受的文明动物（人类）的种种折磨表明文明毁灭了自然这一诚实清白的存在状态。同时，文中引入“自然选择”这一自然规律，突现了小说对真实生活的再现，这也是该作品的魅力之所在。据此，传统观点认为这是一部以现实主义笔法勾勒的自然主义的作品。然而笔者从分析主题的角度出发，结合对作品的研读和对作者的研究，发现故事更多地反映了杰克·伦敦本人对人生的矛盾的看法；同时也发现这部作品并不是一部纯自然主义作品。①

正是在这样的文本语境中，大狗巴克最终从一只狗成长为一只狼，实现了野性的回归。纵观巴克多舛的命运，它的成长经历为读者形象地诠释应该如何拼搏的全过程。

（一）巴克是只为了生存而持续拼搏的大狗

巴克原本是一只衣食无忧的大狗，既深受主人的喜爱，又有着无忧的生活。但随着被拐卖开始，它的命运开始变得不可捉摸。为了在恶劣的生存环境中赢得生存的机会，它从自己被拐卖的那刻起，就开始了与命运的抗争。它在与拐卖它的人的抗争中，学会了忍耐；它被拐卖到北方后，立刻抛弃了自己“挑食”的习惯，学会了偷食并终于适应了北方恶劣的自然环境；当它的主人桑顿被人杀害后，它终于回归了狼群。而这一系列的事件和过程，不仅全程演绎了“适者生存”的自然法则，而且还把一只狗对命运的抗争演绎得异常形象生动。有人会怀疑它“偷食”的行为，有人会对它向拐卖者的屈服表现出不屑一顾，但细想当时它所处的环境，在生存决定一切的前提下，便能理解它的所作所为。

（二）巴克的抗争诠释着“爱”的内涵

巴克之所以在被拐卖时尝试着与拐卖它的人进行抗争，一半是因为它自己的自由，另一半则是因为它对主人的爱。因为它的主人给予它很多爱，作为回馈也好，作为感恩也罢，它都必须与拐卖它的人进行惨烈的抗争。对于主人给予它的爱，小说中是这样描写的：

巴克住在太阳能亲吻到的桑塔·克拉拉山谷的一所大房子里。这房子是一位磨坊主兼法官的。……这一大片领域都是由巴克统治的。它出生在这里，它在这里已经生活四年了。是的，这里还有别的狗，但是别的狗没有这么大的地盘，它们根本就不能算数。……在寒冷的冬夜里，它躺在法

---

① 李星亮．杰克·伦敦的人生哲学——《野性的呼唤》主题分析［J］．安阳师范学院学报，2004（6）：90.

官的脚下，在熊熊的大火前吼叫，它把法官的孙子们驮在背上在草地上打滚；它护着他们穿过荒芜的旷野走到马厩边的泉水旁，甚至越过泉水来到那一小块一小块的小牧场里，还走到种干果的小块土地里。在那些矮腿狗群中，它专横而骄傲地走着……

在拐卖途中大狗巴克对那个拐卖它的人进行过这样的反抗：

接下来它朦朦胧胧地知道它的舌头受伤了。它被装进一节车厢里，又震、又晃、又摇。火车头沙哑的呼啸声告诉它，它已经走了很远很远。它随法官旅行得太多了，行李车上的轰动已经不怎么觉得了。它睁开双眼，扑入眼帘的是绑架它的那家伙无拘无束的愤怒。那家伙正反撬着它的喉咙，它使劲地甩起了头，爪子紧紧地抓住那个人的手，一直到它的感官又一次被窒息了才松开了它们。

“你……你有种！”那人说着把被它抓烂的手藏在身后。押运员已被这边挣扎的响声吸引了过来：“我把它带上去交给费兰西克老板，那里有第一流的狗大夫，能把它的舌头治好的。”

直到失去了知觉，巴克才松开了紧紧咬着那个人的嘴，可见它反抗之猛烈。而这猛烈的背后就是一种令人感动的情感：爱，对主人的爱。

随着巴克的抗争，对“爱”的诠释表现在对新主人桑顿的喜爱上。例如小说中曾经有过如下的描写：

巴克又坐了下来，鼻子向天空伸去，大声地嗥叫了起来。这是一阵悲伤的嗥叫……巴克坚定地走在了回家的路上。它听着它的野兄弟们的悲鸣越来越模糊，越来越缥缈，一直消失在遥远的大森林里……约翰·桑顿吃晚饭时巴克冲回了营地，它向主人表达了狂暴的欢喜，把他推翻，爬在他的身上，舔着他的脸，咬着他的手——像个大傻瓜似的玩着。约翰·桑顿对这种玩法给出了一种特殊的回报：他抱着巴克前仰后合、笑着、乐着、深情地骂着。

这是巴克第一次回归狼群后，因为舍不得自己的主人约翰·桑顿，于是它主动地离开狼群回来和主人嬉戏的一个场面。文中那句“把他推翻，爬在他的身上，舔着他的脸，咬着他的手——像个大傻瓜似的玩着”的描写，使读者有如身临其境之感。那一推，那一舔，那一咬，把一个顽皮的“大傻瓜”——巴克对主人约翰·桑顿的爱表现得栩栩如生，淋漓尽致。而对此，它的主人也是如此，“他抱着巴克前仰后合、笑着、乐着、深情地骂着”。在这一句话里，那一抱，那一笑，那一句略带嗔怪的骂，把约翰·桑顿见到巴克回归时的喜悦心情表现得淋漓尽致。

在小说的故事情节中，还有许多地方涉及了巴克对主人约翰·桑顿的爱，比如后来巴克为他报仇的情节，巴克定期地到约翰·桑顿的坟头看望等，都能体现出大狗巴克是一只有情有义的狗。

综上所述，巴克从一只普通的狗，在经历了众多磨难之后，完成了最终的野性回归的整个过程显示出它的拼搏精神，而这种拼搏的精神又表现为以“爱”为核心的一种抗争。因为它爱着自己的同伴，所以它与那些自私自利的狗进行抗争；因为它爱着自己的主人，所以它与那些伤害他的人进行抗争。无论是拐卖它的人，还是虐待它的人，都是它抗争的对象。当然在这些抗争的过程中，巴克的行为也有令人质疑的地方，但纵观其全部的抗争过程，这些小瑕疵还是微不足道的，引以为戒即可。换言之，如果巴克能够让自己的“爱”贯穿于全部的拼搏之路，也就不会有人对巴克总结的这段生存法则产生误解了。巴克对生存法则的阐释是：

……没有中间道路可选。要么取得支配权，要么被支配。仁慈是懦弱的表现。仁慈不存在于原始生活之中。仁慈可被误解为恐惧，一旦被误解就会导致死亡。杀死敌手或者被敌手杀死，吃掉敌手或者被敌手吃掉，这就是法则。

所以，从大狗巴克的拼搏中，可以获得这样的人生启示：为了生存，每一个人都要像大狗巴克一样去与各种各样的人进行竞争。但在具体的竞争中，一定要把大狗巴克这种以“爱”为核心的竞争法则贯穿到底，否则，无论你以何种理由解释自己的行为，都不能使世人理解你那偶尔表现出的具有“野性”性质的拼搏行为。

独自在海上漂泊了八十四天的圣地亚哥为了生存下去与一条巨大的马林鱼展开了殊死搏斗，最终取得了胜利，展现出了自信果敢、永不气馁的精神与人性的尊严，成了让人景仰的“硬汉”；大狗巴克在恶劣的生存环境中不断地与命运抗争，最终得以重返狼群，完成了野性的回归，重现真我，显示出它野性的张力和以“爱”为核心的拼搏精神。在面临生存困境的时候，唯有拼搏才是唯一的出路，而拼搏精神的可贵之处就在于“明知不可为而为之”的勇气和胆识。

第三节　为尊严拼搏

《红与黑》是法国现实主义作家司汤达的代表作，是法国批判现实主义文学的奠基之作，是十九世纪欧洲文学史上第一部批判现实主义的杰作。作品自 1830 年问世以来，赢得了世界各国一代又一代读者的心，特别为年轻人所喜爱。小说主人公“少年野心家”于连是一个具有高度典型意义的人物形象，已成为个人奋斗的野心家的代名词。于连一生中曾经崇拜过两个人：一个人是拿破仑，因为在他的心目中，拿破仑从一个既卑微又穷困的下级军官，只靠他身佩的长剑，便做了世界上的统治者；另一个人是年薪能达到十万法郎的神父，因为他的收入是拿破仑手下军官的三倍之多。在这两位偶像的影响下，他凭借自己顽强的意志，努力拼搏，终于从底层社会跻身于上流社会。虽然他自身的努力奠定了自己成功的基础，也注定了他最终失败的命运，但是他那种拼搏的精神却值得细细品味。

一、于连的拼搏之路

于连是一个木匠的儿子，年轻英俊，意志坚强，精明能干，从小就希望借助个人的努力与奋斗跻身上流社会。他文弱而又酷爱读书，整天抱着书本不放，不愿做力气活，因而遭到全家的嫌弃与怨恨，经常被父亲和两个哥哥毒打，但却不甘于现状拼命地从书籍中寻求精神上的慰藉。他投拜在谢朗神父的门下，努力钻研背诵教会的拉丁文书籍，他仗着惊人的好记性把一本拉丁文《圣经》全背下来，轰动了全城。

由于精通拉丁文，于连被选作市长家的家庭教师。市长年轻漂亮的妻子德·莱纳夫人对于连产生了好感，夫人的女仆爱丽沙也爱上了于连，于连拒绝了女仆爱丽沙的爱情，鼓起勇气征服了德·莱纳夫人，使自己强烈的自尊得到了极大的满足。事情败露后，谢朗神父安排他到省城贝藏松神学院进修。

贝藏松神学院院长彼·拉德神父是谢朗神父的老相识，对于连特别关照。神学院黑暗压抑的环境一度令他精神崩溃，但他却很努力地学习，由于学习成绩名列前茅，他当上了新旧约全书课程的辅导教师。在彼·拉德院长的推荐下，于连到了巴黎成了德·拉莫尔侯爵的私人秘书。

在贵族社会的熏陶下，于连很快学会了巴黎上流社会的艺术，成了一个花花公子。为了让自己强大起来，拥有权力、地位和财富，他热烈地追求起侯爵小姐玛蒂尔德，并按照自己的设想一步步向着目标前进，采取欲擒故纵的方式获得了玛蒂尔德小姐的芳心。玛蒂尔德怀孕后，侯爵决定给他们一份田产，让他们结婚后搬到田庄去住。随后，又给于连寄去一张骠骑兵中尉的委任状，授予贵族称号，以便让于连配得上自己高贵的女儿。这时，德·莱纳夫人给拉莫尔侯爵写信揭露了他们原先的关系，恼羞成怒的于连赶到教堂，向正在祷告的德·莱纳夫人连发两枪，德·莱纳夫人当场中枪倒地，于连因开枪杀人被捕。

入狱后，他头脑冷静下来，对自己行为感到悔恨和耻辱。他意识到自己的野心已经破灭，但死亡并不让他感到可怕。受伤后的德·莱纳夫人和玛蒂尔德小姐为拯救于连忙碌奔走，但于连拒绝了德·莱纳夫人和玛蒂尔德小姐的帮助，在一个晴和的日子里走上了断头台。

二、于连的拼搏实质——为尊严而拼搏

尊严如同生命一样，对所有人都极其重要。从社会心理意义上来看，尊严是指人和具有人性特征的事物所具有的，应该被自己、他人所尊重，且不容侵犯的属性。尊严的属性参与人际互动，并在其中彰显出来，即表现为尊重对方的主动行为和接受对方尊重的被动结果。如果主动方和被动方为同一个体，则尊重就变为自尊。尊严驱使人们希望并致力于获得稳定的社会地位，寻求个人的能力和成就并得到社会的承认。自尊是个体内部尊重，是希望自己在不同情境中具有实力、能够胜任、充满信心、独立自主。马斯洛认为，自尊和受尊重需求得到满足，能使人体验到自己活着的用处和价值，对自己充满信心。[①] 出身于木匠家庭被父亲和哥哥打骂长大的于连，就极其希望感受到自己活着的用处和价值，渴望拥有尊严。于是他一方面隐藏了真我，竭力向上层的贵族社会攀爬；另一方面在内心世界把这种强烈的渴望转化为极度的自尊，无法容忍别人对自我尊严的侵犯。尤其是在他进入贵族的生活圈子后，他越发地看重自己的尊严，一旦这份尊严被触犯，他就会竖起全身的刺予以还击，在不断的还击中，其反抗拼搏的个性渐渐显露出来。所以于连的拼搏，归根结底，是对自我尊严的维护，而这种维护在小说中则直接体现在其敏感而多疑的个性中。

（一）于连的极度自尊

对于年纪轻轻便从普通平民奋斗到贵族骑兵中尉的于连，他身上的拼搏精神是毋庸置疑的，学者们大多把其拼搏定义为对当时法国波旁王朝复辟时代的反抗或是一个阶级对另一个阶级的反抗，这样的理解其实都把于连这一人物形象提升得过于高大了。从作品本身去解读，我们不难看出，于连的反抗和拼搏首先是源于他内心强烈的自尊，一旦其自尊受到了轻视或挑战，他便会迅速地予以有力的还击，有时是不择手段的，甚至是以生命为代价的，而这种出于本能的平民式还击便是于连拼搏精神的最直观的体现。对于连出于自尊的反抗描写贯穿了小说的始终。

首先，面对爱人时的自尊。爱情在很多文学作品中是美丽而又令人向往的，它代表了人性中最为人类推崇的一种本能，但在于连的世界中，当爱情与自尊相碰撞时，他会出于本能地首先维护自己那点可怜的自尊，不管是在面对他的“心灵之爱”还是在面对他的“头脑之爱”时，这种对“自尊第一”的维护都未曾改变。

---

① 黄飞．尊严：自尊、受尊重与尊重［J］．心理科学进展，2010，18（7）：1136.

德·莱纳夫人被称为于连的“心灵之爱”，临刑前他也说自己只爱她一个人，可是，就是在他与德·莱纳夫人相爱的过程中，自尊仍然是他最看重的东西。初见德·莱纳夫人时，她温情脉脉的目光打动了于连，当于连惊异于她的美、沉醉于她的温柔与亲切时，仅仅一句“您真的会拉丁文吗?”就“刺伤了于连的自尊心，一刻钟以来的陶醉顿时烟消云散”，而且脸上显出凶恶的表情。在与德·莱纳夫人交谈的过程中，他突然生出一个大胆的念头，要吻她的手。但他很快就害怕了，过了一会儿，他心想：“一个可能对我有用的行动，一个可能减少这位美丽的太太多半会对一个刚刚离开锯木厂的可怜工人所怀有的轻蔑的行动，我若不去完成，那我就是个懦夫。”于是，他“大着胆子抓住德·莱纳夫人的手，拉到唇边”。在韦尔吉的花园时乘凉时，于连无意中碰到了德·莱纳夫人放在椅背上的手，“这只手很快抽了回去，然而于连想，要让这只手在他碰到时不抽回去，这乃是他的责任。想到有一种责任要履行，想到若做不到就会成为笑柄或招致一种自卑感，他心中的快乐顿时烟消云散”。当他终于鼓起勇气一把握住了德·莱纳夫人的手而“那只手留下了”后，“于连的心被幸福的洪流淹没了，不是他爱德·莱纳夫人，而是一次可怕的折磨终于到头了”。他想的是“这只手我握的时间还太短，还不能算是我的一次胜利”。回到房间他沉沉睡去，胆怯和骄傲在他心中交战了整整一天，弄得他筋疲力尽。在与德·莱纳夫人幽会之后，他想的是“我对我的责任完全尽到了吗？我的角色扮演得好吗?”在他心里，一直担心会被德·莱纳夫人看作是一个地位低下的情夫，对他来说，与德·莱纳夫人的爱情仍然是一种野心，是一种占有的喜悦，他，一个如此不幸、如此遭人蔑视的可怜虫，而她是一个如此高贵、如此美丽的女人。在于连的心里，时刻都谨记着“她是贵族，我是工人的儿子，可是她爱我……我在她身边不是一个行情夫之职的仆人”。可见，就算是面对自己一生中的真爱，他的自尊也从未稍离。

“头脑之爱”是指差点成就了于连人生梦想的德·拉莫尔·玛蒂尔德小姐。如果说于连对于德·雷纳尔夫人的所谓爱情还带有那么一些年少气盛，那么对于玛蒂尔德就显得老谋深算了。敏感的于连认为平民子弟比贵族更值得去爱，而选择玛蒂尔德是想要通过权贵改变自身的命运，从自己所处的阶级直接跳跃到他所仇视却又向往的上层社会，于是于连通过玛蒂尔德穿上了制服成了轻骑兵中尉，得到“于连·索莱尔·德·拉韦尔奈骑士”的贵族身份，拥有了朗格多克的土地和36000利弗尔的年金，可谓名利双收，大获全胜。但是在面对这个能让他志得意满的身份高贵的侯爵小姐时，他的自尊也从未缺席。

当玛蒂尔德小姐在舞会上大放异彩受人称赞时，于连不自觉地被她吸引了，可是他心里想的是“我的责任在呼唤我”，对玛蒂尔德的好感使他感觉愉快，但这种愉快“增加之快于他的自尊心不大光彩”；当玛蒂尔德谈到卢梭时，“他的嘴角露出轻蔑，也许夸张了些”；当玛蒂尔德讲述《回忆录》眼睛里闪烁着喜悦的光芒证明其倾慕是真诚的时，“于连的自尊心得到了满足”，进而“忘记了他那愤怒平民的可悲角色”；当身为贵族小姐的玛蒂尔德主动向他示爱时，他想的是“我知道如何保持我的性格的尊严，我从未说过我爱她”，并且对自己在爱情上战胜了德·克鲁瓦泽努瓦侯爵而感到加倍的快乐；当玛蒂尔德邀他赴约时，他首先想到是“这是一个圈套”，继而又想“如果我拒绝，以后我会自己看不起自己的”，于是在这份强烈自尊的驱使下，他怀着必死决心去赴约，却获得了玛蒂尔德的敬重，“他终于感到一种自尊心得到满足的幸福”。

在于连的两段爱情故事中，不管他是出于何种目的去爱，终究都是自尊唱了主角，在爱情与自尊的较量中，往往是自尊占了上风。

其次，面对死亡时的自尊。因为蓄意杀人，于连被抓进了监狱，他知道等待自己的是死刑，当他看清了自己的灵魂，真相呈现在他眼前犹如狱中的柱子一样清晰的时候，他想到了悔恨。

为什么我要悔恨？我受到了最残酷的侮辱，我杀了人，理当被判死刑，不过如此罢了。我跟人类结清了账而后死去。我没有留下任何未尽的义务，我谁也不欠，我的死除了在刑具之下之外没有什么可耻的。的确，单单这一点就足以让我在维里埃的市民眼中蒙受耻辱，然而，从精神方面看，还有比这更可蔑视的吗？我只有一个办法能让他们敬重我，就是在去刑场的路上向民众抛撒金币。想起了我，就想起了金子，这在他们看来就是光辉夺目的了。

在审问中庭长问他有没有什么要补充时，他站起来说了这么一段话：

各位陪审官先生：

我原以为在死亡临近的时刻，我能够无视对我的轻蔑，然而我仍然感到了厌恶，这使我必须说几句话。先生们，我本没有荣幸属于你们那阶级，你们在我身上看到的是一个农民，一个起来反抗他的卑贱命运的农民。我对你们不求任何的宽恕，我绝不存在幻想，等待我的是死亡，而死亡对我是公正的。我居然能够谋害最值得尊敬、最值得钦佩的女人的生命。德·莱纳夫人曾经像母亲那样对待我。我的罪行是残忍的，而且是有预谋的。因此我该当被判处死刑，陪审官先生们。但是，即便我的罪不这么严重，我看到有些人也不会因为我年轻值得怜悯而就此止步，他们仍想通过我来惩罚一个阶级的年轻人，永远地让一个阶级的年轻人灰心丧气，因为他们虽然出身于卑贱的阶级，可以说受到贫穷的压迫，却有幸受到良好的教育，敢于同身在骄傲的有钱人所谓的上流社会之中。这就是我的罪行，先生们，事实上，因为我不是受到与我同等的人的审判，它将受到更为严厉的惩罚。我在陪审官的座位上看不到一个富裕起来的农民，我看到的只是一些愤怒的资产者……

当德·莱纳夫人劝于连上诉时，他想到的是：

没有人知道尼罗河的源头，人类的眼睛不能看见处在普通的溪流状态的河中之王，因此，任何人的眼睛也将看不到软弱的于连，首先是因为他不软弱。但是，我有一颗易于打动的心，最普通的一句话，只要用诚恳的口气说出来，就能让我的声音变得温和，甚至让我流泪。有多少次那些心肠冷酷的人因为这个缺点而看不起我啊！他们以为我在乞求宽恕，这就是我所不能忍受的。

就是这种极度的自尊促使于连义无反顾地走向了断头台。

（二）极度自尊掩藏下的极度自卑

于连是一个为了自尊而拼搏的人，他的这种自尊是源于他内心极度的自卑。因为于连出身低微，所以他的内心充满了自卑，但又正是这种自卑使他具有对自尊的强烈渴望。于是，在《红与黑》中，他成了一个典型的为了自尊而拼搏的人。在小说的故事里，他的自卑来自多个方面：

首先，他在自己家庭中的地位决定了他自卑心理的产生。于连是一个喜爱书本而不愿意劳动的人，而他的家庭又是一个以体力劳动为主要生存方式的家庭。所以于连在自己的家里地位极低，经常受到父亲和兄长们的欺侮。对此，小说中有过一段这样的描写：

索老爹走近工厂时，亮出大嗓门，高喊于连，没有人应声。他只看见两个大儿子，他们生得膀大腰圆，正挥动沉重的斧子整理枞树干，好送上去锯。他们仔细对准画好的黑线，一斧子下去就是一大堆木屑。他们没有听见父亲的喊声。他朝大棚走去，进去一看，于连没有守在锯旁，却骑在五六尺高处的棚顶的一根梁上。于连不专心照看机器的运转，却在埋头读书。老索莱尔对此最为反感，他可以原谅于连身材瘦削，跟他的两个哥哥不一样，不适合干力气活儿，但他不能容忍于连的这种读书癖，因为他自己不识字。

他叫了于连两三声，还是白费力气。年轻人的注意力全在书本上，加上锯子的嘈杂声，更使他听不见父亲那可怕的声音。这父亲虽然年纪大了，却仍敏捷地跳上正在锯着的一个树干，又跳上支撑着棚顶的横梁，猛地一掌，把于连拿着的书打落到河里，接着又是猛地一掌，打在于连的头上。于连身子一歪，眼看就要跌倒，若是跌进十四五尺下面正在运转的机器的杠杆中间，非粉身碎骨不可；这当儿，他的父亲伸出左手，一把将他揪住：

“好哇，懒鬼！你看锯的时候还要读你那些该死的书吗？你晚上去神父那儿瞎混的时候再读吧，那是你看书的时候。”于连被打得晕头转向，满脸是血，还得回到锯子旁自己的岗位上去。他的眼里含着泪，肉体的痛苦自不待言，更重要的原因是他失去了心爱的书。

在这一段的描述中，作者详细地描述了于连对书本的痴迷和于连因为看书而遭受父亲处罚的情景。于连的身体不如兄长那样强壮，父亲可以原谅他不做重体力劳动，但不能原谅他对书本的痴迷。不仅差点把于连打得跌倒在地，而且还打得于连晕头转向、满脸是血。在这种情况之下，于连落泪了，那眼泪既有对身体所受折磨的表达，又有失去书本的痛苦。然而，于连的学习并没有赢得家庭成员的青睐，甚至在他即将被聘为家庭教师的时候，父亲和他还有过这样的对话：

“这里面总是有点名堂，”狡猾的乡巴佬说，接着顿了顿，又说道，“我是不能从你这儿套出什么啦，该死的伪君子。总之，我要甩掉你了，而我的锯木厂只会办得更好。你讨得了本堂神父先生或其他什么人的欢心，他们给你找了个好位置。收拾你的东西吧，我送你去德·莱纳先生家，你要当孩子们的家庭教师啦。”

在自己的家庭里，在自己亲生父亲的眼中，这个不能做重体力的于连简直就是一个废物，甚至是全家的累赘。即使于连能够被别人聘为家庭教师，也不是一件体面的事情。于是父亲面对即将分别的儿子说出了这样的话：“总之，我要甩掉你了，而我的锯木厂只会办得更好。”

其次，于连的自卑还来自他的社会生活中。虽然后来于连凭借自己的知识，在社会上谋得了生存。但当他与女人相处的时候，他的自卑心理就会重新占据他的精神世界。对于于连来自生活中的自卑，谭鼎莎在其题为《试论〈红与黑〉的主人公于连》一文中曾经有这样的叙述：

于连在爱情上表现极为自卑。第一次吻德·莱纳夫人的手时，目的是减少夫人对他的轻蔑。后来无意碰到夫人的胳膊，夫人的反应使于连认为这是对他的蔑视，他下决心一定抓住夫人的手，以此作为对市长的报复。可以看出于连的爱情是出于自卑情感的伤痛，出于自尊的反抗。在侯爵家里，自卑心理使他不敢相信侯爵女儿会看上他，当他接到情书时，先感到自豪，接着又陷入自卑之中。最后，把一切都做好之后，于连才赴约。正是因为有着平民的自卑感，在于连内心深处有一种强烈跻身上流社会的野心，于是他试图征服侯爵的女儿来摆脱其平民的地位。强烈的自卑衍生出了高度的自尊，而强烈的自尊正是强烈的自卑的表现。于连有幸受到了教育，读卢梭的自由主义，接受了“自由”“平等”的思想。他狂热地崇拜拿破仑，盼望像拿破仑一样成为大将军。他有着极其敏锐的平民阶级意识，而地位低下，阶级不同的观念时常刺激着他。在和别人或和理想的自我比较时，就回避产生自卑感和失败感，获得自尊和自信感，自我表现的情感，成就的情感，被人挑战的情感。在他的心目中，尊严被提到了一个至高无上的地位，他唯恐自己的尊严受到损害，他可以放弃钱财而不愿放弃自尊，因为他内心最渴望的是别人的尊重。①

于连无论在家庭生活中，还是在社会生活里，都时刻感受到因为身份低微而产生的自卑，而这种自卑又成了他个人拼搏的动力。于是，于连利用一切时间来学习，不断地提高自己的知识和才能。为了改变自己的命运，他投拜在神父谢朗的门下，钻研起神学来。他仗着惊人的好记性把一本拉丁文《圣经》全背下来，这事不仅轰动了全城，而且也使于连成为了家喻户晓的人物。

（三）由极度自卑而虚伪

详读小说《红与黑》，会发现一个这样的问题，即于连虽然作为一个拼搏者出现在读者的眼前，但是他的拼搏却具有虚伪的性质。

首先，于连的一言一行，一举一动都在竭力掩盖自己的真实意图。拿破仑是于连的偶像，他是于连从底层社会向高层社会攀爬的动力，可是他在公开的场合辱骂拿破仑，以便获得进入高层社会的机会。为了满足自己的自尊心，就连在他对市长夫人的追求过程中，都自始至终表现出一种虚伪。当于连陷入爱河而不能自拔时，于连的心中是这样想的："我应该再进一步，务必要在这个女人身上达到目的才好。如果我以后发了财，有人耻笑我当家庭教师低贱，我就让大家了解，是爱情使我接受这位置的。"在这里，于连用"爱情"来掩盖心中的自卑。再如，于连本来是一个爱财的人，否则他也不会去跟谢朗神父学习。但是，当爱丽莎这位美丽女仆获得了一大批遗产后，委托谢朗神父向于连表达爱慕之情的时候，却被于连拒绝了。再如，虽然于连能够背诵那一大本的拉丁文《圣经》，但是于连却不真正地喜欢宗教。他要依靠这样的背诵来掩盖他对宗教的不喜欢。否则，他也就不会在国王葬礼的仪仗队里对主教的位置羡慕不已，甚至在心中产生这样的念头：宁愿受宗教的制裁，也要达到令美人羡慕的境界。而这仅仅是因为主教的位置得到众多世人的认可，或者更确切地说是得到了众多女性的羡慕。

其次，于连为什么会在拼搏的历程中表现得如此的虚伪呢？这是出于生存本能的自我保护。他不缺乏真诚，却不敢真诚，他不能将内心深藏的

---

① 谭鼎莎．试论《红与黑》的主人公于连［J］．文学教育（上），2010（2）：92－93.

真诚奉献给虚伪的人和社会，他深知在这个虚伪的社会里真诚是成功的绊脚石，于是忍受着良心的折磨学着虚伪，虽然采取了钻营的手段，却是为了追求平等自由的信念和理想。在漫长的痛苦中，他渴望真实的自我，又必须掩盖真实的自我，表面上是野心的驱使，用虚伪与无耻去追逐荣耀，本质上却怀着真诚、高尚的灵魂寻找个人的价值和理想。[①] 这样的总结源于小说多处的故事。例如，于连之所以狂热地追求自己不喜欢的玛蒂尔德，是因为玛蒂尔德能够为于连带来他所追求的社会地位，而在这个过程中，玛蒂尔德为了向世人展示自己的勇敢，即自己敢和一个与自己地位悬殊的人恋爱，于是玛蒂尔德也就和自己不喜欢的于连在花园里挽起了手。《红与黑》在分析于连的虚伪原因时，关于玛蒂尔德与于连的恋爱还有一个情节更值得给予关注，即当于连在夜里第二次潜入她的房间时，玛蒂尔德甚至祈求于连作自己的“主人”，表示自己要永远服从于连，可是，这样的表白在第二天却变成了玛蒂尔德羞辱于连的基础，玛蒂尔德甚至公开宣布自己不爱于连。在这样复杂的现实中，为了保持自己的尊严，为了实现自己的拼搏理想，于连怎么可能不虚伪呢?

再次，于连叛逆中的虚伪。于连因为出身低微而心生叛逆。他不仅对自己的父亲叛逆，而且对当时的社会秩序和传统道德也表现出一种叛逆心理。但这种叛逆却隐藏在于连的言行之中。例如，当于连得知自己被介绍到德·莱纳市长家当家庭教师时，于连却把家庭教师的职业与奴仆等同，因而说出了“我不愿意做奴仆”的话。后来当他在德·莱纳市长家真正地成为一名家庭教师时，他却又提出要和主人同桌吃饭的要求，特别是当他为了报复市长对自己的轻视而和市长夫人发生了暧昧关系时，即使当时他表现出对市长夫人的热恋，这份热恋之中却也隐藏着自己的仇恨。

于连在临终之时对自己的悲剧人生有了一定的反思与感悟：才知道德·莱纳夫人是自己的最爱，但为时已晚；才知道自己与玛蒂尔德的爱情是虚伪的，因而拒绝了她对自己临危之前的帮助；才知道了封建贵族社会里不会允许一个像自己这样的人存在，于是接受判决不再上诉。

三、于连拼搏的启示

于连是一个拼搏者，造成他悲剧的原因既有主观的，也有客观的。今天的读者应该如何看待于连的拼搏呢？刘颂新在其《〈红与黑〉中于连形象的特征及现代启示意义》一文中对此有精辟见解：

这不仅是因为金钱、地位、权力本身的诱惑之大，也是由于他从小就

---

① 谭鼎莎. 试论《红与黑》的主人公于连［J］. 文学教育（上），2010（2）：92－93.

接触了《忏悔录》、《拿破仑大军公报》和《圣赫勒拿岛回忆录》这些书籍，使他不相信这世上还有上帝的存在。这种信仰的缺失，使自我价值的实现成了他人生的最高奋斗目标，而从消极的方面来讲，也使他的物质欲望不断膨胀，但是现实的巨大差距却使他的内心不断经历着矛盾的折磨，他的内心经常在自由与禁锢、禁欲与放纵、自尊与自卑、虚伪与正直、反抗与妥协、雄心与野心中不断徘徊，他陷入了一个追逐物质的怪圈之中而难以自拔。他的这种迷惑与痛苦，展现的正是人类面临的诸多物质诱惑时所面对的心灵困境。作品中于连一方面对这种自私伪善、金钱至上的人和社会深恶痛绝；另一方面又经常受金钱、地位和权力的诱惑，而以伪善的手段来获取它们。他没有经受住金钱、美貌、权力的考验，走上了邪路。而当今时代，是一个物质诱惑充斥的时代，如果毅力和决心不坚定，就很有可能被物质欲望所淹没，而走向罪恶的深渊。在作品的最后，于连入狱，他的金钱、地位都不复存在，他终于认识到了自己一生最有价值的东西——市长夫人的爱情，也随着他的枪声而消失。这时的他，已经一无所有，他的野心、虚伪以及对物质欲望的追逐，最终酿成了他的悲剧，这为生存在物欲横流的世界的我们敲响了警钟。①

于连作为受压迫的阶层，注定是贵族社会的对抗力量，他不得不生活在一连串矛盾和痛苦之中，以虚伪的违反本愿的方式拼命挣扎一生，苦苦奋斗一生。于连的拼搏目的是在获取自尊的基础上进入上流社会并过上幸福的生活，他的奋斗是以个人为中心的奋斗，是以自我为核心的个人价值的自我实现，这种奋斗注定了他和那个行将灭亡的社会之间不可调和的冲突，也决定了他无可挽回的悲剧命运。于连的拼搏故事告诉我们，拼搏应有正确的目标和方式，否则，就会重蹈其悲剧的覆辙。

素质拓展：

1. 结合小说《人生》分析其主人公高加林的成功与失败的具体原因。
2. 请结合具体的人物形象，阐释自己对“拼搏”内涵的理解。
3. 为什么说圣地亚哥是一个因失败而成功的人？
4. 如何从实践与理论的层面分析圣地亚哥的“硬汉”精神？
5. 如何辩证地分析于连的拼搏？

---

① 刘颂新.《红与黑》中于连形象的特征及现代启示意义［J］. 名作欣赏，2011（21）：106－107.

第五章 爱情篇

伴随着青春的脚步，爱情会悄悄地降临到青年人身边。大学生恋爱一直是大学校园的热门话题，也常常成为宿舍里“卧谈会”上久议不衰的主题。正像春天到了，树木发芽，花儿开放一样，大学生们正值人生的春天，校园里的恋爱，也和大自然的春天一样，到处萌动，绽放着人生最美丽的花朵。可是正像花开花谢一样，不是每一朵花儿谢了的时候都结出甜美的果实，常常也不会结果，有时甚至会结出苦果，恋爱失败也会时常发生，大学生需要勇敢面对。

爱情是人类最美好的情感之一。无论是古代还是现代，国内还是国外，都有无数经典的爱情作品，回顾文学作品中的爱情表达，学会理性地对待爱情，是爱情篇阐释的核心理念。对于大学生来说，如果有幸与爱情在大学时代相逢，一定要处理好恋爱中的各种关系，这是对爱情的祝福，也是对自己的祝福，更是对未来人生幸福的祝福。

第一节 岁月流转 爱情永恒

研究古代诗词与人生的关系问题，必然会涉及另外一个重要的问题，即情诗与爱情。情诗可以展示爱情，爱情以情诗流传世人，情诗与爱情的关系是密不可分的，对此青年人应该在鉴赏中端正自己的爱情观，在端正爱情观的同时加深对传统爱情内涵的正确理解。

对中国的爱情诗进行追根溯源，首先应该提到的是诗歌总集《诗经》。在这部最为古老的诗歌总集中，不仅保存了最古老的爱情诗，而且还通过这些爱情诗奠定了传统文学作品中的爱情观。下面就结合《诗经》中的具体作品，分析其中蕴含的传统爱情观。

一、《诗经》与爱情

在中国文学史的发展中，对《诗经》所记载的情诗历来有不同的评论观点，但正是这褒贬不一的争论又从另一个层面证实了《诗经》中各种爱情诗对后代爱情诗创作的影响和对历代读者爱情观的影响。在研究《诗经》

爱情诗对后世影响的文章中，吴广义《〈诗经〉爱情诗在中国文学史上的特殊地位和影响》一文中的观点值得关注。在详读文章的基础上，对其核心观点摘录如下，以供大家参考：

第一，作者论述了《诗经》中爱情诗产生的历史条件，作者所持的核心观点是：《诗经》产生于男女关系比较开放自由的“初民社会”。《诗经》中爱情诗那些活泼、健康、大胆泼辣、毫无顾忌的风格是与这样的历史条件分不开的。连当时的上层社会对此也是肯定的。如孔子所说：“《诗》三百，一言以蔽之，曰：‘思无邪’。”①

关于《诗经》中爱情诗在中国文学史上独特的历史地位，吴广义先生说道：《诗经》中的爱情诗在中国文学发展的历史上有无可替代的隆崇地位，有极高的美学价值。说它美，因为这一时代情诗的形式是自然天成的，这也是以后的时代所不可能有的。《诗经》产生于一个特殊的时代。它渡过了群婚制的蒙昧和混沌的荒古，进入了文明期。然而，还未到礼教和家族钳制和压抑人性十分严酷的封建社会的成熟期，离那个以金钱为婚姻先决条件的商品经济的时代更遥远。②

第二，关于《诗经》中爱情诗对后代文学发展的影响及其相关问题，吴广义的观点是这样的：从思想方面考察，首先是《诗经》爱情诗中追求婚姻自由、平等的思想对后世诗歌影响颇大。这方面的作品很多，例如：

《柏舟》：“泛彼柏舟，在彼中河。髧彼两髦，实维我仪。之死矢靡它！母也天只，不谅人只！”此诗主要表现一位女子怨恨其母对她婚姻的干涉，呼天唤地，诉其怨愤之情。

《褰裳》：“子惠思我，褰裳涉溱，子不我思，岂无他人，狂童也狂也且！”这首诗主要表现了女主人公争取主动爱情的心理，要求男子对自己平等相待，不要摆出一副居高临下的架势。

《诗经》爱情诗中表现男女忠诚专一的爱情作品对后世影响也颇为深远。如《卫风·伯兮》：“自伯之东，首如飞蓬。岂无膏沐？谁适为容！其雨其雨，杲杲出日。愿言思伯，甘心首疾！”这首诗撼人的艺术力量来源于深刻而逼真地写出了思妇细腻而微妙的内心世界，表现了对丈夫深厚而忠贞的感情。

从艺术方面考察，《诗经》中爱情诗除了运用普遍的艺术手法赋、比、兴外，还在人物情态描写、语言技巧的运用等方面，为后人提供了多种可

① 吴广义．《诗经》爱情诗在中国文学史上的特殊地位和影响［J］．阴山学刊，1995（2）：19.

② 吴广义．《诗经》爱情诗在中国文学史上的特殊地位和影响［J］．阴山学刊．1995（2）：19.

借鉴的艺术经验。特别是对人物的体态和神情的描写，给后代诗歌以启迪。像白居易的“回头一笑百媚生，六宫粉黛无颜色”，王安石的“低徊顾影无颜色，尚得君王不自持”，都明显地受到了《诗经》中爱情诗的影响。这里不再赘述。①

综合上述吴广义的分析，《诗经》中的爱情诗有两个特点：一是《诗经》中的爱情诗创作有其独特的社会生活基础，即那个时代的爱情诗没有受到各种封建礼教的束缚，男女主人公所表现的情感都是纯真的；二是关于《诗经》中的爱情诗对后代爱情诗创作的影响。在情感上，爱情诗追求对男女平等情感的抒发，追求男女主人公的彼此忠贞；在艺术方法上，《诗经》中的爱情诗影响最大的是其赋、比、兴艺术手法的运用、人物情态的描写和语言技巧的运用等方面。

二、传统爱情观

爱情诗对世人的影响主要体现在爱情观上。所谓爱情观，是指世人对爱情及其基本问题的根本看法或者所持有的观点。它不仅会影响世人的爱情生活，而且还会对以后的情诗创作产生重要的影响。因此，下面结合具体的爱情诗作，对其中所蕴含的爱情观进行必要的阐释和说明。

首先，在爱情生活之中，男女双方处于平等的地位。既可以男性主动追求女性，也可以女性主动追求男性。如《诗经·静女》：

静女其姝，俟我于城隅。爱而不见，搔首踟蹰。

静女其娈，贻我彤管。彤管有炜，说怿女美。

自牧归荑，洵美且异。匪女之为美，美人之贻。

这是一首被冠以“淫奔期会之诗”的爱情诗，可以说是一幕小儿女约会情景的表演剧。在诗作中作者不仅详细地叙述了相互等待的经过，而且还对男女主人公进行了神态描写。男主人公“搔首踟蹰”的神态令历代的读者都发出了会心一笑，而又正是读者这会心一笑才使这首诗作中表现出来的男女平等观点得到了读者的认可与接受。

其次，在古代的爱情诗作中，还有许多诗歌作品涉及众人对结婚、离婚等爱情基本问题的思考。如诗经中那首争议颇多的《氓》即是如此，其诗作原文如下：

氓之蚩蚩，抱布贸丝。匪来贸丝，来即我谋。送子涉淇，至于顿丘。匪我愆期，子无良媒。将子无怒，秋以为期。

---

① 吴广义.《诗经》爱情诗在中国文学史上的特殊地位和影响［J］. 阴山学刊，1995（2）：18－22.

乘彼垝垣，以望复关。不见复关，泣涕涟涟。既见复关，载笑载言。尔卜尔筮，体无咎言。以尔车来，以我贿迁。

桑之未落，其叶沃若。于嗟鸠兮！无食桑葚。于嗟女兮！无与士耽。士之耽兮，犹可说也。女之耽兮，不可说也。

桑之落矣，其黄而陨。自我徂尔，三岁食贫。淇水汤汤，渐车帷裳。女也不爽，士贰其行。士也罔极，二三其德。

三岁为妇，靡室劳矣。夙兴夜寐，靡有朝矣。言既遂矣，至于暴矣。兄弟不知，咥其笑矣。静言思之，躬自悼矣。

及尔偕老，老使我怨。淇则有岸，隰则有泮。总角之宴，言笑晏晏，信誓旦旦，不思其反。反是不思，亦已焉哉！

关于这首诗作对于爱情观的影响，王纯莲、许志跃在《〈诗经·卫风·氓〉中女主人公的爱情婚姻观》一文中思考较多，其核心观点如下：

第一，女性主人公追求恋爱自由。“氓之蚩蚩，抱布贸丝。匪来贸丝，来即我谋。送子涉淇，至于顿丘。”诗歌从两人之间热恋场面的描写开始，氓表面看起来是一位淳朴敦厚的人，他经常带着布匹走街串巷与人交换蚕丝，并因此结识了女主人公，为她的美丽所倾倒，开始用尽心机来追求女方，假借交换蚕丝与女方接近。这样一位既憨厚老实，又聪明勤劳的青年，终于打动了姑娘的芳心。两人彼此深陷爱河不能自拔，每次见面都依依不舍，姑娘总要一路远送，渡过淇水，一直送到顿丘。两人一路窃窃私语，一路谈情说爱，好不幸福。经由自主择偶、自由恋爱，双方感情已成熟，终于到了谈婚论嫁的时候。“乘彼桅垣，以望复关。不见复关，泣涕涟涟，既见复关，载笑载言。”两人分开的日子，痴情的姑娘陷入了苦苦的相思之中。她天天来到村口，登上断墙头，远望着复关方向。看不到氓的身影，姑娘就伤心流泪；看到自己的心上人来了，姑娘又说又笑，兴高采烈。从这里反映出热恋中女子的天真、热情和诚挚，也看得出两人的恋情已到了彼此不能分离的程度。

第二，追求婚姻自主。“匪我愆期，子无良媒。将子无怒，秋以为期。”在那个开始讲究男女婚嫁要有“父母之命，媒妁之言”的时代，姑娘尽管内心里也希望氓能像别人一样聘请一位好媒人带上财礼来和父母谈及自己的婚姻大事，但是由于氓的家境贫寒，心有余而力不足。看到氓因此而烦躁郁闷，姑娘为了自己的爱情，彻底挣脱了礼教束缚，敢作敢为，毅然许婚，自己做主，约定婚期，其胆量和勇气着实令人赞佩。

第三，离婚自由。“及尔偕老，老使我怨。”“信誓旦旦，不思其反。反是不思，亦已焉哉!”想当初两人还信誓旦旦要一起白头到老，没想到才共同生活了几年，氓就变心了。女主人公觉得要是就这样子忍辱负重一直到老那才真够冤，既然男方先变了心，自己也就不再想从前了，彼此分手各过各的就是。从这里我们可以看到，最终下决心与对方分手的是这女子，而不是“氓”。他们二人由最初的热恋到结婚，最终却落得个分手的结局，这对于女方来说是痛苦的；同样，对“氓”来说，这也是他人生一件不幸之事。女方并不是被抛弃、被赶出家门，而是自己毅然离家出走，与氓分手，是自由离婚。①

如上所述，女主人公与文中男主人公，从恋爱到结婚，再从结婚到离婚的过程，都表现出了以“自由”为核心的婚姻观。虽然“自由”观点贯穿了诗作的始终，但无论是结婚，还是最后的离婚，受到伤害的是双方。在这首诗作中，无论怎么看待其以“自由”为核心的婚姻观，无论怎么看待男性主人公的不良行为，他们两人都从这段婚姻中受到了伤害，都使双方的亲人也因此受到了伤害。尽管这首诗作没有涉及彼此的父母，但关于这一点是毋庸置疑的。所以，每一个读者都应该从古代的爱情诗作中汲取正确的爱情态度，端正自己的爱情观、婚姻观，从而为以后的幸福生活打下一个现实的基础，这也是这首爱情诗《氓》给予我们的启示。

三、《长恨歌》爱情观的启示

在中国文学的发展长河里，唐朝白居易以唐玄宗与杨贵妃之间的爱情故事为题材创作的长篇爱情诗作《长恨歌》，以其动人的故事、感人的形象而深受历代读者的喜爱。尤其是诗作主题中的“长恨”一词可谓意蕴丰富，令人深思。其原作如下：

汉皇重色思倾国，御宇多年求不得。
杨家有女初长成，养在深闺人未识。
天生丽质难自弃，一朝选在君王侧。
回眸一笑百媚生，六宫粉黛无颜色。
春寒赐浴华清池，温泉水滑洗凝脂。
侍儿扶起娇无力，始是新承恩泽时。
云鬓花颜金步摇，芙蓉帐暖度春宵。
春宵苦短日高起，从此君王不早朝。
承欢侍宴无闲暇，春从春游夜专夜。
后宫佳丽三千人，三千宠爱在一身。
金屋妆成娇侍夜，玉楼宴罢醉和春。

① 王纯莲，许志跃.《诗经·卫风·氓》中女主人公的爱情婚姻观［J］. 哈尔滨学院学报，2009（11）：80.

姊妹弟兄皆列土，可怜光彩生门户。
遂令天下父母心，不重生男重生女。
骊宫高处入青云，仙乐风飘处处闻。
缓歌慢舞凝丝竹，尽日君王看不足。
渔阳鼙鼓动地来，惊破霓裳羽衣曲。
九重城阙烟尘生，千乘万骑西南行。
翠华摇摇行复止，西出都门百余里。
六军不发无奈何，宛转蛾眉马前死。
花钿委地无人收，翠翘金雀玉搔头。
君王掩面救不得，回看血泪相和流。
黄埃散漫风萧索，云栈萦纡登剑阁。
峨嵋山下少人行，旌旗无光日色薄。
蜀江水碧蜀山青，圣主朝朝暮暮情。
行宫见月伤心色，夜雨闻铃肠断声。
天旋地转回龙驭，到此踌躇不能去。
马嵬坡下泥土中，不见玉颜空死处。
君臣相顾尽沾衣，东望都门信马归。
归来池苑皆依旧，太液芙蓉未央柳。
芙蓉如面柳如眉，对此如何不泪垂？
春风桃李花开日，秋雨梧桐叶落时。
西宫南内多秋草，落叶满阶红不扫。
梨园弟子白发新，椒房阿监青娥老。
夕殿萤飞思悄然，孤灯挑尽未成眠。
迟迟钟鼓初长夜，耿耿星河欲曙天。
鸳鸯瓦冷霜华重，翡翠衾寒谁与共？
悠悠生死别经年，魂魄不曾来入梦。
临邛道士鸿都客，能以精诚致魂魄。
为感君王辗转思，遂教方士殷勤觅。
排空驭气奔如电，升天入地求之遍。
上穷碧落下黄泉，两处茫茫皆不见。
忽闻海上有仙山，山在虚无缥缈间。
楼阁玲珑五云起，其中绰约多仙子。
中有一人字太真，雪肤花貌参差是。
金阙西厢叩玉扃，转教小玉报双成。
闻道汉家天子使，九华帐里梦魂惊。

揽衣推枕起徘徊，珠箔银屏迤逦开。
云鬓半偏新睡觉，花冠不整下堂来。
风吹仙袂飘飖举，犹似霓裳羽衣舞。
玉容寂寞泪阑干，梨花一枝春带雨。
含情凝睇谢君王，一别音容两渺茫。
昭阳殿里恩爱绝，蓬莱宫中日月长。
回头下望人寰处，不见长安见尘雾。
惟将旧物表深情，钿合金钗寄将去。
钗留一股合一扇，钗擘黄金合分钿。
但教心似金钿坚，天上人间会相见。
临别殷勤重寄词，词中有誓两心知。
七月七日长生殿，夜半无人私语时。
在天愿作比翼鸟，在地愿为连理枝。
天长地久有时尽，此恨绵绵无绝期。

这是白居易创作的一首著名诗作，之所以说其著名，是因为历代的读者对其争论颇多，无论是作品的主题，还是诗作所叙述的故事，都是研究者关注的焦点。下面节选丁永忠的研究文章《〈长恨歌〉：古代帝王婚恋与个人情爱自伤的结晶——白居易〈长恨歌〉创作动因探微》一文中的部分观点供读者参考：《长恨歌》之所以能“传遍天下”的原因主要有二：一是其题材本是妇人女子，喜闻而乐诵的“易传之事”；二是其作品本身是一篇“有声有情，可歌可泣”，而文人学士又“叹不可及”的“绝妙之词”。如果说第二点强调的是作品的艺术创造性，那么第一点强调的就是作品题材的普适性。笔者以为，正是这题材的普适性才是《长恨歌》比《琵琶行》更令人喜爱和流传的基本原因。①

从丁永忠的这段总结中，可以概括出以下观点：

首先，《长恨歌》这首诗作对世人影响较大，一是因为其所选择的题材；二是因为作者高超的艺术创作。

其次，关于这首诗作的创作目的，丁永忠在其文章中这样总结：《长恨歌》的情爱内涵深厚且丰富。历来论者大多认同《长恨歌》所传递的情感态度具有两重性，即批判与同情并在，惋惜与讽喻兼有。但从诗歌的客观效果来看，却是同情大于批判，惋惜多于谴责；从诗人的主观意图来看，也是如此。《长恨歌》的主旨无疑在“长恨”二字，这是一种什么样的“永

① 丁永忠．《长恨歌》：古今帝妃婚恋与个人情爱自伤的结晶——白居易《长恨歌》创作动因探微［J］．重庆第二师范学院学报，2007，20（5）：56－57.

远遗憾”呢？诗人以卒章显志之法，在诗末写道：“在天愿作翼鸟，在地愿为连理枝。天长地久有时尽，此恨绵绵无绝期。”原来，这是一种有情人永远无法聚首的伤痛。① 为了证明自己的观点，丁永忠列举了诗作的开头那几句“汉皇重色思倾国，御宇多年求不得”和“春宵苦短日高起，从此君王不早朝”来说明玄宗皇帝因杨贵妃耽误朝政之事，而后又列举了“闻道汉家天子使……花冠不整下堂来”和“玉容寂寞泪阑干，梨花一枝带春雨，含情凝睇谢君王，一别音容两渺茫”来表达诗人的无限同情和哀婉。

正因为这首诗作的主题具有双重的性质，所以今天的读者才有可能从其所叙述的具体故事中，从其所表现的唐玄宗与杨贵妃的爱情悲剧中，吸取相关的经验与教训，端正自己的爱情观。

在丁永忠的文章中，他不仅论及白居易的创作目的，涉及诗作的主题理解，而且还把《长恨歌》与白居易的其他创作相比较，并在具体的比较中证明自己的观点：《长恨歌》是古代帝王婚恋与个人情爱自伤的结晶。对此，丁永忠在其文章中先通过白居易创作的大量诗作来证明白居易有一个暗恋的女孩存在。这些诗作包括白居易写作的《邻女》《寄湘灵》《冬至夜怀湘灵》，以及那些写得扑朔迷离的诗作《花非花》《感秋寄远》《夜雨》等。甚至在此基础上，还把白居易暗恋的那个女孩的名字猜想出：湘灵。特别是当他把《花非花》诗作中“花非花，雾非雾。夜半来，天明去。来如春梦几多时？去似朝云无觅处”描绘成白居易与那位女孩的暗恋关系时，似乎能够证明白居易也与唐玄宗一样，有过一段令人落泪的恋爱故事。

在证明了白居易曾经暗恋过一个女孩之后，丁永忠又在文中把这个故事与《长恨歌》进行了相应的比较，其比较的具体内容如下：

第一，《长恨歌》中与现实中的女主人公都有着美丽、单纯的天生丽质，如杨贵妃是：“杨家有女初长成，养在深闺人未识。天生丽质难自弃，一朝选在君王侧；回眸一笑百媚生，六宫粉黛无颜色。”湘灵则是“娉婷十五胜天仙，白日姮娥旱地莲。何处闲教鹦鹉语？碧纱窗下绣床前”。

第二，《长恨歌》中与现实中的男女主人公之间都曾有过海誓山盟与互赠信物。如众所知，李杨间的情爱誓词是“在天愿作比翼鸟，在地愿为连理枝”。其信物是金钗钿盒：“惟将旧物表深情，钿盒金钗寄将去……但教心似金钿坚，天上人间会相见。”

而现实中的诗人与湘灵之间亦曾有过盟誓与信物，虽然不知当时诗人所赠为何，但女主人公所赠却可言之凿凿。元和十一年（公元816年）夏，

① 丁永忠.《长恨歌》：古今帝妃婚恋与个人情爱自伤的结晶——白居易《长恨歌》创作动因探微［J］. 重庆第二师范学院学报，2007，20（5）：57.

44 岁的诗人被贬到江州，在翻晒旧物时，蓦然看到十余年前湘灵所赠的一双鞋履，不仅睹物思人，思人生情，便写下一首感伤诗——《感情》，以抒其情："中庭晒服玩，忽见故乡履。昔赠我者谁，东邻婵娟子。因思赠时语，特用结终始。永愿如履綦，双行复双止。自吾谪江郡，漂荡三千里。为感长情人，提携同到此。今朝一惆怅，反覆看未已。人只履犹双，何曾得相似。可嗟复可惜，锦表绣为里。况经梅雨来，色黯花草死。"

第三，《长恨歌》中与现实中的男主人公都曾深情专一地爱恋着对方，并经历了沉痛的"死别"或"生离"的怀念与相思。[①]

唐玄宗与杨贵妃的这段经历不用赘言，而白居易与那位女孩的暗恋却因白居易母亲的反对而无圆满的结局。对此，丁永忠在其文中又用白居易所创作一首题为《生离别》的诗作作为例证。《生离别》其诗全文如下：

食蘖不易食梅难，蘖能苦兮梅能酸。
未如生别之为难，苦在心兮酸在肝！
晨鸡再鸣残月没，征马连嘶行人出。
回看骨肉哭一声，梅酸蘖苦甘如蜜。
黄河水白黄云秋，行人河边相对愁。
天寒野旷何处宿？棠梨叶战风飕飕。
生离别，生离别，忧从中来无断绝。
忧极心劳血气衰，未年三十生白发。

在丁永忠的文中，还结合《长恨歌》分析了《长恨歌传》中所涉及的汉武帝与李夫人之间的爱情故事。因此，在文中总结的时候，丁永忠这样归纳：白居易《长恨歌》是古今帝妃婚恋与个人情爱自伤的产物，亦即古今三重婚恋悲情的结晶。其中，古代历史悲情是指汉武帝与李夫人，现时历史悲情是指唐玄宗与杨贵妃，个人悲情则是指白居易与湘灵。[②] 并且他还引用王用中的研究来对此进行佐证：《长恨歌》是以社会流传的帝妃婚恋悲剧为题材线索，以他与湘灵间的现实恋情悲剧中所取得的认识和感受为基础，以史实为基本依据，充分发挥了他天才的想象力，从而成就的一首传世佳作[③]。

《长恨歌》给予现代的爱情观什么样的启示呢？

---

① 丁永忠．《长恨歌》：古今帝妃婚恋与个人情爱自伤的结晶——白居易《长恨歌》创作动因探微［J］．重庆第二师范学院学报，2007，20（5）：60.

② 丁永忠．《长恨歌》：古今帝妃婚恋与个人情爱自伤的结晶——白居易《长恨歌》创作动因探微［J］．重庆教育学院学报，2007（5）：61.

③ 王用中．白居易初恋悲剧与《长恨歌》的创作［J］．西北大学学报（哲学社会科学版），1997，27（2）：55.

首先，从唐玄宗与杨贵妃的恋爱悲剧的层面上分析，唐玄宗在与杨贵妃的恋爱过程中，不应该因爱而误国。通过白居易的《长恨歌》以及众多的相关历史传奇故事，可以得知作为一国之君的唐玄宗非常喜爱杨贵妃。正如诗作中描述的那样，无论在杨贵妃生前，还是在其死后都是如此。这也就是说，唐玄宗爱杨贵妃这事本身不存在任何错误，错就错在唐玄宗因此而耽误了国家大事。如果在他们那段令人羡慕的爱情生活中，杨贵妃能够及时地提醒唐玄宗，或者唐玄宗能够从甜蜜的爱情生活中意识到自己还有更重要的事情，并成功地处理好爱情与事业的关系，他们之间的故事或许是另外一种更加令人羡慕的结局。然而，他们的爱情却以悲剧结尾，这不能不说是令人遗憾的。所以，今天在欣赏这首古代帝妃爱情绝唱的时候，应该辩证地看待唐玄宗与杨贵妃的爱情。同时，也要正确地处理自己生活中的类似问题。如何处理好爱情与事业的关系，永远都是人类面临的一个难题。每一个人都需要根据自己的实际情况，妥善地处理好两者之间的关系。否则，就会出现两种悲剧性的结局，即失去自己心仪的对象，或者是使自己的事业遭受一定程度的影响。无论是哪一种结局，都会使那甜蜜的爱情出现令人遗憾的结局。

其次，杨贵妃不应该因爱而影响了唐玄宗的事业。作为一位女性，杨贵妃喜爱唐玄宗没有错，甚至是令世人羡慕的，但她悲惨的结局却令人深思。如果她能够在他们的爱情伊始就关注唐玄宗的事业，或她能够在一开始就规劝沉迷于爱情的唐玄宗，故事的结局就会改变，她的命运也就会发生变化。然而，这一切的“如果”都不存在，这不能不说是杨贵妃的错误。爱情的甜蜜是双方共享的，所以由其造成的苦果也要由两人共同承担。虽然李杨之间的爱情悲剧不能归因于杨贵妃一个人，但她确实也不能完全脱离干系。正如上文对唐玄宗的评说一样，对于这种悲剧性的结局，他们彼此都应该承担一定的责任。虽然评论杨贵妃与唐玄宗之间的责任对其爱情悲剧没有任何作用，但是对后人的爱情却有着警示作用。因此，在为他们爱情悲剧惋惜之时，不妨想一下如何在现代生活中避免类似悲剧的发生。

再次，从《长恨歌》的背后故事分析，即从白居易与湘灵之间的爱情故事及结局分析，世人都应该追求恋爱的自由。恋爱自由的实质是彼此的相互理解，包括父母与儿女之间、恋爱双方之间的相互理解。缺少任何一方的理解，恋爱都不会取得真正的自由，就如白居易的爱情一样。如果说《长恨歌》的写作正如丁永忠提到的那样，它还是白居易与湘灵之间的爱情重现，那么还应该从恋爱自由的层面分析一下作者与湘灵之间的爱情。白居易如果能够说服自己的母亲，白居易的母亲如果能够理解自己的儿子，那么白居易也就不会创作《潜别离》这样的诗作来纪念自己那惨淡的爱情了。这首诗作写得非常凄苦，全文如下：

不得哭，潜别离；不得语，暗相思；两心之外无人知。深笼夜锁独栖鸟，利剑春断连理枝。河水虽浊有清日，乌头虽黑有白时。唯有潜离与暗别，彼此甘心无后期！

诗作中这种暗暗的分别使无数的读者为白居易的行为所感动，也使无数的读者为他与湘灵之间没有结局的爱情感到遗憾。当然，在无尽的伤悲之时，也会引起读者对恋爱自由的思考。父母有父母的理由，儿女有儿女的自由，如何才能使父母理解儿女，如何才能使儿女理解自己的父母成了恋爱自由中的一大难事。无论你的恋爱多么令人羡慕，无论你的爱情故事多么令人同情，然而悲剧的结局只能给恋爱的双方带来无限的伤悲。所以，在恋爱的过程中，每一个年轻人都应该想尽一切办法使父母理解自己，唯有理解，才能解决好彼此之间的矛盾，从而使自己的爱情获得圆满的结局，从而避免白居易式的悲剧。

一首首流传千古的爱情诗词，一个个感人肺腑的爱情故事，岁月流转，沧海桑田，从《诗经》到《楚辞》，从李白、白居易到苏轼，从卓文君、李清照到柳如是，当生命的夏花绚烂绽放，美好的爱情便已悄然来临。于是，一篇篇感天动地的爱情诗作从笔端流出。无论是“两情若是久长时”的情意绵绵，还是“曾经沧海难为水”的哀婉惆怅，这些饱蘸了旷世之才深厚情感的泣血文字，一经面世便凝固成经典，为世间留下一段段关于爱情的永恒记忆，也给青年男女端正自己的爱情观以重要启示。

第二节 良缘波折 坦诚真情

爱情是脆弱的，一点点风吹草动就可能让人手足无措，沉浸于爱情当中的男女是敏感的，患得患失更是常态。由一开始的厌恶到后来的爱到无法自拔，也许只有这样经过考验的爱情才是人间真情。

《傲慢与偏见》出版于1813年，作者简·奥斯汀是一位著名的女性作家。《傲慢与偏见》被列为世界十大著名小说之一，作者用幽默的手法，描述了一段关于爱情与婚姻的故事，充分地体现出了英国中产阶级的实际生活情况、婚姻观、恋爱观和妇女的苦闷与迷茫。[①] 后来这部小说被多次改编成电影，引起各国读者和观众的广泛共鸣。无论你阅读的是小说的文本，还是观看改编后的电影，“误会”都是其“傲慢”与“偏见”产生的根源。换言之，小说中达西的“傲慢”也好，伊丽莎白的“偏见”也罢，它们都

① 胡治艳.《傲慢与偏见》中女性意识的体现［J］. 语文建设，2013（17）：34.

是两人彼此之间“误会”的具体表现。无论是“傲慢”，还是“偏见”，又都是小说的男女主人公恋爱出现波折的具体原因。因此，可以从“误会”的层面上，分析这部小说给予当代人恋爱的启示。

这里所谓的“误会”，是指小说的男女主人公在具体的交往中，因为对其表面言行的不理解，而使彼此双方产生了心理上的隔阂。从“误会”的层面上，结合小说的具体内容，主要分析以下几个问题：小说女主人公伊丽莎白为什么认为小说的男主人公达西是如此的傲慢？小说的女主人公又为什么会对其产生如此令人不可思议的偏见？男女主人公之间的这场误会又为彼此的爱情生活带来怎样不可言说的影响？在弄清这些问题之后，结合小说的创作时代分析小说中的女性意识及其具体表现。

一、误会：傲慢之源

在这部小说里，男性人物形象达西，全名为费兹威廉·达西，是一位非常富有的年轻人，但其性格内敛，不善于与人交谈。因此，虽然在舞会中遇到了自己的意中人——伊丽莎白·班内特，但因为自己表现得看似高傲的言行，而在伊丽莎白·班内特的心中留下了“傲慢”的印象。对此，小说中有过这样的描写：

彬格莱先生仪表堂堂，大有绅士风度，而且和颜悦色，没有拘泥做作的习气。他的姐妹也都是些优美的女性，态度落落大方。他的姐夫赫斯脱只不过像个普通绅士，不大引人注目，但是他的朋友达西却立刻引起全场的注意，因为他身材魁伟，眉清目秀，举止高贵，于是他进场不到五分钟，大家都纷纷传说他每年有一万镑的收入。男宾们都称赞他的一表人才，女宾们都说他比彬格莱先生漂亮得多。人们差不多有半个晚上都带着爱慕的目光看着他。最后人们才发现他为人骄傲，看不起人，巴结不上他，因此对他起了厌恶的感觉，他那众望所归的盛极一时的场面才黯然失色。他既然摆起那么一副讨人嫌惹人厌的面貌，那么，不管他在德比郡有多大的财产，也挽救不了他，况且和他的朋友比起来，他更没有什么大不了。

这是舞会开始时的一段描写，正是在与彬格莱的对比下，达西的内敛性格更加突出了。为此，才会发生下面的一幕，伊丽莎白·班内特对达西的误解——偏见的产生夯实基础，对达西“傲慢”印象的形成做足了准备。小说在描写彬格莱抱怨舞会散得过早的同时，又叙述了达西在舞会上这样的言行和众人对他的评价：

达西先生只跟赫斯脱太太跳了一次舞，跟彬格莱小姐跳了一次舞，此外就在室内踱来踱去，偶尔找他自己人谈谈，人家要介绍他跟别的小姐跳舞，他怎么也不肯。大家都断定他是世界上最骄傲，最讨人厌的人，希望他不要再来。其中对他反感最厉害的是班纳特太太，她对他的整个举止都感到讨厌，而且这种讨厌竟变本加厉，形成了一种特殊的气愤，因为他得罪了她的一个女儿。

达西不仅在舞会上给众人留下了这样的印象，而且他和彬格莱的交谈中对伊丽莎白·班内特的评说则又使伊丽莎白·班内特更加坚信了自己的判断：达西是一个傲慢的人。达西与彬格莱的交谈中，有过一段这样的对话：

“你说的是哪一位?”他转过身来，朝着伊丽莎白望了一会儿，等她也看见了他，他才收回自己的目光，冷冷地说：“她还可以，但还没有漂亮到打动我的心，眼前我可没有兴趣去抬举那些受到别人冷眼看待的小姐。你还是回到你的舞伴身边去欣赏她的笑脸吧，犯不着把时间浪费在我的身上。”

正是这次谈话中一句“她还可以，但还没有漂亮到打动我的心……”使伊丽莎白对其态度更加坚定了，也正是这一句话，使达西那“傲慢”的性格正式形成并展现给了各国的读者。所以说，误会是达西“傲慢”性格的产生之源。

二、误会：偏见之基

在《傲慢与偏见》中，误会还是女主人公伊丽莎白对达西产生偏见的基础。这也就是说，如果没有误会，伊丽莎白肯定不会认为达西是一个傲慢的人。为了证实这个观点，必须注意小说中的以下情节：

在这部小说中，对达西产生偏见的人有很多。之所以认为达西是一个傲慢的人，就是因为他在舞会上的表现。特别是在彬格莱的反衬下，他那看似“傲慢”的性格更加突出了。几乎所有舞会的参与者都认为他是一个傲慢的人，这是众人对达西在舞会上表现的综合评价。但这些人却忽略了另外一点，即达西的兴趣所在。甚至可以这样说，对于达西这样不喜欢跳舞的人来说，他与彬格莱参与这场舞会本身就是一个错误，否则，他也不会引起众人的误解。因为达西的一句话就可以证明他本身不喜欢跳舞，他对自己的好朋友彬格莱说：“你还是回到你的舞伴身边去欣赏她的笑脸吧，犯不着把时间浪费在我的身上。”从此可以看出，达西之所以在舞会上如此的“傲慢”，是因为他不太喜欢跳舞。

所谓的“误会”是偏见之基，还有另外一个层面的意思，即误会不仅是伊丽莎白对达西产生偏见的根源，误会还是伊丽莎白对达西做出偏见行动的根源。这也就是说，在小说《傲慢与偏见》中，所谓的“偏见”既是伊丽莎白对达西的一种看法，还是伊丽莎白对达西采取具体行动的一种表现。伊丽莎白对达西的偏见式行动有许多，如第一次达西向伊丽莎白求婚时，伊丽莎白就因自己对达西偏见而拒绝了达西向自己的求婚。当然，这时的达西也没有摆脱自己的傲慢。

三、误会：波折之路

在《傲慢与偏见》中，正是因为“误会”，达西才给伊丽莎白留下了傲慢的印象；也正是因为误会，才让读者觉得伊丽莎白对达西的所作所为都是一种偏见。所以，纵观整个小说的故事情节，都是围绕着“误会”来具体展开的。

首先，小说从最初的那场舞会开始，开门见山地奔向了小说的主题“傲慢”与“偏见”的产生之源。其次，在小说的后续发展中，所有故事情节几乎与“误会”相关。例如，伊丽莎白之所以拒绝第一次达西的求婚，就是因为他们之间存在着“误会”，此时，她对达西的言行还没有真正地理解，而此时的达西也没有完全想到伊丽莎白会拒绝自己的求婚。究其原因，就是此时的达西并不知道伊丽莎白之所以拒绝自己，是因为在她的心中存在着对自己的偏见，而无论是傲慢，还是偏见都与他们之间的这场“误会”密切相关。最后，伊丽莎白之所以同意达西的求婚，两人最终能够结成“秦晋之好”，是因为达西与伊丽莎白两人相互了解了，不仅伊丽莎白了解了达西为何“傲慢”，而达西也了解了伊丽莎白为什么对自己心存“偏见”。特别是当初在威克姆的挑拨下，伊丽莎白曾经用这样的话来评价过达西：“我只是以为他是看不起人！但是从没有想过他是这样的卑鄙。”但是随着故事的发展，当她了解了威克姆对达西的陷害后，当她目睹了达西为了拯救伊丽莎白一家而付出的努力后，她终于意识到了自己对达西的偏见。当初伊丽莎白的小妹莉迪亚随威克姆私奔了，这本身就是令其家庭难堪的一件事情，何况此时的威克姆又负债累累。面对此事，达西不但没有瞧不起伊丽莎白及其一家，反而倾囊相助，帮助威克姆还了赌债，而且还使莉迪亚与威克姆过上了幸福的生活。这既是作者简·奥斯汀围绕“误会”而设计的一个情节，也是最终消除“傲慢”与“偏见”的一种手段。所以说，全部的小说故事都与“误会”相关，它也是伊丽莎白与达西故事情节曲折发展的根由所在。

四、误会：思考之题

在小说中，“误会”既是引起傲慢与偏见的根源，也是达西与伊丽莎白最终能够克服各自缺点的关键所在。特别是对于后者而言，当伊丽莎白从达西的那封信中得知她对达西存在偏见之后，当她目睹了达西的所作所为之后，她最终克服了自己的偏见；而达西也是如此，当他明白伊丽莎白对自己的误解及其原因之后，他终于以自己的真诚赢得了伊丽莎白那颗爱己之心。所以说，对于自己与任何人之间的误会都需要及时地澄清，以免其在后续的发展中给自己造成不必要的麻烦。试想一下，如果达西没有及时地解决他与伊丽莎白之间的误会，两人怎么可能抛弃傲慢与偏见？如果他们没有及时澄清彼此的误会，两人怎么能够终成眷属？所以无论是恋人之间，还是朋友之间，如果发生了误会，一定要想办法及时地、尽早地澄清。

小说《傲慢与偏见》是一部以女性为主的小说，其中的女性意识也是关注的焦点，这些所有的女性主义内容都与文中的“误会”相关。小说《傲慢与偏见》通过对达西和伊丽莎白俩人恋爱过程的描写，以及对伊丽莎白其他姐妹婚姻的描述，还再现了当时女性主义必须面对的核心问题。

首先，文中表现了一种男女平等意识。在论及这个问题时，胡治艳在《〈傲慢与偏见〉中女性意识的体现》一文中曾经这样说：简·奥斯汀笔下所描绘的伊丽莎白这个人物形象，成为当时妇女小说中的典型人物。伊丽莎白并不是十分的美丽和出众，虽然不会唱歌跳舞，但是却念了一些书，有自己的见解和观念，而且聪慧有活力。伊丽莎白的父亲虽然有学识，但是并没有尽到作为父亲的责任。韦翰不讲道义、虚伪。宾利虽然温柔善良，但却没有主见。达西被描写得较为出色，他从伊丽莎白那里学到了很多东西。作者通过反衬的手法，将伊丽莎白描写得更加出色和聪慧。在伊丽莎白拒绝达西的求婚时，他才发现伊丽莎白的勇气和观念，明白了自己的贵族观念是多么的狭隘。自此以后，达西对像伊丽莎白所在的中产阶级有了全新的认识。①

这也就是说，在小说的文本中，“偏见”并不是女人的专有，男性也存在着偏见。否则，在小说伊始，作者也就不会写出一句这样的话了：有钱的单身汉总要娶位太太，这是一条举世公认的真理。因为这句话的言外之意是，“钱”是决定单身汉能否娶太太的关键所在，即女性都爱钱，这句话本身就是男性对女性的一种误解，而文中伊丽莎白的言行又完全否定了这句话。所以说，从女性主义的层面分析，这部小说追求的是一种男女之间真正的平等。

其次，小说还体现出一种有关婚姻基础的讨论。对此胡治艳在其文章中有过如下的论述：对于简·奥斯汀来说，婚姻的不幸主要表现在两种情况中：建立在经济基础之上，像柯林斯与夏洛特一样；或是像威克姆与莉迪亚那种建立在情欲、美貌之上的，只有像达西与伊丽莎白那样建立在爱

① 胡治艳．《傲慢与偏见》中女性意识的体现［J］．语文建设，2013（17）：34.

情基础上的婚姻才会美满。简·奥斯汀的作品表明了恋爱与婚姻不仅是私人的问题，也与社会有关。在《傲慢与偏见》中，有一段关于莉迪亚私奔的描写，这件丑事不仅会使莉迪亚身败名裂，同时也会连累到她的亲人，达西的出现才使莉迪亚保住了声誉。①

在胡治艳的这段论述之中，可以发现这样的问题：任何一个婚姻都要有一个坚实的基础，否则就会出现这样或那样的麻烦。尽管在达西的帮助下，威克姆与莉迪亚的婚姻取得了成功，但是他们婚姻生活的波折却非常令人深思。试想一下，如果没有达西的帮助，他们的未来会是什么样子呢？如果没有达西的帮助，莉迪亚不仅自己会身败名裂，而且还会因此连累到自己的家人，这是一件多么可怕的事情啊！另外，从对待婚姻的态度层面讲，莉迪亚的婚姻是建立在情欲、美貌的基础之上的，即情欲、美貌是其婚姻的基础，而伊丽莎白的婚姻则是建立在理性的基础之上的。理性的婚姻战胜情欲的婚姻的事实，就足以使现在的读者对这部经典小说刮目相看。

再次，小说《傲慢与偏见》中的女性意识问题。小说中的女性意识主要体现在女性人物形象身上，通过她们独具个性化的言行，把女性所面对的问题一一展现给读者，特别是小说中的女主人公更能体现女性主义思想的核心问题。对此，胡治艳借助对伊丽莎白生活经历的分析，得出了这样的结论：

小说中的伊丽莎白是一位性格独立，并且具有反抗精神的新女性，通过她拒绝了柯林斯与达西的求婚以及柯林斯对夏洛特求婚的态度，都能体现出伊丽莎白的爱情观。这对当时英国社会的婚姻观是一种反抗，由此可见，简·奥斯汀承受了多大的压力。其实对于女性来说，关键是在于选择一位什么样的人作为丈夫。夏洛特是一个屈服于命运的女性形象，但是也正如小说开始所描述的，假如没有遇到一位自己心爱的人，妇女将要面对的就是要不将就着结婚，随便找一个人嫁了，要么就是一直单身。但是不论选择哪种，对于当时的女性来说都是不容易的。②

在这段论述中，作者所提到的婚姻问题是每一名女性都必须面对的问题，将就着结婚，会是自己不幸的开始，所以当你遇到一个心仪的男性时，一定要注意不能在与其的交往中产生达西与伊丽莎白那样的误会，无论是男性的傲慢，还是女性的偏见都会使彼此失去这即将到来的幸福。

总之，在婚姻中除了两个人要有爱情，更需要双方的改变，这也是自我成长的一种方式。伊丽莎白与达西，从彼此猜忌到柳暗花明，走了诸多

---

① 胡治艳．《傲慢与偏见》中女性意识的体现［J］．语文建设，2013（17）：34.

② 胡治艳．《傲慢与偏见》中女性意识的体现［J］．语文建设，2013（17）：34.

弯路，他们在追求爱情的过程中，也成全了彼此——伊丽莎白克服了偏见，达西收敛了傲慢。爱情可以让人成长，在《英雄之旅：自我发现的旅程》这部书中就强调，每一个人在生命旅途里，都在寻找一种“自我的唤起”，唤起的方式本身具备多样性，但这趟旅途若是真实存在，那么对“自我唤起”来说，爱情可能是其中最美好的一把钥匙了。

第三节　世俗婚恋　诗意哀伤

不同地区有着不同的地域风俗，不同民族有着不同的婚恋习俗，这些风俗为爱情也染上了一层特有的色彩。同时，爱情也如诗歌般美丽，如美酒般让人沉醉。

一、汪曾祺与《受戒》

汪曾祺的小说《受戒》是寻根文学的代表作品之一。在这部小说中，作者根据当地的风俗，描写了明海和英子之间的恋爱经过，再现了一段诗意般的生活。因此，研究“恋爱”问题，不能不谈到这部优秀的作品。

（一）受戒，一种奇趣的风俗

受戒是一种宗教仪式，凡是出家修行的人都要接受一定的戒律，以保证他们修行的效果。可是对于汪曾祺小说《受戒》的男主人公明海而言却不是这样的。在小说中，明海之所以要出家，主要是因为受到家乡一种风俗的影响，他并不是真正地要做一名和尚，并不是要真正地吃斋受戒皈依佛门，而是要通过“出家”完成自己的心愿，攒钱、还俗、娶妻生子。对此，作者在小说伊始这样介绍：

明海在家叫小明子。他是从小就确定要出家的。他的家乡不叫“出家”，叫“当和尚”。他的家乡出和尚。就像有的地方出劁猪的，有的地方出织席子的，有的地方出箍桶的，有的地方出弹棉花的，有的地方出画匠，有的地方出婊子，他的家乡出和尚。人家弟兄多，就派一个出去当和尚。当和尚也要通过关系，也有帮。这地方的和尚有的走得很远。有到杭州灵隐寺的、上海静安寺的、镇江金山寺的、扬州天宁寺的。一般的就在本县的寺庙。明海家田少，老大、老二、老三，就足够种的了。他是老四。他七岁那年，他当和尚的舅舅回家，他爹、他娘就和舅舅商议，决定叫他当和尚。他当时在旁边，觉得这实在是在情在理，没有理由反对。当和尚有很多好处。一是可以吃现成饭。哪个庙里都是管饭的。二是可以攒钱。只要学会了放瑜伽焰口，拜梁皇忏，可以按例分到辛苦钱。积攒起来，将来还俗娶亲也可以；不想还俗，买几亩田也可以。当和尚也不容易，一要面如朗月，二要声如钟磬，三要聪明记性好。他舅舅给他相了相面，叫他前走几步，后走几步，又叫他喊了一声赶牛打场的号子："格当嘚——"，说是"明子准能当个好和尚，我包了！"要当和尚，得下点本——念几年书。哪有不认字的和尚呢！于是明子就开蒙入学，读了《三字经》《百家姓》《四言杂字》《幼学琼林》《上论·下论》《上孟·下孟》，每天还写一张仿。村里都夸他字写得好，很黑。

在这一段描写中，作者把明海家乡的这段风俗描写得非常有趣。首先，明海的家乡以出和尚闻名遐迩，而当和尚在明海的家乡是一种非常平常的事情，就如某一个地方出织席子的匠人、出箍桶的匠人、出弹棉花的匠人一样，平凡得都不容人多想。其次，明海的家人也都认为他出家当和尚是理所应当的事情，因为他在家排行老四，有前边三兄弟就可以忙完家里的农活，况且就连明海本人也对出家当和尚无异议。由此可想而知，就连一个小孩都认为自己应该出家当和尚了，可见这种风俗对当地的影响有多么深远。再次，在这一段描写中还真实地再现了这种风俗的奇趣之处。试想出家当和尚本是一件非常严肃的事情，可在没有出家之前，明海他们这些准备出家当和尚的人心中却想着：当和尚的好处：一是可以吃现成饭。哪个庙里都是管饭的。二是可以攒钱。只要学会了放瑜伽焰口，拜梁皇忏，可以按例分到辛苦钱。积攒起来，将来还俗娶亲也可以；不想还俗，买几亩田也可以。正是出家当和尚具有这样极大的物质诱惑，明海才能够在那么小的岁数就同意出家，才有可能为出家当和尚作后续的准备工作——上学读书，因为"哪有不认字的和尚呢！"最后，世俗对"受戒"的影响。"受戒"本是一种宗教的仪式，它不应该也不可能受到世俗的影响，但在小说中，"受戒"这种神秘的佛教仪式却受到了当地世俗的影响。例如，在小说中，当和尚也要靠"关系"。如果说没有一定的社会关系，没有一定的门路，想当和尚也不是一件容易的事情。对此，这段文字中有这样的叙述：当和尚也要通过关系，也有帮。如果说没有文化不能当和尚，这还是可以理解的，因为和尚要念经，要学习佛理，可是没有关系就当不成和尚，这不能不说是令人奇怪的一件事了。

（二）受戒，演绎习俗中的爱情

在明海的家乡，"受戒"与其他风俗结合在一起演绎了明海与英子之间那段感人的爱情生活。

首先，明海与英子的相识是基于受戒的风俗。明海与英子之所以能够在船上"邂逅"，是因为在明海的家乡有出家当和尚的风俗，在明海去当和尚的路上两人相遇并相识了：

到了一个河边，有一只船在等着他们。船上有一个五十来岁的瘦长瘦长的大伯，船头蹲着一个跟明子差不多大的女孩子，在剥一个莲蓬吃。明子和舅舅坐到舱里，船就开了。明子听见有人跟他说话，是那个女孩子。

“是你要到荸荠庵当和尚吗?”明子点点头。“当和尚要烧戒疤呕！你不怕?”明子不知道怎么回答，就含含糊糊地摇了摇头。“你叫什么?”“明海。”

“在家的时候?”“叫明子。”“明子！我叫小英子！我们是邻居。我家挨着荸荠庵。——给你！”小英子把吃剩的半个莲蓬扔给明海，小明子就剥开莲蓬壳，一颗一颗吃起来。

大伯一桨一桨地划着，只听见船桨拨水的声音：“哗——许！哗——许！”

其次，庵里的生活习俗使明海与英子的爱情有了进一步发展的机会。在明海出家的庵里，明海并没有真正开始和尚的生活，而是经历着与家里只有一些细微区别的生活。因为在庵里：

小和尚的日子清闲得很。一早起来，开山门，扫地。庵里的地铺的都是箩底方砖，好扫得很，给弥勒佛、韦驮烧一炷香，正殿的三世佛面前也烧一炷香、磕三个头、念三声“南无阿弥陀佛”，敲三声磬。这庵里的和尚不兴做什么早课、晚课，明子这三声磬就全都代替了。

如果说上面的选文还不能再现和尚们世俗般生活的话，那么下面这一段对明海舅舅的描写，或者说对明海出家的寺院主持的描写则把和尚们世人般的生活再现得淋漓尽致：

仁山，即明子的舅舅，是当家的。不叫“方丈”，也不叫“住持”，却叫“当家的”，是很有道理的，因为他确确实实干的是当家的职务。他屋里摆的是一张账桌，桌子上放的是账簿和算盘。账簿共有三本。一本是经账，一本是租账，一本是债账。和尚要做法事，做法事要收钱，——要不，当和尚干什么?

一个寺院的住持，不管僧人的修行之事，而是专心过起了俗家之人的生活，既不让别人称呼自己为方丈，也不让人家称呼自己为住持，而沿用了世俗的称呼——当家的，面对三本不同的账本却是一幅多么生动的世俗画卷啊！甚至，在明海出家的庵里，他的舅舅，也就是这个寺院的住持，连自己的穿着也颇有世俗的标志：

他（寺院的主持）在庵里从不穿袈裟，连海青直裰也免了。经常是披着件短僧衣，袒露着一个黄色的肚子。下面是光脚趿拉着一双僧鞋，——新鞋他也是趿拉着。他一天就是这样不衫不履的这里走走，那里走走，发出母猪一样的声音……

大师傅的生活如此随意，二师傅的生活也同样无拘无束：

二师父仁海。他是有老婆的。他老婆每年夏秋之间来住几个月，因为庵里凉快。庵里有六个人，其中之一，就是这位和尚的家眷。仁山、仁渡叫她嫂子，明海叫她师娘。这两口子都很爱干净，整天地洗涮。傍晚的时候，坐在天井里乘凉。白天，闷在屋里不出来。

尤其是那个身怀绝技的三师傅，跟两个师傅比起来真是有过之而无不及：

三师父是个很聪明精干的人。有时一笔账大师兄扒了半天算盘也算不清，他眼珠子转两转，早算得一清二楚。他打牌赢的时候多，二三十张牌落地，上下家手里有些什么牌，他就差不多都知道了。他打牌时，总有人爱在他后面看歪头胡。谁家约他打牌，就说“想送两个钱给你”。更可笑的是，这位三师傅虽然在平时非常规矩，但是他在某些特定的场合却还能为明海家乡的世人唱起非常煽情的歌。

明海到庵里是准备出家的，但庵里这样宽松的环境却为他与英子的相爱创造了条件。换言之，作者描写庵里世俗般的生活，是为了给明海与英子的相爱搭建一个时空的平台。

再次，剪纸的婚俗推动了明海与英子的爱情发展。在出家当和尚的风俗影响下，明海与英子在船上相识，而荸荠庵里的世俗生活又为明海与英子的相恋创造了条件，当万事俱备，只欠东风的时候，作者又利用明海家乡的另外一种婚俗来推动两人爱情的发展。因为英子的姐姐要出嫁，而英子的娘又画画不好，所以明海有了出场的机会。因为明海画画好，所以明海才有了做英子娘干儿子的机会。因为做了英子娘的干儿子，所以明海才有了与英子团聚的机会，于是两人之间的爱情就得到了进一步的发展。对此小说中有这样的描写：

薅荸荠，这是小英最爱干的活。秋天过去了，地净场光，荸荠的叶子枯了，——荸荠的笔直的小葱一样的圆叶子里是一格一格的，用手一捋，哗哗地响，小英子最爱捋着玩，——荸荠藏在烂泥里。赤了脚，在凉浸浸滑溜溜的泥里踩着，——哎，一个硬疙瘩！伸手下去，一个红紫红紫的荸荠。她自己爱干这活，还拉了明子一起去。她老是故意用自己的光脚去踩明子的脚。

她挎着一篮子荸荠回去了，在柔软的田埂上留了一串脚印。明海看着她的脚印，傻了。五个小小的趾头，脚掌平平的，脚跟细细的，脚弓部分缺了一块。明海身上有一种从来没有过的感觉，他觉得心里痒痒的。这一串美丽的脚印把小和尚的心搞乱了。

正是这一串美丽的脚印搞乱了明海的心，也正是这一串串的脚印，把明海与英子的爱情推向了高潮。

最后，“受戒”的习俗使明海与英子的爱情达到了高潮。“受戒”本来是一种宗教仪式，不应该称为一种习俗。可是在明海的家乡，当和尚是一种习俗。在明海出家的荸荠庵里，所有的佛事活动都已成了一种习俗，和尚不仅可以不念经，而且还可以不吃素，甚至带妻子到庵里去避暑，所以说，作为明海出家仪式之一的“受戒”也就只具有了一种习俗的形式了。王昌军在《我看〈受戒〉中的习俗描写》一文中对明海受戒经历的概括和分析是这样的：

和尚烧戒疤的习俗，据说起源于元代，当时有位志德和尚受到元世祖的尊崇，他传戒时，规定受戒者每人燃香于头项，后来，烧戒疤被认为是入佛门苦修的开始，逐渐适用于所有的和尚，并一直延续至今，成为世俗人眼中和尚的标识之一，否则就被认为是“野和尚”。明海到荸荠庵是来当和尚的，当然要按照佛教的这一习俗去烧戒疤，而正是烧戒疤这一习俗，把明海和英子连在了一起，把他们的爱情推向高潮。热情的英子主动要求划船送明海去受戒，在善因寺“禁止喧哗”的牌子下，不顾几百个和尚的默不出声，大声对明海喊“我走了”，好像她已是明海的老婆。她清楚地知道明海受戒的时间，她关心着明海受戒的疼痛与否，第四天一大清早她就去看明海，隔着一条河就关心起明海来，并且约定了来接明海的时间。在接明海回去的路上，明海告诉英子他有可能当“沙弥尾”，小英子说：“你不要当方丈！”“你也不要当沙弥尾！”“我给你当老婆，你要不要？”明子大声地说：“要！”受戒之后，明海成了一个真正的和尚，还没有回到荸荠庵，就认英子作了老婆，浪漫的爱情达到高潮。①

（三）受戒，一段诗意的生活

小说《受戒》描写了明海与英子之间的一段诗意般的生活。在小说之中，所谓“诗意生活”可以从两个层面进行分析：第一个层面，是指日常生活具有诗意；第二个层面，是指明海与英子之间的爱情生活具有诗意。下面结合具体的小说故事，从这两个层面对其诗意的生活进行详细的分析。

第一个层面，小说《受戒》中的诗意生活体现在以下几个方面：明海在未出家之前，对当和尚有一段诗意般的理想，即通过当和尚可以积攒一笔可观的钱用来娶亲。在明海的舅舅面试明海出家当和尚的才能时，更具有诗意。“叫他前走几步，后走几步，又叫他喊了一声赶牛打场的号子：‘格当嘚——’”那前走几步，后走几步的描写颇具模特在舞台上表演的风范，尤其是那一声喊“格当嘚——”更是让人产生无限的联想。当明海在

① 王昌军．我看《受戒》中的习俗描写［J］．现代语文（教学研究版），2011（11）：34.

来芋荠庵路上，作者把明海家乡的生活更是进行了诗一般的描写：

过了一个湖。好大一个湖！穿过一个县城。县城真热闹：官盐店，税务局，肉铺里挂着成边的猪，一个驴子在磨芝麻，满街都是小磨香油的香味，布店，卖茉莉粉、梳头油的什么斋，卖绒花的，卖丝线的，打把式卖膏药的，吹糖人的，耍蛇的……

在芋荠庵里的学经生活也是充满了诗意。对此，小说中有这样的描写：

教念经也跟教书一样，师父面前一本经，徒弟面前一本经，师父唱一句，徒弟跟着唱一句。是唱哎。舅舅一边唱，一边还用手在桌上拍板。一板一眼，拍得很响，就跟教唱戏一样。是跟教唱戏一样，完全一样哎。连用的名词都一样。舅舅说，念经：一要板眼准，二要合工尺。说：当一个好和尚，得有条好嗓子。

甚至是对杀猪这样的颇为残忍的场面，作者也描写得非常有趣：

他们吃肉不瞒人。年下也杀猪。杀猪就在大殿上。一切都和在家里一样，开水、木桶、尖刀。捆猪的时候，猪也是没命地叫。跟在家里不同的，是多一道仪式，要给即将升天的猪念一道“往生咒”，并且总是老师叔念，神情很庄重：“……一切胎生、卵生、息生，来从虚空来，还归虚空去。往生再世，皆当欢喜。南无阿弥陀佛！”

第二个层面，作者把明海与英子两人的爱情生活描写得富有诗意。例如，在明海受戒的场所，英子那一声大喊“我走了”，使本来应该庄严、肃穆的受戒的场面出现了戏剧性的一幕：一边是正准备接受皈依佛门仪式的明海，一边是天真烂漫的英子；一边是一块“禁止喧哗”的牌匾，一边是一声大声的呼喊。又如，在英子接明海受戒回去的路上，一边是受戒未愈的明海，一边是美丽的英子；一会儿谈论的是如何做一个沙弥尾，一会儿又是英子问“我给你当老婆，你要不要？”过一会儿又是明海那一声大声回答“要——！”

二、忧伤·希望·相思

《雨巷》的诞生，不仅使作者戴望舒的头顶上多一顶“雨巷诗人”的桂冠，而且也使中国现代文学园里多出一朵象征主义的诗歌之花。在这首诗作中，作者依赖象征主义的方法，为读者营造了一个朦胧的意境。在这个意境中，读者体会到了一缕忧伤，看到了一片希望，在忧伤与希望之中，还有一段永恒的相思让读者难忘。《雨巷》原文如下：

撑着油纸伞，
独自彷徨在悠长、悠长
又寂寥的雨巷，

我希望逢着
一个丁香一样的
结着愁怨的姑娘。

她是有
丁香一样的颜色，
丁香一样的芬芳，
丁香一样的忧愁，
在雨中哀怨，
哀怨又彷徨。

她彷徨在这寂寥的雨巷，
撑着油纸伞
像我一样，
像我一样地
默默彳亍着，
冷漠，凄清，又惆怅。

她静默地走近
走近，又投出
太息一般的眼光，
她飘过
像梦一般的，
像梦一般的凄婉迷茫。

像梦中飘过
一枝丁香的，
我身旁飘过这女郎；
她静默地远了，远了，
到了颓圮的篱墙，
走尽这雨巷。

在雨的哀曲里，
消了她的颜色，
散了她的芬芳

消散了，
甚至她的
太息般的眼光，
丁香般的惆怅。

撑着油纸伞，
独自彷徨在悠长，悠长
又寂寥的雨巷，
我希望飘过一个丁香一样的
结着愁怨的姑娘。

这是一首非常优美的现代诗歌。下面从三个层面对其进行解读，即诗作中的一缕忧伤，一片希望，一段相思。

（一）雨巷：一缕忧伤

在《雨巷》这首现代诗作中，首先表现的情感是一缕淡淡的忧伤。作者要在这首诗作中表现心中那一缕淡淡的忧伤的原因有很多，不同的人有不同的回答，大体有以下几种代表性的意见：一是抒发大革命失败后的苦闷、幻灭感；二是表达恋爱的忧愁；三是由于作者小时候得天花脸上落下了疤痕，从而养成了内向感伤的性格。不朽的作品，是不需要附带说明的，它自己就能最好地表达自己，说明自己。它有一种深刻、内在的力量，表达出一种超越具体时代，具体人、事局限的思想与情感。①

任何一篇文学作品的创作都与其创作的现实语境密切相关，《雨巷》也不例外。《雨巷》的创作与作者生活的时代密切相关，对此可以从下边的论述中得到确证：

诗人首先铺设了一个空间背景：一条“悠长、悠长又寂寥的雨巷”。江南小巷，本就狭仄，又逢梅雨，淅淅沥沥，连绵不绝，自然更添一分压抑两分烦愁。两个“悠长”的连用，更是将雨巷无限拉伸，以致渺茫。“寂寥”既是对雨巷本身空荡荡的描绘，也是对彷徨于其间的诗人心境的描绘。在笔者看来，这一空间背景的营构，显然具有象征意味。那条“悠长、悠长又寂寥的雨巷”，不正象征了当时革命陷入低谷，白色恐怖弥漫，人们倍感压抑、沉闷的现实环境吗？②

作者是如何表现这种忧伤的呢？首先，作者把心中那缕淡淡的忧伤融

---

① 黄艳．浅谈《雨巷》中的青春苦闷［J］．语文建设，2010（6）：54.
② 杨利景．进入《雨巷》的三条路径［J］．语文建设，2010（2）：56.

入凄美的物象中。为了表现自己心中的那缕忧伤，作者选择了两个非常有特点的物象——微雨、小巷。微雨蒙蒙，既能使人感受到身体上的凉爽，又可以使人的心灵感受到一股挥之不去的惆怅；小巷幽深，既可以使诗中的“我”有一个与世隔绝的舞台去表现心中的忧伤，又可以使诗中的“我”通过徘徊表现内心的忧伤。其次，作者营造了一个凄美的意境。在这个微雨、悠长的巷子里，作者又为读者引出一位神秘的姑娘。她是诗中“我”的祈盼，但她却带着愁怨悄然远去了，于是“我”的心中那一缕淡淡的忧伤得以传递给读者。

（二）雨巷：一片希望

《雨巷》不仅仅表现的是一股忧伤，它还给恋爱中的人们带来了一片希望，于是那位有着丁香结的姑娘就成了人们祈盼的对象，“我”也才徘徊在那悠长的雨巷。虽然这位姑娘有丁香一样的情绪，但“她”却与“我”一样，在雨中哀怨又彷徨。但是，正是这样“哀怨又彷徨”的姑娘却成了“我”的希望，“我”希望在这寂寥的雨巷里逢着这个丁香一样的姑娘。因为，“她”与“我”一样，像“我”一样地，默默彳亍着，冷漠，凄清，又惆怅。

换言之，这位丁香一样的姑娘，既是诗中“我”忧伤情感的表现媒介，又是诗中“我”的希望，因为她的出现可以使“我”的情感有一个倾诉的对象，毕竟两人有着相同的情感。所以，在诗作中反复出现那句话：我希望逢着一个丁香一样的姑娘。

（三）雨巷：一段相思

《雨巷》之中还有一段重要的情感值得重视，那就是相思。诗作的情感体系中，有一缕淡淡的忧伤，有一片希望，也还有一段相思。那淡淡的忧伤，那浓浓的希望，都是基于这段相思而产生的情感。可以说，《雨巷》还是一首爱情诗作。1929 年 4 月，《雨巷》被收入戴望舒的第一本诗集《我的记忆》中，由上海水沫书店出版发行。在这本诗集的扉页上，赫然印着一句法文：“A Jeanne”，意为“给绛年”。戴望舒的长女戴咏素也认为“施绛年是‘丁香姑娘’的原型”。可见，将《雨巷》作为一首爱情诗来读，当不为空穴之论。①

这诗作中的相思之情表现在对那位丁香姑娘的邂逅的祈盼之中。在作者的心中，雨巷中的姑娘具有传统文化的底蕴，而在《雨巷》中也是如此，

① 杨利景．进入《雨巷》的三条路径［J］．语文建设，2010（2）：58.

作者把自己心中的那位姑娘写得像丁香一样。于是，与这位姑娘在雨巷中相逢就成了他相思的开始。这样丁香就与忧愁、思念的情感结下了不解之缘。李商隐曾经写道：“楼上黄昏欲望休，玉梯横绝月中钩。芭蕉不展丁香结，同向春风各自愁。”

在《雨巷》这首诗作中，诗人反复强调在那条悠长又寂寥的雨巷之中，自己独自撑着油纸伞在雨中彷徨。作者为什么要如此地折磨自己呢？原因很简单，也很明了，那就是“希望逢着/一个丁香一样的/结着愁怨的姑娘”。诗作这样叙述道：

她飘过
像梦一般的，
像梦一般的凄婉迷茫。

像梦中飘过
一枝丁香的，
我身旁飘过这女郎；
她静默地远了，远了，
到了颓圮的篱墙，
走尽这雨巷。

这样的叙述更能使相思的情感得到淋漓尽致的表现，也更能把作者心中的相思之情传递给所有读者，特别是当读者了解此诗的创作背景后：

概言之，这首诗基本上就是诗人假想的一个在雨中与一位女郎邂逅的故事。这说明，诗人的心灵深处对爱情是充满渴望的，而这种渴望可能在现实世界中却没有得到实现，于是才会以这种形式间接地表现出来。这种推论可以在诗人戴望舒的相关传记中得到印证。据载，避难松江期间，戴望舒结识了好友施蛰存的妹妹施绛年，并为之倾倒，甚至到了茶饭不思、神魂颠倒的地步。戴望舒对施绛年频频示好，展开了热烈的追求。但是，落花有意，流水无情。对于戴望舒的追求，施绛年不以为意，故作不解。爱情上的挫折让戴望舒郁闷异常。诗中的梦中邂逅可以理解为这种现实情感挫折的心理缓释。[①]

总之，爱情是美好的，让所有的人沉醉迷恋；爱情却也是痛苦的，常常让人寝食难安。即使伴随着痛苦，爱情也是人世间最美好的情感，是人世间最迷人的渴望。

---

① 杨利景. 进入《雨巷》的三条路径［J］. 语文建设，2010（2）：57.

第四节　理性爱情　爱情感性

面对爱情与婚姻，应该是以一种理性的态度去对待，还是应该用感性的态度去对待？是理性大于感性，还是感性大于理性？在爱情中，理性的爱与感性的爱，其实并没有什么好坏优劣之分，关键是在理性和感性中，要找到一种适合自己的平衡。

《恋爱中的女人》是劳伦斯的小说代表作品之一。这部小说深受读者喜爱，是一部仁者见仁、智者见智的外国文学作品。作者劳伦斯在这部小说中成功地塑造了三个著名的女性形象，即厄秀拉、古德兰、赫麦妮。作者对这三位女性人物形象的恋爱经历描写，既开拓了英国小说探索恋爱问题的先例，又为劳伦斯赢得了无数的赞誉。

这部小说的故事情节可以简单概括为：女教师与督学伯金的恋爱在冲破诸多困难之后获得了有情人终成眷属的完美结局；而古德兰与杰拉尔德之间的爱情却因彼此理念上的不同而分道扬镳，最终以杰拉尔德在深谷里结束自己的生命而宣告结束。对于前者而言，女教师在与督学伯金的恋爱过程中表现出了对爱情、婚姻等问题的理性思考；对于后者而言，古德兰与杰拉尔德之间的爱情则是感性的象征。在小说文本中，他们四个人之间的交叉往事就是理性的婚姻观与感性的婚姻观相互斗争的具体体现。

一、厄秀拉与伯金的恋爱——理性的追求

厄秀拉在《恋爱中的女人》这部小说中是一位个性鲜明的女性形象。对于这位女性形象，覃艳艳在《从女性主义视角解读〈恋爱中的女人〉的女性人物形象》一文中是这样解读的：厄秀拉是一位经济独立、外表柔弱及控制欲强的知识女性人物。她讨厌家里陈旧腐朽的味道，讨厌父母养育儿女为乐的家庭观念，她是一位现代知识女青年，她努力奋斗，成功地进入了大学殿堂进行学习，可是她却发现大学与她的理想追求相差甚远，内心苦闷彷徨，后未拿到毕业证就离开了大学。回到家乡，厄秀拉并没有像其他女性那样在家里相夫教子，而是在当地一所中学当了一名老师，通过工作从而来体现其自身的价值。①

从这段解读中，可得出这样的结论：厄秀拉在《恋爱中的女人》这部小说中之所以能够正确地思考与处理自己与伯金的爱情，是因为她有知识

---

① 覃艳艳．从女性主义视角解读《恋爱中的女人》的女性人物形象［J］．青年文学家，2014（30）：87.

基础。她是一位知识女性，不仅在大学学习过，而且还在自己的工作中把学到的知识运用于实践。通过其抛弃传统观念，凭借自己到外地去谋生的经历，以及她心中的观念，即通过工作实现自己的价值，可以看出她是一位与众不同的女性。而所有的这些都为她赢得自己幸福的婚姻打下了基础。

在小说的文本中，厄秀拉与古德兰之间曾经有过一段这样的对话：

首先是妹妹古德兰问姐姐厄秀拉："你真不想结婚吗?"厄秀拉若有所思地说："我不知道，这要看你怎么讲了。"当厄秀拉听见自己的妹妹提出"结婚是一个人需要的经验""可能这经验让人不愉快，但肯定是一种经验"这样的观点时，姐姐厄秀拉的回答是："那不见得。"接着厄秀拉又进一步表明自己的观点："也许倒是经验的结果呢。"面对如此的回答，古德兰无可奈何，但又不甘心屈服，于是过了一会儿，她终于又找到了话题，继续问自己的姐姐："有像样的人求婚你不考虑接受吗?"然而姐姐的回答则更加理性化了："我都回绝了好几个了，而且还有年薪上千磅的人。"

在这段谈话中，有两处可以看出姐姐厄秀拉对待婚姻理性的特点：一是当妹妹提出结婚是人生的一种必须经历时，厄秀拉一句简短的"那不见得"就把自己的理性特点表现在了读者的面前。后面的那一句"也许倒是经验的结果"，既可以看作是厄秀拉对前面回答的注释，又可以看作是姐姐厄秀拉对妹妹古德兰的规劝。二是当厄秀拉回答妹妹古德兰"有像样的人求婚你不考虑接受吗"这句问句时的话语可以看出厄秀位对待婚姻的理性态度。如果把前面姐姐厄秀拉的回答看作是其观点的表述，那么后面这几句回答则是其通过举例来论证自己的观点。因此，结合这两处可以得出一个这样的结论：姐姐厄秀拉是一位言行一致的人，在婚姻大事之前，她既能理性地对待，又能正确地处理。

二、古德兰与杰拉尔德的恋爱——感性的游戏

在小说《恋爱中的女人》当中，古德兰与杰拉尔德之间的爱情给人的感觉像一种游戏一样，没有丝毫的理性可言。特别当古德兰的爱情与厄秀拉的爱情形成对比的时候，就更能突出古德兰的爱情是感性的游戏。当然，古德兰是一位女性主义者，她在恋爱中所有的言行也是对女性主义思想的具体践行。关于古德兰的恋爱经历，覃艳艳在她的文章里是这样总结的：

古德兰想在爱情中争取主动权，获得女性的尊严，但结局是失败的。古德兰刚回到家乡时，对家乡的环境是深恶痛绝的，感到与整个社会格格不入。而当她遇到煤矿主的儿子杰拉尔德·克里奇时，被他深深地吸引住了，但经过交往后，古德兰是无力的。与杰拉尔德·克里奇激情之后，她感到杰拉尔德·克里奇并非真的爱她，只是一种征服与控制欲，古德兰很理性地看待了

他们之间的感情，提出了分手，并投入了另一位艺术家的怀抱。杰拉尔德·克里奇则认为自身是爱古德兰，并试图证明这种爱，但当他发现古德兰背叛之后，发泄完的杰拉尔德·克里奇找不到人生的方向，并感到很累，活活冻死在大雪山中。杰拉尔德·克里奇看似是生活的强者，但心灵空虚，没有爱的能力。古德兰看似无情却是有情的，当她得知年幼的杰拉尔德·克里奇误杀了弟弟后，表现出来的是一种理解与心疼。在这场爱情竞逐中，古德兰本想完全获得女性权利，却是一种两败俱伤的结果，古德兰最后没有流眼泪，表现的看似无情，其实是一种无奈，还有一种脱出控制的无力恐惧感。①

从这段节选的论述中，可以得出这样的结论：古德兰对待爱情的态度没有她的姐姐厄秀拉那样理性。之所以这样说，是因为：古德兰与杰拉尔德之间的爱情缘于她被杰拉尔德的外貌吸引。小说是这样描写她对杰拉尔德的好感的，“他看上去是那么富于朝气，光洁无瑕，纯洁得像一只北极动物”。甚至说他，“他风采照人，男子汉十足，就像一只脾气温和、不时微笑的幼狼……”这是古德兰初见杰拉尔德时的心理感受，再结合上面她与姐姐厄秀拉谈话时说出的那一句“有像样的人求婚你不考虑接受吗？”读者完全可以推出这样的结论：古德兰之所以爱上杰拉尔德，是因为杰拉尔德帅气的外表和她那错误的判断。也正是这样感情层面的一见钟情使杰拉尔德与古德兰都为此付出了惨痛的代价，一个失去了自己的大好时光，一个惨死在深深的山谷之中。

三、两者的对比：理性与感性的较量

在小说《恋爱中的女人》中，两对恋人的恋爱经过及其不同的结局，代表着两种力量的较量过程及结果。具体地说，这两种力量分别是感性与理性，对此可以从以下几个层面来进行分析：

从女性主义层面来分析，无论是厄秀拉，还是古德兰，她们都是女性主义的代表。然而，对于厄秀拉而言，她对女性主义有更为深层次的理解，所以无论是关于恋爱的思考，还是在具体的实行过程中，她都能以理性的方式去处理每一个问题，怎么选择自己的恋人，怎么与自己的恋人在现实的生活中达到彼此的和谐。特别是前者，如何选择自己的恋人是后面如何与之相处的关键。而对于古德兰而言则不同，古德兰在恋爱前没有像她的姐姐厄秀拉那样认真地思考过恋爱的问题。所以当她一见英俊潇洒的杰拉尔德便一见钟情并迅速地坠入爱河，而正是这种颇显莽撞的行为为他们的

---

① 覃艳艳．从女性主义视角解读《恋爱中的女人》的女性人物形象［J］．青年文学家，2014（30）：87.

后续生活埋下了悲惨的根基，而真正使这个悲惨的根基能够长成参天大树的诱因是杰拉尔德与古德兰相互的控制欲。这种控制欲正是传统男性主义与女性主义的核心，即无论是对持有男性主义的杰拉尔德而言，还是对持有女性主义的古德兰而言，他们都希望在现实的生活中能够控制对方。所谓“女性主义”，即法语词汇中“feminise”，它是指以女性为中心的政治运动。在这个理论中，主要强调女性要通过反抗世人用世俗或者其他政治手段给予女性的所有束缚和行为障碍。所以说，无论是女性主义的诞生诱因，还是其具体的内容，都表现出与男性主义的一种强烈的对立。古德兰就是这样的一个人物形象，所以她与杰拉尔德之间不可避免地会发生持续的斗争。从这个层面上讲，古德兰和厄秀拉都应该是具有理性的人物，这与上面的分析并不矛盾。在哲学的层面上，感性与理性是一个相对的概念。在一定的条件下，感性与理性是彼此独立的，然而随着条件的变化，感性与理性之间又可以相互转化。

从辩证主义层面来分析，理性与感性的斗争是统一的。虽然从女性主义思想的层面上分析，厄秀拉与古德兰两人都是理性主义者，但结合小说中两人具体的言行进行分析，两人却处于实践的不同层面上，即古德兰是一位感性主义者，而厄秀拉则是一位理性主义者。之所以这样说，是因为厄秀拉对女性主义理论的核心内容有着充分的理解，在具体的实践中，她能够把这一理论的思想发挥到极致。例如，为了争取女性的独立，她去大学学习；在大学毕业后，她又外出去争取属于自己的一份工作，并以此取得了经济上的独立，从而为婚后摆脱男人对自己的控制奠定了经济基础；在工作之后，面对婚姻问题，她能够根据女性主义思想的核心确定如何选择自己的爱人，以及如何在恋爱中与自己心中的偶像和谐相处；等等。

作为一个真正的女性主义者，并不是要在现实生活中无限制地争夺对男方的控制权，而是应该考虑如何在现实生活中达到彼此的和谐相处。否则，在现实的生活中，人们的生活就会走向另一个极端，即由原来的男人控制女人，变成由女人控制男人，从而再次引起男人们的反抗，会使人类生活处于男人与女人相互争夺彼此控制权的斗争之中。在小说中，厄秀拉虽然是一位女性主义者，但她把女性主义与男性主义的斗争实质看得非常清楚。对此，在高金和的《玫瑰和百合：生命之花与死亡之花——劳伦斯的〈恋爱中的女人〉作品赏析》一文中曾经有过这样的概括：事实上，在小说的结尾，伯金和厄秀拉已经在某种意义上实现了他们拒绝接受传统的誓言，他们先是离开英国去阿尔卑斯山区，后来又从阿尔卑斯山区前往意大利。在厄秀拉去意大利之前，姐妹俩最后有一次谈话。古德兰问厄秀拉是否真的打算要离开旧世界——她的家人、家庭和祖国。厄秀拉犹豫了片刻，她说她赞成伯金的观点："一个人要想在一个新的环境中生活，就得和旧的世界决裂。"古德兰反驳道，新世界只能从旧世界中演变而来，别的都只不过是幻想罢了。古德兰说道，无论你去到哪里，难道你就真的可以摆脱旧世界。厄秀拉认为这是可能实现的，她争辩道："人们在他的灵魂中早已经看清它了。"①

在这段话中，当古德兰问厄秀拉是否真的打算要离开旧世界——她的家人、家庭和祖国时，厄秀拉的回答正好证明的观点："一个人要想在一个新的环境中生活，就得和旧的世界决裂。"这句话虽然是引用伯金的话，但这句话却是她和自己的爱人伯金共同的观点。在小说的叙述中，厄秀拉与伯金之间也发生过这样或那样的矛盾，发生过这样或那样的斗争，但最终在彼此的妥协中都得到了圆满的解决。厄秀拉之所以相信伯金的话，并同意伯金的观点，是因为她对女性主义有了更为理性的思考。女性主义与男性主义的斗争，只有在两者的相互妥协中才能圆满解决，而这种看似相互妥协的结局正是女性主义胜利的表现，因为在妥协中女性取得了自己应该享有的一切权利。

然而，面对厄秀拉的回答，古德兰却怎么也不能理解。于是她又说出一句肤浅女性主义者都认为是正确的话：新世界只能从旧世界中演变而来，别的都只不过是幻想罢了。这句话从古德兰的口中说出来，只能说明她是一个肤浅的女性主义者，或者说只是一个感性主义者。如果这句话从一个哲学家的口中说出来，只能说明这位哲学家不是一个具有辩证思维的哲学家，因为量变在一定程度上也可以调和社会的矛盾并使之健康发展。

总之，无论是理性的爱情观，还是感性的爱情观，只要你认真对待，将感性的冲动和理性的思考相结合，就一定能找到属于自己的幸福。

素质拓展：

1. 分析《氓》中女性主人公的性格特征。

2. 结合小说《傲慢与偏见》的文本，分析"傲慢"与"偏见"对小说主人公爱情生活的影响。

3. 结合《恋爱中的女人》一文，分别阐释厄秀拉、古德兰、赫麦妮三位女人对待恋爱问题的态度。

4. 根据《受戒》的描述，如何理解民俗视角下的爱情生活？

5. 请列举一首自己最喜爱的情诗，并简要说明喜爱的理由。

---

① 高金和．玫瑰和百合：生命之花与死亡之花——劳伦斯的《恋爱中的女人》作品赏析［J］．英语广场，2014（1）：29.

第六章　挫折篇

中国古代文人对待挫折的态度往往是诗意的，或寄情山水，或关注民生，或感悟万物，或著书立说。汉代司马迁在《史记》中说道："盖西伯拘而演《周易》，仲尼厄而作《春秋》；屈原放逐，乃赋《离骚》；左丘失明，厥有《国语》；孙子膑脚，《兵法》修列……《诗》三百篇，大底圣贤发愤之所为作也。"古代文人面对挫折的精神状态和坚忍做法为后世提供了巨大的精神营养和有益借鉴。唐宋时期是我们中国古代经济繁荣、文化昌盛的时期，从唐宋文人的贬谪诗中，可以感悟出许多战胜挫折的道理与方法。本章主要通过唐宋文人的贬谪诗来探讨面对挫折时的解决方式。

挫折，指在世人有目的的活动中，活动主体在实现自己目的的实践活动中遇到了其无法克服的困难、阻碍等情况。同时，挫折也是一个心理学术语，在心理学的研究领域里，所谓挫折是指行为主体因为其有目的的活动，在受到阻碍无法最终实现目的的情况下而产生的一种情绪反应。贬谪，本义是指封建社会时官员的降职或远调。贬谪诗是指以封建时期古代官员的贬谪生活为诗歌的创作选材，以描述贬谪官员的贬谪生活为诗歌核心内容，以再现贬谪官员的特定生活感悟作为主题的诗歌作品，这类作品反映了作者的挫折感受。

对于上面的界定，可以进行如下分析：首先，作为一种题材的贬谪诗歌作品，它的创作时间限定在封建时期。在中国文学发展的过程中，唐宋时期的诗歌可谓是封建社会最杰出的代表。这一时期文学创作取得了极大的成就，包括诗歌作品的创作，以及其他体裁文学作品的创作。唐朝与宋朝有大批的文学官员被贬谪，如白居易、刘禹锡、苏轼等，这些官员把自己的贬谪生活用诗歌的形式记录下来。其次，作为一种文学创作，贬谪诗还要从选材的层面进行限定。不同的题材对不同的创作成果，即对作品的价值有着重要的影响。一部史诗与一篇短文的对比，就可以佐证上面的观点。因此，贬谪诗的选材严格地限定在"贬谪生活"这一范围内。再次，诗歌是抒情的作品。因此，在界定贬谪诗歌的时候，把作者对"生活的感悟"作为这类诗歌主题的主要构成部分。而所谓的"感悟"也是由两部分组成的：一部分是作者对作品所描绘生活事实的认识，另一部分是作者因这部分生活事实所产生的情感体验。所以，在界定贬谪诗的时候，把诗歌的主题限定为作者对贬谪生活的感悟。最后，贬谪诗内涵界定的缘由阐释。贬谪诗之所以称之为贬谪诗，是因为在选材和描述的内容、主题上都体现出了“贬谪”的特点。所以，在具体的界定中，要通过“选材、内容、主题”三方面对其进行界定。因为本章着重研究文学经典与人生的问题，所以在贬谪诗的界定中，没有涉及贬谪诗的美学问题。

在古代文学的发展历程中，诗歌作品在唐代达到了创作的高峰，而宋代的诗歌创作虽然呈现了衰落的趋势，但是作为诗歌这种文学体裁的延伸——“词”，发展到了顶峰。“词”又被称作“诗余”，宋词的创作也秉承了唐诗的传统。因此，在下文的贬谪诗与人生相关问题的研究中，也必然会涉及相关的“贬谪词”的探讨。白居易、刘禹锡、王维、柳宗元、韩愈、苏轼等人都是中国古代创作贬谪诗较多的代表诗人。

第一节　兼济之志　独善其心

白居易提出“根情、苗言、华声、实义”的创作理论，与元稹一起倡导“新乐府运动”。代表的诗歌作品主要有：以唐玄宗与杨贵妃爱情悲剧为题材的《长恨歌》；以描述卖炭翁生活艰辛的《卖炭翁》；有深刻揭露琵琶女生活悲惨经历的《琵琶行》，等等。

关于白居易被贬谪的原因有多种说法，主要说法有三：其一，认为他被贬谪是因其“越职言事”。当时宰相武元衡遇刺后，白居易上书主张严惩元凶，但因此事超越了他的职权所在，所以被贬。其二，认为其诗歌创作和其母之死有关联。白居易母亲坠入井中身亡，但白居易却创作了“新井诗”，特别在当时白居易还有许多“赏花诗”，而白居易的母亲之所以坠井又因为她去赏花。所以，时人认为白居易所作所为有伤名教，故被贬谪。而现在白居易的“新井诗”已经遗失，此说也就无从考证了。其三，认为白居易被贬与其写了大量的讽喻诗有关，如《秦中吟》《新乐府》，特别是“篇篇无空文，句句必尽规”的特点，使其因此受到了当朝权贵的排挤而被贬。下面结合白居易的贬谪诗中的意象阐述其兼济之志、独善之心的情怀。

一、“笼禽”意象分析

白居易的贬谪诗大都创作于他贬谪于江州及以后的仕途之中，作品中有一个非常突出的意象——“笼禽”。在中国传统文化中，“意象”是诗歌重要的审美范畴，它表现的是一刹那间理智与情感的复合体，作家的主观情感意志即“意”与客观对象即“象”互感，一般把创造出的具有双重意义的艺术形象称为意象。“笼禽”，顾名思义，关在笼子里的鸟，所以“笼禽意象”，便是作家由客观的关在笼子里的鸟付诸作家主观的感受而创作的艺术形象。白居易的笼禽诗大多创作于江州之贬及以后的官任上。白居易视自己遭贬被困为鸟关笼中，故而创作了诸多有关笼禽意象的诗歌。但是，笼所能拘禁的只是躯体，诗人的精神是不甘寂寞的，这也是笼禽意象的审美意蕴所在——运用伤禽、笼鹰等意象，借以更深刻地表现自我生命之受创“被囚的程度，表现失去自由后内心郁积的沉重、苦闷”。[①] 这部分结合白居易诗歌中的“笼禽”意象与作者贬谪生活的关系来阐释。

（一）不得自由的心声

九江十年冬大雪，江水生冰树枝折。
百鸟无食东西飞，中有旅雁声最饥。
雪中啄草冰上宿，翅冷腾空飞动迟。
江童持网捕将去，手携入市生卖之。
我本北人今谴谪，人鸟虽殊同是客。
见此客鸟伤客人，赎汝放汝飞入云。
雁雁汝飞向何处？第一莫飞西北去。
淮西有贼讨未平，百万甲兵久屯聚。
官军贼军相守老，食尽兵穷将及汝。
健儿饥饿射汝吃，拔汝翅翎为箭羽。

这首《放旅雁》写于公元 815 年。当时白居易被贬江州，见到这只被江童捕获而关入笼中的鸟儿，心生怜悯。于是诗人道出这样的心声：“我本北人今谴谪，人鸟虽殊同是客。”此时此刻，“我”即是鸟，鸟即是“我”。“我”因贬而遭受生活的折磨，不仅像鸟儿一样“雪中啄草冰上宿，翅冷腾空飞动迟”，而且也像这只可怜的鸟儿一样，被束缚在江州。正因为有如此感悟，作者才会做出与当代动物保护者一样令人不解的行为——“见此客鸟伤客人，赎汝放汝飞入云。”鸟儿得救后，飞向蔚蓝的天空，作者的心和鸟儿一样也飞到了天空中。正如那句“欲穷千里目，更上一层楼”一样，在那高高的空中，作者更加担忧时政了：“第一莫飞西北去。淮西有贼讨未平，百万甲兵九屯聚。官军贼军相守老，食尽兵穷将及汝。健儿饥饿射汝吃，拔汝翅翎为箭羽。”诗中，作者由己及鸟，写鸟也是写自己，写自己也是写笼中的鸟，在此，白居易借笼禽来表白自己遭贬谪伊始的心境。

---

① 傅艳华，付兴林．白居易笼禽诗所折射的贬谪苦闷［J］．渭南师范学院学报．2011，26（5）：63.

（二）盼归的心态

在白居易的贬谪诗中，“笼禽”不仅是白居易内心的表白，体现了他不得自由的心声，而且它也寄托着作者一种盼归的心态。例如《山中与元九书·因题书后》：

忆昔封书与君夜，金銮殿后欲明天。
今夜封书在何处？庐山庵里晚灯前。
笼鸟槛猿俱未死，人间相见是何年？

这首诗作写于公元817年，是白居易在江州的第三年。在回忆往昔的基础上，以“笼鸟槛猿俱未死，人间相见是何年”结束全诗。在这里，诗人把“笼鸟”与“槛猿”并列，虽然此时此刻的“鸟”与“猿”都被束缚，但是他们却因“未死”而奠定了再次相聚的可能。遗憾的是相见无期，作者通过“人间相见是何年”表达了对“回归”的一种期盼，而且更多的盼望是能够重回金銮殿为朝廷效力。

（三）贬谪中的无奈

在白居易的贬谪诗中，“笼禽”更是一种无奈生活的象征。这种情感的产生有其现实的基础，这种情感的体验也是人类生活正常的表现。正如古人说的那样，人非草木，孰能无情？例如这首于公元817年创作的诗歌《感秋怀微之》中表现的情感：

叶下湖又波，秋风此时至。谁知濩落心，先纳萧条气。
推移感流岁，漂泊思同志。昔为烟霄侣，今作泥涂吏。
白鸥毛羽弱，青凤文章异。各闭一笼中，岁晚同憔悴。

在令人倍感萧瑟的秋季，面对落叶掩盖下的湖波，想起贬谪的痛苦，于是诗人写出这样的诗句：“各闭一笼中，岁晚同憔悴。”虽然诗句写得非常概括，但把诗人的情感却形象地表现了出来，“各闭一笼中”把贬谪者身心的交困表现得淋漓尽致；“岁晚同憔悴”写得让读者心生同情。面对秋风萧瑟是一种无奈，面对贬谪生活也是一种无奈，想起那令人百思不得其解的贬谪理由或是更大的无奈。

情由景生，情景交融。白居易此时此刻的心情正如范仲淹在其散文名作《岳阳楼记》中所说的那样：“若夫淫雨霏霏，连月不开，阴风怒号，浊浪排空；日星隐曜，山岳潜形；商旅不行，樯倾楫摧；薄暮冥冥，虎啸猿啼。登斯楼也，则有去国怀乡，忧谗畏讥，满目萧然，感极而悲者矣。”

同样是洞庭美景，贬谪者在这淫雨霏霏、阴风怒号之际，不免心生悲伤，即使登上这久慕盛名的岳阳楼也会产生这“去国怀乡，忧谗畏讥，满目萧然”之感，也会使自己的这种情感发展到极点——感极而悲者矣。在白居易的贬谪诗作中，“笼禽”所代表的“无奈”，不是一般人偶遇挫折而产生的一种即时性的无奈，它不会像过眼烟云一样，转瞬即逝。它会长期地压抑在作者的心头，即使稍有缓解，继而也会像那晨雾一样，盘旋在他的胸中，久久挥之不去。正如《怀微之》贬谪诗中所描绘的那样：

与君何日出屯蒙，鱼恋江湖鸟厌笼。
分手各抛沧海畔，折腰俱老绿衫中。
三年隔阔音尘断，两地飘零气味同。
又被新年劝相忆，柳条黄软欲春风。

在这首贬谪诗作中，诗人描绘的景色与前者有明显的区别，但是这不同的景色却未能表现出诗人不同的情感。即使面对那“柳条黄软欲春风”的美景，也没能使诗人心中的无奈得到些许的缓解。在诗人的心中，那贬谪的无奈一如既往地压在他的心头。如果不是这样，他怎么能够面对春季的美景写出“鱼恋江湖鸟厌笼”这样的诗句呢？鱼儿为什么要恋那片浩瀚的江湖？鸟儿为什么会厌烦那精美的鸟笼？还不是因为海阔凭鱼跃，天高任鸟飞吗？而鱼、鸟所恋的正是作者的心中所想，这心中所想正是以前的大好前途，与现在的处境相比较，那份无奈与感伤涌上作者心头。

（四）报国无门的感慨

在白居易的贬谪诗中，“笼禽”意象还是其报国无门心情的一种表达。一个有才干的爱国官吏，当他的报国热情无法实现的时候，心中的无奈比贬谪本身更令其痛苦，白居易就是一位这样的爱国诗人。鸟儿被关入笼子之中本身就是一种无奈，面对着笼外那广阔的天空，心中的愤懑之情可想而知。但是如果鸟儿因为笼子而伤到了自己的翅膀，那么对鸟儿来说，那种痛苦是无法用语言来表达的。在白居易的贬谪诗中，有许多诗歌表现了这种情感。如《早秋晚望兼呈韦侍御》：

九派绕孤城，城高生远思。人烟半在船，野水多于地。
穿霞日脚直，驱雁风头利。去国来几时，江上秋三至。
夫君亦沦落，此地同飘寄。悯默向隅心，摧颓触笼翅。
且谋眼前计，莫问胸中事。浔阳酒甚浓，相劝时时醉。

又如《自江州司马授忠州刺史仰荷圣泽聊书鄙诚》：

炎瘴抛身远，泥涂索脚难。网初鳞拔刺，笼久翅摧残。
雷电颁时令，阳和变岁寒。遗簪承旧念，剖竹授新官。
乡觉前程近，心随外事宽。生还应有分，西笑问长安。

再如《重赠李大夫》：

早接清班登玉陛，同承别诏直金銮。
凤巢阁上容身稳，鹤锁笼中展翅难。
流落多年应是命，量移远郡未成官。
惭君独不欺憔悴，犹作银台旧眼看。

以上三首诗是按照作者的创作年代排列的，第三首写于作者由江州去往忠州的途中。

在江州的贬谪生活中，作者心生苦闷，但是却有着位卑不敢忘国之志。虽然他也坦诚在江州时为自己的眼前着想过，也无可奈何地真诚地道出过“莫问胸中事”的尴尬，也借酒消愁愁更愁，但是他却是清醒的，因为他知道“悯默向隅心，摧颓触笼翅”这样的事实。在第二首诗作中，白居易把“笼禽”意象进一步提升，通过“笼久翅摧残”把自己经历的贬谪之苦表现得淋漓尽致。时光如箭，岁月如梭，过去的只能过去了，它再也不可能回来了。对于贬谪而言，也是如此。贬谪生活使诗人的才能在不知不觉中荒废了，这不就像笼里的鸟儿被伤了翅膀一样吗？鸟儿失去了翅膀，它就没有办法为实现理想而再去翱翔蓝天；诗人荒废了自己的才能，就与这鸟儿一样，失去了人生宝贵的东西。第二首诗作中，作者虽然说“心随外事宽”，但这种稍微豁达的心态随即被另一句“生还应有分，西笑问长安”而取代了。在第三首诗作中，白居易把自己报国无门的痛苦表现得更加形象。“鹤锁笼中展翅难”可谓是其报国无门的痛苦，随即报国无门的痛苦又升华为“流落多年应是命”的表达。白居易为何要认命，为何要认为所有的这一切都是命运安排，那是因为命运在其看来是不可改变的事实，而这不可能改变的事实又是他必须面对的事实——“鹤锁笼中展翅难”，可见贬谪给诗人造成的痛苦让其刻骨铭心。

综上所述，在以“笼禽”为意象的贬谪诗作中，面对贬谪这一人生中最大的挫折，虽然白居易没有表现出像苏轼“一蓑风雨任平生”那样的豁达之情，但是通过“笼禽”几乎表现了作者所有贬谪的感悟。在这类贬谪诗作中，虽然有宿命论观点，但在贬谪经历中诗人始终没有萎靡不振。诗人在运用“笼禽”这一意象的时候，又恰到好处地引进了“翼”的意象，无论是触笼的羽翼，还是在笼中一展羽翼的愿望，都是其与挫折抗争思想的再现。

二、琵琶幽咽处 无声胜有声

白居易的贬谪诗《琵琶行》是一首非常著名的叙事诗，这首诗写于公元816年，处于作者被贬谪时期。作者在诗前小序里说“元和十年，予左迁九江郡司马”，表明白居易已于写作的前一年被贬谪了。从诗歌表现的情感层面分析，作品在描绘琵琶女不幸遭遇的同时，也表达了自己因为被贬谪而愤懑不平的心情。这两方面的理由不仅足以证明《琵琶行》是一首贬谪诗作，而且也能够证明它可以作为研究白居易贬谪诗的经典诗作。《琵琶行（并序）》原诗如下：

元和十年，予左迁九江郡司马。明年秋，送客湓浦口，闻舟中夜弹琵琶者，听其音，铮铮然有京都声。问其人，本长安倡女，尝学琵琶于穆、曹二善才，年长色衰，委身为贾人妇。遂命酒，使快弹数曲。曲罢悯然，自叙少小时欢乐事，今漂沦憔悴，转徙于江湖间。予出官二年，恬然自安，感斯人言，是夕始觉有迁谪意。因为长句，歌以赠之，凡六百一十六言，命曰《琵琶行》。

浔阳江头夜送客，枫叶荻花秋瑟瑟。主人下马客在船，举酒欲饮无管弦。醉不成欢惨将别，别时茫茫江浸月。忽闻水上琵琶声，主人忘归客不发。寻声暗问弹者谁？琵琶声停欲语迟。移船相近邀相见，添酒回灯重开宴。千呼万唤始出来，犹抱琵琶半遮面。转轴拨弦三两声，未成曲调先有情。弦弦掩抑声声思，似诉平生不得志。低眉信手续续弹，说尽心中无限事。轻拢慢捻抹复挑，初为《霓裳》后《六幺》。大弦嘈嘈如急雨，小弦切切如私语。嘈嘈切切错杂弹，大珠小珠落玉盘。间关莺语花底滑，幽咽泉流冰下难。冰泉冷涩弦凝绝，凝绝不通声暂歇。别有幽愁暗恨生，此时无声胜有声。银瓶乍破水浆迸，铁骑突出刀枪鸣。曲终收拨当心画，四弦一声如裂帛。东船西舫悄无言，唯见江心秋月白。沉吟放拨插弦中，整顿衣裳起敛容。自言本是京城女，家在虾蟆陵下住。十三学得琵琶成，名属教坊第一部。曲罢曾教善才服，妆成每被秋娘妒。五陵年少争缠头，一曲红绡不知数。钿头银篦击节碎，血色罗裙翻酒污。今年欢笑复明年，秋月春风等闲度。弟走从军阿姨死，暮去朝来颜色故。门前冷落鞍马稀，老大嫁作商人妇。商人重利轻别离，前月浮梁买茶去。去来江口守空船，绕船月明江水寒。夜深忽梦少年事，梦啼妆泪红阑干。我闻琵琶已叹息，又闻此语重唧唧。同是天涯沦落人，相逢何必曾相识！我从去年辞帝京，谪居卧病浔阳城。浔阳地僻无音乐，终岁不闻丝竹声。住近湓江地低湿，黄芦苦竹绕宅生。其间旦暮闻何物？杜鹃啼血猿哀鸣。春江花朝秋月夜，往往取酒还独倾。岂无山歌与村笛？呕哑嘲哳难为听。今夜闻君琵琶语，如听仙乐耳暂明。莫辞更坐弹一曲，为君翻作琵琶行。感我此言良久立，却坐促弦弦转急。凄凄不似向前声，满座重闻皆掩泣。座中泣下谁最多？江州司马青衫湿。

这是一首意蕴丰富的贬谪诗，正如刘雅杰在《白居易〈琵琶行〉的多重文化意蕴》一文中所说：《琵琶行》中的多种原型，并不是以简单的叠加形态出现，而是融汇在一起，难解难分，成为一个有机整体。这首诗歌是原型之中还有原型，层层包容，意蕴深邃。因此在解读作品的过程中，既要把各个原型逐一剖析，逐层发掘，又要把它们联系在一起进行整体观照。①

这首贬谪诗歌可从以下几个层面分析：从创作选材上分析琵琶与琵琶女之间的关系；从人物形象塑造上分析琵琶女与作者之间的关系；从作品表现的情感上分析琵琶女的落寞与作者的感悟。

首先，从选材上分析琵琶与琵琶女之间的关系。中国艺术发展过程中，不同乐器与其演奏中表现的情感具有对应关系。表现古代戍边生活的文学作品非边塞诗莫属；表现田园生活的文学作品非田园诗歌莫属；如果要想进行一次宏大的叙事非小说这种体裁莫属。琵琶与琵琶女之间具有什么样的关系？有论者指出：

白居易诗中提到的琵琶，从悲壮的《十面埋伏》到凄凉的《平沙落雁》，都是它演奏的对象，并且都能产生良好的艺术效应，令人回肠荡气。然而，中国古代的情况并非如此，各种乐器和人的喜怒哀乐之情形成了相对稳定的对应关系，每一种乐器所能传达的情感有着约定俗成的规定。《礼记·乐记》称“丝声哀”“鼓鼙之声欢”，琴瑟之类弹拨乐声音哀婉，鼓声则欢快，基调明显不同。在先民的艺术实践中，各种乐器形成了大体明确的分工，各有所司，不相混淆。那么，和琵琶相对应的是哪种情感呢？这从琵琶起源的传说中可以得到解答。《宋书·乐志》引傅玄《琵琶赋》称：“汉遣乌孙公主嫁昆弥，念其行道思慕，故使工人裁筝、筑，为马上之乐。欲从方俗语，故名曰琵琶。”琵琶的起源是否真的如此，固然另当别论。不过，这则传说本身却道出了古人对琵琶情感负载所作的认定。既然琵琶是在公主和亲的特殊氛围中应运而生，是供远行公主抒发情怀所用，那么，她所弹奏出的只能是胸中的幽怨、悲哀和无可奈何，是难以排解的离愁别绪，是命运无定的惆怅和迷惘。琵琶生成期所固有的这种情感基因，一直稳定地遗传给后代。唐朝宫廷虽然也用琵琶演奏《霓裳》之类的舞曲，但是，唐代诗人笔下的琵琶，通常都是作为悲伤、哀痛、幽怨、抑郁之类情感的载体出现，它所弹奏的曲调抒发的都是痛感，基本上见不到喜悦欢乐之情。既然琵琶曲是传达悲伤、哀怨之情的媒介，因此，许多作家一旦官场失意，遭到贬谪，就很自然地联想起琵琶，通过吟咏琵琶来抒发自己的

① 刘雅杰．白居易《琵琶行》的多重文化意蕴［J］．东北师大学报（哲学），2000，14（2）：59－62.

不平和怨艾。①

可见，乐器琵琶最适合演奏悲伤幽怨的情感，在诗文中，琵琶女这个人物形象的经历就是一个悲剧。白居易通过不同侧面的描绘完成对琵琶女悲剧形象的塑造：一是用其弹奏的技艺来表现其悲剧。“大弦嘈嘈如急雨，小弦切切如私语。嘈嘈切切错杂弹，大珠小珠落玉盘。间关莺语花底滑，幽咽泉流冰下难。冰泉冷涩弦凝绝，凝绝不通声暂歇。别有幽愁暗恨生，此时无声胜有声。”这几句是诗人对其弹奏的技艺的直接描述，琵琶演奏不仅是一门技术，而且还是一门艺术，特别是后者，能够在弹奏中把自己的情感融入琵琶这种乐器才更显其弹奏技艺的高超。于是作者在其未弹奏之前写下了这样的诗句：“转轴拨弦三两声，未成曲调先有情。弦弦掩抑声声思，似诉平生不得志。低眉信手续续弹，说尽心中无限事。”正是因为琵琶女通过琵琶这种最适合倾诉平生不得志的情感，才使琵琶女的身世引起了作者的共鸣，才有了后来历代读者所称颂的“同是天涯沦落人，相逢何必曾相识”的感慨。总之，正是琵琶女的悲剧经历，加之琵琶这种乐器的烘托才为作者贬谪情感的抒发提供了基础。二是琵琶女出现的环境本身就具有一种凄凉的氛围。在秋季的萧瑟中遇上了送别的事情，尤其这送别又发生在贬谪者的生活之中，就更使其悲伤无限了。有人说乐景衬哀景，会使人更哀伤，但是哀景配哀事，同样也会令人悲伤无限。

其次，从人物形象塑造上来分析，琵琶女与作者的共鸣是其贬谪情感抒发的媒介。白居易在《琵琶行》中为了表达自己的贬谪情感塑造了一个悲剧式的人物——琵琶女，而琵琶女的命运与作者的贬谪又具有相似之处。虽然一个是地位低下的艺人，一个是被贬谪的官员，但他们对生活有着共同的感触。琵琶女凭借自己的弹奏技艺赢得了令人羡慕的演艺地位，白居易也凭借自己的才能获得了令人瞩目的官阶。两人结局也有相同的地方，一个因人老珠黄而被人弃，一个也因被贬而远离京城。因此，两人既是知音，又是情感表达的媒介。可以这样说，如果没有琵琶女的自诉身世，白居易就不可能会有“座中泣下谁最多？江州司马青衫湿”的诗句来诉说内心的感慨；如果没有白居易这样的诉说，琵琶女通过琵琶弹奏诉说的“低眉信手续续弹，说尽心中无限事”也不会为世人所理解。

再次，从作品表现的情感上分析《琵琶行》里的三重悲剧。第一重悲剧是作者浔阳江头送别。按常理来说，送别虽然具有悲伤气氛，但是它不是严格意义上的悲剧。可是因为这次送别发生在作者的贬谪生活中，又因

---

① 刘雅杰. 白居易《琵琶行》的多重文化意蕴［J］. 东北师大学报（哲学），2000，14（2）：59－62.

“举酒欲饮无管弦，醉不成欢惨将别”的事实使人觉得本次送别与众不同，特别是秋季的萧瑟环境，使这次送别具有了悲剧的气氛。第二重悲剧是琵琶女自身生活经历的悲惨。一个具有高超演奏水平的琵琶女却面临着如此伤感无限的结局，这无疑又加重了诗中的悲剧效果。第三重悲剧是作者白居易的贬谪悲剧。正如上面提到的那样，作者被贬谪的原因虽然众多，但与作者写作讽喻诗的关联却不容否认。特别是在贬谪生活中作者又面临这样的惨境——“我从去年辞帝京，谪居卧病浔阳城。”作者离开京城，被贬他乡，又生病卧床，其被贬谪的悲剧显而易见。

三、白居易贬谪诗给予人生的启示

纵观白居易的贬谪诗歌作品，结合其人生的经历，今天的读者可以获得这样的人生启示：

首先，贬谪就是人生奋斗历程中遇到的挫折和困难之一。任何一个人，无论你具有什么样的才能，也无论你具有多么精湛的技艺，在你奋斗的历程中都可能会遇到这样或那样的困难。正如《琵琶行》中的琵琶女一样，正如作者白居易一样，虽然本身都能够胜任本职的工作，但却有可能会遇到没有办法实现自身价值的情况。面对自己奋斗历程中的挫折与困难，发一发牢骚，诉一诉苦衷都是人之常情。正如白居易在以“笼禽”为核心意象的诗歌作品中一样，通过“笼禽”不仅表现了自己贬谪中的无奈，而且也抒发了自己希望被领导理解的盼归心情，特别是其内心的表白，提供了可供借鉴解决困境的方法。

其次，针对自己所遇到的不同的挫折，可以采用不同办法来解决。在现实生活中，如果因为别人的不理解而使自己面临一定的困难时，可采用白居易在“笼禽”诗中直接表白的方法来抒发情怀。如果遇到的挫折一时无法克服，不妨找一个知心朋友来倾诉以缓解心理压力。虽然琵琶女与白居易属于不同的社会阶层，但相似的命运让他们理解了彼此的处境。如果浔阳江头的送别没有使作者内心贬谪的烦恼得到缓解的话，他也不会在诗歌的最后写出“同是天涯沦落人，相逢何必曾相识”这样的诗句。如果后来的读者没有从白居易的贬谪诗中悟出这样的道理，那么他们也不会传诵这千古名句。所以，在遇到挫折时找一个知心朋友倾诉心中的烦恼也是白居易贬谪诗作给予当代人的启示。

最后，承认现实，过去的就让它过去。白居易与琵琶女具有类似的命运，但是诗人为什么在诗歌的结尾却说“相逢何必曾相识”，既然“同是天涯沦落人”为什么不聊一聊自己的经历，讲一讲自己的痛苦呢？答案只有一个，那就是无论是贬谪，还是曾经的辉煌，“过去的就让它过去吧！”正如李白在《宣州谢朓楼饯别校书叔云》中说的那样："弃我去者，昨日之日不可留。"虽然在这首诗歌中，李白以"人生在世不称意，明朝散发弄扁舟"作为结尾，但是对这句话的理解却可以这样来分析："明朝散发弄扁舟"既可以看作是写出了作者怀才不遇的失落心情，也可以看作是作者面对生活的无奈时而另谋出路的一种解脱。如果说"明朝散发"里含有一种玩世不恭的话，那后面半句"弄扁舟"则是作者李白改行重新奋斗的一种表达。所以，面对挫折，也应该像古人一样。俗话说得好，条条大路通罗马，就如终点也是起点一样，当前的路被终止的时候，不妨再寻一寻其他的路去实现自己的理想。

第二节　时运不济　坚贞不屈

唐朝中期有一位伟大的诗人，他不仅是革新派中的一位战将，而且还是改革派中的核心力量，又因其具有高洁傲岸的性格、坚贞不屈的精神，屡遭贬谪。先后被贬为郎州司马、连州刺史等职，他就是刘禹锡。其诗现存颇多，在后来的文学研究中，大多以讽喻诗、感遇诗、咏史诗和民歌体诗作为分类。他才华横溢，以"贬谪"为视角对其诗歌作品重新进行分析与阐释，不仅能够让人有新的收获，而且对于"挫折"问题的探讨，也能给予后人以有益的启示。

一、讽喻诗里的斗争精神

《戏赠看花诸君子》这首诗可视为表现刘禹锡傲岸情怀和坚贞不屈精神的代表作品之一。其全称为《元和十年自朗州至京戏赠看花诸君子》，全诗如下：

紫陌红尘拂面来，无人不道看花回。
玄都观里桃千树，尽是刘郎去后栽。

这首诗描述了作者被贬后再次被召回京城后游览玄都观赏桃花的生活琐事。在以诗逆志理论的观照下，当朝权贵以这首诗歌作为依据再次把刘禹锡贬谪下放。这首诗从表面上看是对生活琐事的描述，但结合作者的身世，可这样分析：首先，在诗作中，作者以"桃花"喻"权贵"，那么看桃花的人则成了趋炎附势的代名词；其次，一句"尽是刘郎去后栽"则更是令当权者所不容，其言外之意就是你们这些当权者，哪一个不是排挤我刘郎之后才当的官啊！换言之，如果我刘郎还在当朝，哪有你们这些趋炎附势之徒从政的机会？正是因为这样的言外之意，使这位耿直的刘郎再度因"语涉讥讽"而遭贬谪。

然而，刘禹锡就是一位这样充满战斗精神的人，他不但为自己的理想奋斗不息，而且这种傲岸不屈的精神一直在他的诗篇之中。如果说上面《元和十年自朗州至京戏赠看花诸君子》是其“无意”偶作，那么下面的这首《再游玄都观》则是有意而为。全诗如下：

百亩庭中半是苔，桃花净尽菜花开。
种桃道士归何处？前度刘郎今又来。

在此，作者用“桃花”喻权贵，那么“种桃道士”则成了打击革新派的当权者，即皇帝。在刘禹锡被贬谪的多年之中，当朝皇帝也由当初的宪宗，依次更替为穆宗、敬宗和文宗了。此时此刻，刘禹锡朝花夕拾，旧事重提，丝毫不减当年的傲岸之气。虽然诗歌只有短短的四句，所用之语没有些许的锋芒，但是其战斗的热情不减，坚贞不屈的品质未变。特别是作者刘禹锡十四年前因此被贬，而十四年后的今天他仍然在同一地点，以同样的桃花作为自己的物象，以当朝的权贵作为讽喻的对象，没有一丝一毫的“忏悔”之意。但作者的豪气并没有打动当朝的权贵，既没有使当朝权贵意识到保守的危险，也没有使当朝的权贵认识到诗人本身精神的可贵之处，反而使作者再次因为诗歌的讥讽而重受贬谪之苦。两首“桃花”诗，两次被贬谪，使这位才华横溢的诗人失去了奋斗的机会。

在这首诗作中，特别是“再游”两个字颇耐人寻味。所谓“再”，第二次也。本诗写的是第二次游览玄都观的事情，那么前面就有第一次游览。只因作者第一次没有屈服被贬，他才有勇气第二次来游览。这一次次的玄都观赏景之行，非常真切地表明了作者坚贞不屈的精神和战斗历程，于是这种坚贞的精神就化成了其对贬谪的抗争。

二、咏史诗中的贬谪之愤

所谓咏史诗，即是作者基于自己对某一历史事件的感悟而创作的诗歌作品。刘禹锡把自己因贬谪而产生的愤懑情怀巧妙地寄托于历史之中。刘禹锡在其贬谪生活中，必然要把自己的感悟发之于声、书之于诗。白俊奎在《刘禹锡贬谪时期的咏史诗怀古诗述论》一文中对刘禹锡的这类诗歌有过这样的论述：他必须发而为声，书之为诗（文赋），以泄内愤，以疏积郁，以达于人君。作为诗家高手，“有宰相器”之须眉，他决不会暗吞苦水而不形之于文字；加上朗州等地古迹较多，故而其留存下来的咏史怀古诗较多，朗州留存的约 8 首，其他地方：南下连州 1 首，自连州北返 1 首，夔州 3 首，自夔赴和州途中 1 首，和州 1 首，罢和州游金陵 10 首，北返过楚州 1 首。留存之诗总计约 26 首。他贬谪时期处境孤危，动辄得咎，只能多借古迹和史事抒情言志，而较少直抒胸臆。[1]

首先，在刘禹锡的咏史诗中，通过改革壮志与被贬谪遭遇的对比，抒发了心中的愤懑之情。在这类咏史诗作中，著名的诗作有《登司马错故城》《蜀先主庙》《观八阵图》等。《蜀先主庙》这首咏史诗里表现了作者渴望改革、立业的壮志，白俊奎这样分析："天下英雄气，千秋尚凛然。势分三足鼎，业复五铢钱。得相能开国，生儿不像贤。凄凉蜀故妓，来舞魏宫前。"在这里，他钦敬并盛赞先主刘备建立蜀汉政权与吴、魏三足鼎立的伟绩，力争恢复汉家一统的壮志，这暗寓他辅佐人君匡扶天下、一扫妖氛的抱负。他鄙视后主刘禅的昏庸和卑怯、断送祖业。这隐含着作者对当朝皇帝的讥讽。[2] 刘禹锡自称是汉中山靖王刘胜之后，因而羡慕刘备建立蜀国的功业，他又被世人公认"有宰相器"，所以他借对刘备佐臣诸葛亮的歌咏来表达自己的旷世之志。如《观八阵图》具体内容如下：

轩皇传上略，蜀相运神机。
水落龙蛇出，沙平鹅鹳飞。
波涛无动势，鳞介避馀威。
会有知兵者，临流指是非。

在作品中刘禹锡不仅流露出了自己对诸葛亮的羡慕之情，而且还通过诸葛亮能够遇到刘备这样的明主表达自己对当权者的不满。对于当权者而言，他们既没有上古黄帝摆八阵破蚩尤那样的才能与胆识，也没刘备"三顾茅庐"那样的诚意与胸襟。正是这样的古今对比，才使作者对贬谪生活中的愤懑之情得以在咏史过程中得到了充分的表现。

其次，在刘禹锡的咏史诗中，通过报国之志与报国无门的对比，表达了作者的愤懑之情。刘禹锡虽然在贬谪生活中与其他的贬谪官员一样，产生了愤懑之情，但他却没有在贬谪中一蹶不振。通过对历史事件的吟咏，他又表现出了一种期盼得到重用而无怨无悔的忠贞之情，然而正是这种忠贞之情使读者领悟了作者心中的愤懑之情。可以说，正是在报国之志与报国无门的对比中，才使诗人自己对其所遭受的贬谪心生愤懑；也正是在报国之志与报国无门的矛盾中，才能使今天的读者更深刻地理解与体验到作者心中的愤懑，如其《荆门道怀古》一诗：

南国山川旧帝畿，宋台梁馆尚依稀。
马嘶古道行人歇，麦秀空城野雉飞。

---

① 白俊奎．刘禹锡贬谪时期的咏史怀古诗述论［J］．西南民族大学学报（人文社会科学版），2000（7）：78.

② 白俊奎．刘禹锡贬谪时期的咏史怀古诗述论［J］．西南民族大学学报（人文社会科学版），2000（7）：78.

风吹落叶填宫井，火入荒陵化宝衣。
徒使词臣庾开府，咸阳终日苦思归。

这首诗是作者在遭贬谪南下的途中所作。面对满目荒凉的景色，作者感慨颇多。看着稀疏尚存的宋台梁馆，看着古道行人，看着空城野雉乱飞，面对“风吹落叶填宫井，火入荒陵化宝衣”的凄凉，作者心生感慨，他想到了词臣庾信，于是他“咸阳终日苦思归”。诚然，作者虽然说是“苦思归”，但此处的“苦思归”还有另外一重意蕴，即对庾信与当权者之间那样和谐关系的一种企盼。如果没有和谐的君臣关系，即使作者刘禹锡能够重返京都，那么也会随时再次被贬而出。在这里，作者处于矛盾之中，他既没有办法使自己忘却自己的报国理想，又不得不面对被贬谪的现实。作者的心中，不单单有对被贬谪的愤懑，还有对重获报国机会的一种企盼。这两种情感在对比的过程中反差越大，作者对被贬谪的愤懑之情就表现得越激烈，读者对作者的情感体验也就越深刻。

再次，在刘禹锡的咏史诗中，蕴含着对自己的激励。也正是这样的激励，才能使他更加坚定自己的理想，才能使他有两次因写玄都观桃花被贬谪的事实存在。在他的咏史诗作中，通过对历史事实的回顾，他不仅使自己受到了激励，使自己更坚信自己的政治理想，而且还使今天的读者在钦佩作者那种坚贞精神的同时，也找到他为什么会因两次写玄都观而被贬谪的理由。表明作者从历史事实中获取激励的诗作有《咏史两首有所寄》《汉寿城春望》等。白俊奎对这两首诗作进行过具体阐释，例如《咏史二首有所寄》之“岂无三千女，初心不可忘”：表层意思写光武帝刘秀在桑野间看中阴丽华，称帝之后封她为皇后，为的是有誓在先，实际上是说：决不能忘记了政治革新的初心，失败不可怕，挫而不折气骨，正是同志者应当牢记的。另如《汉寿城春望》似乎在写汉寿城边伍子胥庙、楚王坟茔两座古迹的荒凉残破，但末句忽地一转：“不知何日东瀛变，此地还成要路津!”作者认为：沧海桑田，此地总有一天会再变成要地、车水马龙。这就暗寓着：兴废转化，成败相生，革新派目前虽然处于困境，但前途是光明的，进步力量必定最终取得胜利。从中可以看出：作者对革新暂时严重受挫决不悲观，他挫而不失雄志和节操，对美好未来、对革新成功都满怀着希望和期待；他坚信新政必成、正义必胜；他等待时机，蹶而再振，大展宏图，以遂宿志。[①]

---

① 白俊奎．刘禹锡贬谪时期的咏史怀古诗述论［J］．西南民族大学学报（人文社会科学版），2000（7）：79.

三、刘禹锡诗作中蕴含的人生启示

刘禹锡被贬谪之后所写的诗作中都或多或少地蕴含着他对被贬谪生活的感悟，他的贬谪诗作给予人生的启示是鲜明的。

刘禹锡坚贞不屈的精神值得学习。虽然今天的读者不可能像古人一样，一而再地遭受到贬谪的折磨，但每一个读者都会在其奋斗的过程中遇上这样或那样的挫折。面对遇到的困难，面对遇到的挫折，每一个读者都应该有刘禹锡那样的坚定信念。如其在《浪淘沙·其一》中这样写道："九曲黄河万里沙，浪淘风簸自天涯。如今直上银河去，同到牵牛织女家。"在这里作者不仅写出了九曲黄河的奔腾之势，而且也利用历史的典故，通过张骞为汉武帝苦苦寻觅黄河之源的故事为下文表明心声奠定了叙事的基础。文中那位顶狂风、战激流的形象，既是刘禹锡自己逆流而上的象征，也是其坚定意志的再现。同样的内容又出现在其著名的《酬乐天扬州初逢席上见赠》一诗中，其原诗如下：

巴山楚水凄凉地，二十三年弃置身。
怀旧空吟闻笛赋，到乡翻似烂柯人。
沉舟侧畔千帆过，病树前头万木春。
今日听君歌一曲，暂凭杯酒长精神。

在白居易赠刘禹锡的诗作中有"亦知合被才名折，二十三年折太多"这样的诗句。从这句诗中，既可以读出刘禹锡的才气，又可以读出他所遭受的贬谪之苦。特别是后半句"二十三年折太多"包含了朋友之间多少的感慨，多少的无奈，多少的惋惜啊！可是刘禹锡对于自己的遭贬谪有其独特的感悟，一句"沉舟侧畔千帆过，病树前头万木春"说出了自己的心声，这两句诗既是诗人对眼前所见春天之景的详细描述，又是诗人对自己人生经历的深刻感悟，即新陈代谢是自然事物发展的客观规律。这既是作者与朋友之间的应和，又是作者坚定信念的表白。

在学习和生活中，面对自己遇到的挫折和困难，都需有一个良好的心态。正如"沉舟侧畔千帆过，病树前头万木春"中蕴含的哲理一样，什么困难都会过去，而所留下的一切不仅仅是亲历者的怀恋，而且还应该是亲历者感悟人生的资料。正如苏轼在《题西林壁》所写的："横看成岭侧成峰，远近高低各不同。不识庐山真面目，只缘身在此山中。"面对挫折，面对失败的事实，要从多个层面进行分析与感悟。

在贬谪期间，刘禹锡不仅关注当地人民的日常生活，而且还向当地学习诗歌。特别是那些描绘贬谪地区人民生活的诗歌，更是研究刘禹锡贬谪思想不能忽视的重要文本。下面的《堤上行三首》创作于他任夔州刺史及和州刺史之时，原文如下：

酒旗相望大堤头，堤下连樯堤上楼。
日暮行人争渡急，桨声幽轧满中流。

江南江北望烟波，入夜行人相应歌。
桃叶传情竹枝怨，水流无限月明多。

长堤缭绕水徘徊，酒舍旗亭次第开。
日晚出帘招估客，轲峨大艑落帆来。

在第一首诗歌中，作者利用堤头的“酒旗相望”，堤下的“连樯堤上楼”来描绘当地码头的繁忙景象，用“桨声幽轧满中流”来反衬“日暮行人争渡急”，更使这种繁荣生活令人向往。在第二首诗歌中，作者通过“江南江北望”“行人相应歌”“水流无限月明多”等物象来营造一个“桃叶传情竹枝怨”的意境，展示了浓郁的地域风情。在第三首诗歌中，作者把白描手法运用得淋漓尽致，通过长堤缭绕、江水徘徊来描写江边码头的美景；通过酒舍、旗亭的依次排开，结合日晚出帘、大船落帆归航来描写当地的夜生活。虽然从内容上看这三首诗歌可以简单地概括为日暮争渡、月夜对歌、酒家迎客三个日常生活的场面，但是细思这组诗歌所再现的情感却不只是对其贬谪地生活繁荣的赞颂那样简单。因为在这组诗歌中，作者流露出了自己的被贬谪情感。作为一组诗歌，这三首诗歌的内容不能简单地独立进行分析。特别是第二首诗歌作品中的“桃叶传情竹枝怨”一句更是读者理解刘禹锡贬谪情感的媒介。因为当地人民通过《桃叶歌》来传递心中的爱慕对象，通过《竹枝词》来表达心中的怨恨。虽然当时刘禹锡在面对这片繁忙景象时是不是想起了京城读者不得而知，当时刘禹锡在听着这些人倾情演唱《桃叶歌》《竹枝词》时是否心生感慨也没有进行特别地说明，但是作为常理而言，触景生情是必然的。《桃叶歌》与《竹枝词》一爱一恨的对比，更能令后代的读者对这句诗句揣摩不已。在“以诗逆志”“知人论世”的传统文论思想的关照下分析以上这三首诗歌，得出上面的结论更是有理可依。

第三节　入佛悟理　诗画人生

王维是唐朝著名的诗人、画家，《山居秋暝》是其代表作品之一。宋代诗人苏轼对其诗歌和绘画作出过这样的评价：“味摩诘之诗，诗中有画；观摩诘之画，画中有诗。”历代研究者也多从诗画结合的层面分析王维的诗歌作品。严羽在《沧浪诗话》中曾这样总结唐代的诗歌创作:“唐人好诗,多是征戍、迁谪、行旅、离别之作。”① 而对于王维及其贬谪诗作,雒莉在其文章《试论王维贬谪诗的价值和意义》一文中曾经这样论述:其实征戍、迁谪、行旅都与离别相关,只是各不相同而已。征戍关乎离别,其中有生离死别,为人生之至痛;行旅关乎离别,其中有人生茫茫前途难测的感伤,这两种离别相对较为单纯。而迁谪的离别则与政治相关,更与人生的存在状态相关,因此更为复杂,他离别的不仅是亲人、故土,而是人生存在位置的失落。也是人生之最大失意。迁谪是放逐,这种放逐不仅是政治上的失意,更是社会与人生层面上的被排挤。一个官员的被贬谪,丢掉的不只是荣耀和俸禄,还有身份的认同。逐臣是从身体、精神上的被隔离,发而为诗,更能够引起广泛的共鸣。因此,贬谪诗易成为好诗。杜审言、沈全期、宋之问的相关诗歌便是明证。王维被贬济州的诗歌虽不能成为其诗风的代表,却也深刻反映了其生命过程中的挫折与失落,既反映了诗人作为社会人的心理需求与精神状态,也引发读者对于生命存在价值与意义的思考。②

一、王维贬谪诗的情感探析

王维、白居易、刘禹锡三人都亲历被贬谪之痛,王维亦是深受被贬谪之苦。因为王维步入仕途之初颇为顺利,所谓的顺利可以从两个层面进行理解:在第一个层面上,诗人王维自小步入仕途;在第二个层面上,王维步入仕途即得到了当时主流社会的认可,但是随即也就品尝到了被贬谪的痛苦。因此,他的贬谪诗作也很有特色。

首先,巨大反差中的贬谪之忧。王维的贬谪生活主要集中在济州,在此创作了著名的诗歌《被出济州》,其诗原文如下:

微官易得罪,谪去济川阴。执政方持法,明君无此心。
闾阎河润上,井邑海云深。纵有归来日,多愁年鬓侵。

在这首诗歌中有两个巨大的反差值得读者对比分析:第一,作者生活所在地与他对自己的被贬谪之地的想象存在着巨大的不同;第二,作者此时的情感与被贬谪之前有了明显的改变。特别是诗作中的最后两句“纵有归来日,多愁年鬓侵”。这个时候的作者正处少年,他把自己的归来之日想象得很遥远。虽然此时此刻作者不可能有刘禹锡“沉舟侧畔千帆过,病树前头万木春”这样的感悟,也不可能像苏轼那样知晓“横看成岭侧成峰,

① 严羽. 沧浪诗话诗评 [M]. 郭绍虞点校. 北京:人民文学出版社,1983:88.

② 雒莉. 试论王维贬谪诗的价值和意义 [J]. 学理论,2011 (17):170.

远近高低各不同。不识庐山真面目，只缘身在此山中”生活中的哲理，但是王维把自己的被贬谪生活想象得如此可怕，还是有些消极的。当然王维消极的原因，正是其对自己被贬谪生活的过分担忧所导致的。

王维还有一首诗作也是通过巨大的反差来表现自己对被贬谪生活的担忧，即著名的《渡河到清河作》。在这首诗作中，诗人通过空间的转换，表达出了巨大的现实反差，又通过这种现实反差表现了其内心情感上的不同。其诗原文如下：

泛舟大河里，积水穷天涯。天波忽开拆，郡邑千万家。

行复见城市，宛然有桑麻。回瞻旧乡国，淼漫连云霞。

这首诗歌作品的“反差”有以下两个方面：第一个层面的反差是空间位置上的反差。所谓空间位置上的反差，是指作者熟悉的故乡所在地和不熟悉的眼前所出现的城市与田野、桑麻所代表的乡村。前者是作者王维的故乡，它承载了作者众多的希望，寄托了作者远大的政治理想；后者则是作者完全陌生的地方，但又是作者不得不去的目的地，在这里作者的政治理想无从谈起，作者的希望就如山那边的海一样，缥缈而又模糊。第二个层面的反差表现在诗人的情感世界里。对于自己的故乡，作者既爱又恨；对于自己即将前往的地方，作者又恨又急。为什么会这样呢？因为在自己的故乡，王维不仅步入了仕途，而且还有过一段辉煌，但是这转瞬即逝的辉煌却又奠定了对贬谪的恨。如果没有当初的辉煌或许就没有这样的贬谪，即使有，他也不会因为曾经的拥有而更加伤心。可以这样说，这拥有与失去之间的反差加深了作者内心的痛楚。同样，作者对于那不得不去的贬谪之地也具有这样的情感。他恨那个地方是因为自己将去的地方剥夺了自己实现政治理想的机会，面对那遥远的贬谪之地，体现了作者无奈的情感，更在与前者故乡的对比中，加深了作者的被贬谪之痛。此时作者心中的被贬谪之痛在其表层上表现为一种对贬谪之地的担忧，以及对即将经历的被贬谪生活的一种全面的担忧。

其次，空间转换中的贬谪之痛。作者王维为了表现自己的被贬谪之痛，采用了现代电视中的特技——蒙太奇的方法来创作自己的贬谪诗歌。如《宿郑州》这首诗歌就是如此。其原文如下：

朝与周人辞，暮投郑人宿。他乡绝俦侣，孤客亲童仆。

宛洛望不见，秋霖晦平陆。田父草际归，村童雨中牧。

主人东皋上，时稼绕茅屋。虫思机杼悲，雀喧禾黍熟。

明当渡京水，昨晚犹金谷。此去欲何言，穷边徇微禄。

在这首诗作中，作者通过自己行踪的变换，表达了自己的被贬谪之痛。第一，作者描述了从“周人”到“郑人”的变换；第二，作者又以“京水”为起点，以“金谷”为结束的地点。无论是上面提到的所见人物的变换，还是其所经历之地的转换，都以“蒙太奇”式的电视手法把自己的贬谪经历表现得让人如临其境。也正是这如临其境的“场景”转换使作者的贬谪之痛也表现得淋漓尽致。因为不论是“周人”还是“郑人”，也不论是“京水”还是“金谷”，都是作者所不熟悉的陌生环境。人生地不熟，不仅加深了作者贬谪途中的孤寂，而且还在对比中突出了作者内心的被贬谪之痛。在王维的心中，被贬谪之痛不仅仅只是这首诗歌所体现的痛楚，还要加上一层因为政治理想不能实现的痛楚。所以，此时王维的心中之痛应该是痛上加痛，是一种深层次的被贬谪之痛。同样的创作手法又被王维运用在了《早入荥阳界》这首诗歌的创作中。其原诗如下：

泛舟入荥泽，兹邑乃雄藩。河曲闾阎隘，川中烟火繁。
因人见风俗，入境闻方言。秋晚田畴盛，朝光市井喧。
鱼商波上客，鸡犬岸旁村。前路白云外，孤帆安可论。

对于王维贬谪诗作的这种特色，雒莉在其《论王维贬谪诗的价值和意义》一文中有过精彩的论述：诗中写了满眼风光变幻不定，新鲜而热闹。新鲜是因为陌生，尤其是入境所听到的中州之方言，无论如何都是人在他乡的陌生与疏离。别人的热闹，愈衬出诗人之孤单。诗中也写了同为他乡客的鱼商，但鱼商为客是常客，他存在的位置是被认定的；诗人为客却是过客，不但失去了曾经认定的位置，新的位置亦无着落。两相比照，精神的孤苦自不待言。诗人的失意不仅是政治上的挫败，更是精神生命的落单与落空。贬谪他乡，远离京师，对于资讯很不发达的朝廷逐臣来讲，是很大的精神上的打击。①

最后，贬谪与王维的佛性归宿。“归宿”有两个层面的意思：在第一个层面上，“归宿”是指一个人的意向所归，即某一个人最终的精神归向；在第二个层面上，“归宿”是指某一件事的最终结果或最终的结局。对于遭贬谪的王维而言，其被贬谪生活的最终结局也可以从两个层面进行分析，即王维的最终生活归宿和其最终的精神归宿。

王维被贬谪之地是济州，当他离开京城的时候，以及在他去往济州的路上时，他不是悲观就是恐惧。他悲观的是离开后政治理想就无法实现，他恐惧的是“西出阳关无故人”。在去往济州的路上，他内心既有对未来命运的担忧，又有对所去陌生之地的恐惧感。随着生活阅历的增长，以及王维对被贬谪生活的感悟，他终于找到了自己的归宿。在生活上，他认可了被贬谪之地。关于这一点，可以从其《济上四贤咏》中找到证明，全诗一

① 雒莉．试论王维贬谪诗的价值和意义［J］．学理论，2011（17）：171.

共三首，作于济州官舍。其诗原文如下：

解印归田里，贤哉此丈夫。少年曾任侠，晚节更为儒。
遁迹东山下，因家沧海隅。已闻能狎鸟，余欲共乘桴。

宝剑千金装，登君白玉堂。身为平原客，家有邯郸娼。
使气公卿坐，论心游侠场。中年不得意，谢病客游梁。

翩翩繁华子，多出金张门。幸有先人业，早蒙明主恩。
童年且未学，肉食骛华轩。岂乏中林士，无人荐至尊。
郑公老泉石，霍子安丘樊。买药不二价，著书盈万言。
息阴无恶木，饮水必清源。吾贱不及议，斯人竟谁论。

在这三首诗中，王维在济州终于找到了自己的贬谪归宿。在被贬谪生活中，他认识了与自己一样多舛命运的圣贤。虽然他们都才华横溢，都有过辉煌的过去，但面对凄惨的社会现实，一个不得不“解印归田里”，不得不“遁迹东山下”；另一个也不得不以“谢病客游梁”告别能够实现伟业的仕途。细思这两个人的命运，反思自己的贬谪经历，王维终于发出了“余欲共乘桴”这样的心声。这里的“桴”，是指用竹木编制的一种小筏。作者与其共乘小筏说明作者在济州找到了生活上的归宿，遇到了自己的知音。这主要是因为他们在生活经历上有共同之处，在精神上有共同的追求。虽然王维没有说自己“晚节更为儒”，但在济州的贬谪生活中读书已经成了他们共同的爱好。这说明，在精神生活上，作者也找到了自己的归宿。他不再像当初那样因为遭受贬谪而悲伤，也不像来时路上那样对被贬谪之地充满了恐惧。在第三首诗歌中，作者写出了这样的诗句：“息阴无恶木，饮水必清源。”这两句诗表面上是描述济州的生活，透过现象看本质，实际表达了作者此时已经在精神上找到了归宿。这样的归宿来自王维对被贬谪生活的感悟，也来自朋友经历的启发。特别是从那首《赠东岳焦炼师》所述的内容，更可以看出王维的向佛心理。其原诗如下：

先生千岁馀，五岳遍曾居。遥识齐侯鼎，新过王母庐。
不能师孔墨，何事问长沮。玉管时来凤，铜盘即钓鱼。
竦身空里语，明目夜中书。自有还丹术，时论太素初。
频蒙露版诏，时降软轮车。山静泉逾响，松高枝转疏。
支颐问樵客，世上复何如。

众所周知，王维的字是“摩诘”，而把王维的名与其字合二为一就是“维摩诘”，“维摩诘”指在家修行的人。“维摩诘”这个词用汉语翻译过来就是“以洁净、没有污染而著称的人”。由此可见，王维早年就应该是与佛教结下了不解之缘。在这首诗歌作品中，作者把“焦炼师”描述得如此神奇，既有对其现实追求的否定，又有对其未来精神归宿的探寻。诗中的这位“焦炼师”曾经出现在多位文人的诗作中。

二、王维贬谪诗作给予人生的启示

结合上文对王维被贬谪经历及其创作的贬谪诗进行的分析，联系当代人生必须面对的问题，以下两点值得每一个现代人思考和借鉴：

第一，挫折教育是每一个现代人都必须接受的教育。所谓挫折教育，是指在现代教育发展历程中，通过使受教育者在接受具体教育活动中遭受一定挫折的教育内容而达到激发受教育者的潜能，使其切实掌握某些生活技能和相应的解决现实问题的能力。无论一个人是否学有所成，也无论一个人是否一帆风顺，每一个现代人都需要经过相应的挫折教育才能健康地成长。综观上面提到的被贬谪文人，可以发现一个这样的问题，即在为事业奋斗的过程中，并非每个人都能取得成功。换句话说，也就是并非每个人都能够最终实现自己的理想。王维如此，后面将要提到的苏轼也是如此。如果这些文人都经历过挫折教育的话，即使不能使其达到避免贬谪的目的，那么也一定会使其心灵在被贬谪的经历中免受贬谪的折磨。

结合贬谪诗歌研究大学生的挫折教育问题，首先应该明确挫折教育的内涵。在目前的学术界，关于大学生挫折教育的内涵曾经有过以下几种观点：魏青认为，挫折教育就是有意识地利用和设置比较艰苦困难的条件，让青少年在与困难和挫折作斗争中经受磨炼，受到教育，以提高他们战胜困难、应对挫折的能力的一种教育活动，即磨难教育。① 冯涛认为，挫折教育是培养大学生正确对待生活和学习过程中所遭遇的挫折的人生态度，并通过挫折磨炼，培养大学生坚韧的毅力和坚强的意志，增强学生耐挫能力的一种教育内容和方式。② 汤莉莉和姜佳则认为，所谓的“挫折教育”事实上就是教育者有目的地采取一定的教育方法和手段，帮助和引导受教育者正确认识挫折，有意识地防范挫折可能带来的负面影响，在挫折面前适时进行调整，保持健康的心理状态，并固化为良好的心理素质，能乐观、淡然地面对自身的遭遇，从而为愿望和目标的实现打下坚定的基础。③

上述通过对“挫折教育”内涵的研讨可以为研究贬谪诗的价值与意义

① 魏青．论挫折教育［J］．四川师范大学学报（社会科学版）．1997（3）：113.

② 冯涛．高等学校实施大学生挫折教育的探讨［J］．沈阳农业大学学报（社会科学版），2009（6）：710－713.

③ 汤莉莉．挫折教育对大学生心理健康状况干预的研究［J］．黑龙江科技信息，2010（11）：147.

提供借鉴与参考。“贬谪”是“挫折”的一项具体内容，如果把两者结合在一起进行研究与阐释，不仅有利于挫折教育的研究，而且有利于丰富贬谪诗研究的内容。因此，在研究贬谪诗的过程中，每一个研究者都应该从理论的高度上认识两者之间的关系。

第二，当代大学生的挫折教育是一项系统工程。虽然文学研究与挫折教育这样的专项研究分属于不同的领域，但是作为一项具体的教育内容，挫折教育也绝非专门的教育研究者所能够独立完成的，它需要各学科的老师进行系统性的教育。可以说，挫折教育是一项系统工程，它需要所有教育工作者的合作。对于如何进行挫折教育，孙慧敏等人在《关于大学生挫折教育的几点思考》一文中曾经有过这样的论述：在大学生挫折教育中，教育者是主导者，家庭和社会因素是辅助者，而作为接受者和受益者的大学生则是挫折教育的主体，也就是说大学生是实施心理健康教育的关键。因此，必须充分尊重每个大学生的独立人格和发展潜能，因材施教；充分发挥大学生的主体作用，调动学生参与的积极性和主动性，才能使挫折教育收到预期的效果。外因通过内因才起作用，高校、家庭和社会均是外因，而只有作为主体的大学生通过课程教学或文化实践活动感知体验挫折，把挫折不利的消极的一面通过内因及时转化为有利的积极的一面，才能收获战胜挫折的成就感，积累应对挫折的经验，并最终内化为自己抵抗挫折的稳定的心理品质。①

大学生是一个复杂的群体，针对每一个人的挫折教育不仅应该有不同的内容，而且也应该采用不同的方法。并非每一个大学生都喜欢文学，也并非每一个喜欢文学作品的大学生都喜欢阅读贬谪诗作，但是针对那些喜欢贬谪诗的大学生而言，结合每一首诗歌作品所蕴含的内容和价值对其进行挫折教育却不失为一种最好的挫折教育方法。虽然大学生都不大可能遇到王维这样的被贬谪经历，但他们所遇到的困难、在困难面前的诸多表现及其克服困难的具体方法却极有可能与王维一样。因此，对于那些天资聪慧、在一帆风顺的环境下而成长起来的一代人而言，王维的经历还是有一定的启示意义的。

第四节　爱国忧民　超然物外

苏轼在诗作上与黄庭坚并称“苏黄”，在词作上与辛弃疾同是豪放派代

① 孙慧敏，田保状，朱震宁等．关于大学生挫折教育的几点思考［J］．内蒙古农业大学学报（社会科学版）．2011，13（6）：171.

表，并称“苏辛”，在绘画上也有很高的造诣。苏轼是北宋文学的集大成者，具有出众的文学才华，有令人瞩目的地方政绩，但他在仕途上并不是一帆风顺的。黄州、惠州、儋州是苏轼三次被贬谪之地，也是苏轼一生政治生涯的最低谷，但这期间他的思想与文学却是其一生的制高点。苏轼万里投荒，九死一生，归至金山，作《自题金山画像》云：“心似已灰之木，身如不系之舟。问汝平生功业，黄州惠州儋州。”他将一生被贬谪生涯视为功业，不乏自我嘲讽意味，但同时也看出贬谪经历对他人生的影响。他将这种游历苦难视为人生的磨炼，正是这种磨炼，让苏轼完成了从养尊处优的士大夫到文化巨人的转变。①

一、苏轼的贬谪经历

与其他遭贬谪的文人一样，苏轼的遭贬谪原因也很复杂，既有他自己的原因，也有时代的原因，当然更有诸多的误解。苏轼作为北宋一位文学的集大成者，他的遭贬谪原因很难用一句或两句话概括清楚，其遭贬谪的心态也很难用几句语言表述清楚。但是贬谪作为对诗人身体与精神上的双重折磨，每一次的贬谪都会给诗人留下难忘的记忆，而这与众不同的心态又对诗人的创作产生了极大的影响。所以，在此有必要结合苏轼遭贬谪所到黄州、惠州、儋州三个不同的地方分析其遭贬谪之时的不同的心理特征，从而为后续的贬谪诗的分析夯实一个情感基础。

首先，初贬黄州时的无奈与痛苦。诗人初次被贬与乌台诗案密切相关，乌台诗案是其被贬谪的原因，黄州是其初尝贬谪痛苦之地。其实，所谓的乌台诗案是因时人嫉妒苏轼的才能，而从其例行公事的《湖州谢表》一文中断章取义而造成的冤案，但正是这次冤案使苏轼开始了自己的被贬谪之旅。因为是初次遭受贬谪，而且此时也正是诗人大有作为之时，所以，这次的贬谪对其打击最大。正如作者在《卜算子》中描述的那样，其身心颇感失望与无奈。原词如下：

缺月挂疏桐，漏断人初静。谁见幽人独往来？缥缈孤鸿影。

惊起却回头，有恨无人省。拣尽寒枝不肯栖，寂寞沙洲冷。

试想一下，一轮残月，几颗疏桐，漏断，人静，所描绘的环境是多么的凄凉。虽然自己是只孤鸿，蓦然回头，但无人能了解自己的心中之恨。也正因为无人能了解，所以自己拣尽寒枝都不肯栖息，这就使自己的心中倍感寂寞沙洲冷。如果前者“拣尽寒枝不肯栖”是其身体所受之苦的话，那么后面一句“寂寞沙洲冷”则是诗人初贬黄州所经历的精神磨难，尤其

① 路迪．论苏轼三次贬谪后的心态变化［J］．青年文学家．2013（21）：24.

是前面那几句看似简单的环境描写，更是渲染了其悲惨的遭贬谪境遇。

面对自己的无奈，苏轼创作了众多的文学作品。如短小而又脍炙人口的《记承天寺夜游》，还有著名的《临江仙·夜归临皋》。特别是后者，作者不仅是在叙述自己的被贬谪生活，而且还在叙述中开始思索自己的人生，思索自己的仕途。其原文如下：

夜饮东坡醒复醉，归来仿佛三更。家童鼻息已雷鸣。敲门都不应，倚杖听江声。

长恨此身非我有，何时忘却营营？夜阑风静縠纹平。小舟从此逝，江海寄余生。

在这首词作中，作者首先通过“夜饮东坡醒复醉”一句把遭贬谪中的无奈告诉给了读者，然而，在敲门无人应，听着家童鼻息雷鸣般的响声时，面对滔滔江水，作者开始了人生的思考：“长恨此身非我有，何时忘却营营?”苏轼在此不仅思考了自己的人生，而且也找到了答案，那个答案就是：“小舟从此逝，江海寄余生。”而这个答案不正是对其在《记承天寺夜游》中结尾“何处无月，何夜无竹柏，但少闲人如吾两人者尔”的另类解读吗？

其次，再贬惠州时的豁达。人生的情感会随着其阅历的增加而逐渐地成熟，苏轼也是如此。在经历了初次被贬黄州之后，当他再次被贬惠州之时，面对同样的贬谪，在诗人的情感世界里少了无奈，多了豁达。而这种情感的成长，不仅表现在作者的日常生活中，也表现在作者的精神世界里。例如，作者在惠州贬谪期间有一首题为《惠州一绝》的诗作非常值得大家品味：“罗浮山下四时春，卢橘杨梅次第新。日啖荔枝三百颗，不辞长作岭南人。”虽然只有短短的四句话，作者却提到了惠州的三种特产，即枇杷(卢橘)、杨梅和荔枝。特别是诗句中的“次第”一词，更是把作者心中的喜悦展现给了读者。如果没有作者对生活的参悟，他就不会有“四时春”之感，而没有“四时春”之感，作者苏轼也不会有“日啖荔枝三百颗，不辞长作岭南人”这样的感叹。“四时春”可谓是身体上的舒适，“不辞长作岭南人”可谓是作者精神上的感悟，所以说此时的作者有一种豁达的情感。再如，在惠州期间作者还写过一首著名的词作《蝶恋花·春景》，其原文如下：

花褪残红青杏小。燕子飞时，绿水人家绕。枝上柳绵吹又少。天涯何处无芳草。

墙里秋千墙外道。墙外行人，墙里佳人笑。笑渐不闻声渐悄。多情却被无情恼。

这本是作者写给自己侍妾朝云的一首词作，但从中却可以看出作者此时豁达的情感。苏轼的词作一般都以豪放著称，但这首婉约词作却写得令人赞叹不已。特别是文中那句“多情却被无情恼”，说得既有哲理，又异常生动。无论是在情感世界里，还是现实生活之中，有哪一个人不是这样的呢？有哪一个人不是因为这样或那样的“情”而使自己处于无端的烦恼之中呢？虽然在此看似描述的是两个人之间的情感，但是却可以把这句话蕴含的哲理理解得透彻一些。贬谪的生活使作者深受遭贬谪之苦，遭贬谪之苦既包括作者对亲人的思念，也包括作者对贬谪的担忧；既有作者对皇帝不明事实的幽怨，又有对陷害自己的那些人的痛恨；既有对自己所受不公平待遇的不满，又有对未来仕途的担忧，而所有的这一切不都是“多情却被无情恼”吗？既然大家都认可这样的事实“多情却被无情恼”，那么每一个人，包括作者为何不坚定“天涯何处无芳草”这样的生活信念呢？

最后，终贬儋州时的乐趣。也许是经历了初贬的无奈，再贬的豁达使诗人悟透了生活的真谛，当被贬儋州时诗人的生活竟然充满了乐趣。而这些乐趣就表现在他在儋州的所作所为之中。有一首诗作这样赞颂他在儋州的成就：“谪居儋耳有三秋，轶事繁多史籍留。劝导庶民兴学馆，写成经义教名流。”据史书所载，姜唐佐是苏轼在儋州培养的第一位进士。再如在他自己所作的《六月二十日夜渡海》一诗中，作者曾经这样概括自己在儋州的生活：

参横斗转欲三更，苦雨终风也解晴。
云散月明谁点缀？天容海色本澄清。
空余鲁叟乘桴意，粗识轩辕奏乐声。
九死南荒吾不恨，兹游奇绝冠平生。

“九死南荒吾不恨，兹游奇绝冠平生”，面对多次的被贬谪，面对贬谪的最远之地儋州，作者不但不恨，而且还有“兹游奇绝冠平生”这样令人称奇的态度，这是一个令人不敢相信的事实，然而它却发生在了宋朝这位伟大的文学家的身上。

二、苏轼贬谪诗作中的“豁达”

“豁达”情感的再现是苏轼贬谪诗作研究中的一个共识。然而，研究苏轼的贬谪诗还应该再深究一步，分析其贬谪诗作中的“豁达”究竟是怎样的一种“豁达”。纵观苏轼的贬谪诗作，对其中蕴含的豁达情感可以从以下几方面进行详细的分析：

首先，豁达是苏轼对被贬谪经历的一种感悟。一般来说，豁达是指一种宽容和大度，而苏轼豁达情感的形成与其被贬谪的经历密切相关。在多年的被贬谪生涯之中，作者不仅从日常生活中感悟到了人生的真谛，而且他还从诸多的历史事件之中品味到了生活的韵味。对于前者而言，那首《惠州一绝》就是例证；对于后者而言，作者所作的《赤壁赋》就是例证。《赤壁赋》有两篇文章，一篇称作是《前赤壁赋》，另一篇写得稍晚一些，被世人称为《后赤壁赋》。在《前赤壁赋》中有这样一段话非常值得细细地品味：

苏子曰："客亦知夫水与月乎？逝者如斯，而未尝往也；盈虚者如彼，而卒莫消长也。盖将自其变者而观之，则天地曾不能以一瞬；自其不变者而观之，则物与我皆无尽也，而又何羡乎？且夫天地之间，物各有主，苟非吾之所有，虽一毫而莫取。惟江上之清风，与山间之明月，耳得之而为声，目遇之而成色，取之无禁，用之不竭，是造物者之无尽藏也，而吾与子之所共适。"

在这段叙述之中，作者在"逝者如斯，而未尝往也；盈虚者如彼，而卒莫消长也"的描述中，把自己对自然规律的理解以及对遭贬谪经历的感悟结合在了一起，一句"逝者如斯"说得是多么地轻巧而又放松啊！然而，正是这样的感悟，使读者羡慕起了作者的豁达。在此反其意而用之，即正当作者所处贬谪之时，作者的身心却超越了贬谪，从而使他真正地理解了"贬谪"对于人生成长的重要性。如果没有这样多次的贬谪，作者怎么会有这样的感悟？所以说，正是多次的遭贬谪经历造就了苏轼豁达的情怀。

其次，豁达是苏轼对贬谪的一种抗争。贬谪本是统治者用来处罚异己的一种手段。面对与自己观点不同的官员，统治者往往通过贬谪使其在身心的折磨中接受自己的统治。然而，贬谪不但没有给苏轼造成身体上的痛苦，而且贬谪也没有摧毁他的意志，相反却因作者的豁达情怀而使读者看到了苏轼对贬谪的抗争，一种不同于普通人的抗争。这不仅使苏轼变得与众不同，而且也使读者从苏轼的这种抗争中悟到了战胜困难所必需的一种心态——豁达。

例如下面这首《满庭芳·蜗角虚名》写于作者遭受重大挫折之后。其原文如下：

蜗角虚名，蝇头微利，算来着甚干忙。事皆前定，谁弱又谁强。且趁闲身未老，须放我、些子疏狂。百年里，浑教是醉，三万六千场。

思量，能几许？忧愁风雨，一半相妨。又何须抵死，说短论长。幸对清风皓月，苔茵展、云幕高张。江南好，千钟美酒，一曲《满庭芳》。

在这首词作中，"思量，能几许？"以及它后面的"忧愁风雨，一半相妨。又何须抵死，说短论长"把人生的无奈说得淋漓、透彻；"幸对清风皓月，苔茵展、云幕高张。江南好，千钟美酒，一曲《满庭芳》"把作者在困难中的心境描绘得豁达、潇洒。然而这一切都来自词作的上片，作者对

“蜗角虚名，蝇头微利，算来着甚干忙。事皆前定，谁弱又谁强”的现实思考，即在现实生活中，被贬谪的人与没有被贬谪的人相比，谁比谁强？

再次，豁达还是苏轼的一种哲理的思考。豁达不是无所事事，也不是消极、萎靡。因此，如何在逆境中保持一种豁达的心态就取决于作者对生活的理性思考，而苏轼就是一位这样的人。例如《水调歌头·明月几时有》就是一首表现作者理性思考的作品。其原文如下：

明月几时有？把酒问青天。不知天上宫阙，今夕是何年。我欲乘风归去，又恐琼楼玉宇，高处不胜寒。起舞弄清影，何似在人间。

转朱阁，低绮户，照无眠。不应有恨，何事长向别时圆？人有悲欢离合，月有阴晴圆缺，此事古难全。但愿人长久，千里共婵娟。

在这里，作者虽然有着对亲人无限的思念，有着对生活百般的无奈，但是通过理性的思考，却得出了这样的结论：“人有悲欢离合，月有阴晴圆缺，此事古难全。”作者由人及事，由现象到本质，通过对生活的现象的思考，得出了“不应有恨”的结论。于是，他向世人发出这样的号召：“但愿人长久，千里共婵娟。”

综上所述，苏轼在其贬谪诗作中表现出来的“豁达”，来自他的多次被贬谪经历，来自他对贬谪遭遇的具体抗争，当然更多来自他对被贬谪生活从现象到本质的一种理性思考。

《孟子》道：“故天将降大任于斯人也，必先苦其心志，劳其筋骨，饿其体肤，空乏其身，行拂乱其所为，所以动心忍性，曾益其所不能。”这是从另一个方面分析对待挫折的态度。如果把“贬谪”看作是一种折磨，那么每一个人都会从自己所受的折磨中产生与众不同的感悟。亚里士多德曾说：“人是政治动物。”所以人的生命价值与意义，主要是在与社会人群的关联中体现出来的。因此，保持与社会人群的关系，成为个人生命意义的前提条件。否则，与社会人群的疏远、隔离，必然导致个体生命价值与意义的消逝。这样便很容易理解，在古代对于触犯君王的臣子采取贬谪或放逐的处罚的原因，其实质无异于消减或抹掉人的生命价值。当然作为生命个体来讲，人是本能地不甘于生命的自然消逝的，尤其对于一个有着生命自觉与坚强意志的人来说更是如此。他要么融人新的现实生活，要么遥寄生命于以往与将来。历史上，屈原放逐而作《离骚》，司马迁遭刑后完成《史记》等，都是以创作寻求生命的意义于将来。苏轼被贬出京，无非也是古代文人的共同宿命在他身上的体现而已。苏轼的贬谪诗既是对他的被贬谪生活的记录，又是诗人对于不公命运感慨与抗争的见证。当然，作为现实生活中的个人，苏轼完全可以不必有如此不堪的生活遭际，但是作为诗人的苏轼，如果没有这一段生活的经历，便不可能创作出这些贬谪诗。那么，如此重要的人生经历与生命体验便也不可能通过苏轼之手，以其特有的艺术方式与风格表现出来。站在诗歌艺术史的立场来看，这无疑是一大遗憾。正如无法设想，不遭放逐的屈原、未罹宫刑的司马迁之于《离骚》《史记》的命运。当然，这样的推想于诗人、艺术家不公，甚至有些残忍，但这又是艺术之道的必然。所以一个时代的诗人、艺术家，不仅是特定时代生命个体自我努力的结果，也实在是经由命运之手指认、定夺的结果。可以说，诗人、艺术家是一个特定时代人类命运的代言人。人类的大难大苦、大喜大悲必然要通过他们得以体察与传达，甜美的艺术果肉包蕴着坚而苦的智慧之核。

今天，阅读一千多年以前古代文人反映贬谪生活的诗歌作品，不仅是返回到那样一个生活现场，去想象、体察他的情感经历，发思古之幽情；而且是经由这样一个特别的路径进入，深切体察人类命运的屈曲与微危，同时感念人类意志的高远与精神的远长。如果说，一般人的生命价值的实现必须也只能依赖现实的人际关系，那么诗人、艺术家生命价值的实现除此之外主要是依靠他们的艺术创造品来完成的。所以对于诗人、艺术家来说，艺术品的创作就是其生命的全部。荣格认为不是艺术家创造了艺术品，而是艺术品创造了艺术家。诗人、艺术家不单可以活在当世，他们还可以通过他们的创作活在后世。面对人生的挫折，你可能无所适从，你也可能茫然无措，但只要你能正确地分析自己，正确地面对自己的现实生活，那么你就一定会有苏轼“一蓑烟雨任平生”的豁达，你就会像韩愈一样在“下床畏蛇食畏药，海气湿蛰熏腥臊”的艰难中悟出生活的真谛。

素质拓展：

1. 你喜欢阅读古代文人的贬谪诗吗？除了教材中介绍的文人以外，你还知道哪些文人的贬谪诗？
2. 简要分析白居易的贬谪诗蕴含了几种情感？
3. 结合具体作品分析苏轼贬谪诗中的“豁达”情怀。
4. 刘禹锡的贬谪诗给予你怎样的启示？

第七章　感恩篇

中国乃礼仪之邦，中华民族知恩图报。无论是对父母的养育、师长的教诲，还是对自己有一饭之恩、知遇之恩的人，都要心怀感激，这些历来是中华民族的传统美德。早在《诗经》中，我们的先祖就开始倡导“投我以木桃，报之以琼瑶”，倡导儿女孝敬父母、赡养父母、感恩父母的诗歌更是随处可见。时思父母，常念亲恩，怅父母养育之艰，恨己身孝奉未尽，《诗经·小雅·沔水》中的“嗟我兄弟，邦人诸友。莫肯念乱，谁无父母?”唱出了人之常情，也道出了人之大伦。《诗经·小雅·北山》中的“王事靡盬，忧我父母”（又见《小雅·杕杜》）是儿子挥之不去的心事。《诗经·小雅·四牡》更是通过反复咏唱自己在“王事靡盬”状况下，为父为母担忧的心境，通过“岂不怀归”的多次反问，反复表达了早日归家的强烈愿望，强调自己对家乡的思念，充分展现了思念父母的深切情感：

四牡騑騑，周道倭迟。岂不怀归？王事靡盬，我心伤悲。

四牡騑騑，啴啴骆马。岂不怀归？王事靡盬，不遑启处。

翩翩者鵻，载飞载下，集于苞栩。王事靡盬，不遑将父。

翩翩者鵻，载飞载止，集于苞杞。王事靡盬，不遑将母。

驾彼四骆，载骤骎骎。岂不怀归？是用作歌，将母来谂。

《诗经·小雅·祈父》的作者却直接向当权者呐喊：家中有老母没有人侍奉啊！一声“祈父，亶不聪。胡转予于恤？有母之尸饔”喊出了儿女的无尽担忧。家中父母吃什么？穿什么？依靠什么？“父兮生我，母兮鞠我。抚我畜我，长我育我，顾我复我，出入腹我。”这种恩情又怎能说得清呢?

从以上这些，可表现出中华民族的感恩之心。在我国现当代文学中，也有许多名篇深深地表现出了中华民族心存感恩、知恩图报的这一美德。

第一节　感恩长者

阿长是一位普通的保姆，普通得连一个正式的姓名都没有，但她却因为一本小小的《山海经》而给伟大的文学家鲁迅留下了深刻的印象，以至于多年后的鲁迅还对其念念不忘。对此，鲁迅的那篇《阿长与〈山海经〉》

就是确凿的例证。在这篇著名的文学作品中，作者鲁迅把自己那颗感恩的心化作一缕心中的思念。下面结合《阿长与〈山海经〉》的具体内容，分析文中体现出来的鲁迅的那份令人尊重的感恩情怀。

一、无知而无畏的保姆——阿长

阿长是一位普普通通的保姆，虽然她满心的繁文缛节，但是由于她的无知，又表现出了无所畏惧的特点。这样概括阿长的性格特征，并没有丝毫的贬义。因为在文中，鲁迅就是这样描述这位令其难忘的保姆的。下面结合具体的文章内容，根据阿长的言行来例证上述的观点。

首先，阿长是一位无知无畏的、普通的保姆。之所以说阿长是一位这样的保姆，是因为在《阿长与〈山海经〉》一文中，作者淋漓尽致地描述了她以下诸多无知无畏的言行：

第一，切切察察的毛病。阿长在文中是一个没有姓名的普通人。这既与身份低微相关，也与其自身的文化素质相连。对此，鲁迅在文中这样写道：

我们那里没有姓长的；她生得黄胖而矮，“长”也不是形容词。又不是她的名字，记得她自己说过，她的名字是叫作什么姑娘的。什么姑娘，我现在已经忘却了，总之不是长姑娘；也终于不知道她姓什么。记得她也曾告诉过我这个名称的来历：先前的先前，我家有一个女工，身材生得很高大，这就是真阿长。后来她回去了，我那什么姑娘才来补她的缺，然而大家因为叫惯了，没有再改口，于是她从此也就成为长妈妈了。

从这段文字的叙述中，读者可以知道，作者心中的“阿长”是一个无名无姓的人，而其之所以会无名无姓，是因为与其自身的文化素质密切相关。然而，就是这样一位无名无姓的人却还有着令人不可忍受的毛病：切切察察。这里的“切切察察”即“嘁嘁喳喳”，是阿长在背地里谈论别人时那种似低非低的说话声。无论是在作者小时候，还是在当今社会，在背地里谈论别人都是一种无知的表现。俗话说，静坐常思己过，闲谈莫论人非。稍微有一点知识修养的人都不会在背后讨论别人的是是非非。然而，作为保姆的阿长却不仅喜欢这样，而且在谈至兴奋处，还会附加一个更加令人讨厌的动作：竖起第二个手指，在空中上下摇动，或者点着对手或自己的鼻尖。以至于连幼小的作者都从阿长的言行中想到了这样的事情：不知怎的我总疑心和这“切切察察”有些关系。所以说，文中的阿长缺乏一个保姆必备的文化素质。

第二，不雅的睡姿。阿长是一位保姆，但她却因自己那不雅的睡姿而影响到了自己照顾的小孩。对此，作者鲁迅多年后还记忆尤深，以至于文中出现了这样的描写：“睡觉时她又伸开两脚两手，在床中间摆成一个‘大’字，挤得我没有余地翻身，久睡在一角的席子上，又已经烤得那么热。推她呢，不动；叫她呢，也不闻。而且更有甚者：但到夜里，我热得醒来的时候，却仍然看见满床摆着一个‘大’字，一条臂膊还搁在我的颈子上。”在那个年代里，只有无知的保姆，才会有把自己的胳臂压在孩子身上的举动。

第三，繁文缛节。有礼节本来是有文化、有知识的象征，但是在阿长的意识里，她所能够记下的却都是无用的礼节，甚至可以用“繁文缛节”来概括。过于烦琐的礼节与过于无用的仪式足以使人心生厌烦。在《阿长与〈山海经〉》这篇散文中，作者对阿长所知道的那“繁文缛节”进行了详细的叙述：

“繁文缛节”之一：福橘。在过年的时候，阿长这样叮嘱作者，她说：“哥儿，你牢牢记住！”她极其郑重地说，“明天是正月初一，清早一睁开眼睛，第一句话就得对我说：‘阿妈，恭喜恭喜！’记得么？你要记着，这是一年的运气的事情。不许说别的话！说过之后，还得吃一点福橘。”她又拿起那橘子来在我的眼前摇了两摇，“那么，一年到头，顺顺溜溜。”如果这样的叮嘱还能说得过去的话，那么到了初一的时候，她那股认真的劲却着实让人无可奈何。对此，鲁迅有这样的叙述：

梦里也记得元旦的，第二天醒得特别早，一醒，就要坐起来。她却立刻伸出臂膊，一把将我按住。我惊异地看她时，只见她惶急地看着我。

她又有所要求似的，摇着我的肩。我忽而记得了——

“阿妈，恭喜……”

“恭喜恭喜！大家恭喜！真聪明！恭喜恭喜！”她于是十分欢喜似的，笑将起来，同时将一点冰冷的东西，塞在我的嘴里。我大吃一惊之后，也就忽而记得，这就是所谓福橘，元旦辟头的磨难，总算已经受完，可以下床玩耍去了。

试想一下，在元旦的早晨，在孩子睡得模模糊糊的时候，被一个所谓的“福橘”冰醒，那是一种怎样的感觉啊？也许正因为如此，鲁迅才会在多年之后回忆这段往事的时候，还用“磨难”来形容当初的事情。“总算”一词的使用，使现代的读者有了身临其境的感受。

“繁文缛节”之二：诸多的无可奈何。总之，阿长的许多的礼节使作者饱受其苦。作者对自己那些遭遇的叙述使许多读者心生同情：

例如说人死了，不该说死掉，必须说“老掉了”；死了人，生了孩子的屋子里，不应该走进去；饭粒落在地上，必须捡起来，最好是吃下去；晒裤子用的竹竿底下，是万不可钻过去的……此外，现在大抵忘却了，只有元旦的古怪仪式记得最清楚。总之：都是些烦琐之至，至今想起来还觉得非常麻烦的事情。

在这段叙述中，阿长要求作者把落在地上的饭粒必须捡起来再吃下去这样的节俭习惯还能够让每一位读者理解，但是对于那些死人的屋子不能进去、生过小孩的屋子也不能进去，特别是晒裤子的底下更不能钻过去这样的礼节却是着实让所有的孩子都感到无法接受的。尤其对于“晒裤子用的竹竿底下”这样玩捉迷藏的好地方，如果不让孩子去自由自在地玩一会，那将是多么一件烦人的事情啊！再如，“死人”不能说“死人”，只能说“老掉了”，这样说也就罢了；但是“死人”却是一件让孩子既感到害怕而又想去一看究竟的事情。对于那些胆子大一点的孩子而言，去玩一玩，去看一看，本来也无可厚非，可她却不让孩子前去。特别是对于那些生了孩子的地方，哪一个小孩不想去看一看呢?

第四，荒唐的故事。阿长虽然是一个保姆，虽然知道许多“繁文缛节”，但是这并不能证明她是一个有知识的人。因为她给作者讲述一个非常荒谬的、有关“长毛”的神秘故事。在这个神秘故事中，阿长不但不清楚“洪秀全”领导的太平天国运动及其对百姓生活的影响，而且她还把名副其实的“土匪”纳入了“长毛”的概念之中。甚至在有意与无意之间，还利用这个看似神秘的故事来恐吓作者，因为那些长毛们不仅要掳漂亮的姑娘，而且还似乎更喜欢掳小孩子。但这样的故事却没有使作者产生畏惧感，反而激起了作者的反抗情绪，于是少年的鲁迅用这样的话来调侃她：“那么，你是不要紧的。”“我以为她一定最安全了，既不做门房，又不是小孩子，也生得不好看，况且颈子上还有许多炙疮疤。”本是一个孩子的调侃，但阿长却认真地反驳：“那里的话?!”她严肃地说。“就没有用么？也要被掳去。城外有兵来攻的时候，长毛就叫脱下裤子，一排一排地站在城墙上，外面的大炮就放不出来；再要放，就炸了!”一个普通人肉之躯怎么可能对抗火炮？她不仅相信了这样捕风捉影的传说，而且还煞有介事地讲述给幼小的鲁迅听，可见她是多么的无知。

第五，一本不知名的书。阿长的无知还表现在那本不知名的书——鲁迅渴慕很久的《山海经》上。对于阿长给自己买书的情节，作者记得非常清晰。那是阿长回家后的十多天，或许是一个月左右，终于有一天阿长穿着一件新衣服回来，而且一见面就把一包宝贵的东西递给了“我”。而且还高兴地把“山海经”三个字讲成了“三哼经”。在这里，阿长把“山海经”三个字讲成了“三哼经”并不是她的耻辱，反而是其诚心助人的表现。因为一个连书名都不知道的、普普通通的，或者说一个略让人感到厌烦的保姆却做到了别人无法做到的事情。这使这位普通的阿长在作者的心中、在读者的心中留下了难忘的印象。

二、有恩于我的保姆——阿长

阿长虽然无知，但她却是一个有恩于“我”的人。虽然“我”会因为她那无知的举动而心生怨恨，认为自家的不和谐与其“切切察察”的毛病相关，认为自己“我又不真做小长毛，不去攻城，也不放炮，更不怕炮炸，我惧惮她什么呢!”甚至没有礼貌地叫她“阿长”，但是正是阿长的无知，使“我”感受到了她的关怀：

新年伊始，虽然阿长用冰冷的“福橘”弄醒了我，但那是为了让“我”在一年的生活中都能够“顺顺流流”；新年伊始，虽然阿长让“我”说的第一句话是“恭喜，恭喜”，但那是为了使大家都得到新年的“祝福”；虽然阿长用一个“长毛”的故事恐吓还未成年的“我”，但“我”知道那是为了防止发生“意外”；虽然阿长不认识一个字，连最简单的“山海经”都弄不清，以至于当她问《山海经》是怎么一回事的时候，“我”却认为可能是“我”对《山海经》的渴慕而使其受到了影响，于是她才来问“我”。况且对于这样一位连书名都不知道的保姆说了也不会有任何的作用，但是“我”想错了，阿长不仅利用自己的休假时间为“我”去购买这本宝贝，而且还真的弄来了，这大大出乎“我”的意料。

所有的这一切，都把一个无知保姆的敬业精神表现得淋漓尽致。正是因为阿长如此地关心“我”，才使她的“无知”变成了一种原生态的“淳朴”，才使她的“职业精神”成了“我”感恩的理由。

三、思念与感恩交织的回忆

羊羔跪乳那是因为它有感恩的机会，乌鸦反哺那是因为它有感恩的能力。在多年之后，当鲁迅真正理解了阿长对自己的那一片苦心，阿长却去世了。于是作者把自己对阿长的感恩，化作一缕思念，继而让它萦绕在自己心间，然后创作成文留与后人。作者在文中这样介绍阿长给自己买书时的感受：我的全身都因为过度的兴奋而颤抖。尤其是在颤抖之余马上翻开书籍查看时的表现更令人难忘。就连普通的读者也能在阅读此段文字的时候，体会到作者面对那书中的绘图时的感受。

在此，作者把自己的感受形容成是遇到了一个“霹雳”。作者之所以会遇到一个“霹雳”，是因为他不相信阿长能够完成这样的“大事”；作者之所以会“震悚”，是因为他过度兴奋而不能自抑；作者之所以马上从阿长的手中接过那个装书的包，打开那本绘图的《山海经》，是因为要马上验证所有的这一切是不是真实地发生了。如果说这些鲁迅当时心中不一定“感恩”，但是在阿长逝世之后，作者还能如此清晰地把阿长叙述给自己的读者，那一定是一种感恩之情。

再如，在《阿长与〈山海经〉》的结尾处，作者深情地抒发自己对阿长的思念：

我的保姆，长妈妈即阿长，辞了这人世，大概也有了三十年了罢。我终于不知道她的姓名，她的经历，仅知道有一个过继的儿子，她大约是青年守寡的孤孀。

仁厚黑暗的地母呵，愿在你怀里永安她的魂灵！

作者鲁迅把自己对阿长的内疚之情与对其的敬意混合在一起，通过深情的呼唤，把自己的情感传染给了所有的读者。所谓的“内疚”是指作者最终也没有弄清楚阿长的详细情况，既不知道她的姓氏，也不知道她的家庭情况；所谓的“敬意”是指作者祈求那仁厚的地母，希望她佑护自己的长妈妈。然而，无论是“内疚”还是“敬意”，都是鲁迅对长妈妈的关照所表现出来的一种感恩之情。换言之，正是因为作者的“感恩”，所以他才会对自己不了解“长妈妈”而心生内疚；正是因为感恩，他才会因为“长妈妈”对自己的关照而心生敬意。所以说，鲁迅在《阿长与〈山海经〉》中把自己对阿长感恩之情表现得淋漓尽致。

第二节　感恩善者

感恩就是一种善良与善良的交流。本节选择了杨绛的散文《老王》和张中行的回忆性散文《汪大娘》为例展开叙述。老王以蹬三轮车为职业，在日常生活中杨绛与老王之间常常相互帮助，但老王去世后，杨绛却在心中产生了一股愧疚之情。一个令人敬佩的奇人汪大娘总是按照自己的“常理”履行职责，她打过淘气的主家孩子，她让许多家人怕她，但是当她到了养老年龄后，一家人都舍不得她的离开。所以，感恩不仅仅是一种物质上的回报，也不仅仅是一种情感上的思念，广义的感恩应该是一种胸怀。

一、善与善的交流

老王是杨绛散文《老王》中一位弱势群体的代表。他曾经对作者杨绛一家人有过热心的帮助，而作者杨绛一家人也竭力照顾老王的生意，但是老王去世后，杨绛回忆往事总是有愧疚之情。在《老王》这篇散文的作者杨绛的心中，感恩就是与善良人的交流和相处。原文如下：

我常坐老王的三轮。他蹬，我坐，一路上说着闲话。

据老王自己讲：北京解放后，蹬三轮的都组织起来，那时候他“脑袋慢”“没绕过来”“晚了一步”，就“进不去了”。他感叹自己“人老了，没用了”。老王常有失群落伍的惶恐，因为他是单干户。他靠着活命的只是一辆破旧的三轮车。有个哥哥，死了，有两个侄儿，“没出息”，此外就没什么亲人。

老王只有一只眼，另一只是“田螺眼”，瞎的。乘客不愿坐他的车，怕他看不清，撞了什么。有人说，这老光棍大约年轻时候不老实，害了什么恶病，瞎掉一只眼。他那只好眼也有病，天黑了就看不见。有一次，他撞在电杆上，撞得半面肿胀，又青又紫。那时候我们在干校，我女儿说他是夜盲症，给他吃了大瓶的鱼肝油，晚上就看得见了。他也许是从小营养不良而瞎了一只眼，也许是得了恶病，反正同是不幸，而后者该是更深的不幸。

有一天傍晚，我们夫妇散步，经过一个荒僻的小胡同，看见一个破破落落的大院，里面有几间塌败的小屋；老王正蹬着他那辆三轮进大院去。后来我坐着老王的车和他闲聊的时候，问起那里是不是他的家。他说，住那儿多年了。

有一年夏天，老王给楼下人家送冰，愿意给我们家带送，车费减半。我们当然不要他减半收费。每天清晨，老王抱着冰上三楼，代我们放入冰箱。他送的冰比他前任送的大一倍，冰价相等。胡同口蹬三轮的大多熟识，老王是其中最老实的。他从没看透我们是好欺负的主顾，他大概压根儿没想到这点。

“文化大革命”开始，默存不知怎么的一条腿走不得路了。我代他请了假，烦老王送他上医院。我自己不敢乘三轮，挤公共汽车到医院门口等待。老王帮我把默存扶下车，却坚决不肯拿钱。他说：“我送钱先生看病，不要钱。”我一定要给他钱，他哑着嗓子悄悄问我：“你还有钱吗?”我笑着说有钱，他拿了钱却还不大放心。

我们从干校回来，载客三轮都取缔了。老王只好把他那辆三轮改成运货的平板三轮。他并没有力气运送什么货物。幸亏有一位老先生愿把自己降格为“货”，让老王运送。老王欣然在三轮平板的周围装上半寸高的边缘，好像有了这半寸边缘，乘客就围住了不会掉落。我问老王凭这位主顾，是否能维持生活。他说可以凑合。可是过些时老王病了，不知什么病，花钱吃了不知什么药，总不见好。开始几个月他还能扶病到我家来，以后只好托他同院的老李来代他传话了。

有一天，我在家听到打门，开门看见老王直僵僵地镶嵌在门框里。往常他坐在蹬三轮的座上，或抱着冰伛着身子进我家来，不显得那么高。也许他平时不那么瘦，也不那么直僵僵的。他面如死灰，两只眼上都结着一层翳，分不清哪一只瞎，哪一只不瞎。说得可笑些，他简直像棺材里倒出来的，就像我想象里的僵尸，骷髅上绷着一层枯黄的干皮，打上一棍就会散成一堆白骨。我吃惊地说："啊呀，老王，你好些了吗?"

他"嗯"了一声，直着脚往里走，对我伸出两手。他一手提着个瓶子，一手提着一包东西。

我忙去接。瓶子里是香油，包裹里是鸡蛋。我记不清是十个还是二十个，因为在我记忆里多得数不完。我也记不起他是怎么说的，反正意思很明白，那是他送我们的。

我强笑说："老王，这么新鲜的大鸡蛋，都给我们吃?"

他只说："我不吃。"

我谢了他的好香油，谢了他的大鸡蛋，然后转身进屋去。他赶忙止住我说："我不是要钱。"

我也赶忙解释："我知道，我知道——不过你既然自己来了，就免得托人捎了。"

他也许觉得我这话有理，站着等我。

我把他包鸡蛋的一方灰不灰、蓝不蓝的方格子破布叠好还他，他一手拿着布，一手攥着钱，滞笨地转过身子。我忙去给他开了门，站在楼梯口，看他直着脚一级一级下楼去，直担心他半楼梯摔倒。等到听不见脚步声，我回屋才感到抱歉，没请他坐坐喝口茶水。可是我害怕得糊涂了，那直僵僵的身体好像不能坐，稍一弯曲就会散成一堆骨头。我不能想象他是怎么回家的。

过了十多天，我碰见老王同院的老李。我问"老王怎么了? 好些没有?"

"早埋了。"

"呀，他什么时候……"

"什么时候死的? 就是到您那儿的第二天。"

他还讲老王身上缠了多少尺全新的白布——因为老王是回民，埋在什么沟里。我也不懂，没多问。

我回家看着还没动用的那瓶香油和没吃完的鸡蛋，一再追忆老王和我对答的话，捉摸他是否知道我领受他的谢意。我想他是知道的。但不知为什么，每想起老王，总觉得心上不安。因为吃了他的香油和鸡蛋? 因为他来表示感谢，我却拿钱去侮辱他? 都不是。几年过去了，我渐渐明白：那是一个幸运的人对一个不幸者的愧怍。

（一）老王：一个善良的贫穷人

在这篇散文中，老王虽然是一个弱势群体的代表，但是他却是一个有恩于“我”的残疾人。因为他用自己的善良曾经为“我”做过以下诸多的事情：

第一件事：用一半的费用，送多一倍的冰块。关于这件事情，作者在文中这样叙述：

有一年夏天，老王给楼下人家送冰，愿意给我们家带送，车费减半，我们当然不要他减半收费。每天清晨，老王抱着冰上三楼，代我们放入冰箱。他送的冰比他前任送的大一倍，冰价相等。胡同口蹬三轮的大多熟识，老王是其中最老实的。他从没看透我们是好欺负的主顾，他大概压根儿没想到这点。

在这里，虽然说老王为“我”送冰有招揽生意的嫌疑，但是他在做这件事情的时候却有别人无法比拟的优点：首先，他车费减半；其次，他送的冰块比其他人为“我”送的冰要大一倍；再次，他不但有如此辛苦地付出，而且每次还要亲自帮“我”把冰块放入冰箱之中。如果对于一个正常的生意人来说，这也许没有什么，但对于一个像老王这样的残疾人来讲，却是一件困难的事情。他送的冰比别人的大一倍，意味着他要比别人多付出几倍的辛苦。他的车费减半收取，意味着同样的劳动，收入却比别人少了一半。特别是面对作者一家在“文革”中如此受打击的人来说，他不但没有以自己的政治优势给予其欺辱，而且还让作者一家有了“他从没看透我们是好欺负的主顾，他大概压根儿没想到这点”这样的感受，这足以说明老王的善良所在。

第二件事：收钱与不收钱的思索。在文中，老王对于作者一家的恩情还表现在他送作者的丈夫去医院时收钱与不收钱的思索上。对于这件事，作者是这样叙述的：

“文化大革命”开始，默存不知怎么的一条腿走不得路了。我代他请了假，烦老王送他上医院。我自己不敢乘三轮，挤公共汽车到医院门口等待。老王帮我把默存扶下车，却坚决不肯拿钱。他说：“我送钱先生看病，不要钱。”我一定要给他钱，他哑着嗓子悄悄问我：“你还有钱吗？”我笑着说有钱，他拿了钱却还不大放心。

作为一个以“出租”为职业的车夫，老王送人到哪里都应该收取一定的费用。然而，面对自己的主顾，他不仅帮助作者把病人送到医院，而且还不愿意收取那一份理所当然应该收取的费用。当作者一再坚持要送给他钱的时候，他收了钱，还不放心地再次问作者：“你还有钱吗？”在这里，老王不仅思索了自己应不应该收钱，而且还在收了钱后，思索作者一家看病时钱够不够用？面对这样的情况，如果有老王的第一重思索就足以称之为善良了，何况老王还有如此令人感动的第二重思考。

第三件事：临危表达自己的谢意。老王是一个贫苦的人，但他却在自己的临危之际竭尽所能亲自到作者的家里表示感谢。作者在文中这样描写老王到自己家时那令人可怕的情景：

有一天，我在家听到打门，开门看见老王直僵僵地镶嵌在门框里。往常他坐在蹬三轮的座上，或抱着冰伛着身子进我家来，不显得那么高。也许他平时不那么瘦，也不那么直僵僵的。他面如死灰，两只眼上都结着一层翳，分不清哪一只瞎，哪一只不瞎。说得可笑些，他简直像棺材里倒出来的，就像我想象里的僵尸，骷髅上绷着一层枯黄的干皮，打上一棍就会散成一堆白骨。我吃惊地说："啊呀，老王，你好些了吗?"

他"嗯"了一声，直着脚往里走，对我伸出两手。他一手提着个瓶子，一手提着一包东西。

我忙去接。瓶子里是香油，包裹里是鸡蛋。我记不清是十个还是二十个，因为在我记忆里多得数不完。我也记不起他是怎么说的，反正意思很明白，那是他送我们的。

这是老王留存在"我"心中的最后一个印象，因为从此之后老王便永远地离开了这个世界。那"僵僵地镶嵌在门框里"的老王，不仅让"我"心酸，而且更让"我"感动，因为他为"我"送来了数不清的鸡蛋和一瓶子香油。尤其在这临危之际，竭尽其所有的感恩行为更是让作者和读者为老王的善良品质称颂不已。

（二）杨绛：一位心地善良的作者

在《老王》这篇散文之中，老王是一个善良的人，而作者杨绛更是一位比老王还要善良的人。在"文革"中受难之际，作者还竭力去照顾别人，一个比自己还需要照顾的弱势群体的代表——老王。作者的善良表现在自己与老王交往的诸多事情上：

第一件事：多用老王的车。老王是一个残疾人，一只眼睛瞎了，因为坐车的人担心自己的安全，所以有很多人不愿意坐他的车，尽管老王为自己的车加装了护栏。没有什么人坐他的车，他的收入就少，这样就使其原本贫穷的生活更加贫穷了。而作者一家人与众不同，为了照顾老王的生意，他们尽量多用老王的车，使老王坦然地接受那些"车费"而添补自己的生活。面对一位需要接受帮助的人，很多善良的人也会慷慨解囊，但他们在慷慨解囊的同时，却未必能够像作者一样考虑到受帮助人的心理感受。换言之，像作者杨绛这样帮助一个需要帮助的人，使像老王一样有自尊心的人能够坦然接受，而这正是作者比别人更加善良的地方所在。

第二件事：给予老王应得的所有报酬。无论是送作者的家人去医院老王坚持不要车费，还是老王平日里给自己送来的礼物，作者都一一付费给了老王。老王给作者送礼物的心意，作者接受了，因为那是善良人之间的感情交流；而对于老王送来的礼物作者都要付费，是因为作者怕这些礼物的费用影响到老王的生活。这是多么善良的心啊！例如文中就曾经有过这样的叙述：

我谢了他的好香油，谢了他的大鸡蛋，然后转身进屋去。他赶忙止住我说："我不是要钱。"

我也赶忙解释："我知道，我知道——不过你既然来了，就免得托人捎了。"

在这里，一句"不过你既然来了，就免得托人捎了"把作者对老王的关怀表现得朴实、感人，既给老王这位残疾人以自尊，又把自己对老王的关怀落在了实处。托人捎钱给老王，既避免了老王收钱的尴尬，又照顾了老王的生活，作者的心地真的不是一般的善良啊！

第三件事：令人深思的愧怍。虽然作者竭尽自己的能力去帮助老王，但是当她得知老王去世后还是心存愧怍。对于自己心中的愧怍，作者在文中这样写道：

我回家看着还没动用的那瓶香油和没吃完的鸡蛋，一再追忆老王和我对答的话，捉摸他是否知道我领受他的谢意。我想他是知道的。但不知为什么，每想起老王，总觉得心上不安。因为吃了他的香油和鸡蛋？因为他来表示感谢，我却拿钱去侮辱他？都不是。几年过去了，我渐渐明白：那是一个幸运的人对一个不幸者的愧怍。

作者用"那是一个幸运的人对一个不幸者的愧怍"来点明文章的主旨，但是，究竟老王与作者哪一个是"幸运者"、哪一个又是"不幸者"却令人深思。如果以身体是否健康为标准区分"幸运者"与"不幸者"，那么老王是不幸者，而作者是一个幸运者，因为她有老王所没有的健康体魄；如果以"文革"中是否受到牵连为标准，老王又是一个幸运的人，因为作者杨绛一家都在"文革"中受到了非人的折磨；如果以"善良"作为区分"幸运者"与"不幸者"的标准，那么老王和作者都是幸运的人，因为他们既有给予别人帮助的机会，也有在困境中接受别人帮助的经历，即老王在给予作者一家人生活帮助的同时，也在生活上接受了作者一家人对自己的帮助。不必说作者一家人照顾老王的艰难生意，单说那一瓶子让老王眼睛复明的鱼肝油就足以让老王这样的人感动不已了。然而与此同时，老王也曾经为作者一家送来了鸡蛋、香油，甚至在送默存去医院的时候还坚持不要车费，老王这样的行为也同样令作者感动不已。那么，文中最后一句"那是一个幸运的人对一个不幸者的愧怍"是什么意思呢？那应该是一种善良与善良之间的交流，是一种对生活的感悟。在任何的时候都有幸运者，在任何的时候也都有不幸者，在任何的时候，幸运者都应对不幸者给予自己力所能及的帮助。如此一来，在将来的某一天，任何一个善良的人都会产生像杨绛一样的感受，这就是感恩，这就是回报。

二、一种世俗的胸怀

感恩不仅仅是一种物质上的回报，也不仅仅是一种情感上的思念，广义的感恩应该是一种世俗的胸怀。在张中行的回忆性散文《汪大娘》中，作者通过一个令人敬佩的汪大娘的形象把自己对“感恩”的思考传递给了所有的读者。其原文如下：

汪大娘，旗人，在我城内故居主人李家帮佣，只管做饭。

我开始认识汪大娘时，她四十多岁，人中等身材，偏于瘦；朴实，没有一点聪明精干气；很少嬉笑，但持重中隐藏着不少温和。目力不好，听说曾经把抹布煮在粥锅里。像有些妇女一样，过日子有舍身精神，永远不闲着。不记得她有请假回家的事。大概男人早已作古了吧。有个女儿住在永定门外，像是也少来往。李家人不少，夫妇之外，子二女三，逐渐都成婚传代，三顿饭，活儿不轻。李家是汉族，夫妇都是进士之后，门第不低。不过不管门第如何高，这出身总是旗人的皇帝所赐。而今，旗下人成为佣人，并且依世俗之例，呼家主人夫妇为老爷、太太，子为少爷，女为小姐，子妇为少奶奶，真是翻了天，覆了地。

汪大娘的行事，勤勉，这不稀奇；稀奇的是身份为外人却丝毫不见外。她主一家衣食住行的食政，食要怎样安排，仿佛指导原则不是主人夫妇的意愿，而是她心中的常理。她觉得她同样是家中的一员，食，她管，别人可以发表意见，可以共同商讨，但最后要由她做主。具体说，是离开常轨不行，浪费不成。她刚来时，推想家里人可能感到不习惯，但汪大娘只注意常理不管别人的习惯，日久天长，杂七杂八的习惯终于被她的正气憨气压服，只好都依她。两三年前，夫妇往天津，见到李家的长媳张玉婷，汪大娘呼为大少奶奶的，闲谈，说到汪大娘，她说：“都怕她，到厨房去拿个碗，不问她也不敢拿。孩子们更不成，如果淘气，她看不过，还打呢。所以孩子们都不敢到厨房去闹。她人真好，一辈子没见过比她更直的。”

汪大娘也有使人费心的时候。是一年夏天，卫生的要求紧起来，街道主其事的人挨门挨户传达，要防四种病。如何防，第一，也许是唯一的要求，是记牢那四种病名，而且过两三天一定来查问。李家上上下下着了慌，是唯恐汪大娘记不住。小姐，少奶奶，以及上了学的孩子们，车轮战法，帮助汪大娘背。费了很大力量，都认为可以了。不想查问的人晚来一两天，偏偏先到厨房去问她。她以为这必是关系重大，一急，忘了。由严重的病入手想，好容易想起一种，说："大头嗡。"查问的人化严厉为大笑，一个难关总算度过了。

还有更大的难关，是因为她年高辞谢到女儿家养老，"文革"的暴风刮起来的时候。李家是匹夫无罪，怀璧其罪，当然要深入调查罪状。汪大娘曾经是佣人，依常情，会有仇恨，知道得多，自然是最理想的询问对象。不幸这位汪大娘没学过阶级斗争的理论，又不识时务，所以总是答非所求。人家带启发性地问她："你伺候他们，总吃了不少苦吧?"她答："一点不苦，我们老爷太太待我很好。他们都是好人。连孩子们也不坏，他们不敢到厨房淘气。"不但启发没收效，连早已教她不要再称呼的"老爷太太"也冒出来了。煞费苦心启发的人哭笑不得，只好不再来，又一个难关平安度过了。

汪大娘的年高辞谢是被动的，她舍不得走，全院的人也都舍不得她走。为了表示欢送，李家除了给她一些钱外，还让孩子们带她到附近的名胜逛逛。一问，才知道她年及古稀，还没到过故宫。我吃了比她多读几本书的亏，听到这件事，反而有些轻微的黍离、麦秀之思，秀才人情，心里叨念一句："汪大娘不识字，有福了!"那几天，汪大娘将要离去成为全院的大事，太太们和老太太们都找她去闲谈，问她女儿的住址，说有机会一定去看她。

我们也抄来住址。但不凑巧，还未成行时，"文革"的大风暴来了。其后是自顾不暇，几乎连去看看的念头也消灭了。

一晃十几年过去，风停雨霁，不由得又想起这位可敬的汪大娘，她还健在吗？还住在她女儿那里吗？因为已经有了几次叩门"人面不知何处去"的伤痛经验，我们没有敢去。但她正直、质朴、宽厚，只顾别人、不顾自己的少见的形象，总在我们心中徘徊；还常常使我想到一个问题，是：常说的所谓读书明理，它的可信程度究竟有多大呢?

（一）感恩奇人汪大娘

在历来的分析中，文中的汪大娘都是作为一个奇人出现的，但是这些研究者的分析都把汪大娘的"奇"集中在她具体的言行上。其实，详读这篇短文，汪大娘的"奇"不仅表现在她日常生活中普通的言行上，而且还表现在她那与众不同的精神世界里。下面结合汪大娘与众不同的言行，分析其与众不同的精神世界。

首先，勤劳背后的"感恩"。汪大娘是一个勤劳的人。作者说她"像有些妇女一样，过日子有舍身精神，永远不闲着"，而且为了证明自己的这个观点，作者在后面又用一个更为简短的句子进一步说明“不记得她有请假回家的事”。作为一个佣人，请假回家既可以处理自己的私事，又可以借请假之机进行休整。然而，汪大娘却没有这样做，在作者的记忆里，从来没有汪大娘请假的记忆。虽然这与其丈夫逝世有关，但她与自己的女儿们却也很少来往。特别是李家那么多的人，所有的家务都要靠其独立完成，而所有这些都需要汪大娘的勤劳来支撑。汪大娘为什么这么勤劳呢？因为她敬业。她为什么这么敬业呢？因为她对主人能够雇佣她这样一个曾经把抹布混入粥锅的人而心怀感恩。所以说，汪大娘勤劳的背后是她那颗感恩的心。

其次，正直背后的“感恩”。汪大娘是一个正直的人，她对自己的“主人”没有丝毫的敬畏之感，而是以“常理”为标准去约束“主人们”不良的行为习惯。在这里，所谓的“常理”就是大家公认的世理。作为一个佣人，本没有约束“主人”的权利，但是汪大娘却不同，虽然身为佣人，但她却以“常理”为标准去管理自己职责分外的事，而这就是其正直品格的体现，就是其感恩情感的表达。例如：

她主一家衣食住行的食政，食要怎样安排，仿佛指导原则不是主人夫妇的意愿，而是她心中的常理。她觉得她同样是家中的一员，食，她管，别人可以发表意见，可以共同商讨，但最后要由她做主。具体说，是离开常轨不行，浪费不成。她刚来时，推想家里人可能感到不习惯，但汪大娘只注意常理不管别人的习惯，日久天长，杂七杂八的习惯终于被她的正气憨气压服，只好都依她。

在这段叙述之中，“别人可以发表意见，可以共同商讨，但最后要由她做主。具体说，是离开常轨不行，浪费不成”把一个正直的汪大娘形象地再现给了读者。她以“常理”为标准，纠正主人的浪费行为是她感恩的表现，也是她正直品格的表现，特别是后面的“日久天长，杂七杂八的习惯终于被她的正气憨气压服，只好都依她”更能说明汪大娘有着与众不同的正直与善良。她是一个佣人却没有丝毫的媚骨，她是一个普通的人却能把普通的“常理”体现在自己的言行之中，这就是其与众不同之处的表现。对此，作者又在后文中，引用多年之后李家大少奶奶的话进行例证：

她说：“都怕她，到厨房去拿个碗，不问她也不敢拿。孩子们更不成，如果淘气，她看不过，还打呢。所以孩子们都不敢到厨房去闹。她人真好，一辈子没见过比她更直的。”

再次，危难之际见真情。汪大娘因为年老而辞别李家去女儿家养老，在“文革”之际，在李家“匹夫无罪，怀璧其罪”之际，造反派为了调查李家的“罪状”想到了汪大娘。面对这位“曾经是佣人，依常情，会有仇恨，知道得多”的最佳调查对象，面对造反派颇具诱导性的问话：“你伺候他们，总吃了不少苦吧？”这位正直的汪大娘却以实回答：“一点不苦，老爷太太待我很好。他们都是好人。连孩子们也不坏，他们不敢到厨房淘气。”特别是文中那句“老爷太太”的称呼，既是汪大娘对主人的感激，又是她解救处于危难边缘李家的关键。所以说，危难之际见真情，一句如实的回答既把汪大娘自己那正直的品格留在了读者的心中，又把她感恩的精神传递给了读者。

（二）汪大娘的启示

汪大娘是一个普通的人，她虽然没有文化，但却以自己的行动来践行传统的常理，诠释着感恩的内涵。

首先，感恩并不是一种物质上的简单回馈，而是汪大娘在其日常言行中体现出来的敬业精神。汪大娘是一位佣人，她没有多余的金钱来回报李姓一家人对自己的信任。于是，她努力工作。在自己的岗位上，她非常勤劳，以至于在作者的记忆中汪大娘都没有请假的记录。这足以说明汪大娘的敬业精神，尽管自己的工作很累，尽管自己的工作没有什么地位，但对于自己的工作她却满怀热情。

其次，感恩是一种对传统常理内涵理解下的自觉实践。在汪大娘的眼里，她做任何事情的标准都是所谓的“常理”。在李家，为做好自己所主管的“食政”，她严格地约束主人的浪费行为；为了约束小孩子的淘气行为，她曾经责打过主人的小孩子。虽然这在当时可能不为世人所理解，但是多年后，李家大少奶奶在回忆起汪大娘的时候还心存感激。

再次，感恩是一种实话实说。实话实说本来是一件容易的事情，可在别人危难之际能够实话实说的人却少之又少。很多人不是落井下石，就是保持沉默，而汪大娘却不是如此。在别人诱导式的问答之中，她却能够凭借自己的良心，凭借自己那颗感恩的心，实事求是地说出自己的生活经历。

总之，汪大娘以自己的言行启发着世人对感恩的思考。感恩并不是都需要“受人滴水恩，当以涌泉报”那样的行为，而是需要在这种精神的指导下，以自己力所能及的努力去完成自己应该做好的事情。就如汪大娘一样，在佣人的工作岗位上，能够以“常理”处理自己分内的事情；在辞职之后，能够本着一颗实事求是的心去如实说出自己的经历。所以说，感恩应该从点滴做起。这既是汪大娘给予我们的启示，也是本文作者张中行在文末带给读者的思考，即“还常常使我想到一个问题，是：常说的所谓读书明理，它的可信程度究竟有多大呢？”

第三节　感恩亲者

孙少平，著名作家路遥的《平凡的世界》中的主人公。一般认为，孙少平是那个时代积极进取、不愿认输、敢于拼搏的青年一代的缩影。小说通过描写孙少平求学、务农、教书、揽工、挖煤等奋斗成长的经历，深刻地勾画出孙少平自强不息，最终人格独立的形象。无疑，孙少平的形象具有鲜明的时代价值，其造就了精神的凯旋，实现了梦想的远征，彰显了时代的精神。孙少平坚毅刚强、渴望爱情、向往美好生活、为人淳朴厚道的形象打动了千千万万的读者，但是我们却忽略了孙少平身上被中华传统美德所濡染的那一颗感恩的心。孙少平质朴厚道的内心世界里，感恩之心时刻存在，永不泯灭。

一、感恩亲人

高中时期，孙少平是一个十分懂事的青年，在学校里学习的那段时光，简直是一段不堪回首的岁月："孙少平上这学实在是太艰难了。像他这样十七八岁的后生，正是能吃能喝的年龄。可是他每顿饭只能啃两个高粱面馍。以前他听父亲说过，旧社会地主喂牲口都不用高粱——这是一种最没营养的粮食。可是就这高粱面他现在也并不充足。按他的饭量，他一顿至少需要四五个这样的黑家伙。现在这一点吃食只是不至于把人饿死罢了。"虽然每次吃饭时，为"免遭受许多无言的耻笑"，总是与郝红梅最后一个去拿自己的"黑家伙"，可是孙少平却无怨无悔，心怀感激之情，他深深地知道："家里能让他这样一个大后生不挣工分白吃饭，让他到县城来上高中，就实在不容易了。大哥当年为了让他和妹妹上学，十三岁高小毕业，连初中也没考，就回家务了农。至于大姐，从小到大连一天书也没有念过。"因此，"他现在除过深深地感激这些至亲至爱的人们，怎么再能对他们有任何额外的要求呢?"

孙少平深深地知道家里的光景"已经临近崩溃"，而"家里实际上只有大哥一个全劳力"，他也懂得"就是家里有点好吃的，好穿的，也要首先考虑年迈的祖母和年幼的妹妹，更何况还有姐姐的两个嗷嗷待哺的小生命"。正因为如此，正因为感恩，孙少平没有向家里提出一丁点儿的要求！当孙少平在得知自己终于能进入本村的学校当一名教师时，他的内心十分激动，"近二十年来，他都是向家里索取。现在，他终于给家里贡献一点什么了"。所以孙少平教书的补贴都用在了整个大家庭的开支。

孙少平时时刻刻把家人放在心里，时刻关心着家里的亲人们。当他用润叶塞给他的五十斤粮票和三十元钱买完粮后，他用剩下的拾元钱“给祖母买点止痛片和眼药水”，然后才“再给自己换一点学校大灶上的菜票”，“那五斤‘欧洲’票，他是留着等哥哥来一起吃的”。为的是不能让哥哥“也在中学的饭场上让别人冷眼相看”。甚至“一想起家庭的贫困和自己生活的寒酸，他心里仍然发慌”。这一切都充分地显示了孙少平对家庭的牵挂，这也是其回报家庭、回报兄长的一种无力而渺小的做法。家每时每刻都在牵动着孙少平的每一根神经，只要听说有人来找他，他总是十分紧张，首先想到的便是：“谁？是家里的人？出什么事了？谁病了？”“会不会是家里托人来给他捎话，让他回去。除过老人生病，按说这一段不会有什么大事——唯一的大事就是妹妹兰香考上大学。不过，考上考不上，现在还没到发榜的时候呢！”

哪怕是户口迁到了黄原地区郊区的阳沟队，孙少平依然惦记着那个生他养他的地方，“双水村永远是他的家；正如一棵树，枝叶可以任意向天空伸展，可根总是扎在老地方……当然，他回来并不仅仅是恋念家乡。他一方面是为了和全家过个团圆年，另一方面是想为父亲做点什么事。哥哥已经分家另过光景，他现在成了这个家庭的主心骨。”孙少平在潜意识里总有一种情怀，那就是对家庭的报恩。许许多多的细微之处都充分说明了孙少平的这一点，如孙少平在落户阳沟队第一次返回双水村为给家里置办完必需的东西，身上竟然没几个钱了，而且还念念不忘地想要多给他妹妹兰香一些学费。小说多处写到孙少平的这种心理：“孙少平每天竭尽全力，首先是为了赚回那两块五毛钱。他要用这钱来维持一个漂泊者的起码生活。更重要的是，他要用这钱帮助年迈的老人和供养妹妹上学。”多么豪情多么悲壮！孙少平只是“想专心干活积攒一点钱，好给家里和县城的妹妹寄，根本没心思想其他的事”。当孙少安意外地知道孙少平竟然每月给兰香寄10元钱的时候，“一下子呆了”，“他的喉咙顿时像堵塞了一团什么东西”。孙少安怎么也没想到弟弟一直给妹妹寄钱！小说通过描写孙少安内心的感触，从侧面描绘了一个多么可敬的孙少平！当然孙少安恐怕还不知道，孙少平在兰香考上大学后，竟然“每月给她寄三十块钱”，三十元，几乎是孙少平血汗工资的三分之一！孙少平就如当年教书时一样，永远在回报自己的亲人，永远在为自己的亲人付出。这种关心体贴，我们能否认这是一种对祖母、父母、兄弟姊妹的感恩吗？

在孙少平被招录为煤矿工人准备去大牙湾煤矿之前，孙少平“身上还有近二百元钱”，他竟然给“家里寄回去一百元”，而他自己却不准备添置什么，只买一套零碎的生活用品。他想到的是“到时拿上工资，再从根本上为自己搞点‘建设’！”孙少平辛辛苦苦揽工得到的工钱，几乎都用来回报了自己的亲人，而他却几乎没有为自己着想。他十分关心他的妹妹，甚至“无论她考上考不上，他都要为她的未来做出安排——这责任天经地义落在了他身上”。当他得知妹妹兰香考上了北方工业大学天体物理专业时，“兴奋和激动得在脚地上像小孩一样又笑又闹!”并即刻为妹妹事无巨细地筹备读书可能需要用到的物品，自己所积攒的钱“准备全部给妹妹花销完!”

让祖母以及父母把生活过得更好一点，永远是孙少平的牵挂。当孙少平在大牙湾煤矿领到第一个月 130 元的工资后，“径直走向那个他早已打算过的地方。他来到邮政所，他是来寄钱的。除留够本月伙食和买一床铺盖的钱外，他还剩五十元。他要把这钱寄给父亲”，“他能想象来，这张汇款单出现在双水村将意味着什么。他似乎看见，父亲是怎样捏着那张纸片走进了石圪节邮政所墨绿色的大门。”除了给父亲寄钱“买化肥和日常油盐酱醋”和“给妹妹寄钱，供养她上大学”外，孙少平还有一个更大的梦想，也是“他此生最大一桩心愿”，那就是“能为父亲箍两三孔新窑洞”，而且“他要把这窑洞箍成双水村最漂亮的!”可是，当他接到父亲孙玉厚想把积攒下来的准备箍窑的 1000 多元借给孙少安重启砖厂运转的信时，孙少平二话没说就同意了，而且还说如果紧急，让他哥直接写信给他，他还可以在周围矿工中再给他哥转借一些钱。孙少平就是这样一个人，时时刻刻在回报家庭，感恩亲人。

二、感恩他人

孙少平的感恩之心并不完全体现在对自己的亲人感恩上，如果是这样的孙少平，那么我们不能称之为感恩，而只能称之为孝顺了。孙少平对帮助过他的人也总是心存感激。小说中写到第一个让孙少平感恩的人是那位默默无闻的高中班主任老师：“那天班上学习《人民日报》社论《领导干部带头学好》的文章，班主任主持，班长顾养民念报纸。孙少平一句也没听，低着头悄悄在桌子下面看小说。他根本没有发现跛女子给班主任老师示意他的不规行为。直等到老师走到他面前，把书从他手里一把夺过之后，他才猛地惊呆了。全班顿时哄堂大笑。顾养民不念报了，他看来似乎是一副局外人的样子，但孙少平觉得班长分明抱着一种幸灾乐祸的态度，看老师怎样处置他呀。”当“学习完了以后，老师把他叫到宿舍，意外地把书又还给了他”。孙少平“怀着感激的心情退出了老师的房子”，孙少平“从老师的眼睛里没有看出一丝的谴责，反而满含着一种亲切和热情。这一件小小的事，使他对书更加珍爱了”。对书的更加珍爱，便是孙少平内心深处感恩老师的一种回报方式。在以后人生旅程中，孙少平不断地以书本充实自己，甚至在揽工的日子里也不曾放弃对书本的喜爱（当然也不能忽视田晓霞的巨大影响）。

在孙少平的人生道路上，有一个人对他有着很大的帮助和影响，甚至可以说改变了孙少平的“农民命运”，这个人便是阳沟队的曹书记夫妇。当孙少平从“背石头调去钻炮眼”时，“少平心里明白，这是女主人对他动了恻隐之心。唉，为了这位好心的妇女，他真想到什么地方去哭一鼻子”。也就是在这一次“换个轻活干”的时候，孙少平“感觉到了人心的温暖”，“这种被别人关怀所引起的美好情感，简直无法用言语来表述”，以致逐渐“对他做活的这家人产生了某种爱戴之情”。孙少平是一个知恩图报的人，他不愿意白白领受人家这份情意。他反而主动去干最重的活，甚至还表现出了一种主人公的态度来。除了分内的事，他还帮助这家人干另外一些活。比如有时捎着担一两回水；扫扫院子，给书记家两个上学的娃娃补习功课。“孙少平在这期间更强烈地认识到，只要自己诚心待人，别人也才可能对自己以诚相待。”所以，当曹书记夫妇俩在最后结算工钱时，孙少平坚持按当时说定的工钱标准，十分坚决地拒绝了他们俩多给的二十五元工钱，甚至从自己的六十五元工钱里拿出五元退给曹书记夫妇，说是“给你们的帮工！”在孙少平的心目中，他为自己头一回出门在外就遇到了这样好的主家而感激不尽。可是在曹书记两口子看来，孙少平的这一行为却让他们惊呆了，他们为孙少平这么小的年纪却懂得这么高的礼义而“有点惊恐”。孙少平在阳沟队落户以来，一直在外四处奔波干活，很少能抽出时间回那里去。虽然只是有个名义上的户口，但“他仍然很感激曹书记两口子给他办了这么一件大事。几个月来，他已经拿着礼物去看望过他们好几次”。孙少平对曹书记夫妇俩把他“内定”列为女婿的想法一点也不知情，几次去看望，纯粹就是为了报答他们的恩情！当孙少平在履行与田晓霞生前之约时，在思绪混沌的时刻也没有忘记他的恩人，“他的目光‘走’到了北关。那不是阳沟吗？他的揽工生涯首先就是从那里开始的。他想起了曹书记一家人。他们的院落被山脉遮挡着，他看不见。但他们的面容依稀可见；想起当初他们对他的好心，至今还难以忘怀。”

在孙少平成为煤矿工人的过程中，还有一个人的出现虽然比较短暂，但却让孙少平对其感激不尽，这个人就是在检查血压时决定他命运的那个无名无姓的女大夫。当女大夫叫孙少平在第二天早晨复查前一小时喝点醋时，这个不曾被任何困难击倒、没被生活困难困住的男子汉的泪水“夺眶而出”。当复查后得知自己“合格了”，他投向女大夫的是“无限感激的一瞥”。

孙少平在找到半瓶子醋后，他的心中满是“无比亲切的感情”，他感到

“只要有人的地方，世界就不会是冰冷的”。在后来的日子里，孙少平越发想念那些帮助过他的人，“孙少平感到庆幸的是，他来煤矿半年多，就结识了如此好的一家人。也许这是命里有缘，使他不论走到何处，都会遇上对他特别关照的人家。在黄原时，有阳沟曹书记两口子，在这里，又有王世才一家人。是啊，在他艰难的生活历程中，如果没有这些好人，他的日子将会更加难过!”孙少平懂得“没有什么东西能比得上温暖的人情更为珍贵”。他回报他们的是自己的实际行动。他第一次到省城去看田晓霞而没有遇到时，“在一个儿童服装店，为明明买了一支玩具卡宾枪和一身草绿色小军衣”，“他又串游到一个杂货铺，买了一个炒菜的铁锅。惠英嫂家里的炒菜锅是铝制的，他知道用铁锅炒菜才符合科学要求”，“他每次出门，无论到铜城，还是到省城，首先想的就是给明明买个什么。”“自从当班长后，他不像过去那样有时间常去惠英嫂那里”，“但少平无论怎么忙，隔几天也总要去帮她劈柴、担水和干其他活。至于到石矸山捡煤的营生，他安排给手下的人干了。”他的这一切报恩行动，以致惠英嫂“毫不怀疑，他就是当了‘皇上’也不会忘记她和明明的”。当然，孙少平每次“上水管旁的小土坡时，他看见了那一串串爬出院墙的紫红色的牵牛花和结籽的沉甸甸的向日葵的圆盘。啊，每次走向这个院落，他都有一种按捺不住的激动。这里，是他心灵获得亲切抚慰的所在；也有他对生活深沉厚重的寄托”。

三、感恩爱情

在对田晓霞的爱情上，孙少平是忐忑而认真的。但是当孙少平得知田晓霞因抢救群众生命而牺牲时，他心中的悲痛简直无以言表，小说是这样描写孙少平当时见到晓霞遗像时的情形的：

孙少平一下把右手的四个指头塞进嘴巴，用牙齿狠狠咬着，脸可怕地抽搐成一种怪模样。洪水扑灭了那几行字，巨浪排山倒海般向眼前涌来……他收起自动伞，在大雨中奔向二级平台的铁道。他疯狂地越过选煤楼，沿着铁路向东面奔跑。他任凭雨水在头上脸上身上漫流，两条腿一直狂奔不已。他奔过了东边的火车站。他奔出了矿区。

他一直奔跑到心力衰竭，然后倒在了铁道旁的一个泥水洼里。东面驶来的一辆运煤车在风雨中喷吐着白雾，车头如小山一般急速奔涌而过——他几乎和汽笛的喧鸣同时发出了一声长嚎……

孙少平伏在泥水中，绝望地呻吟着。大雨在头顶哗哗浇泼，满天黑色的云朵，潮水般向北涌去。铁道那面的黑水河，发出呜咽似的声响。远处，矸石山那里，矸石噼噼啪啪在向深沟中滚落。滚落！整个大地都在向深渊滚落……不知过了多少时候，当孙少平满身泥浆返回宿舍，那神态已经完全像一个疯子或纯粹的白痴。同宿舍的人看他这副样子，都吓住了，谁也没敢问他个长短。

他换了身衣服，便倒在床铺中，两眼呆呆地望着雪白的蚊帐顶。他无法相信一切是真实的，这是报纸的失实报道——这张报纸经常干这种事！

…………

不，你绝不会死！也许你已经在什么地方上岸了！是你让父亲给我打了这封电报。你或许只受了点伤，正躺在某个医院的病床上。你一定在等着我的到来……孙少平内心紧张地做各种设想。所有这些设想的前提都是晓霞还活着。是的，她怎么能死呢？她怎么会死呢？活着，是的，活着！亲爱的人，你只不过受了点伤，受了点惊吓，说不定我们还会明天从省城出发，赶到黄原去——因为后天，下午一点四十五分，我们还要在古塔山后面的杜梨树下相会……

…………

孙少平两眼一黑，腿软得如同抽了筋骨。他感到有热辣辣的东西从腿上淌下来——他禁不住小便在了裤子里……他没有回答老头的话，就转身走出报社大门。

…………

孙少平无声走到小桌前，双膝跪在地板上。他望着那张亲爱的笑脸，泪水汹涌地冲出了眼眶。

他扑倒在地板上，抱住桌腿，失声地痛哭起来。过去，现在，未来，生命中的全部痛苦都凝聚在了这一瞬间。人生最宝贵的一切就这样早早地结束了吗？

孙少平与田晓霞的爱情虽然是一个悲剧，但是对孙少平而言却是一段异常美好的时光。当田晓霞悲壮地牺牲后，他却依然把他与田晓霞的约会看得十分重要，他要与田晓霞履行两人的约定。“几天来，他一直沉浸在一种异常的激动之中，因为再过几天，就到了晓霞和他约定的那个充满浪漫意味的日子。他们将在黄原古塔山后面那棵杜梨树下相会，以不负他们两年前那地方定下的爱的契约。”他清清楚楚地记得田晓霞告诉他约会的那个时间，“晓霞告诉他，两年前他们在杜梨树下拥抱的时候，她当时还瞅了瞅手表，时间是下午一点四十五分。”“田晓霞走后一个多月时间里，孙少平每一天都在激动地、焦躁不安地等待着那个日子的到来。那一天对他来说，犹如生命一般重要。他觉得，如果没有那一天，他一生都会黯然失色。”“他明天一定要赶回黄原！因为后天，就是晓霞和他约定在古塔山后面相会的日子。她已经离开了人世，但他还要和她如期地在那地方相会！”“他立在黄原河老桥的水泥栏杆边，抬起头久久地凝视着古塔山。山仍然是往日的山。九级古塔没高也没低，依旧巨人一般矗立在那里。可他心中的山脉和高塔却坠落了，留下的只是一抔黄土和一片瓦砾……但是，爱情将永存。在那抔黄土和瓦砾中，会长出两棵合欢树来。那绿色的枝叶和粉红的绒花将在蓝天下掺合在一起；雪白的仙鹤会在其间成双成对地飞翔……我的亲人，明天，我将如约走到那地方；我也相信你会从另一个世界和我相会……”在孙少平的内心深处，对田晓霞的坚贞爱情让他浑然忘记这个喧嚣的世界。“中午十二点刚过，他就走出旅社，从东关大桥拐到小南河那里，开始向古塔山走去——走向那个神圣的地方。对孙少平来说此行是在进行一次人生最为庄严的仪式。”

爱情是多么的美好啊！天使田晓霞给了贫穷的孙少平纯真的爱情，孙少平也回报着对田晓霞的一颗赤诚的心！多年以后，孙少平多少次总是不由自主地想起这个与他相知相爱的姑娘，多少次梦回萦绕那张甜蜜的笑脸，多少次甜蜜而又痛不欲生地翻阅田晓霞留下的日记本！“过一段日子，他就由不得要去翻一翻晓霞的日记本。每一次看她的日记，都像要进行一次庄严的仪式，他打开箱子如同虔诚的基督徒对待《圣经》，双手小心翼翼把那三本精美的日记本捧回到床上，然后端坐着轻轻打开。常常是看着看着，视线就被泪水所模糊。那些亲切甜蜜的话不知看过多少遍了；怕看，又常想看；每看一次，过去的生活就像潮水般扑来而将他整个地淹没了……”

总之，感恩既是一种传统美德，也是一种人之常情。感恩就是在对别人给予自己好处心存感激的同时，还要以自己最大的限度回报帮助过自己的人。对此，每一个人虽然都不可能有古语说的“受人滴水恩当以涌泉报”的机会，但是把感恩的美德继承并发扬光大却是一项系统性的工程。它不仅需要以家庭为单位进行世代的传承，而且还需要在社会上通过对正能量事件的宣传、报道去树立社会主义新风尚。有且只有如此，才能让感恩的美德深深地烙印在每一个社会成员的心中。

素质拓展：

1. 阅读朱自清的《背影》，分析作者的感恩情怀。
2. 如何辩证地分析《老王》一文中作者提到的“愧怍”？
3. 阿长的形象给予你怎样的启示？
4. 汪大娘与阿长有什么不同？
5. 课外阅读《平凡的世界》，思考孙少平的心存感恩还有哪些体现。
6. 请列举一篇感恩作品并简要叙述自己列举的理由。

第八章　修养篇

古代文人，多才多艺，今而视之，修养是也。琴、棋、书、画，文人雅趣所在。纵而观之，诸多前朝文人，多集此四趣，且艺精技熟，名留千古，王维可谓典型。王维不仅精通诗、画，且能做到二者在艺术上的巧妙融合。又如苏轼，其在诗、词、文、书方面均有极高造诣。回望历代，类王、苏者，不可悉数，颇值后世关注。关注前人，须得品味其诗作，领悟其中的真意，进而提升自己的艺术修养。古代文学家的休闲方式主要有以下几种：绘画、音乐、下棋等。下面就结合自己的理解与感悟，从历代诗作入手分析各类题材的诗作对现代人艺术修养的影响并探讨相关的问题。

所谓的艺术修养，是指一个现代人应该具备的及其对各种艺术相关知识的了解与把握。它包括对各种艺术形式的了解、对各种艺术品的欣赏，以及对各种艺术品的创作能力。

第一节　神似意丰的绘画

所谓绘画诗，简言之即指与绘画创作密切相关的诗歌作品。翻开历代诗作典籍，其中载录了大量的绘画诗，这是我国古典诗歌的一个重要组成部分。研究古代诗园里的绘画诗作，对于提高读者个人的艺术修养有着不可低估的作用。

一、绘画与诗歌的关系探究

绘画与诗属于不同的艺术领域，形式特点不同，表现媒介各异。绘画通过线条与图形的组合，以及色彩与透视的和谐统一完成了最终艺术品的展现；诗作是语言艺术，它是作者在对生活感悟的基础上，用自己娴熟的语言运用技巧把心中所想和眼前所见形象逼真地传递给读者。绘画也好，诗作也罢，它们都是具体的艺术形式。因为都是艺术形式，所以在某种程度上，绘画与艺术之间存在着一定的内在联系。

首先，画与诗在选材上有共同的来源——现实生活。任何一种艺术的内容都来自对现实生活的概括和加工。无论是绘画创作，还是诗歌写作，都不是虚无缥缈的存在，它们都是现实生活艺术的再现。关于艺术的起源问题，普列汉诺夫早就提出了“艺术起源于劳动”的观点，这也是对画与诗在选材上有共同的来源的最佳诠释。

建安诗人曹植的《洛神赋》一篇，名世千年。结合诗人的身世和作品内容，可以推断其创作是其自身生活的再现。对于曹植《洛神赋》源自其生活的论述，还可以从王学军和贺威丽的《曹植〈洛神赋〉意旨蠡测》一文中得到确证。在《洛神赋》这篇文章中，曹植归纳自己的论述内容：从“余”和洛神的单一对应关系出发，《洛神赋》中间人神由遇合到分离、由喜转悲的过渡文字则相当突兀甚至不合情理。与《神女赋》人称所指的变化相似，《洛神赋》中创作者与抒情者具有重合和分离的两面，重合时，“余”“吾”指曹植，洛神为爱情寄托对象；分离时曹植以洛神自喻，“余”暗喻政治寄托对象。《洛神赋》通过混合运用人称所指的变化来悼念妻子崔氏及父亲曹操，表达爱情希望及政治理想的两重幻灭之感。爱情和政治并非各自独立，而是相互补充的有机整体，具有互斥性、相济性、整合性三个基本特征。两者一为表，一为里；一为主，一为辅；一为正面，一为侧面；一为直接，一为间接；一为文学性之表现，一为政治性之表现；一为艺术价值所在，一为思想价值所在。①

顾恺之的《洛神赋图》，从其呈现的画面内容看，也是在叙述故事，是对曹植的《洛神赋》的形象化再述。曹植的《洛神赋》与顾恺之的《洛神赋图》，前者是一篇诗赋创作，后者是画作。前者是一篇叙述故事的诗赋，后者是依据前者所描述的故事而采用绘画的手法将故事形象化。应该说顾恺之对曹植的《洛神赋》有着一定的认识和深加工，在绘画中，其沿着故事的脉络，植入自己的体悟和情感，遂有《洛神赋图》。

根据上面的论述，可以进行这样的归纳：《洛神赋图》的创作源于《洛神赋》，而《洛神赋》的内容又源于作者的生活，所以可以推得现实生活是绘画与诗作两种艺术形式创作共同的素材来源。

其次，绘画与诗作在构思上都需要灵感。绘画是艺术，诗歌创作也是艺术。在这两者的创作过程中，都需要创作者有所谓的“灵感”。正如叶圣陶在《百科知识》刊物上所刊发的《拙政诸园寄深眷——谈苏州园林》一文中谈及苏州园林假山堆叠时所说：假山的堆叠，可以说是一项艺术而不仅是技术。只有在艺术家灵感的参与下，他所创作的艺术作品才能独具特色、与众不同，从而出现不可复制的艺术特征。

所谓灵感，是指艺术家在艺术创作中，经过长期艺术积累而产生的一

① 王学军，贺威丽．曹植《洛神赋》意旨蠡测［J］．贵州文史丛刊．2011（3）：97.

种突发性创作思维。“长期积累，偶然得之”是其基本特征。下面两则绘画的例子可以证明灵感在绘画创作中的重要作用。老舍先生请齐白石老人为自己创作一幅画，而其对画作的要求只短短的几个字：蛙声十里出山泉。众所周知，绘画以视觉形象为主，对于表现声觉的“声音”问题几乎是不可能的。一天齐白石老人终于来了灵感，挥毫而就，画了一幅画。在画面上，他精心绘制了一股清清的山泉，在山泉的水里，又绘制了几只游动的蝌蚪。在这幅绘画作品中，虽然作者没有绘制出“蛙”的叫声，但那股泉水，使欣赏画作的人明确了蝌蚪的生活环境，即山泉；那几只可爱的、游动的蝌蚪则又使观众悟到了“听取蛙声一片”的意境。

传说宋朝的皇帝赵佶非常喜欢绘画，为选择一位自己的绘画爱臣，他出了一道非常有趣的画题，要求应试的画家按此作画。那个题目就是“踏花归来马蹄香”。面对这个出其不意的画题，不同的画家从不同的角度进行了不同的创作。在众多的绘画创作中，有一位画家的创作非常惹人注目。在他那简洁的画面上，人们只看到了一匹飞奔的马儿，在马儿高高扬起的马蹄旁边，飞舞着几只可爱的蝴蝶。

“蛙声十里出山泉”与“踏花归来马蹄香”有着相似之处。前者要求绘画者用绘画的媒介表现声音，后者要求绘画者用传统的绘画媒介表现嗅觉中的香气。这在一般的艺术家眼里几乎是不可完成的创作。然而，这两位画家却在自己灵感的支配下，完成了与众不同的绘画创作。仔细分析这两个事例，可以看出他们的不同点：一个画家用绘画的媒介表现了声音，另一个画家用绘画的媒介表现了不可捉摸的花香。这两则事例也有相同之处，那就是都通过绘画的意境，恰到好处地表现了画题的具体要求。

古诗的创作同样需要灵感。如王安石在《泊船瓜洲》中写道：“京口瓜洲一水间，钟山只隔数重山。春风又绿江南岸，明月何时照我还?”创作之初，其中的“绿”字颇使他感到为难，因为他曾经依次试过“到”“过”“入”“满”等词语。然而，无论其中的哪一个，都不能达到“绿”字的艺术效果。经过一番苦思冥想，他终于找到了最为恰当的“绿”字，传神地表达了诗歌的意境。

在具体的鉴赏活动中，绘画与诗都需要读者的再创作。无论是绘画艺术的创作与欣赏，还是诗歌作品的写作与品读，都离不开作者的再创作，如果没有一定的艺术修养作为基础，那一切都无从谈起。正如前面提到的“蛙声十里出山泉”与“踏花归来马蹄香”一样，如果没有一定的诗歌欣赏修养作为基础，两位画家不可能创作出这样意境优美的绘画作品；同样，如果读者或者观众没有一定的绘画修养作为基础，就不可能从那几只蝌蚪中感受到“蛙声一片”的美妙，也不可能从几只飞舞的蝴蝶中感受到花香。

二、“绘画诗”与“题画诗”

绘画与诗在艺术道路上彼此交融。虽然绘画与诗分属于文学与绘画两种艺术领域，但是在艺术发展史中，这两种艺术形式之间却出现了彼此相互交融的特点。这种彼此交融表现在具体的创作中与艺术作品的欣赏中。在创作层面，分析诗歌创作与绘画创作彼此交融的关系可以从两个层面来进行简单的分析：

第一个层面，对于创作选材来说。例如，众所周知的《千家诗》，它本是古代用来进行儿童启蒙教育的一种教材，而今是一本普及读物，为了帮助读者更好地理解诗歌内容，编者往往会在每一首诗歌中植入一副画面内容与诗歌内容接近或者相似的背景图。这些精美的插图，既可以帮助初级阅读的读者理解每一首诗歌的内容，又可以激发初学者的学习兴趣。如王之涣的《登鹳雀楼》，编者根据“白日依山尽，黄河入海流。欲穷千里目，更上一层楼”这四句诗句所描绘的景象绘制了一幅这样的画面：依山而尽的太阳，照在奔腾不息的黄河水上，一个人站在楼上正在向远处眺望。从这里看，白日、黄河、楼等景物都出现在了绘画与诗歌之中。这些画面景物的选择可谓是有来历的，并不是随意选择的。

第二个层面，诗与画在具体作品表达效果上实现了彼此交融。诗与画的交融是指在具体的艺术创作中，特别是绘画作品的创作中，画者往往要为自己的绘画作品题写一定的诗词作品，使之通过诗与画的结合达到再现自己情感的目的。因此，在具体的艺术研究中，有一类文学现象特别值得关注，那就是有关“题画诗”的研究。顾名思义，题画诗就是指根据绘画的内容，为增强画作的表达效果所题写的诗歌作品。

研究“题画诗”的相关问题，一般会涉及三种艺术形式，即书法、绘画和诗歌创作。

宋代之前，王维的诗歌值得细究。从形式看，他的创作似乎不是题画诗，但它的诗歌创作却体现出了诗中有画的特点，即诗画交融的特点。例如王维的《使至塞上》：“单车欲问边，属国过居延。征蓬出汉塞，归雁入胡天。大漠孤烟直，长河落日圆。萧关逢候吏，都护在燕然。”其中“大漠孤烟直，长河落日圆”一句，给读者描绘了一个古今都令人称奇的画面。从色彩上讲，大漠的黄色作为画面大背景，再衬以夕阳的暗红，微黄的河水，特别是那缕直上云霄的青烟，给人一种肃穆、凄凉之感。从构图上讲，一片茫茫无垠的沙漠，一轮圆圆的斜阳，一股直直的青烟，既有面，又有点，还有直线，使整个画面充满了动态感。从画面布局上讲，大漠是背景，是远景，青烟是画面的主体，再配合以近景的河水，不仅使画面具有了动态美，而且也使画面的景象有了层次感。可以说，正是王维等人的创作实践，才使宋朝的诗画理论出现了彼此补充、相互交融的特点。

诗歌创作与绘画艺术都表现了作者的情感。任何一种艺术形式的具体作品都承载着创作者与众不同的特定情感。无论是某一首题画诗作，还是某一幅具体的绘画，它们都在表现相同或相似的情感。例如，爱国诗人于谦面对《苏武忠节图》的绘画作品，创作了《题苏武忠节图》的诗作，主要原因是于谦与汉代苏武在爱国情怀方面产生了共鸣。在这首题画诗作中，于谦通过“南北分携别意深，相看彼此泪沾巾。马蹄就道归乡国，雁足传书到上林。耿耿孤忠天地老，萧萧衰鬓雪霜侵”的描述，形象而生动地再现了苏武在北海牧羊的经历，以及苏武本人对朝廷的一片忠心。这些话虽然简单，但它们的含义却颇为丰富，因为它们不仅是在描述《苏武忠节图》这幅画作的核心内容，而且也是在表明作者本人对国家的忠诚。特别是“耿耿孤忠天地老，萧萧衰鬓雪霜侵”两句读来令人感动不已，苏武如此，作者也是如此。在此基础上，作者一句“千古英雄共一心”既说出了自己对苏武的敬仰，又道出了古今英雄的共性。这样的人，才能称得上是英雄人物。

宋朝的题画诗创作达到空前的发展。题画诗和题画词在宋代数量之多，不仅超过了前几代的总和，而且在以后历朝中也位居前列。“据不完全统计，六朝时期只有题画诗几十首，唐代的题画诗也不过 200 余首。而据《全宋诗》统计，宋有题画诗竟达 4458 首之多。据《全宋词》统计，题画词虽不算多，也有 130 余首。”①

宋朝的王安石有一首非常著名的题画诗值得读者细细品味，那就是《阴山画虎图》。这首诗的内容如下：

阴山健儿鞭鞚急，走势能追北风及。逶迤一虎出马前，白羽横穿更人立。回旗倒戟四边动，抽矢当前放蹄入。爪牙蹭蹬不得施，碛上流丹看来湿。胡天朔漠杀气高，烟云万里埋弓刀。穹庐无工可貌此，汉使自解丹青包。堂上绢素开欲裂，一见犹能动毛发。低徊使我思古人，此地抟兵走戎羯。禽逃兽遁亦萧然，岂若封疆今晏眠。契丹弋猎汉耕作，飞将自老南山边，还能射虎随少年。

在这首诗中，作者王安石根据绘画内容，用简洁的语言为读者呈现出一个少年伏虎的画面，而语言的描述又使作者想到了古人的事迹，于是有了“禽逃兽遁亦萧然，岂若封疆今晏眠”的回顾性怀想。而后，作者联想

---

① 刘继才．论宋代题画诗词勃兴的原因及其特征［J］．沈阳师范大学学报（社会科学版）．2008，32（1）：89.

到了自己的经历，想到了自己的理想，一句“还能射虎随少年”既表白了自己的心迹，也表白了自己的能力。然而，有这样的理想，有这样能力的人，还能有随少年射虎的机遇吗？想到此处却是令人无限的伤悲。综上所述，题画诗具有以下四个特点：

第一，诗画表现的情感相同。题画诗作中的情感往往都与作者的自身经历密切相关，上面提到的于谦的《题苏武忠节图》如此，王安石的题画诗作《阴山画虎图》也是如此。当然，这并不等于所有的题画诗作都是表现作者的爱国情怀。

第二，在审美层面上，诗与画具有相同或相似的审美愉悦作用。即题画诗与绘画作品一样，在具体鉴赏过程中都具有相同的审美愉悦功能。不同类型的绘画作品具有不同的审美作用，如以山水为题的绘画作品给人以恬淡、舒适的审美享受，特别是那些描绘田园风光的绘画作品更是如此。以“忠贞”为主题的绘画作品能够激发观众的爱国情怀，与之配合的题画诗作，其内容又与绘画作品的内容密切联系，所以说，题画诗作在审美功能上也一定会与其所题画作的审美功能保持一致。苏轼有题画诗《惠崇〈春江晚景〉》两首，其一是：

竹外桃花三两枝，春江水暖鸭先知。

蒌蒿满地芦芽短，正是河豚欲上时。

诗歌描绘了江南一幅早春的风光图，三两枝桃花虽然少，但是它却透露出春的消息。再配以江水中游泳的鸭子，岸边刚刚出土的芦芽，既写出了绘画所表现的时间“正是河豚欲上时”，又抒发了作者对春的喜爱。一切显得是那么恬淡，显得那么生机勃勃而令人惊喜。在这里，人与鱼和谐相处，人与花共同存在，希望与生活同在。因此，题画诗与其所题的绘画作品一起，在审美功能上都表现出相同的审美作用。

第三，诗作与绘画在创作方法上彼此补充。绘画作品与诗歌创作在各自的表现方法上也有相同之处，正是这种相同之处的存在，使绘画作品与题画诗作在彼此的交融中完成了相互映衬的作用。所以，诗歌创作要与绘画作品的表现内容实现完美结合。绘画与诗作一样，都要求在具体的作品中营造一个意蕴丰富的意境。虽然绘画与诗作营造意境的方法有所不同，但是绘画与诗作在营造意境的方法上却也有共同之处。如司马光的《观僧室画山水》：

画精禅室冷，方暑久徘徊。不尽林端雪，长青石上苔。

心闲对岩岫，目净失尘埃。坐久清风至，疑从翠涧来。

面对这幅山水画，作者司马光首先赞叹了绘画者的精湛技艺，然后结合自己的经历，抒发了自己对画作的观看感受。在这里，“青苔”“岩岫”

“清风”是其画作与诗歌共同用来营造意境的素材。

第四，欣赏中诗画的交融，即具体的绘画作品与题画诗在读者的欣赏活动中实现了彼此的交融与互补。例如，郑燮在其绘画作品《画竹》的自题诗作中曾经写下过这样的诗句：“两枝修竹出重霄，几叶新篁倒挂梢。本是同根复同气，有何卑下有何高。”竹子在古代是骨气的象征，竹子与梅、松并列，合称“岁寒三友”，是很多古代诗人颇爱吟咏的对象。在中国传统文化中，对竹子及其所代表的精神有很高的评价。“宁可食无肉，不可居无竹”，既是对竹子的赞美，也是对竹子精神的崇敬。郑燮《画竹》图如果只给读者呈现出竹子的客观形象，一般人似乎看不出竹子的气节，画家无法表达其画作的意旨，于是便附上诗句，点明主旨，使得诗画互衬。

三、绘画诗与艺术修养的关系

绘画诗对艺术修养的提升呈现出了综合性特点。因绘画与诗歌分属于不同的艺术领域，在欣赏这类绘画作品时，必然要涉及相关的诗歌知识，而在欣赏诗歌时，也必然会涉及相关的绘画知识。换言之，如果没有绘画和诗歌的相关知识作为支撑，读者不可能完全理解绘画作品的意蕴，也不可能理解诗作的艺术特点。研究和赏析这类绘画作品，对读者艺术修养的影响体现出综合性的特点，如苏轼《自题金山画像》：“心似已灰之木，身如不系之舟。问汝平生功业，黄州惠州儋州。”苏轼面对自己的画像感慨颇多，第一句“心似已灰之木”既是自嘲，又是实情表述。苏轼本着一颗报国之心，但却屡遭贬谪，心如木就足够令人痛心的了，何况是作者把此时的“心”比作是“已灰之木”。第二句“身如不系之舟”，把一生的贬谪经历形象而生动地再现给了读者。如果没有相关的文学知识作为基础，没有相关的历史知识作为支撑，一般的读者很难理解这首诗歌的内涵。作者从黄州到惠州，再由惠州到更为遥远的儋州，一生的漂泊正如在海上飘摇的小船，风往哪吹，自己就往哪走，一生身不由己。尤其“问汝平生功业”，更能引发读者的思考，若读者对苏轼的生平有详细的了解，阅读整首诗时，对诗人自嘲背后错综复杂的情感的理解便会更加深入透彻，对苏轼的画像和诗作都会有与众不同的感悟。

如果对苏轼的了解足够透彻，对其在黄州、惠州、儋州等地的文学创作有足够的了解，一定会想到以下两篇短文：

元丰六年十月十二日夜，解衣欲睡，月色入户，欣然起行。念无与为乐者，遂至承天寺，寻张怀民。怀民亦未寝，相与步于中庭。庭下如积水空明，水中藻荇交横，盖竹柏影也。何夜无月？何处无竹柏？但少闲人如吾两人者耳。（苏轼《记承天寺夜游》）

己卯上元，予在儋州。有老书生数人来过，曰：“良月嘉夜，先生能一出乎？”予欣然从之。步城西，入僧舍，历小巷，民夷杂糅，屠沽纷然。归舍已三鼓矣。舍中掩关熟睡，已再鼾矣。放杖而笑，孰为得失？过问先生何笑，盖自笑也。然亦笑韩退之钓鱼无得，更欲远去，不知走海者未必得大鱼也。（苏轼《书上元夜游》）

在第一篇短文中，面对皎洁如水的月光，作者在朋友的陪伴下，赏月光，思前程，不免发出了这样的感叹：“何夜无月？何处无竹柏？但少闲人如吾两人者耳。”可是当他最后被贬儋州之时，心情却发生了变化。同样是那皎洁的月光，同样是在朋友的陪伴下游玩，而此时的感悟却极具哲理，面对人生得失的思考，终于有了豁达的结论：“放杖而笑，孰为得失？过问先生何笑，盖自笑也。然亦笑韩退之钓鱼无得，更欲远去，不知走海者未必得大鱼也。”如果读者有足够的耐心，还可以以此为契机，进而深入地了解韩退之与苏轼的诸多不同。

如果从一幅画像的自题诗作，能够了解到这么多的内容和历史知识，不仅能够加深读者对诗作内容的理解，而且还可以使读者的艺术修养在潜移默化中得到提升。所以说，研究绘画诗的相关内容可以提升艺术修养，而这种提升的过程又是一个复杂的发展过程。

从影响的层面上看，绘画与诗歌创作还表现出“相互性”的特点。所谓“相互性”，是指绘画与诗歌创作彼此之间相互影响的特点。这也就是说，欣赏绘画作品的过程是提升文学修养的过程，反之，提升文学修养的过程也是提升绘画者的绘画技能的过程。例如，“深山藏古寺”是一个有关文学修养影响中国画艺术家绘画创作的经典故事。这个故事讲述了一个这样的事实：面对相同的画题“深山藏古寺”，四个画家创作了四幅意境完全不同的绘画作品。第一个绘画者，在画面中精心绘制了一座古寺，通过绿树掩映下的寺院红墙，完成对主题“深山藏古寺”的再现。第二个绘画者，把构图的精力放在“藏”上，虽然他也绘制了深山、古树，但他却没有绘制整个寺院，只是在古树的浓荫中画出了寺院的一角。第三个绘画者，比起前两者更高明，他在画面上也绘制了深山、古树，但他却连寺院的一角也没有画，只画出能够代表寺院的一个“幡”——一个被风高高吹起的寺院标志。这源于《六祖坛经》中参禅论道的故事：

时有风吹幡动，一僧曰风动，一僧曰幡动，议论不已。惠能进曰：“非风动，非幡动，仁者心动。”

从结果来看，这三个绘画者都没有赢得第一。因为还有一个绘画者，绘制得比他们更有深意。第四个绘画者没有画完整的古寺，也没有画寺院的一角，更没有画那个寺院的标志——“幡”，他只在自己的画面中，精心地绘制了一个小和尚挑着两桶水走在那漫长的上山小路上。从整个画面来分析，看不到一点寺院的影子，但从日常生活中却可以推知，这山上一定有寺院，否则那个小和尚也不会如此费力地挑水上山了。在这幅画里，绘画者把画题中的“藏”处理得极具诗意，所以他赢得了最后的桂冠。如果说，这位绘画者没有文学修养，他一定不会有这样诗意的绘画构图；如果说绘画的欣赏者，没有文学修养，他也一定不会把这幅画作评为第一。所以，绘画与文学在具体的艺术发展道路上表现了出相互影响的特点。

第二节　陶冶情操的音乐

“咏乐诗”，是指以音乐作为主要审美对象，通过对乐器、乐声、乐工、乐曲、乐事等音乐题材和听者感受的描写，艺术地表达音乐感染力的诗歌作品。① 在古代中国，唐朝是中国历史上音乐和诗歌方面都空前繁荣的时代。诗歌表现音乐这一现象在唐代也比较盛行，有关这方面的诗人数量超过之前和之后各代，“咏乐诗”的作品数量也达到顶峰。所以，研究唐代“咏乐诗”也是研究中国“咏乐诗”的重点。

正如上文所述，“咏乐诗”不仅表现音乐，还对乐器、乐工、乐事等进行描写和表现。下面将对音乐与诗歌的关系、常见的描写表现乐器的诗歌进行分析和阐释。

一、音乐与诗歌的关系

音乐与诗歌的关系可以在多个视域里进行分析。从艺术起源层面分析，音乐与诗歌创作具有相同的诞生之源。正如上面提到的艺术起源理论阐释的那样，音乐与诗歌创作都是以社会生活为源头。在艺术诞生之初，音乐、舞蹈与诗歌艺术是彼此交融在一起的。中国有记载的最古老的诗歌作品是《弹歌》：“断竹，续竹；飞土，逐肉。”虽然整个诗歌作品很短，只有八个字。但就是这八个字，把音乐与诗歌同源的关系阐释得十分清晰。

刘运好在其作品《〈弹歌〉杂考》中，对《弹歌》这首古诗三方面的内容进行了考证：一是歌谣的异文；二是“弹”的本义；三是“弹歌”的起源。在文章的结尾处，作者这样叙述自己的考证结果：《弹歌》之辞与《淮南子·道应训》“今夫举大木者，前呼邪许，后亦应之，此举重劝力之歌也”表现劳动情景，以及《吕氏春秋·古乐》“昔葛天氏之乐，三人操牛尾，投足以歌八阕”以歌舞反映劳动场景，在本质上是不同的。从文化史

---

① 陆群．唐代咏乐诗研究［D］．长沙：长沙理工大学，2011：1.

的意义上说，《弹歌》则为后人筑庐守陵的萌芽。①从他的这段考证与论述中，可以得知这样的内容：在中国的古代有诗、乐、舞三位一体的说法。

有关“诗、乐、舞”三位一体的研究，见于李荀华发表于《中国文学研究》上的一篇题为《诗乐舞三位一体的文化解读》文章。作者在文中对三者的关系曾经有过简洁的分析：歌则词，词即为诗，以词配曲，曲即为乐，伴之以舞。从上古诗歌、音乐、舞蹈三者的关系发展演变来看，在不同的历史时期诗、乐、舞三者或亲密一体，或疏离分化的关系经历了不同的发展阶段，即乐、舞为主歌词（诗）为辅时期；诗、乐、舞并重时期；诗、乐、舞分化时期。②在如此概括的同时，作者又详细论述了诗、乐、舞三者关系的不同发展阶段：第一，乐、舞为主诗为辅时期。乐、舞为主诗（歌词）为辅时期即为艺术的萌芽阶段。第二，诗、乐、舞三者并重时期。《诗经》中的《雅》《颂》的产生是进入诗、乐、舞并重时期的标志。第三，诗、乐、舞三者分化时期。春秋中叶，封建礼乐制度逐渐崩溃，以民间歌谣和民间音乐高度发展起来的“新声”产生，随着封建领主势力的扩大而成为封建领主的乐舞。③从上面节选的文段中可以看出，李荀华的论述与刘运好的论述相互补充，都在证明一个这样的问题：诗、乐、舞曾经相互交融，三位一体式地存在过。

从艺术的功用层面分析，音乐与诗歌具有相同的作用，都可以抒情，传达人们内心的各种感受。从审美的层面上讲，无论是诗歌，还是具体的音乐，都能起到愉悦众人心灵的作用。无论是音乐创作，还是音乐作品的演奏，都能丰富人们的现实生活，陶冶人们的性情。诗歌创作也是如此，众人的喜怒哀乐皆可入诗。正如吴湘洲先生所言：“各种艺术之间并不是孤立发展的，诗歌艺术与其他艺术之间也存在着相互借鉴的关系，特别是诗歌与音乐之间，更有着内在的联系。”④“从诗歌的本质上看，诗需要乐，诗待乐而升华，而传播，而实现感人心的价值。”⑤而诗歌与音乐产生这样的联系的基础则是其两种艺术形式之间的共同功能。

从艺术的相互影响层面分析，音乐与诗歌彼此相互影响。诗歌在与音乐的结合中，实现彼此的共同发展。宋词的产生、发展、辉煌便与音乐有着千丝万缕的关系，可以说宋词的出现，在很大程度上是因为受到了音乐

---

① 刘运好．《弹歌》杂考［J］．文学遗产，2010（6）：128.

② 李荀华．诗乐舞三位一体的文化解读［J］．中国文学研究，2009（2）：39.

③ 李荀华．诗乐舞三位一体的文化解读［J］．中国文学研究，2009（2）：40－41.

④ 吴相洲：唐代歌诗与诗歌——论歌诗传唱在唐诗创作中的地位和作用［M］．北京：北京大学出版社，2000：2.

⑤ 吴相洲：唐代歌诗与诗歌——论歌诗传唱在唐诗创作中的地位和作用［M］．北京：北京大学出版社，2000：21.

的影响，词的兴盛又丰富了音乐的内容。

二、琴与诗

在中国的传统文化之中，琴、棋、书、画是文人骚客（包括一些名门闺秀）修身所必须掌握的技能，故合称琴棋书画，即“文人四友”，今常表示个人的文化素养。在这四种艺术修养之中，琴排在首位，其缘由大概是因为“琴有九德”之说。在中国古曲网是这样介绍“琴之九德”的：

古人云：琴有“九德”。一曰“奇”。谓轻、松、脆、滑者乃可称“奇”……二曰“古”。谓淳淡中有金石韵，盖缘桐之所产得地而然也。有淳淡声而无金石韵，则近乎浊；有金石韵而无淳淡声，则止乎清。二者备，乃谓之“古”。三曰“透”。谓岁月绵远，胶膝干匮，发越响亮而不哽塞。四曰“静”。谓之无刹飒以乱正声。五曰“润”。谓发声不躁，韵长不绝，清远可爱。六曰“圆”。谓声韵浑然而不破散。七曰“清”。谓发声犹风中之铎。八曰“匀”。谓七弦俱清圆，而无三实四虚之病。九曰“芳”。谓愈弹而声愈出，而无弹久声乏之病。

正因为如此，世人才把“琴”这种乐器视为“君子之器”，象征正德。也正因为如此，在书写“琴”字的时候，不能把左侧的“王”字的最后一笔写成“提”而应保持原状把其写成“横”。古人钟琴，创作了大量的“琴诗”，亦称“琴乐诗”。“琴乐诗”中最有名的一首当推苏轼的《琴诗》：

若言琴上有琴声，放在匣中何不鸣？
若言声在指头上，何不于君指上听？

在这首诗歌中，作者一连提出两问，这两问之间不仅存在着递进关系，而且它还把世人对生活现象的思考提升到了一个哲理的高度。有人说苏轼在这首诗里提出了一个深奥的艺术美学问题，即对审美主体与审美客体之间关系的探讨；也有人说苏轼在诗中提出了一个艺术演奏与普通技术之间的区别问题。意蕴无穷，仁者见仁，智者见智。

在唐朝的诗歌创作中，白居易创作的“琴诗”最多。在肖占鹏、邓婷的《白居易古琴诗研究》一文中，对白居易所作的古琴诗进行过如下说明：以顾学颉校点的《白居易集》（中华书局，1979 年）为例，在收录有关音乐的 300 余首诗歌作品中，就曾经有 120 首与吟咏古琴相关，由此可见白居易对古琴的喜爱。[①] 也正是因为白居易有这么多的“琴乐诗”，所以以其为个案分析唐朝的“琴乐诗”应该具有一定的代表性。白居易的“琴乐诗”

① 肖占鹏，邓婷．白居易古琴诗研究［J］．天津师范大学学报（社会科学版），2012（5）：46.

具有如下的特点：

首先，“琴乐诗”是诗人思想矛盾的表现。琴在古代文人的心中具有重要的作用。正如刘禹锡在《陋室铭》里所说：“可以调素琴，阅金经。无丝竹之乱耳，无案牍之劳形。”可以“调琴”的地方是充满雅气的地方，“谈笑有鸿儒，往来无白丁”，非常人所处也。白居易作为文人，精通音乐，琴是其生活的一部分。在当时，由于外来音乐的入侵，使以琴为代表的本土音乐受到了一定程度的冲击。正如肖占鹏、邓婷在《白居易古琴诗》一文中总结的那样，当时的唐朝乐坛是这样的一种局面：开放的外交政策与和睦友好的民族关系的建立，使唐代的音乐艺术在总体上呈现出兼容并包、异彩纷呈的局面。如《新唐书·音乐志》载：“至唐，东夷乐有高丽、百济，北狄有鲜卑……凡十四国之乐，而八国之伎列于十部。”仅就形成于贞观十六年（公元642年）的唐代宫廷（十部乐）来看，就包括了燕乐、清商乐、西凉乐等十种音乐。其中，仅燕乐一项的常用乐器就包括了琵琶、箜篌、筚篥、筝四种少数民族乐器，这说明在唐代中原本土音乐被外来音乐侵入的情况较为明显。[①] 诗歌是对生活的再现，是诗人情怀释放的载体。试看白居易的《废琴》：

丝桐合为琴，中有太古声。古声淡无味，不称今人情。玉徽光彩灭，朱弦尘土生。废弃来已久，遗音尚泠泠。不辞为君弹，纵弹人不听。何物使之然？羌笛与秦筝。

在这首“琴乐诗”中，作者取诗题为《废琴》，很耐人寻味。从正常的情况来分析，琴之所以被废，不外以下两个原因：第一，年代久远，因长期的弹奏或因保管不善而使其损坏。这种情况属于自然原因所致，无可厚非。第二，人为的原因。从诗作传达的信息看，这把“废琴”之所以被“废”，却非上述原因所致，而是由于“羌笛与秦筝”。因为外来乐器的引入，致使传统的乐器受到了排斥，并被世人逐渐冷落。因此，这首“琴乐诗”虽然描写的是一把古琴的遭遇，但在古琴的遭遇中却寄托了作者矛盾的心情。作者矛盾的心情在本诗中有多处表现。“古声淡无味，不称今人情”表现的是第一重矛盾。在这里，琴依旧是古代的那把古老的琴，它所弹奏的声音仍然是那样的“平淡无味”，但是如此美妙的琴声却已不能与此时的人情相称，已满足不了时人对音乐的需要了。第二重矛盾表现在“废弃来已久，遗音尚泠泠”。虽然古琴已被废弃，但它仍然能够弹奏出古老的声音。这说明什么问题呢？旨在说明传统的琴乐思想不应该被外来音乐所

---

① 肖占鹏，邓婷．白居易古琴诗研究［J］．天津师范大学学报（社会科学版），2012（5）：46.

取代。对待任何一种文明，都应该是本着“取其精华，去其糟粕”的原则。第三重矛盾表现在“不辞为君弹，纵弹人不听”。前者不辞为君弹，说明已经有人认识到了乐坛的这种现象，可惜的是，虽然他说出了自己的观点，却不能够被世人所理解，所以“纵弹人不听”。这是一种无奈，也是一种困惑。虽然如何使传统的琴乐发挥其应有的作用不是作者一个人能够完成的任务，但是在完成琴乐作品的过程中，不免会使持有这种观点的人产生矛盾的心理。

其次，“琴乐诗”是诗人情感的载体。作为一种诗歌，“琴乐诗”与其他诗歌一样都是作者抒发自己情感的载体。在白居易的“琴乐诗”中，再现了他那丰富而复杂的情感。例如《对琴待月》：

竹院新晴夜，松窗未卧时。共琴为老伴，与月有秋期。
玉轸临风久，金波出雾迟。幽音待清景，唯是我心知。

在这首“琴乐诗”中，最后一句“幽音待清景，唯是我心知”把作者那颗孤独而不被世人理解的悲怆之心表现得淋漓尽致。“幽音”“清景”因“我心知”而具备了生活的意蕴，但“我心知”的是什么却无人能解，一个“唯”字把作者的孤独形象生动地展现在了读者的眼前。再如《船夜援琴》：

鸟栖鱼不动，夜月照江深。身外都无事，舟中只有琴。
七弦为益友，两耳是知音。心静声即淡，其间无古今。

在这首诗作中，表现了一种“琴我合一”之境。作者写了自己与琴的关系，一句“七弦为益友，两耳是知音”既是琴与诗人“合为一体”的写照，也是白居易对琴这种乐器的理解与感悟。只有在这种情况下，才有可能出现诗句中那种“心静声即淡，其间无古今”的知音式理解。一幅自我陶醉的神态令人折服，一幅自娱自乐的场面令人感叹。

再次，“琴乐诗”是诗人精神的寄托。在白居易的生活中，琴还是其精神的寄托。在琴声中，作者不仅忘记了世间的烦恼，而且在这悠扬的琴声中，作者还悟出人生的真谛。如《听幽兰》：

琴中古曲是幽兰，为我殷勤更弄看。
欲得身心俱静好，自弹不及听人弹。

这里的“幽兰”是指一首古代著名的琴曲。一般说来，曲调的优美还得恰当的乐器与之配合，才能在演奏中把它的美妙发挥到极致。“幽兰”古曲也不例外，它的动人之处需要好琴弹奏才能产生。然而光有琴声还不够，美妙的琴声还需识曲人的倾听。“自弹不及听人弹”一句既是作者的感悟，也是作者找到了精神寄托的表白。

所谓精神寄托，即是在琴声中，演奏者与听琴者都融入了乐曲的意境，达到了物我合一的境界。在现实中，并不是像白居易在这首诗中描述的那样“自弹不及听人弹”，只要你具备一定的修养，就一定能从琴声中悟出人生的真谛。

三、“琵琶诗”分析

论及“琵琶诗”，可数者颇丰，然经典之作非白居易的《琵琶行》莫属。下面对其这首琵琶诗从另一个层面进行重新的分析与解读。第六章已经对白居易的《琵琶行》进行了引录，这里不再重复引录，直接对其进行分析。

白居易的《琵琶行》可以从“五个一”的角度进行赏析。所谓的“五个一”，即一段往事的回忆、一缕悲上加悲的情感、一个精彩的演奏策略、一对难忘的知音、一种乐器的功用。

一段往事的回忆。一段往事的回忆是指琵琶女对自己身世的回忆。在《琵琶行》的序言里，作者对于这段回忆的往事进行过这样的叙述：“问其人，……是夕始觉有迁谪意。”

一缕悲上加悲的情感。在这首诗作之中，有三重悲惨的情感值得读者注意。第一重悲惨情感来自对琵琶女的同情，第二重悲惨的情感来自浔阳江畔的送别，第三重悲惨的情感来自作者对贬谪经历的回顾。

一个精彩的演奏策略。作为一首琵琶诗，或者更确切地说作为一首咏乐诗，《琵琶行》必然涉及琵琶的演奏技艺。在这首诗作中，作者运用了多种方法来再现琵琶女那精彩的演奏策略。演奏策略是指演奏者对整个演奏过程的系统性安排或科学式的演奏规划。在《琵琶行》这首诗作中，具体的演奏策略可以从以下几方面进行分析和阐释：

第一，以一个引人遐想的场景引人入场。“千呼万唤始出来，犹抱琵琶半遮面”描述琵琶女出场的场景，独具魅力的诗句使读者产生了无限的遐想。众所周知，琵琶演奏需要琵琶演奏者面对他的听众，既然前面已经“移船相近邀相见”，已经“添酒回灯重开宴”了，就说明这位琵琶女已经同意为他们演奏，已经对这次演奏有所准备了，但为什么她又不肯出来呢？从咏乐诗的层面分析，只有一个答案，即“千呼万唤始出来，犹抱琵琶半遮面”是其演奏策略的重点内容之一，目的之一是引起观众对自己的关注，对自己演奏的关注。前面一句“千呼万唤始出来”吊足了观众的胃口，后面一句“犹抱琵琶半遮面”的事实引起了观众无限的遐想。如果没有前面的“千呼万唤始出来”，那么后面的“犹抱琵琶半遮面”也就失去了存在的基础；同样，如果没有后面的“犹抱琵琶半遮面”，那么前面的“千呼万唤始出来”也就没有了艺术效果。所以说，这两句话叙述的是一个精彩演奏策略实施的开端。

第二，气氛的渲染。琵琶演奏与其他乐器表演一样，它不仅需要演员在出场前吊足观众的胃口，而且还需要在后面的演奏前渲染一下演出所需要的气氛。诗中琵琶女凭借自己多年的演奏经验，在正式演奏前为自己营造了一个适宜的演出气氛。对此，诗作中有这样的描写："转轴拨弦三两声，未成曲调先有情。弦弦掩抑声声思，似诉平生不得志。低眉信手续续弹，说尽心中无限事。"看似简单的几句描述，却把一个演出所需要的气氛渲染得恰到好处。首先，琵琶女借助演奏技艺，营造了"未成曲调先有情"的氛围，这正如现在歌唱开始前的前奏一样，把观众的情绪调动了起来。如果说此时琵琶女弹奏了很长的时间还没有调动观众的情绪，那么将会产生另外一种效果。而此时，三两声就完成了气氛的渲染，说明这位琵琶女有很高的弹奏造诣。因为前面有了"千呼万唤始出来，犹抱琵琶半遮面"的策略，现在也没有必要先用较长的时间去渲染弹奏所需要的气氛了。其次，琵琶女不是在弹奏一支简单的曲子，而是在曲子中融入了自己的身世，融入了自己许多的无奈。正是这诸多的无奈才引起了听众的反应，引起了他们的共鸣。

第三，一段令人称奇的娴熟技艺。琵琶弹奏是一项艺术，没有精湛的弹奏技艺是不可能征服观众的心的。琵琶女之所以赚足了观众的眼泪，不仅与其演奏策略相关，而且还与其精湛的演奏技艺密切相连。为此，作者从多个视域里对其演奏的琵琶技艺进行了夸张式的渲染。首先，诗人利用"轻拢慢捻抹复挑"一句来再现琵琶女的弹奏基本功。琵琶弹奏不仅需要弹奏者具备一定的基础功，而且还需要弹奏者具有一定的弹奏技巧。前者弹奏的基本功是后者弹奏技巧得以发挥的关键。正如达·芬奇画蛋一样，如果达·芬奇没有画蛋的基本功，他就不可能拥有绘制《蒙娜丽莎》的绘画技巧。琵琶女也一样，一轻拢、一慢捻、一抹又复挑的动作足见其弹奏基本功的扎实。为了证实这位琵琶女的弹奏技艺，诗人白居易又在后面用"大弦嘈嘈如急雨，小弦切切如私语"来加以验证。在此，琵琶女能够根据大弦与小弦的区别，把其功能在演奏中发挥到极致，就足以说明她既有扎实的基本功，又具有别人所不能企及的演奏技巧。其次，诗人白居易又用下面的诗句来重复琵琶女的演奏技巧："嘈嘈切切错杂弹，大珠小珠落玉盘。间关莺语花底滑，幽咽泉流冰下难。"如果说前面的"嘈嘈切切错杂弹，大珠小珠落玉盘"是对其弹奏技艺详细描述的话，那么后面"间关莺语花底滑，幽咽泉流冰下难"则是从效果的层面对其进行的验证。试想一下，如果没有良好的基本功，怎么可能有"嘈嘈切切错杂弹"的演奏；如果没有"嘈嘈切切错杂弹"的演奏，怎么可能又会出现后面"间关莺语花底滑，幽咽泉流冰下难"的效果？所以说，琵琶女具有精彩的弹奏技艺。

如果说上面的分析还不够精细的话，那么下面一句“冰泉冷涩弦凝绝，凝绝不通声暂歇。别有幽愁暗恨生，此时无声胜有声”则使读者不由得佩服琵琶女的演奏技艺和弹奏技巧了。在刘成章的散文《安塞腰鼓》一文中，作者就借用了琵琶女的弹奏技巧来表达安塞腰鼓的艺术魅力。例如，刘成章在文章的结尾处这样写道：

愈捶愈烈！痛苦和欢乐，生活和梦幻，摆脱和追求，都在这舞姿和鼓点中，交织！旋转！凝聚！奔突！辐射！翻飞！升华！人，成了茫茫一片；声，成了茫茫一片……

当它戛然而止的时候，世界出奇地寂静，以致使人感到对她感到十分陌生了。

简直像来到另一个星球。

耳畔是一声渺远的鸡啼！

安塞腰鼓与琵琶演奏有着相同之处，它们都是通过声音来感染观众。在这里，刘成章与琵琶女一样，开始的时候都极力通过声音的渲染来表现心中的情感，而在结尾的时候，又都采用了戛然而止的演奏策略。正是这样的演奏策略才使安塞腰鼓的观众感受到了此处无声胜有声的演奏效果。也就是说，当琵琶声音突然停止的时候，观众的心还沉醉在演奏之中，这种反应上的时间差异，不仅提升了演奏的艺术效果，而且还突出了演奏者独到的弹奏技巧。

第四，一个无双的演奏效果。在《琵琶行》这首诗中，琵琶女的演奏可谓是前无古人，后无来者的一次精湛演奏。在这场演奏中，她的演奏技巧得到了极大的发挥，她的演奏策略运用得恰到好处，她的演奏效果得到了大家的公认。诗歌结尾处的“今夜闻君琵琶语，如听仙乐耳暂明。莫辞更坐弹一曲，为君翻作琵琶行。感我此言良久立，却坐促弦弦转急。凄凄不似向前声，满座重闻皆掩泣。座中泣下谁最多？江州司马青衫湿”反衬了琵琶女的弹奏效果，再现了琵琶这种乐器的感染力。

一对难忘的知音。这里所说的一对难忘的知音是指诗人与琵琶女。琵琶女所弹奏的乐曲及其痛苦的身世都得到了诗人的理解，诗人了解琵琶女的演奏策略，了解琵琶女的弹奏技法，了解琵琶女的身世，甚至夸张一点地说，诗人理解琵琶女的一切，所以他们成了知音。于是文中这一句“莫辞更坐弹一曲，为君翻作琵琶行”以及“座中泣下谁最多？江州司马青衫湿”就成了此观点的例证。也正因为如此，诗人发出了“同是天涯沦落人，相逢何必曾相识”的万千感慨。

一种乐器的功用。在《琵琶行》的叙述中，作者还在无意间提及了琵琶这种乐器的作用。如果把琵琶仅仅当作是一种乐器，那似乎太过于简单了。在琵琶女的手里，它是诉说自己心中无限事的媒介；在诗人的眼中，琵琶既是其情感再现的媒介，又是促使其完成诗作的一种媒介。在这首长篇的叙事诗中，琵琶又充当了叙事的媒介。诗作所述的一切都离不开这把独特的乐器——琵琶。

其实，在现实生活中，琵琶所弹奏的乐曲也并不是都给众人这样的感觉。为此，列举下面两首苏轼创作的与琵琶相关的词作来澄清大家对琵琶的误解，即琵琶这种乐器也可以为世人增添一种欢快的情感。例如苏轼的《虞美人·琵琶》：

定场贺老今何在？几度新声改。怨声坐使旧声阑。俗耳只知繁手、不须弹。

断弦试问谁能晓？七岁文姬小。试教弹作辊雷声。应有开元遗老、泪纵横。

又如苏轼的《诉衷情·琵琶女》：

小莲初上琵琶弦，弹破碧云天。分明绣阁幽恨，都向曲中传。

肤莹玉，鬓梳蝉，绮窗前。素娥今夜，故故随人，似斗婵娟。

从苏词看，笔调清新，无白居易的哀怨之声，似有几分清朗之音潜在其中。

四、“笛乐诗”析略

笛是中国最古老的乐器之一。从字形源学的层面分析，“笛”是一个会意字，它从“竹”，从“由”，而“由”是“流动”之意。把这两部分组合在一起，“笛”的本义就是指一个依赖气体流动而发出声音的竹管。在唐诗中，有许多诗人的诗作都涉及了这种乐器。下面就以几首题目中带有“笛”字样的诗歌进行笛乐诗的解读。

第一种笛声：充斥着战争与戍边带来的哀怨之音。张巡有《闻笛》一首：

岧峣试一临，虏骑附城阴。不辨风尘色，安知天地心？

营开边月近，战苦阵云深。旦夕更楼上，遥闻横笛音。

安禄山叛乱，张巡参加了此次抗击叛军的战斗，亲历战争带来的灾难和苦楚。虽然张巡官职卑微，但他却是一位文武全才，不由得借助手中之笔记下了当时情况和感受。从诗作前面的叙述，可以看出这位官职卑微的张巡已全无战斗的恐惧感。诗作以“遥闻横笛音”一句作为结束，读者情思无限。那悠扬而略带哀怨的笛声，是对安史之乱的控诉，还是对战争远无结束之日的担忧，读者不得而知。然而无论是对前者的担忧，还是对后面战争结束的期盼，都使这笛声令人联想无限。又如李益的《夜上受降城闻笛》：

回乐峰前沙似雪，受降城外月如霜。

不知何处吹芦管，一夜征人尽望乡。

这是一首描述戍边战士闻笛思乡的诗作。在这首诗作中，前面一句把“沙”比作“雪”，后面一句把“月光”喻作“霜”。合二为一，就是“雪上加霜”。这样的解读也许有人认为牵强，但是把它与后面的笛声及其听后的感受合在一起就顺理成章了。戍边生活如此之苦，又加上思乡的哀怨，这不就是“雪上加霜”吗？

第二种笛声：倾诉贬谪途中的苦闷。如李白的《观胡人吹笛》：

胡人吹玉笛，一半是秦声。十月吴山晓，梅花落敬亭。

愁闻出塞曲，泪满逐臣缨。却望长安道，空怀恋主情。

又如刘长卿的《听笛歌》：

旧游怜我长沙谪，载酒沙头送迁客。

天涯望月自沾衣，江上何人复吹笛。

横笛能令孤客愁，绿波淡淡如不流。

商声寥亮羽声苦，江上寂历江枫秋。

静听关山闻一叫，三湘月色悲猿啸。

又吹杨柳激繁音，千里春色伤人心。

随风飘向何处落，唯见曲尽平湖深。

明发与君离别后，马上一声堪白首。

这两首与笛相关的诗作，其作者都借助那悠扬而充满哀怨的笛声，抒发了自己遭贬谪的抑郁之情。即使是面对胡人的笛声，作者李白也能感受到贬谪的痛苦，可见音乐的力量是多么的强大。在第二首诗作中，作者刘长卿开篇第一句就点出自己遭贬谪的身份，一句“旧游怜我长沙谪”既说得实实在在，又说得令人感慨。于是才有了后面那样的闻笛效果：横笛能令孤客愁，绿波淡淡如不流。再看后面那句“千里春色伤人心”，春天本应该是带给人希望的季节，但此时的诗人却产生伤心的情感，这种乐境反衬的艺术效果，非有那笛音的参与不可。所以，在唐诗中，笛音还是贬谪情感的一种寄托。

第三种笛声：充满对故乡的思念。初唐时期的宋之问是一位与沈佺期同名的诗人。他的《咏笛》一诗就表现了非常深厚的思乡之情，其原文如下：

羌笛写龙声，长吟入夜清。关山孤月下，来向陇头鸣。

逐吹梅花落，含春柳色惊。行观向子赋，坐忆旧邻情。

一位远离故乡的人，在那轮关山孤月的照耀下，在悠扬的笛声中，回想着那遥远的故乡，回想着故乡的邻居，回想着与他们的交往是多么惬意，又是多么无奈啊！而同样是思乡，同样是写笛声，韦庄的一首《村笛》却远比宋之问的这首诗悲苦了许多，其原文如下：

箫韶九奏韵凄锵，曲度虽高调不伤。
却见孤村明月夜，一声牛笛断人肠。

无论是唐朝的咏乐诗，还是其他朝代的咏乐诗，都会给予以下诸多的启示：首先，演奏艺人的演奏技艺精湛。如上面那首《琵琶行》中的琵琶女，不仅有杰出的演奏技艺，而且还有令人羡慕的演奏策略。因此，从这些演奏者的身上，应该感知他们学习演奏技艺中的艰苦。无论是哪一行，只要你努力，只要你付出了自己的艰辛，那么最终你就一定会有所收获。虽然众人都懂“三百六十行，行行出状元”的道理，但很多人因为没有付出而最终未能成为真正的状元。正是这个道理：业精于勤而荒于嬉。其次，作为咏乐诗，它还讲述了一个道理：即当遇到挫折的时候，一定要借助一定的渠道进行交流。无论是像白居易那样与演奏艺人之间的交流，还是像刘禹锡那样在“调素琴”中排遣自己心中的愤懑，都能够起到缓解心情的作用。所以，在平时的学习中，每一个人都应该学习一点音乐知识，并通过这些音乐知识随时调整自己的心态。在现代社会，音乐不仅没有走出生活，反而成了生活的一部分，无论是电视节目中的歌曲播放，还是平时休闲娱乐活动，都给学习音乐、利用音乐提供了机会。因此，自己在平时应该重视对相关音乐知识的学习，不断地丰富自己的艺术修养。

第三节　多情善感的棋诗

棋类是古代人们非常喜爱的益智怡情的高雅活动，被誉为数学的艺术、趣味的科学、战斗的游戏、智慧的搏斗。历代很多诗人钟情于棋，棋与诗结下了不解之缘。棋在古代人的生活中有着重要的作用，特别是对于那些文人而言，棋既是他们排遣寂寞的工具，又是他们增进友谊、加深情感的媒介。文人笔下的棋，不仅仅是一盘普通的棋，它还蕴含着丰富的诗情画意，或是人生故事的浓缩。历代文人留下大量有关棋的诗歌，这里姑且称之为“咏棋诗”。

诗言情，每一首诗作中都蕴含着诗人个性化的情感。下面就结合具体的咏棋诗，对其中所蕴含的情感进行品析。

一、历代棋诗概述

棋的种类多，常见的有象棋、围棋、军棋、跳棋等，棋类活动历来广受人们喜爱，《楚辞·招魂》中就有“哀蔽象棋，有六博兮”之句，可见象棋在春秋战国时代就已经开始在民间流行。围棋是棋类的鼻祖，在公元前三千年左右就已经出现了围棋。据《世本》所说，围棋为尧所造。张华在《博物志》中记载：“舜以子商均愚，故作围棋以教之。”是说舜为启发愚钝的儿子而发明围棋让其学习。

随着人类文明的进步，棋也更为世人所接受。唐朝诗歌一度繁荣，诗人名家辈出，其中杜甫、杜牧两人是有名的棋迷，杜甫在《江村》诗中云：“清江一曲抱村流，长夏江村事事幽。自去自来堂上燕，相亲相近水中鸥。老妻画纸为棋局，稚子敲针作钓钩。多病所须唯药物，微躯此外更何求。”这首诗描绘出了杜甫在幽静的环境中常与人下棋或垂钓的愉悦心情，这也是杜甫恋棋的真实写照。而杜牧在《送国棋王逢》诗中则云：“浮生七十更万日，与子期于局上销。”表明从现在起到七十岁的一万多天，都要用来下棋。说法虽然有些夸张，但明心迹，忘形于弈棋却是真的。从两者的诗句看，他们对棋的迷恋已经达到废寝忘食的程度。白居易也爱棋，一生中写了很多下棋诗。“山僧对棋坐，局上竹荫清。映竹无人见，时闻下子声”便是描绘诗人竹下弈棋的生动画面。

宋代名相文天祥，也是个善棋之人，有关他爱棋的事，《涌幢小品》有这样的记载：“文丞相嗜象弈……暑日喜溪浴，与周子善于水面以意为枰，行弈决胜负，愈久愈乐，忘日早暮。”文中传达出文天祥喜好下蒙目棋，这也是下蒙目棋最早的记载了。文天祥在《生日中与肖敬夫韵》一诗中曰：“客来不必笼中羽，我爱无如桔里枰，一任苍松载十里，他年犹见茯苓生。”足见其爱棋至深。爱国诗人陆游不仅下得一手好棋，也写下了不少的棋诗，主要载于其《剑南诗集》。其中写道：“西窗斜日晚，呵手敛残棋。”即使是天寒地冻，也不忘下棋，其激情非同一般。

明代著名思想家王守仁，痴迷于棋，有故事说他小时候很爱下棋，其母劝之不动，于是母将棋扔进河里。他站在河畔看着棋子随波漂流，摇头顿足，哭之以诗：“象棋在手乐悠悠，苦被严亲一旦丢。兵卒坠河皆不救，将帅溺水一齐休。马行千里随波去，士入三川逐浪游。炮响一声天地震，象若心头为人揪。”言辞通俗，简短的诗句把一个棋迷的形象活灵活现地呈现在我们面前，着实令人捧腹。明仁宗朱高炽，也是个棋狂，其在宫中见两个小太监下棋，便命在场的状元曾启作诗咏之，曾启吟道：“两军对敌立双营，坐运神机决死生。千里封疆驰铁马，一川波浪动金兵。虞姬歌舞悲垓下，汉将旌旗逼楚城。兴尽计穷征战罢，松阴花影满棋枰。”仁宗一时兴起，也当即赋诗一首：“二国争强各用兵，摆成队伍定输赢。马行曲路当先道，将守深宫戒远征。乘险出车收散卒，隔河飞炮下重城。等闲识得军情事，一着功成定太平。”这是棋诗的两首经典之作。

清代也不乏咏棋诗作，值得一提的是文士来子鱼所作赠野雪和尚的一首围棋诗：“蕉团坐稳静皈依，十九行中喻法微。慧眼欲生抛大劫，观心不定却斜飞。分先未许争先手，戒杀何堪露杀机。跳出刀山投铁网，与师一笑解重围。”野雪和尚同著名的围棋国手吴嗣仙对弈，吴嗣仙很谨慎，每一子都经深思熟虑才投下，而野雪则不假思索，随手应战，结果野雪却连胜数盘。来子鱼被野雪和尚高超的棋艺折服，故作此诗对其进行赞赏。

看下棋也是一种娱乐活动，同时还是一种艺术享受，这其中的美妙之处只有看棋人知晓，正像清代袁枚在《春日偶吟》诗中所云：“拢袖观棋有所思，分明楚汉两军持。非常欢喜非常恼，不看棋人总不知。”

二、咏棋诗中的情感

对大量咏棋诗进行品读，不难发现其中蕴含着丰富的情感。对诸多的情感进行分类，其类别有如下几种：

第一类情感是表达一种期盼之情。所谓期盼，是指众人对未来即将出现的美好的事情或者即将到来的人所拥有的一种预期的情感。而最能表现这种情感的诗作当属司马光的那首《有约》：“黄梅时节家家雨，青草池塘处处蛙。有约不来过夜半，闲敲棋子落灯花。”诗作所描绘的情感非常耐人寻味：一个下雨的夜晚，听着窗外那一片蛙鸣，本来约好的棋友却迟迟未到，于是诗人一个人坐在棋盘边，轻轻地敲着棋子。偶尔一响的棋子却震落了灯花，使室内的灯光摇曳。虽然诗中没有详细地描绘诗人对那位棋友迟迟不到的心理体验的描写，但一句“有约不来过夜半”就写出了诗人在等待中的无奈，一句“闲敲棋子落灯花”就写出了诗人此时心中的那份焦急已经凝固成了永恒的等待。看似普通的一个“敲棋子”的动作，虽然前面被冠以“闲”字来修饰，但它所表现的心情却不是真正的清闲，而是一种焦急的等待，是对朋友的一种期盼。

第二类情感是表达诗人对生活的热爱。在古代诗人的眼中，生活是盘棋，精心下好一盘棋，其实就是在倾诉对生活的热爱。例如大诗人杜甫在著名的《江村》中就表现了这样的一种情感：

清江一曲抱村流，长夏江村事事幽。
自去自来堂上燕，相亲相近水中鸥。
老妻画纸为棋局，稚子敲针作钓钩。
多病所须唯药物，微躯此外更何求。

在这首诗作中，杜甫首先描绘了江村优美的景色：一条长长的江水环抱着村庄悄悄而逝，在那火热的夏季里，农民都没有什么农活了。不仅堂前的燕子来去自由，就连那水中鸥此时也能够清闲地彼此说一会儿悄悄话儿了。再看自己的妻子，她正在那张纸上精心地绘制着棋盘，为了能够下一盘棋精心地准备着。虽然作者此时没有真正地下棋，但这幅清新的生活画面就足以让读者陶醉了。尤其是诗歌最后两句“多病所须唯药物，微躯此外更何求”把作者自己对生活的满足表现得淋漓尽致。如果说这首诗作表现的清闲是作者农民生活中的悠然，那么下面这两首诗作中的清闲就颇具仙人的风范了。

早尚逍遥境，常怀汗漫期。星郎同访道，羽客杳何之？物外求仙侣，人间失我师。不知柯烂者，何处看围棋？（韦执中《陪韩退之实贻周同寻刘尊师不遇得师字》）

潆渟幽壁下，深净如无力。风起不成文，月来同一色。地灵草木瘦，人远烟霞逼。往往疑列仙，围棋在岩侧。（刘禹锡《海阳十咏·蒙池》）

虽然这两首诗歌出自不同诗人之手，但是都描摹了一种清幽的诗境，仿佛仙境一般，让人羡慕陶醉，这其中不乏诗人对这种清幽闲淡生活的热爱和向往。

第三类情感是诗人理性的思索。所谓理性的思索，是指诗人结合具体下棋实践对人生诸多问题进行的一种思考和分辨，在表现自己感悟的同时，诗人又把这种理性的思考巧妙地融入棋中。例如下边两首诗作：

何人生得宁馨子，今夜初逢掣笔郎。莫怪围棋忘瓜葛，已能作赋继灵光。（苏轼《赠王觏》）

短檠膏涸夜将残，感事怀人兴未阑。酌酒浅深须自度，围棋成败有傍观。断粝作饭终年饱，大布裁袍称意宽。世上闲愁千万斛，不教一点上眉端。（陆游《冬夜读史有感》）

在苏诗中，一句“莫怪围棋忘瓜葛”把下棋给予自己的感悟说得非常透彻。正是这样的感悟，才能有后一句“已能作赋继灵光”效果的出现。在第二首诗作中，一句“围棋成败有傍观”把“当局者迷，旁观者清”的现实讲述得清清楚楚。陆游的一生非常坎坷，无论是其婚姻，还是其仕途，诸多的不如意都使其无可奈何。然而，如何看待棋局的得失，如何看待人生的成败，一句“围棋成败有傍观”似乎普通的话，却是诗人对人生的感悟。也正如这句话所说的这样，才华横溢的陆游虽然一生没有做出多少载入史册的功绩，但他爱国的情怀却为世人所理解和称颂。这样的事实不就是“围棋成败有傍观”的具体内涵吗？这是其因读史而明的事理，也是其反思自己的遭遇而顿生的哲理性感悟。

第四类情感是抒写相思。相思并非单独指向男女之间互相思念的情感，其内容是丰富的，它也包括朋友之间的相互思念。在咏棋诗作中也有对这种情感的抒发和寄托。例如下面这两首诗作就表现了这样的情感：

孤城易水头，不忘旧交游。雪压围棋石，风吹饮酒楼。路遥千万里，人别十三秋。吟苦相思处，天寒水急流。（贾岛《怀博陵故人》）

一尺深红胜曲尘，天生旧物不如新。合欢桃核终堪恨，里许元来别有人。井底点灯深烛伊，共郎长行莫围棋。玲珑骰子安红豆，入骨相思知不知。（温庭筠《南歌子词二首》）

在第一首诗作中，诗人贾岛看着那大雪覆盖下的棋盘，想起曾经与自己对弈的朋友，虽然相隔万里，分别十几载，但是彼此之间的情感却没有因距离的变化而分离，没有因时间的流逝而变淡。

第二首词表现了男女之间的相思之情。虽然作者是以一位女人的口吻写这首词作的，但是写得颇为隐晦，特别是下片的第一句“井底点灯深烛伊”就是如此。原来在这首词作中的文本语境里，“深烛伊”因与“深嘱伊”谐音而成了同义语。在这里，所谓的“伊”是人称代词，即“你”之义，这是一位女子在分别的时刻对男子的临别寄语。下一句“共郎长行莫围棋”说得更为隐晦，“莫围棋”表面是说“不要下围棋”，其实是借“莫围棋”之音来暗示那位即将远行的人儿在“长行”的途中不要违背两人约定的归期。因此，在这里“围棋”一词就具有了双重的语境意义：一方面，指这对即将分别的人正在进行着的围棋活动；另一方面，暗示着女子希望男方不要“违期”的叮咛。特别是这首诗作中的最后一句“入骨相思知不知”，更加深化了这里的“围棋”之义，既是诗人对前句“共郎长行莫围棋”的深化，又是刻骨情感的延展。

上面所列举的“棋”主要是“围棋”，下面再列举几首以象棋为首的诗作进行相关问题的阐释。象棋与围棋一样，都反映着作者对生活的思考，都寄托着作者内心的情感。如程颢的《咏象棋》：

大都博弈皆戏剧，象戏翻能学用兵。
车马尚存周战法，偏裨兼备汉宫名。
中军八面将军重，河外尖斜步卒轻。
却凭纹楸聊自笑，雄如刘项亦闲争。

这首诗以象棋为题，作者把棋局与戏剧相比。与此同时，他又在强调“象戏翻能学用兵”。也就是说，象棋与用兵一样，都需要对弈者深谋远虑，都需要对弈的双方彼此运筹帷幄。但无论你怎么深谋远虑和运筹帷幄，游戏毕竟是游戏，一切都如作者在诗中最后说的那样：雄如刘项亦闲争。游戏如此，人生也是如此。再如冯梦龙的《挂枝儿·象棋》：

闷来时，取过象棋来下。要你做士与象，得力当家。小卒儿向前行，休说回头话。须学车行直，莫似马行斜。若有他人阻隔了我思情也，我就炮儿般一会子打。

这首曲写得非常有趣，作者既把自己的情感融入了象棋之中，又凭借象棋的规则把自己的情感进行了淋漓尽致的表现。特别是“小卒儿向前行休说回头话。须学车行直，莫似马行斜”，既是在讲述下棋的规则，又是在利用象棋的规则告诫读者做人的道理：一往直前既是象棋中“小卒”的规则，又是现实中做人的基本准则。“须学车行直，莫似马行斜”把传统道德中的“诚实守信”原则形象而生动地告诉给了读者。“若有他人阻隔了我思情也，我就炮儿般一会子打”，把生活中的场景寓于象棋的规则之中，“炮儿般一会子打”既讲得惹人深思，又使世人联想无限。

三、观棋诗中的人生感悟

在古人看来，棋局便是人生，一盘棋蕴含着人生中的种种得与失，观棋便是省视自己的人生。这样的感悟，恐怕没有谁比邵雍更有心得，他把自己观棋的感受详细地记录在案，写成了著名的《观棋大吟》，其原文如下：

人有精游艺，予尝观弈棋。筭馀知造化，着外见几微。好胜心无已，争先意不低。当人尽宾主，对面如蛮夷。财利激于衷，喜怒见于颀。生杀在于手，与夺指于颐。戾不殊冰炭，和不侔埙篪。义不及朋友，情不通夫妻。珠玉出怀袖，龙蛇走肝脾。金汤起樽俎，剑戟交幓帏。

白昼役鬼神，平地蟠蛟螭。空江响雷雹，陆海诛鲸鲵。寒暑同舒惨，昏明共蔽亏。山河灿於地，星斗会璇玑。因睹输赢势，翻惊宠辱蹊。高卑易裁制，返覆难拘羁。心迹既一判，利害不两提。卷舒当要会，取舍在须斯。智者伤于诈，信者失于椎。真伪之相杂，名实之都隳。

得者失之本，福为祸之梯。乾坤支作讼，离坎变成睽。弧矢相凌犯，言辞共诋欺。何尝无胜负，未始绝兴衰。前日之所是，今日之或非。今日之所强，明日之或羸。以古观后世，终天露端倪。以今观往昔，何止乎庖牺。尧舜行揖让，四凶犹趄趑。汤武援干戈，三老诚有讥。

虽皋陶陈谟，而伊周献规。曾未免矣夫，疗骨而伤肌。仁为名所败，义为利所挤。治乱不自已，因革徒从宜。与贤不与子，贤愚生瑕玼。与子不与贤，子孙生疮痍。或苗民逆命，或有扈阻威。或羿浞起衅，或管蔡造疑。或商人征葛，或周人乘黎。或鸣条振旅，或牧野搴旗。

灼见夏台日，曾照升自陑。安知羑里月，不照逾孟师。厉王奔于彘，幽王死于骊。平王迁于洛，赧王败于伊。或盟于召陵，或会于黄池。或战于长岸，或弑于乾溪。或入于鄢郢，或栖于会稽。或屠于大梁，或入于临淄。五霸共吞噬，七雄相鞭笞。暴秦灭六国，楚汉决雄雌。

天尽于有日，地极于无涯。遐尔都包括，纵横悉指挥。井田方奕奕，兵甲正累累。易之以阡陌，画之以效畿。销之以锋镝，焚之以书诗。罢侯以置守，强干而弱枝。重兵栖上郡，长城慚边陲。自谓磐石固，万世无已而。回天于指掌，割地于阶墀。视入若蝼蚁，用财如沙泥。

阿房宫未毕，祖龙车至戏。骊山卒未放，陈涉兵自蕲。灞上心非浅，鸿门气正滋。咸阳起烟焰，南郑奋熊罴。人鬼同交错，风云共惨凄。项强刘未胜，得鹿莫知谁。约法三章在，收兵五国随。庙堂成算重，帷幄坐筹奇。广武貔貅怒，鸿沟虎豹饥。荥阳留纪信，垓下别虞姬。

三杰才方展，千年运正熙。山川旧形胜，日月新光辉。正朔承三统，车书混四维。方隅无割据，穷僻有羁縻。后族争行日，军分南北司。当时无佐命，何以救颠隮。百战方全日，长兵震天垂。岂知巫蛊事，祸起刘屈牦。冢宰司衡日，重明正渺弥。见危能致命，无忝寄孤遗。

剧贼欺孤日，行同狐与狸。宫中凌寡妇，殿上逐婴儿。龙战知何所，冰坚正在兹。溃堤虽患水，御水敢忘堤。东汉重晞日，昆阳屋瓦飞。幽忧新室鬼，狼藉渐台尸。鄗邑追隆准，新安扫赤眉。再逢火德王，复睹汉官仪。窦邓缘中馈，阎梁挟牝鸡。经何功殆尽，至董业都糜。

河洛少烟火，京都多蒿藜。长天有鸟度，白骨无人悲。城有隍须复，羊无血可刲。大厦之将颠，非一木可支，孟德提先手，仲谋藉世资。玄德志不遂，竟终于涕洟。西晋尚清谈，大计悬品题。妇人执国命，骨肉生疠疵。二主蒙霜露，五胡犯鼎彝。世无管夷吾，令人重歔欷。

广陌羌尘合，中州胡马嘶。龙光射牛斗，日影化虹蜺。辟草来洛汭，垦田趋江湄。二百有四年，方驾而并驰。东晋分南尾，时或产灵芝。凡经五改命，至陈卒昌隋。国破西风暮，城荒春草萋。长江空满目，行客浪沾衣。后魏开北首，孝文几缉绥。河阴旋有变，国分为东西。

尔朱夺高氏，宇文灭北齐。及隋始并陈，四海为藩篱。泛忭公私匮，征辽士卒疲。有身皆厌苦，无口不嗟咨。处处称年号，人人思乱离。中原未有主，谁识非鹿麋。千一难知日，天人相与期。龙腾则云霭，虎步则风凄。母后专朝日，相仍絜宫闱。可差恒彦范，不杀武三民。

绣岭喧歌舞，渔阳动鼓鼙。太平其可儆，徒罪一杨妃。剑阁离天日，潼关漏虎貔。两京皆覆没，九庙咸倾攲。乐极则悲至，恩交则害携。事无事奈何，举目谁与比。自此藩方盛，都无臣子祗。恃功而不朝，讨贼以为词。各拥部兵盛，谁怜王室卑。邀朝迁姑息，观社稷安危。

攻取非君命，诛求本自肥。乘舆时播越，扈从或参差。尾大知难运，鞭长岂易麾。长奸忧必至，养虎害终贻。国步可颠沛，君心空忸怩。时来花烂漫，势去叶离披。十姓分中夏，五家递通逵。徒明星有烂，但东方未晞。才返长芦镇，旋驱胡柳陂。绛霄兵自取，玄武火何痴。

中渡降堪罪，栾城死可嗤。太原朝见人，刘子夕闻啼。事体重重别，人情旋旋移。弃灰犹隐火，朽骨尚称龟。谲诈多阴中，艰忧常自罹。挠防肤革易，患救腹心迟。语祸不旋踵，言伤浪噬脐。欲升还陨落，将坠却扶持。瞑眩人皆恶，康宁世共晞。须能蠲重疾，始可谓良医。

久废田硗确，难行路险巇。不逢真主出，何以见施为。家国遭迍极，君臣际会稀。上天生假手，我宋遂开基。睿弄随方设，群豪引领归。迄今百余载，兵革民不知。成败须归命，兴亡自系时。天机不常设，国手无常施。往事都陈迹，前书略可依。比观之博弈，不差乎毫厘。

消长天旋运，阴阳道范围。吉凶人变化，动静事枢机。疾走者先颠，迟茂都后萎。与其交受害，不若两忘之。求鱼必以筌，获兔必以罘。得之不能忘，羊质而虎皮。道大闻老子，才难语仲尼。造形能自悟，当局岂忧迷。黑白焉能浼，死生奚足猗。应机如破的，迎刃不容丝。

勿讶傍人笑，休防冷眼窥。既能通妙用，何必患多岐。同道道亦得，先天天弗违。穷理以尽性，放言而遣辞。视外方知简，听余始识希。大羹无以和，玄酒莫能漓。上兵不可伐，巧历不可推。善言不可道，逸驾不可追。兄弟专乎爱，父子主于慈。天下亦可授，此著不可私。

邵雍是北宋的诗人，同时也是一位哲学家，在这首长篇五言古诗中，作者详细地叙述了自己的观棋感悟。既融入了自己对生活现象的思考，也再现了自己对下棋之道的感悟，意义颇丰。

其一，棋局如人生。争强好胜是人本质的体现。正如诗句所言：“好胜心无已，争先意不低。当人尽宾主，对面如蛮夷。”当两个人坐在一起下棋的时候，大家表现出来的争强好胜之心从没有停止过。面对坐在棋盘对面的朋友，就如面对“蛮夷”一样。在棋局中如此，无可厚非，但在现实中这样却是不大应该了。所以作者又多说了一句“当人尽宾主”。在此，“友谊第一，比赛第二”的比赛原则也许就是“当人尽宾主”的现代性解释。如果这样的心态再进一步发展到“财利激于衷，喜怒见于頄。生杀在于手，与夺指于颐。戾不殊冰炭，和不侔埙篪。义不及朋友，情不通夫妻”就更可悲了。于是作者在这番叙述之后，写出自己的感悟：“因睹输赢势，翻惊宠辱蹊。高卑易裁制，返覆难拘羁。”这就是说人生的宠辱就如棋局中的输赢一样，为这输赢，每个人都应该规划如何进行人生的下一步。这既是下棋者的追求，也是观棋者的感悟。

其二，如何面对人生的诸多问题。在这首诗作中，作者又说出了以下几句颇有哲理的句子：“心迹既一判，利害不两提。卷舒当要会，取舍在须斯。智者伤于诈，信者失于椎。真伪之相杂，名实之都隳。”在现实生活中，人们都是根据自己的需要而进行取舍。智者千虑，必有一失；愚者千虑，必有一得。名与实之间的关系着实让人难以分辨，何谓得，何谓失，是一个永远也说不清的问题。现实如此，历史也是如此，于是作者又列举了历史上的诸多事例来证明自己的观点。

其三，人生输赢的相互转变。“得者失之本，福为祸之梯。乾坤支作讼，离坎变成睽。”所谓的得，要以别人的失去作为基础；所谓的失，就是因为别人的得。“得与失”之间的关系就如“福与祸”之间的关系一样，两者之间存在着相互转化的辩证关系。正如“塞翁失马”的故事所说，“福兮祸所伏，祸兮福所倚”。对于这一点，诗人在后面又进行了详细的论述：“前日之所是，今日之或非。今日之所强，明日之或羸。”在这里，“是”与“非”的转变，“强”与“羸”的变化都是最好的例证。下棋如此，人生也是如此，每一件事情都在随着自身与外界条件的变化而不断地变化着。

“观棋不语真君子，落子无悔大丈夫”这两句诗，一是把棋品和人品等量齐观，二是以深刻寓意道出对弈者必须有高尚的棋德。下棋想赢是人之常情，但不要把输赢看得过重。观棋如此，人生亦然。我们不必把人生的得失看得过重，要唯品德为上。

素质拓展：

1. 简述诗歌与自身修养的关系。
2. 简述绘画与诗歌创作的关系。
3. 简述诗歌与音乐的关系。
4. 谈谈咏棋诗中蕴含的人生意义。

第九章　处世篇

人生存在世界上，直接面对的人生问题，不单单是“为人”，即作为个体的人如何与他人和社会相处的人际、伦理关系问题；还有作为集团中的个人如何“处世”，即与集团和国家相适应的社会、政治关系问题。前者涉及个人价值如何在团体的制约下得以实现，个人如何从众、从俗和屈己从人，重在世俗性与实践性；后者一般体现为个人价值如何与集团、国家的利益相适应的问题，更多的时候表现为排众、抗俗以及舍己为人，强调高尚性与超越性。在古代中国，因为人们倾向于将“为人”与“处世”作为一以贯之的统一过程和价值来认识和实践，因此，“为人”与“处世”就被联结在一起，被认为处于同一过程，具有了世俗性与高尚性、实践性与超越性的双重性质。这种双重性质，在中国古代以“有为”与“无为”、“出世”与“入世”、“有用”与“无用”等对立概念来表达。如果我们对以上的对立概念所传达的哲学与生活层面的内涵有所了解，并能领悟中国古代文人们在社会思想演进和政治统治中的认识与操作，相信我们对人生真谛的理解会更加深入和多面。

第一节　无为与有为

在日常生活中，人们对“无为”和“有为”的理解多与劳动付出及取得的相应结果有关。前者如“碌碌无为”“无所作为”，是指因懒惰或被动而没有付出劳动，导致工作没有进展或进展不大；后者如“有所作为”“大有作为”，是指因个体主观努力，付出劳动而使工作取得较大或很大进展。本章所说的“无为”和“有为”，虽然包含了人们在日常生活中对二者的理解，但主要是一种哲学意义上的内涵。对其理解是基于历史上政治统治、思想浪潮对文人精神世界和文学创作的影响而言，包括在其影响之下如何处理与当时政权、社会、掌握政权的统治阶层和文人自身所属阶层中持不同政治态度者的关系。文人在处理以上关系，尤其是处理与统治阶层的关系时，因受当时政治环境和思想风潮的影响，对出于老庄、儒墨等先秦诸子的“无为”和“有为”有不同的理解，其“处世”与“为人”也具有十分鲜明的时代色彩，并体现于其文学或哲学作品中。为了较为清晰地了解以上问题，我们有必要先弄清“无为”和“有为”的内涵，并在此基础上对历史上各阶段文人对此问题的态度及受此影响而表现出的处世态度、人格价值及其创作风貌进行探究。

一、“无为”和“有为”的内涵与先秦诸子的处世

“无为”和“有为”是老子首先提出的，在庄子那里得以继承并有所发展。虽然儒家也有“无为”和“有为”的提法，但与老庄思想中的内涵却有所不同。“无为”和“有为”作为哲学范畴并贯彻到为人处世中，重点由社会性、政治性发展到人格审美的超越性方面，正是老庄道家的专长。

（一）“无为”和“有为”的内涵

《老子》中关于“无为”的论述有：

天下皆知美之为美，斯恶已。皆知善之为善，斯不善已。有无相生，难易相成，长短相形，高下相盈，音声相和，前后相随。是以圣人处无为之事，行不言之教；万物作而弗始，生而弗有，为而弗恃，功成而不居。夫唯弗居，是以不去。（《道德经·道经上篇》第二章）

不尚贤，使民不争；不贵难得之货，使民不为盗；不见可欲，使民心不乱。是以圣人之治，虚其心，实其腹，弱其志，强其骨。常使民无知无欲。使夫智者不敢为也。为无为，则无不治矣。（《道德经·道经上篇》第三章）

以上引文中“是以圣人之治”和“则无不治矣”中有“治”，即“治理（天下）”之意。因此，老子的“无为”首先是一种治理社会、国家的一种社会政治思想。在老子这里，“无为”与“自然”结合在一起，如“自然无为”，并服务于宇宙的最高法则“道”。他说“道法自然”，“道”的本性是“常无为而无不为”（第三十七章）、“‘道’之尊，‘德’之贵，夫莫之命而常自然”（第五十一章）。在老子看来，“自然”是事物的初始状态、天然状态，是一种不加任何外力强制作用的、顺任其自身情状和本真状态的自由发展。因此，“无为”即“自然”。

在当时普遍以智巧或欺诈而求“有为”的情况下，老子认为，世道要太平，就要绝圣弃智、绝仁去义，使万物顺着原始的、纯真的本性自然发展，不加任何人为的干扰和阻隔。这里，老子以辩证思维论述了“有为”和“无为”的关系，引文中“天下皆知美之为美”“皆知善之为善”“尚贤”“贵难得之货”“见可欲”皆为“有为”之认识和政治，这些是导致“斯恶已”“斯不善已”“使民争”“使民为盗”“使民心乱”的根源；反之，

弃绝这些“有为”，而恢复人性和世道的原初质朴纯真状态，就可以做到“无不治”。因此，其“无为”也就指向“无不为”，即最终为了“有为”。但老子的“有为”是通过“无为”而达到的，是通过遵循“自然”法则而达到的“无为”，与儒墨等诸子对事物发展的人为干涉不是一个概念。

如果说老子的“无为”更重客观性并带有社会政治性的话，那么，庄子的“无为”则在其基础上更重主观性，他将老子客观性的“自然”内化为一种内在的精神境界、心灵境界，并引入“自由”的观念。一方面，庄子的“自由”就是“逍遥”“齐物”，即突破主客观对立，超越物我的界限，逍遥于“无何有之乡”“无穷之野”而与“天地精神往来”，这种自由带有目的性、以主观意志为动力，是一种突破客观限制和束缚的精神自由，也就是“道”，意即“自然”；另一方面，这种自由，既是“无为”的境界，又是遵循客观的自然之道的，这点我们从庄子的“庖丁解牛”“佝偻承蜩”等故事中可以窥知。因此，庄子的“无为”是合目的性与合规律性相统一的、寓主客观于一体的处世态度和人生境界。

由上可知，“无为”是指顺应事物，包括人性和社会政治原初的淳朴真纯，绝不加任何外在人为干涉的推动或阻遏、破坏；“有为”则是违背自然，对人性和社会政治的发展强加外在的干扰或破坏。“无为”和“有为”不仅是中国文人的一种传统处世心态，而且是人与政权、社会，甚至是与自然环境相适应的一种抽象法则。与老子“无为”的客观性、社会政治性相比，庄子在继承前者“自然”天道的基础上，更将其内化为一种精神心灵境界。①

（二）老庄的“无为”与儒家、墨家、法家等诸子的“有为”

春秋战国时期，周王室权威日益衰微，礼崩乐坏，天下分裂，诸侯国在互相征伐中数量逐渐减少，他们以霸道治天下，以功伐为贤。统治者为满足自己对土地和财富的贪欲，不惜牺牲成千上万人的生命、破坏普通人民的和平安宁的生活，“杀人盈城”“杀人盈野”和“饿殍满地”的现象十分普遍。对此，先秦诸子纷纷著书立说，对解决当时面临的社会政治混乱和民生困苦问题提出了自己的见解。

以孔孟为代表的儒家，主张恢复和维护西周以来的礼制，对诸侯和大夫僭越而已然破坏上下尊卑的统治秩序以《春秋》的“正名分”来维持，他们以“仁义”“仁者爱人”的口号调节统治者与下层民众的矛盾，试图在

---

① 张高兰．论《老子》《庄子》中“自然无为”观点的差异［J］．阴山学刊，2002，15（2）：71－72.

诸侯争霸的春秋战国时期建立一个像上古三代一样的理想儒家统治秩序；以墨翟为首的墨家以“尚贤”“兼爱”“非攻”“节葬”为号召，激烈批判诸侯之间的兼并战争和统治者的贪欲，以自身亲自参与劳动并锻炼各种实用技能而闻名，并以实际行动在各国之间的冲突中起到斡旋、调节矛盾和制止战争的目的和作用；以商鞅、韩非等为代表的法家，顺应统治者扩大领土、财富和当时知识阶层及广大民众要求统一、过安全稳定生活的要求，以严刑峻法建立奖励军功、重视农业的中央集权的君主专制政体，促使各诸侯国通过兼并战争走向统一。除此之外，纵横家、农家、阴阳家、名家等其他各派学者及其所代表的阶层也提出了各种治世学说。以上儒、墨、法等诸子百家学说虽然其代表的阶级不同，其手段也有缓急、柔暴的不同，但都以积极的“有为”、建立外在的事功为目的，对人性和社会政治给予了过多的强力干涉。

无疑，以上儒、墨、法家的学说及其实践是当时改造社会的显学，对当时社会阶级阶层、国家政权、思想意识、统治思想的外在影响更为显著。崇尚“无为”，以“天道”“自然”为宇宙本体的老庄和道家虽然也有对“无为之治”的阐述，然而一直处于哲学建构和心灵精神领域。《论语》中也记载了孔子与荷蓧丈人、长沮、桀溺等道家人士在为人处世的“有为”和“无为”方面的潜在观念分歧，二者却于战国后期在“天人合一”和“内圣外王”的观念下达到某种程度上的融合。

在《庄子·天下篇》中，将当时诸子学说分为五个等级，庄子后学对春秋至战国除庄子之外，包括具有老子道家“无为”的诸子学说中前四个等级都定义为“方术”，认为墨子的“兼爱”“尚贤”，宋钘和尹文的“以情欲寡浅为内，以禁攻寝兵为外”，彭蒙、田骈、慎到的“齐万物以为首”“去己”“弃智”，以及关尹、老聃的“无为为本，不争于世”“以不为天下先为处世之道”等四个等级的观点，都滞于物之表象，都有所待，而极力推崇第五个等级，即庄子与天地精神往来、游心于无穷、不傲睨万物又不受其滞碍的“化境”，即“道术”，是真正的“无为”之境。“《庄子·天下篇》将‘和天下，泽及百姓’的外王之境与老庄自然无为之逍遥相结合，强调‘内圣外王’的实现，不能强制他人接受你的思想，而是应该自然无为，让人们自己选择，给他人自由发展的空间和环境，认为此乃‘道术’之精髓，这是对儒墨道的高度融合。”①

从以上的分析来看，老子的“无为”在战国末期庄子后学那里，已经

① 陈荣庆．“内圣外王”的实践与可能：从积极有为到自然无为——试析《庄子·天下篇》的道术批评思想［J］．西北大学学报（哲学社会科学版），2006，36（1）：127－130.

成为一种有待的“有为”，具有与儒、墨一样的外在干扰性；合目的性与规律性、兼主客观的庄子“无为”才是真正符合“自然”之道的“道术”所在。

二、“无为”和“有为”与秦汉文人的处世

由以上老庄“无为”与儒、墨、法等“有为”的分析可知，到了战国末期，“无为”思想有了两种倾向。老子的“无为”以其客观性、社会政治性成为一种“无为而治”的社会政治学说，这与战国后期“黄老”学派对老子“无为”思想的政治化改造有关；庄子后学吸收儒家外王之道与庄子的“无为”思想融合，成为亦儒亦庄、“内圣外王”的一种人格精神学说，儒家思想在汉代开始走向滥觞。

（一）秦末汉初“黄老”无为之治下的文人处世

由于秦实行法家的严刑峻法政策，对包括儒家在内的诸子百家学说实行禁绝政策，随着“焚书坑儒”事件的发生，秉持仁义礼制学说的儒家只得蛰伏起来，道家的“无为”无从谈起，而其他诸家，则只有法家赤裸裸的“有为”权谋；在秦末农民战争中兴起的汉代开国君主刘邦开始也不尊重儒生，但是在大一统的汉帝国建立后，需要儒家的一套礼制来维护封建的意识形态，汉高祖、汉文帝、汉景帝才逐渐给予儒家一定的发展空间。

汉初为了恢复在秦末农民战争中遭到严重破坏的生产力，并缓和社会矛盾，政治上实行了“黄老”的“无为而治”的政策。因此，战国政治体制和社会习尚的一些残余得以暂时保留，如分封的刘姓诸侯王与士人纵横流动的风习。这一时期的文人由秦时的隐逸到出来效忠新建的汉王朝，汉初的“商山四皓”、汉文帝时的贾谊、汉景帝时的晁错就是突出代表。这时，文人欲反对诸侯拥兵自重，维护统一汉王朝的君主专制中央集权体制。贾谊、晁错提出的发展农业、维护君权的措施，反映在他们所写的文章中，体现了新兴儒家忠君、仁民的“有为”思想。例如，贾谊的《论积贮疏》《陈政事疏》《过秦论》《谏立淮南诸子疏》，晁错的《论贵粟疏》。但是由于此时处于由“黄老”的“无为之治”到汉武帝“独尊儒术”的过渡时期，文人合儒、法思想的“有为”政治确实难以实现。贾谊被贬为长沙王太傅，抑郁而终；晁错因竭力主张削藩而被害。然而，以贾谊、晁错为代表的文人，其处世态度表现出了极为执着的忠君、仁民意识。但从总体来看，文人的处世，体现了“有为”与“无为”的交融渗透的特征。

（二）汉武帝之后“有为”政治之下的文人人格

虽然汉武帝之后，实行了“独尊儒术”的“有为”之治，但是这一时

期所谓的“儒术”的核心不过是外儒内法，文人多没有自己的独立人格。如司马相如、东方朔、扬雄等人都是皇帝弄臣，处于“俳优蓄之”的地位，他们虽欲有所作为，但并未得到尊重。文人创作的主要样式“赋”，除歌颂大一统汉帝国的文治武功之外，就是抒发怀才不遇的牢骚，或者纯为帮闲之作。如司马相如的《子虚赋》《上林赋》、扬雄的《甘泉赋》《河东赋》《羽猎赋》《长杨赋》属于前者，东方朔的《答客难》、董仲舒的《士不遇赋》、司马迁的《悲士不遇赋》属于抒发怀才不遇的牢骚之作，而司马相如的《大人赋》《长门赋》则纯为帮闲之作。

从文人的地位和处世态度来看，时人不为统治者所尊重，处于任由统治者宰割的地位，除前述司马相如、东方朔被以俳优蓄养外，司马迁因李陵事件而受腐刑，是对其人格的极端侮辱，文人们忍辱含垢，苟活于世。

三、“无为”和“有为”与魏晋文人的处世

（一）东汉末年、建安和魏初的“有为”

从东汉末年开始，由于军阀割据、宦官干政和皇权的衰微，虽然文人各自投奔地方割据军阀，试图实现自己的价值，意欲行救世济民的“有为”理想，但是由于宦官、军阀集团的残暴、猜忌和矛盾重重，他们只能在夹缝中生存。如蔡邕、祢衡、孔融、杨修就先后直接或间接地死于当时的政客和军阀王允、董卓、曹操之手。

这一时期，文人们受当时尚实黜浮的士人风气和建功立业、有所作为的政治思想的影响，也有不少怀才不遇的例子。当天下分裂、人心思定之时，以诸葛亮、建安七子等为代表的文人，投身于积极有为的时代潮流中，参与政治和文化建设，进行文学创作，与统治者在文学上保持了基本平等的人格关系。他们在诗文中讨论人生价值、创作理念，在一定程度上保持了较为独立的处世态度。

这一时期文人的“有为”是建立在统治者综合法家刑名、兵家、农家思想指导之下建立新的割据政权的基础上的。正如前述所言，这些思想相对于道家的“无为”而言，都是违背“自然”的，对人性、社会政治的自然运行加上了很多人为的强迫干预，尤其是曹操的尚实黜浮，极端功利，忽略了儒家基本的道德规范，造成了魏后期政权无法挽回的颓势。

（二）正始前后的“无为”与“有为”

随着曹魏内部曹丕、曹植争储和魏晋易代之际司马氏与曹魏王室权力斗争的加剧，统治阶级的内部斗争使文人的处境变得异常艰难。曹植在争

储失败后，处境十分孤危，《七步诗》《赠白马王彪》《洛神赋》等诗赋即是其遭受压抑打击时的心理挣扎和痛苦自白。以曹植的遭遇为先兆，以“高平陵之变”为分界，先后出现的“竹林七贤”和“正始名士”，他们在司马氏迫害之下或忍辱偷生或毅然决裂，是这一时期文人处世态度的代表。随着文人处世的艰难，与现政权不可调和的矛盾表现在思想文化领域就是集合老、庄、易于一炉的玄学思想的产生，其在文人处世中发挥着巨大的精神力量。

阮籍和嵇康为“竹林七贤”的代表人物，虽然他们对司马氏政权的反抗有方式、程度轻重的不同，但是他们都对其假托仁孝之名、行篡逆之实的卑劣行径感到不满，并采取不合作的态度。阮籍以佯狂醉酒逃避司马氏的拉拢，但“口不臧否人物”；嵇康则在山涛出山后通过一篇《与山巨源绝交书》表明了与现政权决绝的态度，表现得“刚肠嫉恶”、宁折不弯。在宇宙观和处世之道上，嵇康、阮籍等人以“自然无为”的老庄思想对抗司马氏的“名教”，认为老庄的“自然”是与周孔的“名教”（在社会政治、人性伦理方面实为“有为”干涉）是根本对立的。嵇康主张“越名教而任自然”“非汤武而薄周孔”，从而与司马氏政权彻底决裂，惨遭杀害。

以“正始名士”中的王弼、何晏为代表的贵无派，提倡玄理之学，他们的《老子注》则试图弥合“自然”与“名教”的对立，主张在天道基础上，二者可以统一起来，做官食禄照样可以获得精神的自由，实现自身的价值。

总之，从先秦开始的“有为”和“无为”的观念，是从社会政治思想到伦理审美观念的一种集政治统治、社会伦理和审美观念的统一体，两者既有思想的摩擦，又有现实的较量，抑或有从思想到现实的全面冲突。它们在影响文人生存状态的同时，也影响了文学的题材内容、审美观念和风格特征。其中，人们熟悉的现实主义和浪漫主义的两大文学源流、怨而不怒的儒家文论和自然飘逸的道家美学，以及具有类似特征的书画、建筑等，均有发源于“有为”和“无为”的痕迹。

第二节　入世与出世

在人类处世哲学思想中，除了“有为”与“无为”的不同之外，还有一种思想争鸣值得注意，即“入世”与“出世”。“入世”，即积极介入现实生活和政治，不回避现实矛盾，与世周旋而不退缩，在古代多表现为为官报效君国；“出世”，则是面对现实生活的纷扰或政治的黑暗，因无法解决自己的生存危机而采取消极避世的态度，在古代多表现为辞官归隐，逃入山林。文人的这两种生活和政治取向深刻地影响了文人的价值观念和文学的题材内容、风格特征，值得我们深入地研究和品味。从时间上来说，先秦到唐代前期、中唐到唐末、赵宋之后这三个时期的“出世”和“入世”表现出不同的特点。

一、先秦到唐代前期的“出世”与“入世”

严格说来，先秦到唐代前期是入世倾向较明显的时期。除春秋孔子时代的儒家和道家是一个例外，文人的出世，多是在现实政治中难以有所作为而不得已采取的暂时韬晦的策略。儒家学派中的孔子师徒，多具积极入世的思想和行为，如其在周游列国时，遇见楚国狂人接舆，接舆经过孔子乘坐的车子时唱道：“凤兮凤兮！何德之衰？往者不可谏，来者犹可追。已而，已而！今之从政者殆而！”当孔子下车想要和他交谈时，他“趋而避之”，故意不与孔子对话；也是在这一时期，当隐士长沮、桀溺正一同耕田时，孔子在田边经过，让弟子子路向他们打听渡口的去处。当二人知道子路的老师是那位“鲁孔丘”时，他们故意说孔子是知道渡口的，其实暗喻“知其不可而为之”、主张彻底入世的孔子知道解决社会矛盾的方法。二人还进一步批判了当时社会的普遍黑暗现状，指出当时的社会黑暗是无法改良的，并告诉子路“与其从辟人之士也，岂若从辟世之士”的道理，言外之意，孔子虽一贯标榜自己是彻底入世者，但其在遭遇人身威胁、入世之志难以实现时逃离鲁国的行为，也不是真正彻底的入世。当子路回来将二人的话告诉孔子时，孔子虽对二人的思想很失望，但仍发出“鸟兽不可与同群，吾非斯人之徒与而谁与”的坚定声音。以上楚狂接舆故意不与孔子交谈、长沮和桀溺对孔子入世不彻底的批评，以及孔子“鸟兽不可与同群”的声音，都表明，孔子时代的“入世”与“出世”是比较纯粹的，入就是入，出就是出，二者没有妥协回环的余地。①

但是在这一时期所谓出世则不是逃避于山林、不与世事那么简单了。比如人们熟悉的西周的姜尚、战国末期的屈原、秦末汉初的“商山四皓”、汉末的诸葛亮、东晋的陶渊明、唐代的终南捷径之隐者，在出世之中都不乏入世的思考。

传说姜尚隐居于渭水之滨，到八十岁才为周文王起用。著名的“姜太公钓鱼，愿者上钩”即为其“待价而沽”的形象描述，其所谓出世，不过是待时而动，积蓄智慧，观察时势的变化，一有机会他就会“大展宏图”，出世是达到更好入世的手段而已。

---

① 杨伯峻．论语译注［M］．北京：中华书局，1980：193－194.

战国时期，各诸侯国积极招揽人才，为称霸天下积蓄力量，曾有过很多隐于“引车卖浆者流”的奇能异流之士，如《信陵君窃符救赵》中的侯嬴和朱亥，很难说他们是真正的隐士，因为他们只不过是没有遇到赏识自己的“知己”而已，一旦遇上，他们就不惜生命，为之赴汤蹈火而不辞。他们的隐居，也是为了待时而动的暂时“出世”。最为典型的是屈原，他遭到楚顷襄王的流放，被迫处于隐逸“出世”的生活状态，但他时刻记挂着处在危难中的祖国和同姓君主，他写《离骚》，也是“冀幸君之一悟，俗之一改”，希望君王能招其回都，重新帮助楚国走出困境。原来汉高祖招而不出的“商山四皓”，到汉惠帝时却出来参与世事，也能说明这一问题。《楚辞》中淮南小山在《招隐士》中呼喊“王孙兮归来，山中兮不可久留”，即为汉初召唤与屈原一样怀有用世之志，但因政治黑暗而暂时隐居的处士从山林回到朝廷。

汉末三国时期，著名的“卧龙”诸葛亮，先是隐居隆中，观察天下大势，其著名的《隆中对》中“天下三分”的思想就酝酿于这一时期。在诸葛亮身上出现的著名典故“抱膝长啸”，是其待时而动的形象写照。显然，其“入世”意识是一贯的，其“出世”是暂时的，一遇明主，就会“入世”而有为。经历西晋的短暂统一之后，天下又陷入混乱分裂的状态，东晋末，所谓著名“隐士”陶潜，也是经历一番“入世”与“出世”的比较后，才毅然决然地选择“出世”隐居的。其入世做官是为了生计，出世隐居是为了精神安宁。可以说，陶潜也不是“素隐”者，而是先前有过“入世”选择的。据鲁迅对其“金刚怒目”式诗歌的解析，更可见出其内心深处的“入世”初衷。

唐代前期，出现了一种所谓“终南捷径”的吊诡现象。据《新唐书·卢藏用传》记载，卢藏用想做官，又没有考取进士，便通过在长安附近终南山隐居以获得盛誉的方式，来达到做官的目的。唐前期的许多诗人，如李白、王维、孟浩然都有隐居的经历。这些诗人的隐居，都与卢藏用的目的有相似之处。

因此，从先秦到唐代前期，即安史之乱前，在中国古人的处世方式中，主要是“入世”的精神占了主体，“出世”多是为达到更好地“入世”而积蓄智慧和人脉，是“入世”的手段之一而已。随着中国封建社会从中唐开始步入转型期，文官政治时代到来，使“出世”与“入世”的纠葛缠绕更加复杂化，出世中有入世，入世中有出世，出现了“大隐”“中隐”“小隐”“朝隐”等观念。

二、中唐至唐末的“出世”与“入世”

经历了中唐的宦官专政、藩镇割据，以及晚唐五代封建政治伦理道德的极度颠覆，到北宋、南宋为矫正这些政治伦理的痼疾而实施重文政策，封建中央君主集权制经历了从崩塌到重新得以恢复和巩固的时期，文人的“出世”和“入世”观念，因政治黑暗使他们无所作为，或处于无所作为与有所为之间的一种在出世和入世之间的游移状态。这一文化现象值得我们认真研究和回味，因为它能对我们在现实生活中的处世态度带来很多启示。

从安史之乱到唐亡，这段时间颇多亦官亦隐、时官时隐的士人。比较著名的有李泌、白居易、张志和、司空图、许浑、陆龟蒙等人。在这些人中，有些不为《唐书·隐逸传》所载，但从他们的人生经历可以窥见唐代中后期士人对出世和入世的基本态度。

李泌，少年时代经历开元、天宝盛世，是一位博学多才的学者，并访道求仙于嵩山、华山、终南山一代。他历经玄宗、肃宗、代宗、德宗四朝，曾为肃宗建言抵抗安史叛军、收复两都，并在平叛后为肃宗在解决迎归太上皇唐玄宗、抑制皇后张良娣和宦官李辅国，以及保全储君等问题上立下了汗马功劳。但他为逃避祸患而功成身退，过了二十多年的隐居生活，其事迹如战国时的鲁仲连，显得超然而飘逸。

白居易，经历了德、顺、宪、穆、敬、文六朝，在前三朝，唐处在动乱与治乱、腐败与改革、失望与希望并存的时期。他在德宗时中进士，补校书郎，元和三年（公元 808 年）拜左拾遗，尽心尽力为王朝的中兴提出了许多建议；但元和三年（公元 808 年）、元和十年（公元 815 年）因上疏两次触怒权贵而被贬，尤其是元和十年（公元 815 年）他为被藩镇刺杀的宰相武元衡鸣不平，以越职言事被贬谪江州司马。这使他体会到了仕途的难测和人心的险恶，其用世热情遂消减。他引佛、道以自解，发展了西汉东方朔的“朝隐”理论，以“中隐”而闻名。在积极用世、愿为辅弼、大济苍生的激情消退之后，转而追求乐天知命、消极闲适的隐居生活。但他终究没有真正归隐，因为在唐代，做一个不大不小的官，取一份不多不少的俸禄，既可以免于受饥寒之苦，又可以满足自己对精神自由的追求，而出仕外郡，远祸避害，是其“中隐”理论的实现方式。

在其“中隐”生活中，白居易写了许多反映这种生活的“闲适诗”，反映了他出世与入世、兼济与独善、讽喻与闲适的矛盾。白居易在政治腐败、个人价值难以实现的中唐，把具有超越精神价值的隐逸高尚文化俗化为解决个人生计和生存保命的现实策略，其“中隐”理论为中国封建社会以及后来的官场中人提供了一种颇有意思的生存选择，值得我们仔细品鉴和回味。

如果说李泌是唐代具有治国奇才的官僚兼隐士身份的“大隐”者，白居易是既保留心灵自由又留有司官身份的“中隐”者，那么张志和、陆羽、阳城、孔述睿等人则是为避乱而隐居岩穴山林的传统型隐士。这些人中，除孔述睿之外，都不能算真正意义上的隐士，因为他们虽不是“大隐”者或“中隐”者，但都有为官的经历。

到了晚唐，许浑、司空图、陆龟蒙等人，可以说是心灵中具有隐逸情趣的代表人物。他们并非没有忧患意识和兼济之志，但现实社会的衰落和世道的黑暗，迫使他们的心灵从朝堂转向了林泉，虽身在官位，但并不十分贪恋，也不会轻易放弃官位。而当他们真正感觉到唐王朝确实无可救药、日落西山时，他们也不得不成为山林隐士。

三、五代至两宋后的“出世”与“入世”

五代至两宋士人的出世和入世表现出了与之前朝代的不同特点。第一，产生了真正意义上的隐士，即不慕富贵荣华，以隐为最终目的和荣耀的文人雅士。他们并不是因为战乱或政治黑暗无以施展自己的经邦济世才能不得已而隐居，他们与统治者并无矛盾，只是顺应自由不羁的性情而隐居。第二，与前述时隐时出的出世和入世时常转换、以隐赚名、待时而动的士人不同，他们将出世与入世、隐逸与趋时无缝地结合，以实践身心履道的高尚理想为目的，仕与隐，出与入，庙堂之任与内心安顿达到了一种亘古未有的合一。

由唐末历五代至宋初端拱二年（公元989年），有一位奠定宋学基础的隐士陈抟，他的学术思想直接孕育了周敦颐、邵雍、张载、程颢、程颐等“北宋五子”。一方面，他曾为北宋太祖和太宗治国安邦出谋划策，但却拒绝担任朝中官职；另一方面，他又置身事外，以山林为乐，超越功名富贵，成为宋代隐士真隐、乐隐的典范。

在宋初的隐士中，有一位在太宗年间先隐居而后出世为官的种放，虽然得到皇帝的特别礼遇，出山之后也往来于朝廷与山林之间，但却纵容仆人买地置业并为此与乡人争执诉讼，因此，曾有士人杜镐在皇帝为种放赐宴饯行时朗诵《北山移文》，讽刺种放就如此文中的“周子”一样，是一个贪图功名利禄、虚伪无耻的假隐士。种放的出入和隐显，其实体现的是唐至五代典型的儒道双修的隐士类型，从具体历史环境来看，隐与仕都是无可指摘的。

相比起来，宋初的林逋、魏野等人，因其不慕富贵而成为宋人所普遍敬仰的宋代真隐士。据《宋史・隐逸传》载，林逋结庐西湖之孤山，二十年不入城市，过着“梅妻鹤子”的山林隐士生活。改革家范仲淹称他为“山中宰相”。他所学主要是儒家的入世之学，但遵循立德第一、立功和立言次之的传统训诫，存心于颜回“一箪食，一瓢饮”的隐逸。林逋的隐不是低层次的逃遁之隐或怨慕之隐，而是建立在立德体道的高度上，来实践那种否定一切欲望名位，崇尚清雅俊逸、高远韵势的真正隐逸。他不求终南捷径，是视功名利禄如敝屣的真隐士。他甚至鄙薄历史上以隐居为仕进阶梯的那些宰相级人物，如出山之前隐居东山的谢安、出仕之前隐居隆中的诸葛亮。最能体现林逋清远隐逸审美人格的是其《山园小梅》诗歌，其中“疏影横斜水清浅，暗香浮动月黄昏”，体现了他对消除现实束缚，追求清远真醇、怡然自得境界的极度渴望。

另一位隐士魏野，虽与宰相寇准、王旦往来，但也是平交王侯，真心拒绝朝廷的征召。魏野写了很多体现隐逸生活情趣的诗歌，他与寇准、王旦等人的关系是诗歌的唱和关系，并无任何巴结谄媚的行为。他与同时代的同类隐士一样，只是为适应自己的麋鹿之性和清高淡远的精神追求，是为隐而隐。

源于宋代黜武右文、优待文士的政策，士人普遍具有强烈的入世情怀，他们对以自己的才学效忠于君主和国家为荣，表现出了以天下为己任、舍我其谁的博大胸襟和高尚精神，同时对于具有固穷守道精神的颜回式的隐者也极为赞赏，并对《论语》中“侍坐”一章中曾皙沂水舞雩的审美悟道方式深表敬意。因此，除像林逋、魏野那些处于山林中的真隐士以外，还有大部分处于官僚阶层底部或终身不仕的理学人士，如北宋的邵雍、周敦颐、程颢、程颐，南宋的朱熹、陈淳等。他们不但从心底崇敬，而且在他们的审美人格中这种隐逸心理和精神与强烈的入世精神相表里，并根植于其文化心理。在宋人的诗文中，在官而言隐、在隐而不忘世，并不是为了待时而动，而是将以天下为己任的入世精神与不慕富贵、利禄、权势的隐逸心性高度融合的结果。

宋元之际，因为国破家亡的惨痛经历，士人内心具有难以释怀的伤痛，加之蒙元统治者的民族歧视政策，其入世之志也就沉沦湮没，他们以隐于林泉为荣。而明清时代，因为封建专制主义中央集权的空前禁锢，统治者对与之不合作的文人采取了或杀戮或强迫入世的政策，士人中真正能过上隐逸生活的就越来越少，他们的隐逸也大多不再受到统治者的尊重，出世与入世都处于战战兢兢的恐惧之中，这也预示着中国封建社会已日薄西山。

第三节　有用与无用

如果说无为与有为、出世与入世是文人在立身处世中的体与用、思想原则与具体实施之间关系的话，那么与之联系较为紧密的有用与无用，则是原则标准和理论抽象性更高的一对范畴，即它们难以在王朝历史发展中历时性地列举具体的事例，以说明它们之间的差异，更多地是面对现实问题时基于功利的暂时性或长远性而作出的一种理性判断。

老子在自己的哲学思想中对“有用”与“无用”之间的辩证关系进行了充分的论证，而他对“用用”与“无用”的论证是建立在对“有”与“无”这对范畴的辩证理解的基础上。因此，在前面讨论了“有为”与“无为”、“出世”与“入世”之后，还有必要对“有用”与“无用”的内涵及其辩证关系进行相关的阐释和说明。

一、“有用”与“无用”的演变

有用、无用之争起源于老子。对于有用、无用之间的关系，老子曾经这样讲：“无名，天地之始；有名，万物之母。”在此，他把“有”与“无”作为一对对立的范畴来阐释。而在谈及“无”和“有”的关系时，老子又说：“天下万物生于有，有生于无。”因此，老子又有所发现，即现在世界上每一件事物具体的存在都不是永恒的，都是在“无”与“有”的更替中发展变化的。

“无用”与“有用”是辩证的。有时，在老子的叙述话语中，“无”和“有”与“无用”和“有用”具有大致相同的意义范畴。无中生有，有再变无，是这个规律性的具体体现。对此，老子曾举过这样的例子：“三十辐共一毂，当其无，有车之用。”这句话以车轮为例来讲述有无之变的道理：因为车轮子的中间是空的，所以可以看作是“无”，而正是这车轮中间的“无物之空”，才有了可以安放车轴的可能，从而使它可以载着车体前行。

如果说这样的比喻还不能使读者深入理解“无”（无用）与“有”（有用）的相互转变，那么老子又列举了一个生活器皿的例子。他说：“埏埴以为器，当其无，有器之用。”“埏”指的是陶器、陶罐这一类的东西，或者是土罐。罐子必须得留下口，另外还得留下膛，如果罐子没有口，又没有膛，那拿它干什么呢？那就成了砖头，成了一块实心的东西了。它的用途的大小，就看这个膛有多大，不是看这个皮有多厚，皮多厚也许跟视觉的观感有关系，也许跟它的坚固有关系，但是用途——要看这个膛有多大、口有多宽，才有不同的用途。有一些瓶子需要阔口，便于往外倒东西；有些瓶子需要小口，瓶塞小一点便于保存。再如“凿户牖以为室”，这句话的意思是，开凿门窗建造房屋，有了门窗，四壁内的空虚部分才有房屋的作用。房子的用途恰恰是因为它的“无”（看来无用的空间），有很大的一块“无”，如果那些地方不是墙就是堆的建筑材料或垃圾什么的，里头全都填死，也就没有办法用了！

以上“无用”与“有用”之间的相互转变，还是比较抽象的，没有与现实的利害关系相结合。以下举几个“有用”和“无用”与现实功利联系比较紧密，并对我们为人处世和锻炼思维极有益处的几个例子：

《庄子》中有一篇《浑沌之死》，其全文如下：

南海之帝为倏，北海之帝为忽，中央之帝为浑沌。倏与忽时相与遇于浑沌之地，浑沌待之甚善。倏与忽谋报浑沌之德，曰：“人皆有七窍，以视听食息，此独无有，尝试凿之。”日凿一窍，七日而浑沌死。

在这个故事中，“南海之帝为倏”与“北海之帝为忽”为报答“中央之帝为浑沌”的善意，而为之凿出似人的“七窍”，以便利其看东西、听声响、吃东西、呼吸空气，每天凿一窍，七天凿成七窍，结果七窍成而混沌死。这个故事比喻人过于开发自己的聪明才智，过于利用自身“有用”的资源，致使自身的资源耗尽，最终丧失了自己的所有的聪明才智。

对于“有用”和“无用”之间关系及其相互之间的演变，揭示最为清晰的是《庄子·山木》中的一则故事：

庄子行于山中，见大木枝叶盛茂，伐木者止其旁而不取也。问其故，曰：“无所可用。”庄子曰：“此木以不材得终其天年。”

夫子出于山，舍于故人之家。故人喜，命竖子杀雁而烹之。竖子请曰：“其一能鸣，其一不能鸣，请奚杀?”主人曰：“杀不能鸣者。”

明日，弟子问于庄子曰：“昨日山中之木，以不材得终其天年，今主人之雁，以不材死；先生将何处?”庄子笑曰：“周将处乎材与不材之间。材与不材之间，似之而非也，故未免乎累。若夫乘道德而浮游则不然，无誉无訾，一龙一蛇，与时俱化，而无肯专为；一上一下，以和为量，浮游乎万物之祖，物物而不物于物，则胡可得而累邪！此神农、黄帝之法则也。若夫万物之情，人伦之传，则不然。合则离，成则毁；廉则挫，尊则议，有为则亏；贤则谋，不肖则欺，胡可得而必乎哉！悲夫！弟子志之，其唯道德之乡乎！”

在以上故事中，“有用”与“无用”是可以相互演变的。山木以“无用”（“不材”）而得其“大用”（“有用”），即“以不材得终其天年”；大雁以“无用”（“不能鸣”）而得其“有用”，即被宰杀，成为对人们有用的食材。“有用”与“无用”并不是一定的，“有用”是一种“用”，如“能鸣”的大雁得以免于被宰杀，是“有用之用”。有时，“无用”可以转化为“有用”，“有用”也可转化为“无用”。“有所用”的树木，即使小，也被残忍砍伐，而“枝叶盛茂”的“大木”因“无所可用”“以不材”而得以“终其天年”。“无用”之“用”是一种“大用”，关键时刻可以救它这条命，使“无用”转化为“有用”。

当然我们也可以从另一个层面来进行解读。从审美的“有用”的角度来看，前一个故事中，“枝叶盛茂”的“大木”要比不“盛茂”的树木“有用”，而从现实物质“所可用”的角度来看，后者更“有用”。审美精神与现实物质这两个领域有着不同的“有用”与“无用”的标准和适用范围。与之相反，后一个故事中，从现实物质的“有用”角度来看，无论是“能鸣”的大雁还是“不能鸣”的大雁，都能给人们提供鲜美的食材，都“有用”。但是，在这个物质“有用”之上，还有一个更“有用”，即审美上的“能鸣”的“有用”。因此，我们可以总结出一个结论：现实物质的实用是一种“有用”，而如果在两者都有现实物质的这种“有用”时，在此之上的审美之用，就成为新的“有用”。

总之，“有用”和“无用”是相对而言的。两者在同一条件下是相对的，在不同条件下可以相互转化。

二、“有用”“无用”的启示

“有之以为利，无之以为用”，就是说“有用”的那一部分东西是给你提供的便利、条件，比如说一个房子你必须得“有”，你什么都“无”，那空场地就不叫房子了，最多叫野地。你必须得有墙，得有顶子、地面，你得稍微进行修理，当然修理得越漂亮越好，得有窗户，得有照明器具，得有门能让你进去，得有很多的生活中被使用的东西。但是只要你使用这个房间，那就是“无”，就是提供给你，由你自己来决定怎么使用的“无”的那一部分。从以上分析中可以发现，哲学真理不是脱离生活的，它不是从概念到概念的产物，相反，在我们日常的生活中就有真理或道理，就有“道”，就有“无用”和“有用”的关系。

课堂教学也是一样，教师讲了很多话，这是“有用”的部分，就相当于一个房子的屋顶、墙壁、窗子等，但是毕竟还有很多东西没有时间讲，也就是说，必须得留出课间休息时间。老师无论讲多少理论，却还有更多的理论需要学生自己去体会；老师无论讲多少事例，学生还是会遇到个别的事例，需要学生去联系实际进行推论。该有的应该有，该无的应该无，讲得太简单了，就是“无用”讲得太多了，令人摸不着头脑；讲得太详细、太啰唆了，就是“有用”讲得太多了，也只会惹人生厌。生活中处处都有“无用”和“有用”的关系问题。

同时，“有用”和“无用”在现实的“用”中，有着不同的领域与运用方法。如在人际交往中，有时我们的话太多反而会起到相反的效果，即所谓“言多必失”；即使你说的是事实，是话题范围内的事，也可能因为太多而导致不好的效果，留有余地和空白，反而是一种更高层次的美。这就像绘画和书法中的“留白”与“飞白”，可以缓解因正题太多而产生的板滞与沉闷，使作品显得灵动有活力。

“有用”和“无用”具有相对性，如果运用得好，还可以起到相辅相成的效果。如我们通常说的理论与实践、务实与务虚。理论是实践的总结，如果实践的多而理论总结不到位，就不能很好地在实践中吸取以往工作中的经验和教训；如果光依靠理论指导，就会产生经验主义、教条主义的严重错误。在政治工作中，如果某一时期有了非常充分的实践累积，到了某一关键节点，这一政治集团的精英阶层就会适时地召开理论会议，以总结经验和教训，或对未来的工作作出一些理论上的规划和展望，以促进未来工作的更好开展。所以，“有用”和“无用”的含义、运用不是一成不变的，二者是一种相辅相成、互相促进的关系。我们必须用辩证的、发展的观点去认识和运用它们。

三、“无用”在保有政权和社会治理中的优越性

顺着“无”和“有”的关系往下想，就会发现这里边有大学问。《共产党宣言》提出：无产阶级失去的是锁链，得到的是全世界。这是非常富有动员性的一句话，也是非常富有文学性的一句话。这句话体现了“无”的优越性，因为它是无产阶级，所以它在当时的马克思和恩格斯所设想的世界工人运动当中、在世界的无产阶级革命运动当中，失去的只有锁链，得到却的是全世界。也就是说，因为无产阶级“无”，所以它不会失去什么东西；因为无产阶级“无”，所以它不惧怕社会继续向前发展。根据当时马克思和恩格斯的理论，“一无所有”成就了无产阶级的伟大历史使命与优越性，实现了它的大有，即建立新的社会形态和意识形态的用处。

中国封建社会意识形态中，以儒家的用世、积极有为思想为主，而辅之以道家、佛家的出世隐逸的思想。对于统治者的终极目的而言，儒家的用世有为思想可以说是“有用”，而道家、佛家的出世无为思想可以认为是“无用”。后者，尤其是佛法，在历代封建社会的政权建设中就曾屡次遭到禁绝，如北魏太武帝拓跋焘、北周武帝宇文邕、唐武宗李炎、后周世宗柴荣，都有对其禁绝的行为，又称“三武一宗法难”。虽然其中有些“法难”不都是为了扶植儒家，而是为了支持道教和道家，但是相对于佛家而言，道家要更入世一些。对于统治者而言，道家思想的出世隐逸、静退隐忍，对统治者巩固统治、缓解社会矛盾是有益的。道家的无为退隐，可以为矛盾重重的社会提供较多的谦让的、恬静的道德意识，对于调节统治阶级内部的矛盾有重要的作用。

中国封建社会统治思想的所谓文治武功，即以疏导民情、缓解矛盾，或者说以怀柔为常用的手段，而以武力镇压或威慑为最后的手段。对于统

治者来说，永恒的是对人民即整个天下的绝对控制，因而，以兴办学校、学堂等手段对人民进行道德教育和思想控制，即以“文治”的方法达到“无用”之“大用”，又能避免过大的杀戮，是他们在天下较为太平时期常用的统治方法。以武力或强制的手段使人民服从其统治，永远是他们最后的选择，或者说终极手段，可以说是“有用”的力量。

统治者为了获得和保有政权，对这种“无用”之“用”是极为重视的。如曹操官渡之战后烧掉众将和官员私通袁绍的书信，就是将“有用”转换为“无用”的高明策略，即将穷究私通袁绍的将领、官员的做法，变为宽容他们曾经在曹、袁战争处于相持阶段时首鼠两端、持观望的态度，其结果是换来多数臣下和部属的衷心归附。

同时，在战争中“优待俘虏”和敌将的做法，也可以视为是将“无用”之“用”发挥得较好的做法。本来，为彻底消灭敌军，应不放过任何敌人。但是为了尽快瓦解敌人的反抗，对俘虏与敌将的宽容，会迅速增强我军的力量，变“无用”的力量为对我军“有用”的力量。

“无用”可以变为“有用”，如反对派在资本主义国家两党制中发挥着妙用。反对派的存在和所谓抗争，起着点缀所谓“民主”的作用，同时，也可以对执政党一些不当的施政行为予以所谓的“监督”。因此，相对于执政党来说，反对派与在野党的存在，是“无用”之用的“大用”。

四、“无用”的空间在文学想象的作用

文学艺术里这一类的事情特别多，比如说中国的国画特别讲究留白，就是要留下很大的一块空白的地方，不能画得很满。文学作品的创作中，没写或不能写出的东西，往往成为进一步写作与研究的可能，得以为人们提供较大的想象空间。

关于“无用”（或说“无”）在文学艺术中的运用，我们也可以举一些例子加以说明。如李商隐写了很多首诗，他的诗包括各个方面的题材内容，有政论诗、咏史诗、咏物诗、抒情诗等，但是李商隐诗中最令人感动的、最让人传诵不已的是他的那些无题诗，如“相见时难别亦难，东风无力百花残”，又如“昨夜星辰昨夜风，画楼西畔桂堂东”。还有以诗中头两个字命名的，其实也是无题诗，例如《锦瑟》：“锦瑟无端五十弦，一弦一柱思华年。庄生晓梦迷蝴蝶，望帝春心托杜鹃。沧海月明珠有泪，蓝田日暖玉生烟。此情可待成追忆，只是当时已惘然。”有人说它是明志说、悼亡说、恋情说、自伤说、寄喻说、论诗说等。关于这些无题诗，一方面是大家在争论，好像并无定解——“诗无达诂”；另一方面又是家喻户晓、人人喜爱。你说他不懂，他喜爱；你说他喜爱，他又解释不清楚。越是众说纷纭，

它越是招人喜爱，越是令人如醉如痴；越是喜爱，就越是作出了千奇百怪的解释。所以说正是这个“无题”本身给读者提供了感受和思考的空间，即在“无”（看似无用，或说是给读者留下的想象空间很大）中可以生出“有”（有用，或称为想象出的具象化结果）的无限可能性。

《红楼梦》也是一部“未完成交响曲”，因为《红楼梦》后四十回原稿不可考，所以很多人对其进行研究。现在大多数人考证出来的结果是：后四十回是高鹗续作的。对高鹗的续作，虽然研究者对其有水平高低的不同评价，但是这后四十回始终成了一个谜，成了让读者牵心动肺的事情。从某种意义上来说，正是因为这个“无”，还有一系列的缺失——“无”（给读者留下的无穷的文学想象空间），如缺少作者的有关记录与档案、缺少写作情况的记载、缺少编辑出版阅读接受等情况的记录档案，才有了红学众多的研究成果。

所以，对人来说有的时候需要一点未知，这也许未必是坏事。不然，我们什么都知道，什么都懂得，没有了神秘感、新鲜感，估计文学也就真的消亡了！“无用”，或说“无”提供的可能性，正是其最大的优越性。

不只是在文学创作中，看似“无用”的空间为进一步研究提供了可能，而且在人们日常生活中，也有变“无用”为“有用”的例子。如一个人做事、讲话都不应该太满，都应该留下“无”的部分。有时候人争取的是“有”，比如说如果我没有工作当然希望自己有工作，没有学历就希望自己有学历，没有工资就希望自己有工资，比较缺钱就希望自己更富裕。遇到这些情况的时候可不能一味地要求“有”。想一想“无”对人是不是就一定是不利的呢？许多情况下的“无”，恰恰对人是最有利的，为什么呢？例如，和成年人相比，青年人无地位，无资金，无特别的成就，但是青年人的“无”成就了他的“有”，他有前途，有明天，有选择的可能性，有无穷的可能性，大有希望。

素质拓展：

1. 试述“无为”与“有为”的辩证关系。
2. 试述“出世”与“入世”的关系。
3. 结合实例谈一谈“有用”与“无用”的内涵及其相互关系。

第十章　哲理篇

胡适在其著作《人生有何意义》一书中写道："人生的意义不在于何以有生，而在于自己怎么生活。你若情愿把这六尺之躯葬送在白昼做梦之上，那就是你这一生的意义。你若发奋振作起来，决心去寻求生命的意义，去创造自己的生命的意义，那么你活一日便有一日的意义，做一事便添一事的意义，生命无穷，生命的意义也无穷了。"人的生命不过是一件生物学的客观事实，生老病死是每个人都会经历的事，不论是高贵、充实，还是卑微、空虚，这些都是人生的状态，不同之处就在于自己如何去生活，如何去创造属于自己的意义。若虚度光阴，而不付出努力和行动，那生命的意义就会随着光阴而流逝；若树立正确的人生方向，并为之发奋努力，就能让自己有限的人生创造无限的价值。

第一节　寻求人生价值

作为一名青年大学生，应该寻求生命的意义，实现自己生命的意义和价值。在学习和生活中要树立明确的目标，在实现目标的过程中要学会面对现实的种种困难，依靠坚定的理想信念实现人生的价值。

一、树立生活的目标

爱因斯坦说过："在一个崇高的目标支持下，不停地工作，即使慢，也一定会获得成功。"可见目标对于成功来说至关重要，有了目标才有前进的动力。人们需要目标就像航海需要方向，灯塔为船只照亮前行的道路，没有方向，航行再远也是白费时间。从古至今，成功的人之所以能够成功，就在于他们都有一个共同的特性——善于把握前进的方向。无论他们做什么事，都把目标看清楚后再开始行动。

被誉为"千古奇人"的徐霞客就是一个目标明确的人。明代时期，徐霞客出生在一个有名的富庶之家，祖上都是读书人，但他却无心功名利禄，无意为官，从小就对游览山水景观颇感兴趣。在徐霞客十九岁时，他十分渴望外出游历名山大川，但因母亲年迈，没有远游。在徐霞客二十二岁时，他告别家人开始第一次远行。在旅行途中，无论条件多么艰苦，身体多么劳累，他都始终坚持把自己的考察和收获记录下来，为后人留下了珍贵的地理考察记录。徐霞客的一生几乎游遍了祖国的名山大川，足迹遍及相当于现代的江苏、浙江、山东、山西、陕西、河北、河南、安徽、江西、福建、广东、湖南、湖北、广西、贵州、云南和北京、天津、上海等多个省、市、自治区。他成了著名的旅行家和地理学家，著有《江源考》《盘江考》《鸡足山志》等。遗有六十余万字游记资料，去世后经后人整理，编成了六十万字的《徐霞客游记》，有极高的地理价值和文学价值，在国内外具有深远的影响。

徐霞客从小就对自己的人生树立了明确的目标，在少年时期即立下了“大丈夫当朝碧海而暮苍梧”的旅行大志。游历山水的目标为徐霞客的人生指引了方向，正是这个目标的存在，他的每一步无论快慢都在向这个目标靠近，在自己有限的生命中为后人留下了宝贵的地理考察记录。

保尔·柯察金说过：“人最宝贵的是生命；它给予我们只有一次。人的一生应当这样度过：当他回首往事时，不因虚度年华而悔恨，也不因碌碌无为而羞耻；这样在他临死的时候，他就能够说：我已经把我的整个生命和全部精力，都献给了这个世界上最壮丽的事业——为人类的解放而斗争。”奥斯特洛夫斯基在《钢铁是怎样炼成的》这部小说中塑造了保尔·柯察金这样一个执着而勇敢的英雄人物形象。保尔出生在乌克兰一个贫穷的铁路工人家庭，在幼年时期就失去了父亲，靠着母亲一人替人洗衣服、做饭，勉强维持一家人的生计。在保尔十二岁时，母亲把他送到车站食堂当杂役，在那儿他受尽了欺凌。保尔的童年是在逆境中艰难地度过的，未来一片迷茫，直到保尔的家乡谢佩托夫卡镇解放后，他遇到到镇上做地下工作的老布尔什维克朱赫。朱赫给保尔讲了关于革命、工人阶级和阶级斗争的许多道理，让保尔开始走上革命道路。他参过军，也做过艰苦的体力工作，在战场上，他是冲锋陷阵的优秀干将；在劳动生活中，他是个乐于奉献、吃苦耐劳的劳动工人。他在工作中也不断经受着病痛的折磨，但他凭着顽强的毅力一次次战胜死亡，坚持为革命奋斗。1927 年，保尔已全身瘫痪并双目失明，他经历前所未有的绝望，甚至有过轻生的念头，但他很快从低谷中走了出来，决定开始新的充满英雄主义的事业——文学创作。保尔强忍着身心的巨大痛苦，在母亲和妻子的帮助下，他用生命写成的小说《暴风雨所诞生的》终于出版了，令他的英雄事业开始了新的篇章。

崇高的革命理想像是黑暗中的火把为保尔指明了人生的方向，在他品尝生活的苦涩时为他带来了一丝希望，有了这个目标任何困难都无法动摇他钢铁般的意志力。他一次次在死亡边缘徘徊着，却始终坚定不移地奉献自己，在枪林弹雨的时代为共产主义事业而奋斗终生。有的人每天忙忙碌碌，但最终一事无成，主要原因就是他们努力的方向不对，没有明确自己的目标，把大部分的精力都耗在了一些偏离目标的事情上。默默看着身边的很多人超越自己的时候，有的只能羡慕和自怨自艾，有的甚至还抱怨是命运的不公，却不自知自己的问题何在。

二、学会面对现实

古人云："圣人无梦。"形容圣人并不把梦当一回事，精神不执着于梦境，不理会梦中事，每天睡醒之后就面对现实的生活。要想到达向往的未来，就要学会面对现实，需要脚踏实地，一步一个脚印地走。要想实现人生目标，就要认清现实，从现实出发，去努力去奋斗。

任何人都渴望成功，然而想要成就一番事业并非易事。很多年轻人都有远大的理想抱负，却总觉得自己迷茫，不知道当下要做什么，做了又怕自己白费力气，结果岁月蹉跎，碌碌无为。究其原因，就在于其对目标没有制订切实可行的计划，没有面对现实，没有脚踏实地。不要埋怨命运的不公，也不应责怪生活的残酷，上天赐予每个人的先天条件都是一样的，不同的是人们在面对现实的时候，各有各的选择。"冰冻三尺非一日之寒"，任何人的成功都不是一朝一夕取得的，只有面对现实，一步一个脚印才能走出光明的未来。

尼克·胡哲于1982年出生在澳大利亚的墨尔本，因患有先天性疾病——海豹肢症，一出生便没有四肢。在幼年时期，其他小孩嘲笑尼克的外表怪诞，这让他常常陷入孤独与难过之中。尼克偶然受到一位乐观的残障人士的影响，把身体的残疾当成上天的恩赐，渐渐地接受了自己身体残疾的现实，并用乐观的心态去面对它，抱着积极和乐观的态度生活。他开始学着自己照顾自己，后来他还学会了做饭、打高尔夫、踢球、游泳，能做到四肢健全的人能做到的很多事情。

尼克自强自立的阳光心态和积极行动使他克服种种身体的不便，十九岁开始学习演讲，成了一个走遍世界、影响世界的演说家。在二十一岁时，完成了两个大学学位的学习。2005年他被提名为"澳大利亚年度青年"。2008年，他担任国际公益组织的总裁和首席执行官。他的乐观和努力不仅让他有了自己的事业，而且也让他收获了美满的家庭。

在普通人看来残酷的现实面前，尼克·胡哲积极、乐观地面对。他说："人生最可悲的并非是失去四肢，而是没有生存希望及目标！人们经常埋怨什么也做不来，但如果我们只记挂着想拥有或欠缺的东西，而不去珍惜所拥有的，那根本改变不了问题！真正改变命运的，并不是我们的机遇，而是我们的心态。”

三、坚定理想信念

在生活中，可能会遇到艰难与阻碍，承受失望与打击，唯有信念，才能支撑人们“守得云开见月明”。泰戈尔曾经说过：“信念是鸟，它在黎明仍然黑暗之际，感觉到了光明，唱出了歌。”

既然很多事都无法避免，不如坦然面对。美国文学家爱默生曾经说过：“一个人只要知道自己去哪里，全世界都会给他让路。”这句话简单而全面地诠释了坚定的信念和成功之间的必然联系。很多时候，在现实面前我们都是弱者，现实会把人折磨得喘不过气。面对这样的情况，很多人会失去信心，失去曾经的那份慷慨激昂。要成为真正的强者，就不能向困难低头，而应勇敢地去坚持心中的信念，向所有的艰难险阻发起挑战，用自己的坚持去迎接挑战，像凤凰涅槃一般在浴火中得到重生。就像古老的文字中记载的那样：世间哪有什么人间天堂，真正的天堂是你穿越过地狱之后的平凡。只要心中有着坚定的信念，就能挑战现实，学会向困难发起挑战，让自己在磨难中得到浴火重生，在成功时才会明白，原来自己也能那么强大。我国宋代诗人陆游在《游山西村》中也表达出了经过艰难险阻之后看到的一番新的景象，抒发自己的喜悦之情。其原文如下：

莫笑农家腊酒浑，丰年留客足鸡豚。
山重水复疑无路，柳暗花明又一村。
箫鼓追随春社近，衣冠简朴古风存。
从今若许闲乘月，拄杖无时夜叩门。

这首诗既写出了山西村花团锦簇的迷人景象，又富于哲理，表现了人生变化发展的某种规律，令人回味无穷。其中让人印象最深刻的诗句就是“山重水复疑无路，柳暗花明又一村”，表达了在逆境中往往蕴涵着无限的希望，表现出诗人与众不同的思维方式，迷失在山环水绕中，却又能移步换形见到一番新景象。人们可以从中领悟到蕴含的生活哲理：不论前路多么难行，只要坚定信念，勇于开拓，人生就能“绝处逢生”，出现一个充满光明与希望的新境界。

总之，大学时代是青年人成长的关键时期，对青年人领悟人生真谛以及创造人生价值至关重要。因此，青年人要严肃思考生命的意义，明确自己的责任。既要积极地看待生活，又要认真地面对生活；既要从人生的实际出发，又要以科学的态度看待人生；既要坚持实事求是的思想方法和人生态度，又要正确对待人生理想与现实生活的矛盾。

第二节　在挫折中成长

青年人要相信生活是美好的，前途是光明的，但是现实生活并非一帆风顺。人生实践是一个创造的过程，要积极进取不断丰富人生的意义，发挥自强不息和坚韧不拔的精神，充分发挥自己生命的创造力，在创造中书写人生的篇章。当人生道路崎岖不平，面对各种各样的矛盾和斗争的时候，不同的人生目的会使人采取不同的人生态度。

一、困难与方法

孟子曰：“故天将降大任于斯人也，必先苦其心志，劳其筋骨，饿其体肤，空乏其身，行拂乱其所为，所以动心忍性，曾益其所不能。”人们不可避免地会遇到各种挫折与困难，它们都是生活的常态。往往一个人所经历的挫折和困难，可能会远远超过它所获得的幸福和成功。生活中既有喜悦与欢乐，同时也常常伴随哀愁与忧虑。一个人生活得是否幸福，不是看他是否富有，或是否有靓丽的外表，而是看他的心境是否平和，在无法避免的生活琐事中心态是否乐观，在遇到挫折时是否能够有勇气面对它、战胜它。鲁迅先生说过：“你们所多的是生力，遇见森林，可以劈成平地的；遇见旷野，可以栽种树木的；遇见沙漠，可以开掘井泉的。”我们无法预知将身陷怎样的处境，但却能充分发挥自身的主观能动性用不同的方式去面对不同的处境。挫折对于每个人来说都是不可避免的，面对挫折，我们无法逃避，我们别无选择，只能勇于拼搏、奋力进取。每经历一次生活中的挫折和痛苦，就意味着获得了一次宝贵的人生经验。挫折和坎坷让人们磨炼心智，也是人们得以成长的好机会。学会从挫折中学习，分析遇到困难的原因，找出解决方法，才能使自己变得更强大。

莎士比亚曾遇到过一名不幸的少年，他年少时就遭遇家庭的巨大变故，失去了父母，陷入孤苦伶仃、无依无靠的悲惨境地。这时，莎士比亚深情地对少年说：“你是多么幸运的一个孩子，你拥有了不幸。”少年充满疑惑地看着这位受人尊敬的艺术大师。莎士比亚摸着他的头说：“不幸是对人最好的磨炼，是人生不可缺少的经历。因为你清楚地知道失去父母之后，一切就只能靠你自己了。”这句话给少年留下了深刻的印象，他似乎顿悟到了什么。四十年后，这个孩子杰克·詹姆士成了英国剑桥大学的校长、世界著名的物理学家。

杰克·詹姆士的少年时期是不幸的，父母的离世让他失去了家庭的温暖，他的生活需要遭受很多常人难以承受的痛苦和挫折。预想到他将会遇到的艰难险阻，别人都为他的遭遇而感伤，而莎士比亚却看到了另一种可能性。杰克·詹姆士的少年时期又是幸运的，巨大的打击使他在挫折中不断磨炼、不断成长，拥有强大的意志力，成为更勇敢的人。只有经历过刻骨铭心的痛，才能获得对人生更加透彻的认识。当我们无法避免困难和逆境时，只有坚强与乐观才是救命稻草，它们让我们变得成熟。成熟是岁月的标记也是心灵的刻痕，在生活不如意时，它时刻提醒着自己要坚强，要勇敢地面对一切。

人生的道路总是充满坎坷，我们要不断披荆斩棘，探索前进的道路。虽然在前进的道路上会遇到各种困难，但是种种的困难最终都会成为胜利者的磨刀石。“宝剑锋从磨砺出，梅花香自苦寒来”，前进的道路和路途的困难两者虽充满了矛盾，具有斗争性，但两者又具有统一性，由此推动事物的发展。在挫折中进步，在进步中成长，不忘初心，最后才能成为真正的强者。

二、失败乃成功之母

人们往往只看到成功者的荣耀时刻，却常常忽略每一个成功背后的痛苦和泪水。大多数时候幸福总是很短暂，而忧虑和痛苦却占据了我们大部分的生活。虽然现实如此，生活却不会让人失望，因为失败乃成功之母，不经历风雨怎能见彩虹。正因为经历了很多的挫折和失败，来之不易的成功才显得格外珍贵。正如海伦·凯勒所说：“在获取无比丰富的生命体验的过程中，如果一帆风顺，那我们将失去一些发自内心深处的无上喜悦。只有穿越黑暗幽深的山谷，到达山顶的时候才会欣喜若狂。”

例如《三国志·蜀志·诸葛亮传》中“三顾茅庐”的故事，就体现了这个道理。东汉末年，官渡大战后，曹操坐据朝廷，汉宗室豫州牧刘备听徐庶和司马徽说诸葛亮学识兼备，才能过人，于是和关羽、张飞带着礼物到隆中卧龙岗去拜访诸葛亮，希望他能出山辅佐自己。恰巧诸葛亮出游了，书童也说不准什么时候回来，刘备只得失望地回去。不久，刘备又和关羽、张飞冒着大风雪第二次去请，不料诸葛亮又外出闲游去了，刘备只好留下一封信，说渴望得到诸葛亮的帮助，挽救国家危险的局面。过了一些时候，刘备又一次来到隆中，准备再去请诸葛亮。到时，诸葛亮正在睡觉。刘备只好和关羽、张飞在门外等候。等了很长时间，诸葛亮才醒来，才彼此坐下谈话。诸葛亮见到刘备有志替国家做事，而且诚恳地请他帮助，决心全力帮助刘备建立蜀汉皇朝。

这就是历史上有名的“三顾茅庐”的故事。诸葛亮在著名的《出师表》中，也有“先帝不以臣卑鄙，猥自枉屈，三顾臣于草庐之中”之句。建安十二年（公元207年），诸葛亮二十七岁时，刘备“三顾茅庐”于襄阳隆中，会见诸葛亮，询问统一天下大计，诸葛亮精辟地分析了当时的形势，提出了首先夺取荆、益作为根据地，对内改革政治，对外联合孙权，南抚夷越，西和诸戎，等待时机，两路出兵北伐，从而统一全国的战略思想，这次谈话即是著名的《隆中对》。刘备为了请诸葛亮出山，虽然一次次遇到阻碍，但他没有放弃，为了完成心中的抱负一直坚持不懈。

在通往成功的道路上，难免会遇到一些挫折和困苦，但失败并不意味着不幸，不能因此就自暴自弃，或许只是换了一个新的方式让你重生。正如《史记·越王勾践世家》中记载的卧薪尝胆的故事：

勾践之困会稽也，喟然叹曰：“吾终于此乎？”种曰：“汤系夏台，文王囚羑里，晋重耳奔翟，齐小白奔莒，其卒王霸。由是观之，何遽不为福乎？”吴既赦越，越王勾践反国，乃苦身焦思，置胆于坐，坐卧即仰胆，饮食亦尝胆也。曰：“女忘会稽之耻邪？”身自耕作，夫人自织，食不加肉，衣不重采，折节下贤人，厚遇宾客，振贫吊死，与百姓同其劳。

越王勾践被围困在会稽山中，他长叹道：“我在这里完了吗？”文种说：“商汤王曾被关押在夏台，周文王曾被囚禁在羑里，晋文公重耳（曾遭谗言）出奔翟国，齐桓公小白避乱到莒国，他们最终建立了霸业，由此看来，（忧患）为什么就不能转化为福呢？”吴王赦免越王后，越王勾践返回国土，深刻反思，把苦胆放在座位旁，坐处卧处抬头就看到苦胆，吃饭也尝苦胆，常自语：“你忘了会稽失败的耻辱了吗？”他亲自去耕种，他夫人亲自织布，吃饭不放肉，不穿有两种以上文彩的衣服，放下身架礼待贤士，厚待宾客，救济贫穷的人家，慰问死者的家人，与百姓一样劳苦。试想如果勾践在面对如此艰难的困境时选择了放弃，那么就不能成就后来的霸主地位。能忍常人所不能忍，必成常人所不能成。正是在他的坚持和不懈的努力之下，才成就了属于自己的伟业，他也用事实说明了如何才能从失败走向成功。

三、吃一堑，长一智

明代著名思想家、文学家、哲学家王阳明的《与薛尚谦戊寅》中载：

“经一蹶者长一智，今日之失，未必不为后日之得。”

人生的意义在于坚持不懈地向着自己的目标前进。在成功的道路上也许会有很多的艰难险阻，但是很多时候只要再坚持一下就能获得成功。在失败来临时，除了不要害怕失败之外，更重要的一点就是要不断从失败中总结经验教训。有人说世间就没有失败，那只是被忽略的智慧。通过不断的总结和改善就能充分将被忽略的智慧转变成真正的智慧。一个智者在面对失败时除了要树立坚定的信心，更重要的是要学习转变那些被忽略的智慧，并明白只要能找到有效的方式，失败和成功可以相互渗透、相互融合。辩证地来看，失败其实也是一种成功，正如战国时期的田忌赛马的故事中所表现的，故事的内容是这样的：

齐国的大将田忌，热衷于赛马，有一回他和齐威王约定，要进行一场比赛。各自的马都分为上、中、下三等，而齐威王每个等级的马都优于田忌的马。比赛的时候，齐威王用自己的上马对田忌的上马，中马对中马，下马对下马。经过几次的比试，田忌无疑都以失败而告终。当其垂头丧气地准备离开赛马场时，孙膑招呼田忌过来，并为其总结失败的经验。通过总结失败的经验，两人为下一场比赛制订了相应的战略，孙膑先以下等马对齐威王的上等马，第一局田忌输了。接着进行第二场比赛，孙膑拿上等马对齐威王的中等马，获胜了一局。第三局比赛，孙膑拿中等马对齐威王的下等马，又战胜了一局。比赛实行三局两胜制，结果是田忌赢了齐威王。还是同样的马匹，只是调换了一下比赛的出场顺序，就得到转败为胜的结果。

如此看来，失败其实并不可怕，怕的是不去总结教训，只要学会对经验教训进行正确梳理，那么所有的困难都能迎刃而解。

第三节　坚持与成功

俗话说“有一种成功源于坚持”，英国首相丘吉尔就是这样成功的。1948 年，牛津大学举办了一场题为“成功秘诀”的讲座，邀请了当时声誉响彻世界的丘吉尔来演讲。丘吉尔说：“我成功的秘诀有三个，第一是决不放弃！第二是决不，决不放弃！第三是决不，决不，决不放弃！”全场沉默了一分钟后听众才猛然醒悟，爆发出经久不息的掌声。丘吉尔的人生信条令人佩服，“决不放弃”支撑他经历三起三落并在最后取得了成功。

一、行动力是成功的基础

我们常常听到人们关于梦想和未来的讨论，时间长了就会发现，对于梦想和未来大多数人只是纸上谈兵而已，真正为了目标付诸行动的人少之又少，大多数人只是把梦想当成枯燥乏味生活中的心灵慰藉而已，却从来没有真正去尝试实现梦想。新东方创始人俞敏洪曾在一次演讲中说过：“当我们拥有梦想的时候，就要拿出勇气和行动来，穿过岁月的迷雾，让生命展现别样的色彩。”由此可见，行动力是成功的必然条件之一，否则理想再远大也不过是遥不可及的海市蜃楼。

有这样一个故事：从前有两个和尚，一个穷和尚和一个富和尚。一天，穷和尚对富和尚说："我想去南海看看，你觉得怎么样?"富和尚问道："你怎么去呢?"穷和尚说："我凭一个水瓶、一个饭钵就足够了。"富和尚说："很多年前我就有去南海的打算，试图租条船沿着长江而下直抵南海，但到如今还未实现，你仅凭着一个水瓶和一个饭钵就可以吗?"第二年，穷和尚从南海求佛归来，跟富和尚讲了自己去南海的经历，富和尚羞愧不已。

从这个故事我们可以看出，想要到达成功的彼岸，就必须把"知"和"行"结合起来，缺一不可。富和尚和穷和尚有着共同的目标——到遥远的南海拜佛。富和尚志向远大，却停滞于"想"，没有实际的"行"；而穷和尚虽然物质条件薄弱，却把理想付诸行动，在富和尚还在想不知道在多远的未来能去南海时，穷和尚已经凭着一个水瓶和一个饭钵到达了南海，实现了自己拜佛的理想。

美国有一位老太太名叫摩西，她在七十六岁时才开始学习画画，经过不断努力，在她八十岁的时候，轰动全国，她在晚年成为美国著名的最多产的原始派画家之一。这让很多人感到不可思议。摩西太太以实际行动告诉我们：年龄不是借口，生命的广度从来就不是以数字来衡量的，只要有目标并为之付诸行动，梦想就有实现的可能。摩西太太尚能如此，与她相比较，我们起码年富力强。所以，不要怨天尤人，不要抱怨命运的不公，空想家是永远无法收获胜利的果实的。如果只是一味地沉浸在不切实际的幻想中，而不去积极地行动起来，那么梦想就没有变成现实的可能。

英国著名的文学家劳伦斯曾说过："如果想成功，就养成迅速去行动的好习惯。只要仔细观察那些成功人士，我们不难发现，他们之所以会取得成功，并非因为他们的学识有多么渊博，眼光和观念有多么出众，理想和目标有多么远大，秘诀就在于他们能为梦想立刻开始行动。"

二、坚持是成功的必然条件

如果说失败是成功路上的绊脚石，那么坚持无疑就是开启成功大门的钥匙。量变的积累形成质变，只有不断坚持的毅力才有成功的可能性，坚持就像是拉磨一般，为成功创造了必然的条件。人生需要脚踏实地，不断前行，但没有人知道到达成功究竟要走多少步，如同在沙漠中行走，不坚持走下去就看不到哪里才是终点。很多时候，成功近在咫尺却不自知，经历了前面的困难险阻而疲惫不堪，这时即使一个微小的障碍也容易让人放弃，导致功败垂成。只有咬紧牙关，经受住痛苦和磨难，坚持一步步走下去，才能离成功越来越近。

要想成功，我们就要在黑暗中摸索前进的方向，而坚持就像是黑暗中照明的灯火。再远的目标，只要坚持走下去，那就是在缩短与目标之间的距离，就有成功的可能性。相反，无论多近的路，没有决心和毅力，也会变得遥不可及。日本松下电器公司的总裁松下幸之助在年轻时和大多数年轻人一样也曾遭遇找工作的挫折。他来到一家电器厂应聘，当时工厂的人事主管看他其貌不扬，衣着肮脏，十分嫌弃，随口说道："我们这里不需要人，你一个月之后再来看看吧。"算是拒绝了他的应聘。谁知一个月后这个年轻人又来到工厂应聘，人事主管依旧对他很不满意，说道："过几天再说吧。"打发他走了。几天之后，没想到年轻人真的又出现在工厂，如此反复多次，人事主管实在难以忍受，对他说出了原因："我们这里对录用员工的要求很严格，你现在的状态是不可能被录用的。"年轻人听了之后，回去借钱买了一身整齐的、体面的衣服，调整了自己的外表状态，再来到工厂面试。人事处的主管见他是个实在之人，开始对他进行面试，但经过了解，发现他对电器方面的知识了解甚少，不能胜任工厂的岗位，依旧拒绝了他。谁料两个月后，他又来到工厂应聘，这次他是有备而来，原来在这两个月中，他努力学习了电器方面的各种知识，已经具备了一定的基础能力。不仅如此，他还对主管说："您看我哪方面还有差距，我一项一项来弥补。"人事主管被年轻人的诚恳深深地打动了，紧盯着他看了半天才说："我干这一行几十年了，还是第一次遇到像你这样来找工作的。我真佩服你的耐心和坚持。"最终，年轻人得到了这份工作，并通过不断地努力成了行业中的翘楚。

找工作受挫的经历大多数年轻人都遇到过，然而松下幸之助的坚持和执着，使他成了广大平凡人中不平凡的一个。正如英国著名哲学家罗素所说，伟大的事业是根源于坚韧不拔地工作，以全副精神去从事，不避艰苦。我们每个人在向目的地奔跑的时候，不要忘记我们绝大部分的时间是在路上，生命的价值恰恰就在于我们在这个过程中能够坚持下去，将自己锻造成更出色的人。

法国著名的银行大王贾库·拉夫托年轻时，家境清贫，他曾经有一段时间找不到工作，赋闲在家，依靠父母过日子。有一天，他自告奋勇，到贝洛银行找董事长，请求他雇用自己。拉夫托满怀信心而来，然而只见一面之后，就被董事长断然拒绝，送出门外了。这种碰一鼻子灰，最后无功而返的经历，对贾库·拉夫托来说早已经习惯了，他已经第五十二次被人拒之于千里之外了。为了谋生，为了求职，他已不再在乎这些。他走出银行时，看见银行大门前面的地板上有一枚大头针。如果有人因为它受伤而影响工作，这多不好呀！于是他弯下腰身，把大头针拾了起来，走了。第二天，银行录用他的通知单来了，这件意外的喜事，差点儿使他高兴得哭起来。原来，他在走出大门时，弯身拾起大头针的举动被董事长看见了。

董事长顿时收回成命，改变了主意。因为在董事长看来，如此小心，连地上一枚大头针也不放过的人，很适合在银行当职员，所以才改变主意雇用他，让他去上班。

贾库·拉夫托从此走上了新的境界。他是一个做任何事都力求善始善终，决不半途而废的人。他绝对不会粗心大意，细致到连一件细如大头针的东西也不放过。正因为他做事不甘心失败受挫，一次又一次地坚持下去，所以才得以在法国银行界立足，终于功成名就。

贾库·拉夫托的故事告诉我们：世事艰辛，不如意者十有八九，不必因不平而泄气，也不必因挫折而烦恼，只要自己努力，机会总会有的。漫长的人生需要去追求和证明的东西数不胜数，得失不过是一种心境，需要做的就是想开一点，得到了就是我们想要的结果，反之就应该积极地去争取，无论如何都要为之而努力，只要努力过了就算没有得到想要的结果，那也能问心无愧。

三、保持清醒是成功的保障

在冲破了种种艰难险阻之后，成功的喜悦必然会如期而至。有人会认为自己的成功来之不易，对于自己的胜利果实会倍加珍惜；也有人会将暂时的成功定义为自己的最后目标，从此变得安于现状不再像以前那样充满激情。此时，一定要有一个坚定的信念，不要自我设限，要胜而不骄。如果凡事都对自己进行自我设限，那么短暂的成功不仅不能鼓舞斗志，反而会变成通向光明前途的绊脚石。思想支配行动，不论做什么事情都是先有思想才有行动，积极的思想往往能转化为积极的态度，积极的思想加上积极的态度就能转化为积极的行动，这才是一个成功者该有的态度。

当然，也有一种智慧，叫作放弃。拿得太多了，就必须要放弃一些；一条路走得太久都没有结果，就要学会适时地放弃。我们的生命并不长，没有太多的时间作为赌注押在唯一的一条路上。永不放弃听起来很美，但并不适用于每件事、每一种职业和每一个人。曾经一位大师让一个有烦恼的小伙子登山，山上有许多晶莹的小石头，煞是迷人。每见到小伙子喜欢的石头，大师就让他装进口袋里背着。很快，他就吃不消了。“那该怎么办呢?”大师微微一笑。“该放下。”小伙子说。“那你为何不放下呢？背着石头怎么登山呢?”大师对小伙子说。是啊，知道放弃，舍得放弃，才能更好地达到山顶，才能让自己在有限的生命里活得充实、饱满，才能真正体验到生命的美好。年轻的朋友们，在生活中我们要看清动态，看清自己，恰当地坚持，适时地放弃，做到进退得当。

一时一事的成功和胜利最容易引起自满自大，所带来的消极后果，轻则阻碍进步，重则导致失败。“胜易骄，骄必败”，是亘古不变、万古常新的真理。当胜利来临时要保持一个清醒的头脑，成功者的谦卑是积累更大的成功所必须的条件之一。失败时要总结失败的教训，同样在收获成功喜悦的同时也要不断地总结成功的经验，通过不断的总结才能在成功的道路上越走越远。

素质拓展：

1. 请举例阐释树立目标的重要性。

2. 《游山西村》中是如何体现坚定的信念的？

3. 谈谈你对“故天将降大任于斯人也，必先苦其心志，劳其筋骨，饿其体肤，空乏其身，行拂乱其所为，所以动心忍性，曾益其所不能”的理解。

4. 举例说明成功与行动力的必然关系。

5. 阐述坚持对成功的重要性。

参考文献

一、主要著作

[1] 鲁迅. 鲁迅全集 [M]. 北京：光明日报出版社，2012.

[2] 谢真元. 唐诗300首鉴赏（汉英对照）[M]. 北京：中国对外翻译出版公司，2006.

[3] 韩愈. 韩昌黎文集：第2卷 [M]. 上海：上海古籍出版社，1986.

[4] 柳宗元. 柳河东集：卷34 [M]. 上海：上海人民出版社，1974.

[5] 吴敬梓. 儒林外史 [M]. 哈尔滨：北方文艺出版社，2013.

[6] 白居易. 白氏长庆集 [M]. 长春：吉林出版集团有限责任公司，2007.

[7] 朱自清. 朱自清文集 [M]. 北京：中国华侨出版社，2011.

[8]【苏】奥斯特洛夫斯基. 钢铁是怎样炼成的 [M]. 赵健，译. 南昌：百花洲文艺出版社，2013.

[9] 何燕. 神童诗·续神童诗 [M]. 武汉：湖北美术出版社，2010.

[10] 刘向. 战国策 [M]. 呼和浩特：内蒙古人民出版社，2009.

[11] 范仲淹. 范仲淹全集 [M]. 南京：凤凰出版社，2005.

[12] 张邦基，范公偁，张知甫. 唐宋史料笔记·墨庄漫录·过庭录·可书 [M]. 北京：中华书局，2002.

[13] 严羽. 沧浪诗话诗评 [M]. 郭绍虞，点校. 北京：人民文学出版社，1983.

[14] 卫绍生. 柳宗元集（唐宋名家文集）[M]. 郑州：中州古籍出版社，2010.

[15] 杨绛. 杨绛散文 [M]. 杭州：浙江文艺出版社，1994.

[16] 杜甫. 杜甫诗集 [M]. 长春：吉林大学出版社，2011.

[17] 钱仲联，马亚中. 陆游全集 [M]. 杭州：浙江教育出版社，2012.

[18] 苏轼. 苏东坡全集 [M]. 北京：北京燕山出版社，2009.

[19] 吴相洲. 唐代歌诗与诗歌——论歌诗传唱在唐诗创作中的地位和作用 [M]. 北京：北京大学出版社，2000.

[20] 陶渊明. 陶渊明集 [M]. 北京：线装书局，2013.

[21] 国学典藏书系丛书编委会. 搜神记 [M]. 长春：吉林出版集团有限责任公司，2012.

[22] 吴承恩. 西游记 [M]. 长春：吉林出版集团有限责任公司，2012.

[23] 张松如. 老子解说 [M]. 济南：齐鲁书社，1998.

[24] 文若愚. 道德经大全集 [M]. 北京：中国华侨出版社，2011.

[25] 周梅森. 人民的名义 [M]. 北京：十月文艺出版社. 2017.

[26] 于立文. 诗经楚辞 [M]. 沈阳：辽海出版社，2015.
[27] 王秀梅. 诗经 [M]. 北京：中华书局，2006.
[28] 韩愈，刘振鹏. 韩愈文集 [M]. 沈阳：辽海出版社，2010.
[29] 陆机. 文赋：二十四诗品 [M]. 南京：译林出版社，2012.
[30] 唐珪章. 全宋词 [M]. 北京：中华书局，1999.
[31] 辛弃疾. 稼轩长短句 [M]. 上海：上海古籍出版社，2003.
[32] 彭定求. 全唐诗 [M]. 郑州：中州古籍出版社，1970.
[33] 鲁同群注评. 礼记 [M]. 南京：凤凰出版社，2011.
[34] 中共哈尔滨市委宣传部. 雷锋日记 [M]. 哈尔滨：哈尔滨出版社，2012.
[35] 路遥. 路遥全集 [M]. 北京：北京十月文艺出版社，2013.
[36]【美】杰克·伦敦. 野性的呼唤 [M]. 余琀珉，译. 北京：外语教学与研究出版社，1970.
[37] 汪曾祺. 汪曾祺集 [M]. 北京：北京十月文艺出版社，2012.
[38] 戴望舒. 戴望舒诗集 [M]. 成都：天地出版社，2013.
[39]【英】劳伦斯. 恋爱中的女人 [M]. 黑马，译. 北京：中央编译出版社，2010.
[40]【英】简·奥斯汀. 傲慢与偏见 [M]. 方华，译. 南京：译林出版社，2011.
[41]【美】亨利·戴维·梭罗. 瓦尔登湖 [M]. 仲泽，译. 成都：四川文艺出版社，2010.
[42]【法】斯丹达尔. 红与黑 [M]. 郭宏安，译. 桂林：广西师范大学出版社，2002.

二、主要期刊

[1] 林娟.《文心雕龙·神思篇》浅析 [J]. 福建论坛（社科教育版），2007（S1）.
[2] 墨白. 中国古代文论中的“灵感”说 [J]. 北方论坛，2000（3）.
[3] 童庆炳.《文心雕龙》“文外重旨”说新探 [J]. 陕西师范大学学报（哲学社会科学版），2007（2）.
[4] 邓安生，邢丽芳.《关雎》的性质及其教化意义 [J]. 天津师范大学学报（社会科学版），2013（4）.
[5] 李宛平. 司空图的诗歌理论 [J]. 南都学坛，2006（6）.
[6] 徐艳. 司空图“象外之象、景外之景”内涵的重新阐释 [J]. 南开学报（哲学社会科学版），2012（3）.
[7] 段桥生，米瑞玲. 孔子“尽善尽美”与“兴、观、群、怨”的音乐美学思想管窥 [J]. 歌海，2009（2）.
[8] 范永康. 文学理论教材“四要素”编写体例的得与失——《文学理论教程》解读与思考 [J]. 黄山学院学报，2003（1）.
[9] 赵丽宏. 劝学和惜时 [J]. 文理导航（中旬），2010（1）.
[10] 王向东.《论语》中的学习方法 [J]. 泰州职业技术学院学报，2012（1）.
[11] 李启明. 宋真宗《劝学诗》新论 [J]. 广西师范大学学报（哲学社会科学版），1990（2）.
[12] 蔡彦峰. 论阮籍《咏怀诗》主题的类型、矛盾及其创作性质 [J]. 中国韵文学刊，2012（2）.

[13] 张亚东. 民间的贵族——鲍照《拟行路难》十八首论析 [J]. 河北北方学院学报(社会科学版), 2013 (4).
[14] 谢思炜. 白居易讽喻诗的诗体与言说方式 [J]. 陕西师范大学学报 (哲学社会科学版), 2004 (3).
[15] 叶宽. 论《岳阳楼记》的经典化过程 [J]. 社会科学论坛, 2010 (14).
[16] 宋梅. 论《亮剑》中不同人物的不同亮剑方式 [J]. 电影评介, 2008 (6).
[17] 于龙. 走进郝叟老头和华西特——《最后一课》中不可忽视的两个人物 [J]. 教育艺术, 2013 (3).
[18] 谭鼎莎. 试论《红与黑》的主人公于连 [J]. 文学教育 (上), 2010 (2).
[19] 刘颂新. 《红与黑》中于连形象的特征及现代启示意义 [J]. 名作欣赏, 2011 (21).
[20] 王昭, 傅宗洪. 矛盾心态下的双重人格解读——浅析路遥《人生》中高加林性格的悲剧内涵 [J]. 重庆科技学院学报 (社会科学版), 2010 (21).
[21] 宋艳艳. 论海明威作品中的硬汉形象 [J] 芒种, 2014 (21).
[22] 李星亮. 杰克·伦敦的人生哲学——《野性的呼唤》主题分析 [J]. 安阳师范学院学报, 2004 (6).
[23] 吴广义. 《诗经》爱情诗在中国文学史上的特殊地位和影响 [J]. 阴山学刊, 1995 (2).
[24] 王纯莲, 许志跃. 《诗经·卫风·氓》中女主人公的爱情婚姻观 [J]. 哈尔滨学院学报, 2009 (11).
[25] 丁永忠. 《长恨歌》: 古今帝妃婚恋与个人情爱自伤的结晶——白居易《长恨歌》创作动因探微 [J]. 重庆教育学院学报, 2007 (5).
[26] 胡治艳. 《傲慢与偏见》中女性意识的体现 [J]. 语文建设, 2013 (6Z).
[27] 覃艳艳. 从女性主义视角解读《恋爱中的女人》的女性人物形象 [J]. 青年文学家, 2014 (30).
[28] 高金和. 玫瑰和百合: 生命之花与死亡之花——劳伦斯的《恋爱中的女人》作品赏析 [J]. 英语广场 (学术研究版), 2014 (1).
[29] 王昌军. 我看《受戒》中的习俗描写 [J]. 现代语文 (教学研究版), 2011 (11).
[30] 黄艳. 浅谈《雨巷》中的青春苦闷 [J]. 语文建设, 2010 (6).
[31] 杨利景. 进入《雨巷》的三条路径 [J]. 语文建设, 2010 (2).
[32] 傅艳华, 付兴林. 白居易笼禽诗所折射的贬谪苦闷 [J]. 渭南师范学院学报, 2011 (5).
[33] 刘雅杰. 白居易《琵琶行》的多重文化意蕴 [J]. 东北师大学报, 2000 (2).
[34] 白俊奎. 刘禹锡贬谪时期的咏史怀古诗述论 [J]. 西南民族大学学报 (哲学社会科学版), 2000 (7).
[35] 雒莉. 试论王维贬谪诗的价值和意义 [J]. 学理论, 2011 (17).
[36] 魏青. 论挫折教育 [J]. 四川师范大学学报 (社会科学版), 1997 (3).
[37] 冯涛. 高等学校实施大学生挫折教育的探讨 [J]. 沈阳农业大学学报 (社会科学

版)，2009，11（6）.
[38] 汤莉莉. 挫折教育对大学生心理健康状况干预的研究 [J]. 黑龙江科技信息，2010（11）.
[39] 孙慧敏，田保状，朱震宁，等. 关于大学生挫折教育的几点思考 [J]. 内蒙古农业大学学报（社会科学版），2011（6）.
[40] 戴金波. 韩愈湖湘贬谪诗略论 [J]. 云梦学刊，2014（4）.
[41] 路迪. 论苏轼三次贬谪后的心态变化 [J]. 青年文学家，2013（21）.
[42] 席亚健，张延. 唐诗与唐代体育的研究综述 [J]. 搏击（武术科学），2011（7）.
[43] 刘文斌. 关于普列汉诺夫的艺术起源论 [J]. 内蒙古师大学报（哲学社会科学版），1994（3）.
[44] 王学军，贺威丽. 曹植《洛神赋》意旨蠡测 [J]. 贵州文史丛刊，2011（3）.
[45] 刘继才. 论宋代题画诗词勃兴的原因及其特征 [J]. 沈阳师范大学学报（社会科学版），2008（1）.
[46] 刘运好.《弹歌》杂考 [J]. 文学遗产，2010（6）.
[47] 李荀华. 诗乐舞三位一体的文化解读 [J]. 中国文学研究，2009（2）.
[48] 肖占鹏，邓婷. 白居易古琴诗研究 [J]. 天津师范大学学报（社会科学版），2012（5）.
[49] 赵静. 元稹《琵琶歌》与白居易《琵琶行》之比较 [J]. 青年文学家，2013（20）.
[50] 张同胜. 试论猪八戒的原型为瓦拉哈 [J]. 明清小说研究，2011（3）.
[51] 毛成蕊. 浅析《西游记》中猪八戒的形象 [J]. 文学教育（中），2010（1）.
[52] 王舒琳，傅长吉. 老子"无为"的哲学意蕴 [J]. 前沿，2013（13）.
[53] 刘全志. 孔子眼中的舜"无为而治"新论 [J]. 中国哲学史，2013（1）.
[54] 肖立雁. 出世与入世——从《瓦尔登湖》看梭罗的处世哲学 [J]. 长沙铁道学院学报（社会科学版），2012（2）.
[55] 【美】莫顿·亨特. 悬崖上的一课 [J]. 田文慧，译. 小学教学研究，2013（10）.
[56] 黄飞. 尊严：自尊、受尊重与尊重 [J]. 心理科学进展. 2010（7）.
[57] 王用中. 白居易初恋悲剧与《长恨歌》的创作 [J]. 西北大学学报（哲学社会科学版），1997（2）.
[58] 张高兰. 论《老子》《庄子》中"自然无为"观点的差异 [J]. 阴山学刊，2002（2）.
[59] 陈荣庆."内圣外王"的实践与可能：从积极有为到自然无为——试析《庄子·天下》篇的道术批评思想 [J]. 西北大学学报（哲学社会科学版），2006（1）.

三、其他

[1] 付兴林. 白居易散文研究 [D]. 西安：陕西师范大学，2006.
[2] 陆群. 唐代咏乐诗研究 [D]. 长沙：长沙理工大学，2011.
[3] 赵彦霞. 论柳宗元贬谪时期的思想与文学创作 [D]. 呼和浩特：内蒙古师范大学，2004.

后　记

文学经典是人类文化长河中的瑰宝，凝聚着某一时代的历史文化成果和社会现实价值，蕴含多样而深刻的思想，传递着生生不息的人类精神，在传承文明、启迪智慧、体验情感、丰富思想等方面具有十分重要的意义。《文学经典与人生》作为面向高校学生开设的通识课程，主要针对非汉语言文学专业的学生，对经典的文学作品中蕴含的哲学问题和理论问题作出通俗易懂、深入浅出的分析与讲解，让读者在文学的长廊中领略文学的魅力，符合在校大学生以及社会上文学爱好者的接受特点。

一些专家学者出版过类似的著作，成为可供该课程使用的教材。但是在使用的过程中发现已有的著作有两个方面的侧重：一是侧重从文学理论的角度鉴赏文学作品，这对于非汉语言文学专业或者文学修养积累较为薄弱者来说，很难达到共鸣；二是对作品的分类形式较为传统，侧重按照题材进行分类，对作品的鉴赏与接受者的偏好有关，针对性差。这就表现出教材编写者存在的两个问题：一个问题是教材编写者偏重于鉴赏式的讲解；另一个问题是教材编写者偏重于理论性的分析。对于前者而言，单纯的鉴赏式讲解，不利于学生形成系统的文学鉴赏理论体系；对于后者而言，单纯的理论分析，又不利于引起学生在学习中的共鸣。因此，为实现理论知识与感性分析的结合，本书立足于文学经典，以通俗的语言，结合经典的文学作品向读者讲授人生的哲理。以点带面，以情促趣，在表达与感悟的视角下，尝试着把文学与人生之间的相互影响及理性内涵阐释给所有的读者，引发读者的思考与共鸣。这样既弥补了单纯文艺理论研究中的枯燥感，又避免了单纯作品讲解中知识传授上的缺欠。

本书绪论中详细阐释了文学鉴赏中应该必备的理论知识，然后结合人生成长过程中的核心问题，即学习、理想、爱国、拼搏、爱情、挫折、感恩、修养、处世、哲理的内在逻辑顺序安排了具体的章节。以人生的“问题”为主线，以古今中外的文学作品为支撑，在“表达与感悟”的基础上，开始了具体的编著。“表达与感悟”既是作者创作文学作品的基础，也是读者解读文学作品的关键。而无论是作者的创作，还是读者对作品文本的解读，都是以其对人生问题的思考为基本需求的。因此，本书作者明确地提出了自己编撰的理论基础，即对“表达与感悟”内涵的阐释及其在文学创作、鉴赏活动中的具体表现。然后在具体文学作品的分析中完成了对人生问题的阐释。

本书由石恪、伍微微编著。其中，石恪、伍微微构思框架、编写绪论，王贤玉编写第一章、第二章，蓝芳编写第三章、第四章，刘蕊杏编写第五章，马银成编写第六章，宋积良编写第七章，李平编写第八章，郄丙亮编写第九章，汪韬钰编写第十章。本书在编写过程中，胡赤兵教授、刘昌友教授、支敏教授、颜建华教授等提出了宝贵的意见和建议，在此一并表示衷心的感谢。

全书由编著人确定章节内容及其体例，各章撰写人撰写初稿，编著人审读初稿，并统稿全书。在撰写中，编委会成员广泛查阅资料，吸收最新研究成果，但限于学术水平与视野，也有所遗漏，恳请读者批评指出，以便在修订时予以改正。

本书是贵州省教育厅2017年一流课程重点建设项目“中国古代文学”的建设成果之一，感谢贵州省教育厅、安顺学院的大力支持。

编　者

2018年12月31日